KB054398

애도의 언어, 소생의 힘

애도의 언어, 소생의 힘

초판 1쇄 발행 | 2022년 12월 13일

지은이 | 박명순
펴낸이 | 황규관

펴낸곳 | (주)삶창
출판등록 | 2010년 11월 30일 제2010-000168호
주소 | 04149 서울시 마포구 대흥로 84-6, 302호
전화 | 02-848-3097
팩스 | 02-848-3094

ISBN 978-89-6655-157-6 03800

* 책값은 뒤표지에 표시되어 있습니다.

* 이 도서는 충청남도와 충남문화재단의 후원으로 발간되었습니다.

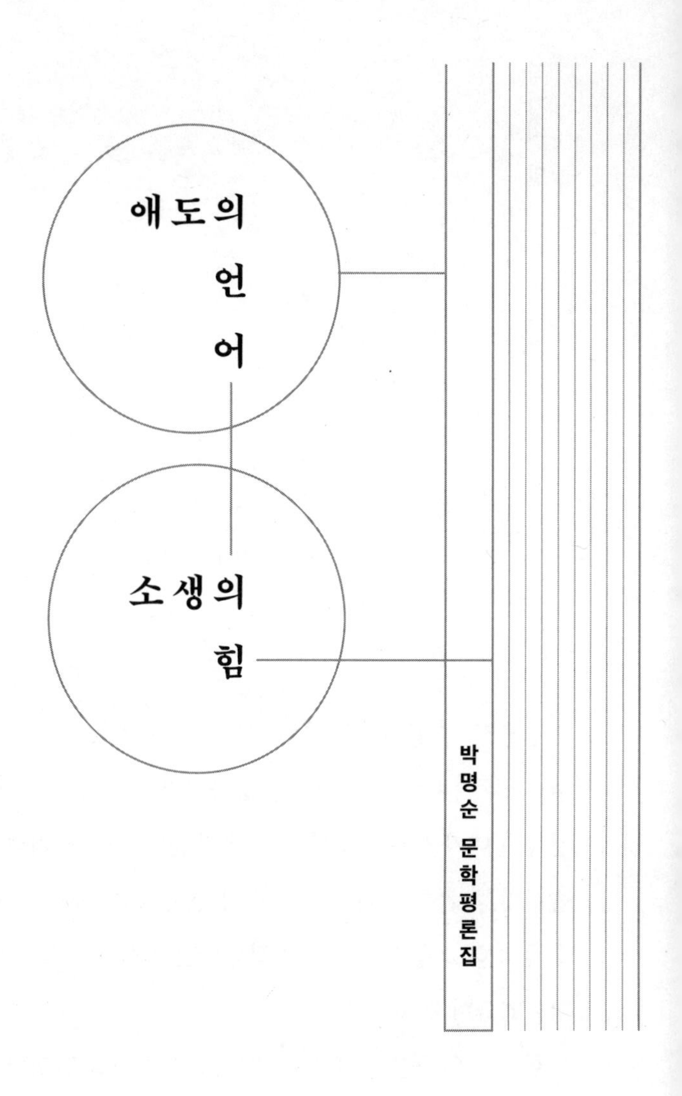

애도의 언어 소생의 힘

박명순 문학평론집

삶창

작가의 말

1.

평론집 『슬픔의, 힘』 상재 이후 7년이 지났습니다. 그동안 시, 소설, 영화 비평 등을 정신없이 썼습니다. 글을 쓰기 위해 살았던 순간들이 내가 사는 세상의 숨겨진 비밀을 밝혀 줄 거라고 감히 믿었습니다. 목차를 정리하다 보니 시 평론이 많아서 놀랐습니다. 문학을 공부하고 문장의 행간에 집중하면서 시는 저에게 늘 경외의 대상이었습니다.

한 사람의 독자로서 시에 기대고 시와 살을 맞대며 삶의 희로애락을 풀어낼 수 있는 힘을 갈망했었는데 시 평론을 쓰면서 그 소망이 과분하게 이루어졌습니다. 시를 사랑할 수 있는 힘을 단 한 명의 독자라도 함께 나눌 수 있다면 그것만으로도 저는 만족스럽습니다.

2

1부에는 소설 비평을 담았습니다. 그 인연을 소중히 여기며 어떤 형식으로든 깊은 사연으로 만난 결과물입니다. 시류에 휘둘리지 않겠다고 작정한 마음을 지키기 위해 노력했던 결과물이기도 합니다. 아무도 주목하지 않는 숨겨진 보석을 발굴하는 설렘으로 낱낱의 문장을 다듬었습니다. 진실을 똑바로 응시하고자 몸과 마음을 바친 소설가와 그 작품의 진가를 드러내고 싶었습니다. 다만 마음 깊이 품고 있으면서, 세상에 내보이지 못한 소설가와 작품들을 떠올리며 저의 게으름을 질타합니다.

이기영, 박노갑과 엄흥섭, 조선희, 이청준, 박상륭, 정낙추 소설가에게 독자의 한 사람으로서 깊은 사랑을 전합니다. 소설을 읽는 시간, 치열했던 시대의 한복판에서 역사적 진실과 소설적 진실을 동시에 고민할 수 있었습니다. 죽음의 의미를 문학적으로 해석하고, 팬데믹의 시대를 돌아보며, 진정한 환대의 의미를 되새기는 순간도 소중했습니다.

2부에는 시 해설과 시인론을 담았습니다. 지난 7년의 세월은 감히 우러러만 보던 시와 깊은 인연을 맺게 된 시간이었습니다. 소설 공부를 할 당시에는 시에 관심이 없었습니다. 시는 현실의 문제를 깊이 다루는 것에 한계가 있다는 인식 속에서 현실의 문제를 '역사'와 '변혁'으로 이해했던 좁은 식견과 조급증 때문이었습니다. 조금씩 눈이 떠지면서 독자로서 세상을 사랑하는 폭이 조금은 넓어졌다고 자부합니다. 시에 처음 입문하듯 경이감으로 적은 글입니다. 이문복, 신동엽, 이은숙, 이명재, 정완희와 진영대, 이은봉, 박용주와 장인무, 그리고 박형권, 박설희 시인에게 고마움을 전합니다.

3부에는 우리 시대 문학의 흐름과 관련하여 '연대', '생명력', '한국시 미래'라는 주제와 관련하여 담겨 있습니다. 한국시의 과거와 현재와 미래를 진단하는 화두에 걸맞은 작품이 넘치도록 풍부해서 차려놓은 밥상에 숟가락 하나 얹을 수 있었습니다.

신경림, 이연주와 최승자, 강병철, 유준화, 임경숙, 송재일, 임명희, 정용기, 김영서, 박미라, 정진혁, 신용목과 송계숙 작가를 호명하는 작업은 서평과 시집 해설과 신작시 소개 등 다양한 형식으로 진행했습니다.

3.

문학을 사랑하는 독자 누구나 편하게 읽을 수 있는 평론을 쓰고 싶었음을 고백합니다. '읽기'에만 충실하고 싶었던 시간이 가장 힘들었습니다. 평론을 쓰는 일은 행복한 독자의 입장과 고통스러운 작가의 입장을 오가는 일이기 때문입니다. 독자로서 만족할 수 없었던 탓에 스스로 만든 업을 감당할 수밖에 없었습니다만 회의하고 갈등하고 번민하면서 썼던 글입니다.

글을 묶으면서 생명이 있는 모든 것들이 존재의 이유를 스스로 해명하지 않듯이 저도 묵묵히 글쓰기에 집중할 뿐입니다. 생명이 소멸하는 그 순간까지 본연의 업을 증명할 뿐입니다. 건강을 해치면서까지 글쓰기에 매달릴 수밖에 없는 작가의 업은 불가사의한 일입니다. 생성과 소멸에 애도哀悼의 언어와 소생蘇生의 힘으로 맞불을 놓고 싶었던 시간을 담았음을 밝힙니다.

글쓰기의 공간을 마련해준 강원도 '토지문화관'과 '예버덩문학의집', 그리고 담양의 '글을낳는집'에서의 시간과 진도의 '시에그린' 등 아름다운 배경에서의 깊은 인연에 감사드립니다.

2022년 11월, 박명순 두 손 모아

차례

3부

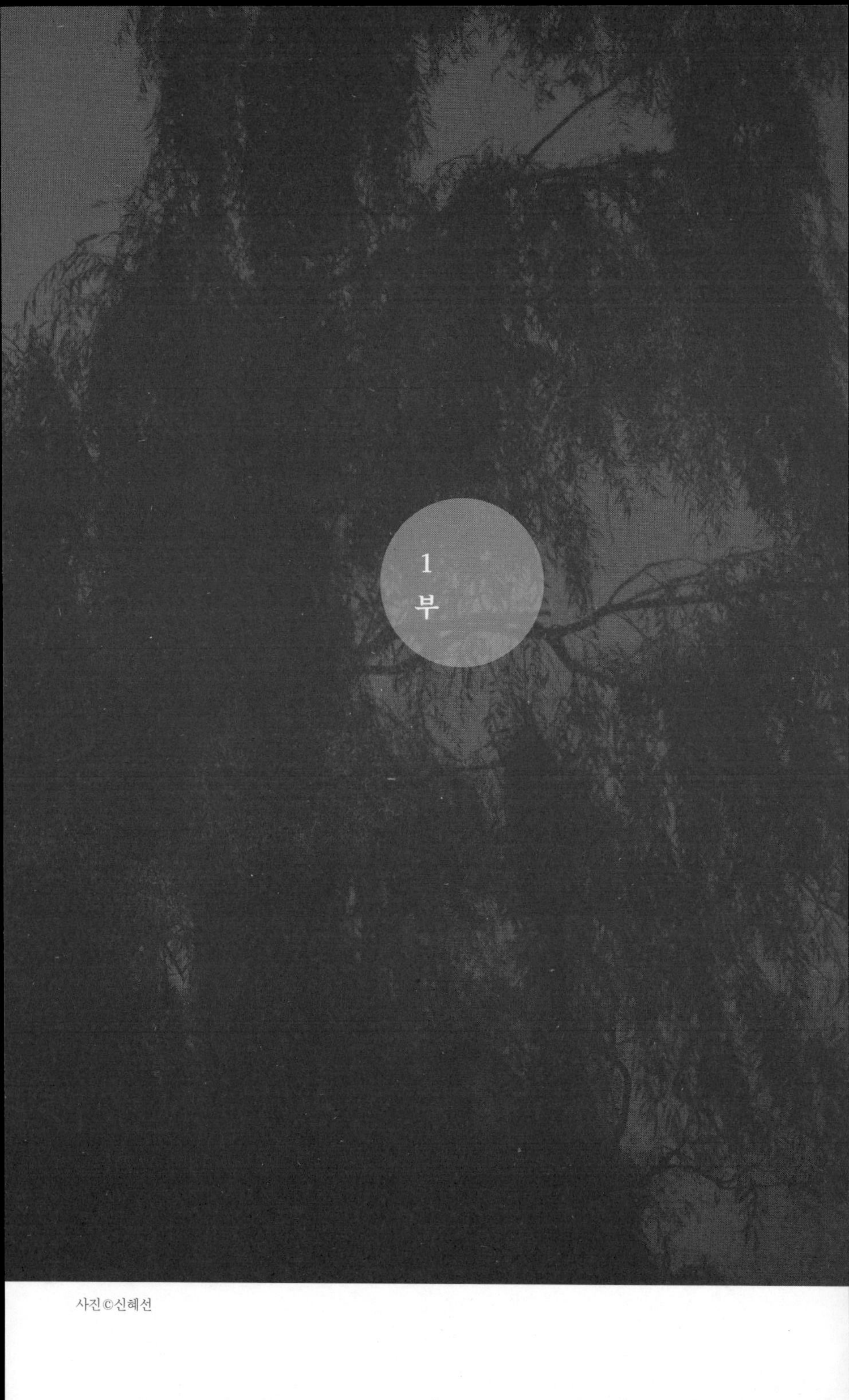

사진©신혜선

민촌 이기영의 『고향』을 만나러 갑니다

1.

이기영의 소설 속으로 여행을 떠납니다. 소설책 한 권, 그리고 인간의 자유와 행복에 대한 실천적 감성을 만날 준비가 되었다면 금상첨화이지요. 작가를 모른다고 걱정할 필요는 없답니다. 그래요. 작품을 미리 만났다면 여행길이 조금은 수월할지도 모릅니다. 하지만 우리가 여행을 떠나는 이유는 낯선 길을 더듬으며 더 큰 즐거움과 보람을 찾고 싶은 거지요. 내가 지닌 고정관념과 편견을 넘어 미지의 세계를 탐험하는 즐거움을 누리는 게 더 중요할 테니까요.

여행의 즐거움은 새로운 장소와 그곳 주인공에 대한 호기심이 우선합니다. 이기영 소설 여행은 일제강점기와 분단의 현재 그리고 통일의 미래를 함께 만나는 체험 이외에 풍요로운 먹거리가 덤으로 있습니다. 최고의 식욕은 배고픔이지요. 빈곤과 굶주림이 일상이었던 시절, 감자 한 알, 주먹밥 한 개가 최고의 미감味感인 여행이 될 것입니다.

1980년대 사회변혁운동 분위기 속에서 북한문학에 대한 관심이 뜨거웠던 적이 있었습니다. 당시 남한에서 출판된 북한 서적은 매우 새롭고 다양해서 출판계에 호황을 가져다주기도 했지요. 필자 역시 그 시국에 대하역사소설 『두만강』(풀빛)을 읽었습니다.

『두만강』은 이기영이 북한에서 7년에 걸쳐 발표한 작품입니다.

3부로 구성되어 있는데 1부(1장 빈농의 집~29장 두만강)는 1954년에, 2부(1장 바른골 노인~37장 여명)는 1957년에, 3부(1장 역사적 전환기~36장 투쟁의 불길 속에서)는 1961년에 완성되었지요. 1부에서는 시골에서 농사만 짓던 '곰손'이 지주(한길주)에게 개간한 땅을 빼앗기는 과정을 지나 농민들이 의병에 가입하여 항일투쟁에 참여하는 도정을 그립니다. 2부에서는 두만강을 건너서 중국 인접 지역으로 이주한 곰손이 버려진 땅을 일구어 논을 만들고 자리를 잡으면서 의병과 독립군의 연락책으로 성장하는 과정을 그립니다. 기본적으로 역사소설의 구조를 취하고 있으나 3부는 허구적 인물을 비현실적으로 이상화하면서 김일성을 의미하는 '청년 혁명가 김 장군'을 찾아가는 것으로 마무리됩니다.

민촌 이기영은 「옵바의 비밀편지」(1924년)가 『개벽』에 당선되며 작가로 데뷔한 이래 「가난한 사람들」, 『고향』 등 대략 단편소설 101편, 중편소설 3편, 장편소설 17편, 희곡 5편, 콩트 1편, 산문 228편

그리고 대하역사소설 『두만강』 등 왕성한 작품 활동을 했습니다. 해방 이전 문단의 핵심 인물이었고 카프KAPF(조선프롤레타리아예술가동맹) 활동으로 두 차례 투옥되었습니다. 그 후 북한 사실주의문학의 기틀을 마련한 공을 인정받아 북한문학사에서 최고의 작가로 존중받았지요. 그 후광으로 민촌은 '조선문학예술총동맹' 대표를 38년간 연임했습니다. 그의 작품에 등장하는 빈곤과 불평등의 현실과 이를 해결하는 자유와 해방의 메시지는 오늘날에도 해결되지 않은 영원한 인류의 과제이기도 합니다.

다음으로 그의 호 '민촌民村'의 의미를 되새길 필요가 있습니다. 한자를 풀이하면 시골 마을이고요. 이는 우리가 흔히 '촌스럽다'고 할 때 느낌으로 쓰는 촌놈, 시골뜨기라는 말입니다. 스스로도 '상놈들만 사는 곳'이라고 정의했다 합니다. 생활협동조합 '한살림'의 창안자 장일순 선생님이 본인을 '좁쌀 한 알'이라 자처했던 것처럼 특권의식을 버리고 촌스러운 사람이 주인으로 살아가는 터전이 되고자 했던 다짐이라고 할까요. 우리는 '민촌'이라는 호에서 그의 작가정신을 미루어 짐작할 수 있지요.

2.

좋은 문학이 무엇인지 생각해본 적이 있나요? 아무리 공부를 많이 한 사람일지라도 좋은 문학이 무엇이라고 딱 부러지게 말할 수는 없답니다. 이 질문은 '좋은 사람이란 무엇인가'처럼 그 범위가 넓고 다양한 답이 있기 때문이지요. 그만큼 어려운 질문이지만 의외로 해답은 단순하게 풀어낼 수도 있습니다. 그러니까 이기영은 사회에서 소외받는 '촌뜨기가 주인공으로 활약할 수 있는 진정성'을 담아야 좋은 문학이라고 생각했던 것 같습니다. 성석제 작가가 『황만근은 이렇게 말했다』(창비)에서, 경운기를 끌고 농민궐기대회에 동참하려다 길거리에서 죽는 '시골뜨기 황만근'의 사연을 특유의 해학적 필체로 그려낸 의미와 유사합니다. 2012년 성석제 작가의 다른 작품 『위풍당당』(문학동네)에서도 일개 촌놈들이 조폭과 싸워 이기는 영웅담에 똥통이나 가시덤불을 활용하는 엽기적인 설정이 담겨 있지요.

"작가는 작품으로 발언한다"라는 말이 있습니다. 이 말은 문학작품에 녹아 있는 의미를 찾아내야 비로소 작가정신과 연결할 수 있다는 말입니다. 이기영의 대표작은 장편소설 『고향』(『조선일보』, 1933. 11. 15.~1934. 9. 21.)[1]입니다. 연재 도중에 카프 관련 투옥으로 김기진이 뒷부분을 마무리했다는 기록이 있습니다. 이후 고칠 기회가 있었지만 그대로 두었으니, 이는 작가와 작품을 동일시하거나 절대시하지 않는 태도가 아닐까 싶습니다. 작품을 사회적 관계 속에서 이

---

1) 이기영, 『고향』, 한국문학대표작선집 19, 문학사상사, 2005(초판 1994). 이후 이 책의 인용은 괄호 안에 쪽수만 표기한다.

해하고 받아들이는 것이지요. 이기영에게 북한에서 40여 년간의 문학 활동이 무난했던 여러 가지 이유 중 하나일 것입니다. "최고의 리얼리즘적 성취를 이룩했다"라는 평가를 소개합니다.

> 이기영은 20세기의 한반도 역사의 우여곡절들을 거치면서 90세의 수를 누렸고 방대한 소설 작품을 남겼다. 그의 시대와 문학을 추적하는 일은 곧 그 한반도 역사의 우여곡절과 그에 대한 한 인간 혹은 한 시대 정신의 대응을 탐구하는 것이 되었다. 그 대응은 때로는 격렬하고 때로는 어쩔 수 없는 감내 혹은 도피였으며 때로는 헌신과 열광이기도 했다. 어떤 경우는 냉엄한 시선으로, 어떤 경우는 못 본 척하며 어쩔 수 없이, 어떤 경우는 맹목과 조급함으로 자기의 시대를 예술적으로 재현한 한 작가의 성취와 못 미침에 대한 연구는 우리의 시대와 문학을 비춰보는 또 하나의 거울이 될 수 있을 것이다.[2)]

이기영의 문학은 '사회적 차별이 사라진 평등 세상 구현을 위한 백의종군'이었다는 점에서도 그 의미가 있을 것입니다. 당시는 일제강점기였기 때문에 독립운동을 무자비하게 탄압했던 시기입니다. 하지만 같은 조선 사람 중에서도 일본 관리에게 협조하는 사람들은 오히려 부귀를 누리며 살았지요. 이런 부류를 '친일파'라고 부

---

2) 이상경, 『이기영 시대와 문학』, 풀빛, 1994, 414쪽.

릅니다. 이들은 돈이 많거나 대토지를 소유하였기 때문에 자신의 재산을 불리기 위하여 일본의 정책에 협조하게 마련이지요. 그래서 가난한 노동자, 농민들은 일본의 폭정에다가 지주나 자본가의 탄압까지 겹쳐 중압된 고통을 당하게 됩니다. 이러한 시대적 모순을 간파하는 게 작가의 역할이지요.

대부분의 사람은 열심히 일해도 살기가 힘들어지면 부모님을 원망하거나 가족에게 화풀이를 하거나, '내가 못나서 그렇지' 하며 체념하게 됩니다. 사회제도와 구조적 모순이라는 현상에 눈을 돌리지 못하는 것이지요. "나무만 보고 숲을 보지 못한다"라는 말이 거기에 해당합니다. 우리가 살아가는 사회는 개인이 있고 그 개인들이 모여서 가정을 만들고 집단을 구성합니다. 그 속에서 개인은 사회와 집단의 직접, 또는 간접적 굴레와 강요로 행동하는 경우가 많이 있습니다. 특히 사회적 약자에게는 이중 삼중의 억압이 가해집니다. 이기영의 소설에는 민족 모순과 계급 모순, 이 두 가지가 모티프이며 여기에 여성이 등장합니다. 그러니까 나라를 빼앗긴 우리 민족, 1930년대의 노동자, 농민, 그리고 여성이 사회적 약자로 등장하는 게 특장特長입니다.

여기에서는 해방 이전 농민문학의 높은 수준을 보여준 그의 장편소설 『고향』을 중심으로 여행을 떠나도록 하겠습니다. 그리고 북한에서 발표한 대하역사소설 『두만강』의 이야기도 곁들이고요. 이기영의 등단 작품인 「옵바의 비밀편지」도 양념처럼 살짝 뿌려볼까 합니다.

3.

이곳은 충남 천안 원터마을입니다. 『고향』의 배경이자, 작가의 생활 근거지이기도 합니다. 현재 천안 시가지에서 멀지 않은 곳이라고 합니다. 목천의 충청남도교육청평생교육원 근처에 '통일문학관'이라는 이름으로 이기영 문학관을 세우면 어떨까, 잠깐 이런 생각이 들었습니다. 이기영의 삶 그리고 해방 이전 카프 활동과 북한에서의 행적을 볼 때, 통일을 지향하는 문학, 평등과 자유를 지향하는 문학을 배우는 데 중요한 인물이기 때문입니다. '태백산맥 문학관'이나 '토지 문학관'과는 결이 다른 촌사람들의 숨결을 살려낼 수 있을 것입니다. 제주도의 '4·3평화공원'에서의 현장 체험과는 다른 역사와 투쟁의 의미를 되새기는 명소가 될 수 있지 않을까요?

> 어떤 소설을 쓸 것인가? 나는 이 문제에 대해서 별로 고심하지 않았습니다. 그것은 내가 그전부터 오랫동안 『고향』과 같은 고향 사람들의 소설을 쓰고 싶은 충동을 느꼈으며 구상해왔기 때문입니다.
> 이렇게 자기 고향에 대하여 깊은 사랑을 가지고 생각해오는 과정에 나는 작가로서 자기가 고향 사람들에게 호소하고 싶은 말을 소설로 형상화하였을 뿐입니다. (…) 내가 고향에 내려가서 소설 『고향』을 쓰는 것은 퍽 유리하였습니다. 소설을 쓰다가 막히면 주인공의 원형인 변 동무를 찾아가서 같이 멱을 감고 물고기를 잡아서 천렵을 하며 막걸리 잔을 나누면서 하루를 유쾌하게 휴식을 하고 돌아와서 붓을 다시 들게 되면

> 막혔던 실마리가 풀리곤 하였습니다. 혹은 마을 농민들과 모닥불 곁에서 밤 가는 줄 모르고 이야기를 나누기도 하였습니다. (…) 이와 같이 『고향』을 창작하는 과정에 나는 그 구성과 사건 전개에서는 별로 막히는 데가 없이 비교적 단시간 내에 일사천리의 기세로 썼습니다. 왜 그렇게 될 수 있었는가? 그것은 내 자신의 체험 세계를 형상화하였기 때문이며 고향의 심정, 농촌 실정과 농민들의 사상 감정과 그들의 고충을 어느 정도 잘 알고 있었기 때문입니다.[3)]

'체험의 작가' 이기영을 그려볼 수 있는 문장입니다. 김희준의 원형이 '변 동무'라 하였지만, 그 인물에 자신을 투영했음은 물론이지요.

이기영의 손자인 이성렬의 『민촌 이기영 평전』에 따르면 필자의 아버지(이기영 아들)가 할아버지(이기영) 이야기를 입에 일절 담지 않았다고 하네요. 북한에 친인척이 살고 있다는 것만으로도 두려운 일인데 하물며 고위공직자 아버지라면 어떻겠어요? 엄혹한 세월이 지나고 1988년 북한문학에 대한 해금 조치가 단행되면서 이기영의 북한소설까지 출판이 되었지요.

『고향』의 등장인물과 작품 줄거리를 정리한 안내판을 보면서 배경이 되는 원터마을을 상상하며 걸음을 옮깁니다. 근처의 독립기념

---

3) 이성렬, 『민촌 이기영 평전』, 심지, 2006, 400~401쪽 재인용.

관이 화석화된 역사적 기록이라면, 소설 『고향』에서 그리는 인물들의 풀뿌리처럼 질기고 아름다운 생명력은 고스란히 살아 있음을 더욱 실감할 수 있을 것입니다.

1920~1930년대 이곳은 초가집이 대부분이고, 동네에 몇 채 있는 기와집 중 가장 큰 집은 마름 안승학의 소유입니다. 오늘날이나 예전이나 빈부의 차이는 여전합니다만 당시의 가난은 '죽느냐 사느냐'의 문제입니다. 굶어 죽는 사람들이 수도 없이 많은 절대빈곤의 상황이었지요. 지금도 아프리카나 지구 곳곳에 절대빈곤이 존재합니다만 대한민국은 현재 굶주림이 사회적 문제로 떠오를 만큼 심각하지는 않지요. 하지만 상대적 빈곤의 문제는 여전히 우리를 무겁게 짓누르고 있다는 거 다들 공감하실 것입니다.

'시대정신'이라는 말이 있습니다. 좋은 문학은 그 시대의 가장 중요하고 예민한 문제를 담아낸다는 의미입니다. 강경애의 『인간문제』나 염상섭의 『삼대』처럼 현실을 거울처럼 보여줄 수도 있고, 조세희의 『난장이가 쏘아올린 작은 공』, 포르투갈 작가 주제 사라마구의 『눈먼 자들의 도시』처럼 우화적 비유를 통하여 그려낼 수도 있습니다. 또한 이기영처럼 농촌의 문제를 그려낸 이문구도 있습니다. 구조적 관점을 지향한다는 점에서 두 작가의 비교가 가능합니다.

이문구는 『우리 동네』를 통하여 1970년대 농촌과 농민을 보여줍니다. 국민소득 천 달러에서 만 달러로 급성장하는 산업화사회의 사각지대에서 낙후되고 희생만을 요구받았던 농민을 만날 수 있습니다. 전원생활의 허구를 폭로하면서 농촌이 얼마나 살기 어려운지 그리며, 그 이유가 산업화로 인한 이윤을 농민에게 나누지 않기 때문이라는 문제의식을 일깨우기도 합니다. 당시는 국가가 나서 정책적으로 공장이 잘 돌도록 지원하며 그곳에서 일하는 노동자 임금을 올리지 않기 위해 쌀값을 낮게 책정하는 시대였습니다. 임금노동자가 되면 그나마 몇 푼이라도 손에 쥐지만 농사는 고생만 하고 밑천도 못 찾으니 농부가 떠난 농토는 골프장이 되고 공장이 되는 현실을 보여줍니다. 그렇게 구조의 모순을 직시하는 게 개인의 존엄함을 지키는 힘이 되기도 하니까요.

1920년대 농촌의 생계가 어려워지면서 농민들은 공장으로 공사판으로 팔려 갑니다. 원터마을 농민들의 참상은 말이 아닙니다. 이기영은 낙향한 동경 유학생 희준이 되어 야학을 운영하며 농민운동을 지원합니다. 희준은 가난한 소작농이 되어 농사를 짓지만 커다란 포부와 희망을 지니고 있습니다. 공부만 하던 지식인 출신이라 농사에 서툴지만 동네 사람들은 희준을 신뢰하고 크고 작은 일을 상의하면서 서로의 힘을 키워갑니다.

4.

『고향』에는 주인공 희준 외에도 문제적 인물들이 많이 나옵니다. 당시 이 작품은 오늘날의 '해리 포터 시리즈'에 뒤지지 않는 인기 작품이었지요. 동시대의 작품인 이광수의 『흙』을 10배 이상 능가할 만큼 인기가 많았다고 합니다. 이기영은 이 작품 원고료로 집을 사고 밀린 외상값을 갚았고 쌀가마니를 들여놓았다고 하는데요, '해리 포터 시리즈'가 판타지 소설로 금기시된 상상의 욕망을 펼칠 수 있는 발판을 마련해준 것처럼 『고향』에는 민중의 열망이 담겨 있습니다. 『고향』에는 당대 금기시된 욕망이 담겨 있어서 문장의 행간마다 일본에 대한 저항, 지주와 마름에 대한 반감, 차별에 대한 불만과 모순된 혼인제도, 빈곤한 현실에 대한 울분이 넘쳐흐릅니다.

이기영은 일본 검열관의 엄혹한 감시를 받으며 작품을 창작해야 했습니다. 소설이라는 허구 장치를 통하여 금기된 욕망을 내밀하게 담았기에 검열을 피해 작품에 몰입할 수 있었던 것입니다.

"인간은 다른 사람의 욕망을 욕망한다"라는 말이 있습니다. 개인의 욕망은 저절로 만들어지기보다는 사회적 관계 속에서 형성된다는 의미입니다. 당시 유행하는 몇몇 욕망이 있었는데 이 소설에서 독자들은 그 욕망과 호흡하는 즐거움을 누릴 수 있었기에 아낌없는 환호를 보낸 것입니다. 그러니까 『고향』을 다시 읽는다는 건 1920~1930년대의 사회적 욕망을 새롭게 만나는 일이 될 것입니다. 이 소설이 현재도 의미를 지닌다는 건 그 사회적 욕망이 오늘날까지 유통기한이 끝나지 않았다는 거지요.

작가가 사회적 욕망을 풀어내는 하나의 방법은 연애 이야기를 통해서입니다. 자고로 연애는 시대를 불문하고 청춘 남녀뿐 아니라 인간의 심금을 울리는 민감한 모티프이지요. 하지만 그 시대만의 독특한 러브 스토리에 촉각을 곤두세울 필요가 있습니다. 특히 1920~1930년대는 자유연애나 성평등의 이슈가 인간 해방을 지향하며 들불처럼 번져나간 시점입니다. 이광수, 김동인 등 동시대 남성 작가들이 가부장적 관점에서 다룬 자유연애와 달리 카프 작가들은 인간 해방의 문제를 여성문제와 동일시했었지요. 그럼에도 불구하고 이기영처럼 작품 시작부터 일관성 있게 여성문제에 천착했던 작가는 많지 않습니다. 그 필치가 해방된 여성을 향해 직진하지는 못하지만, 인간 해방 관점의 정점에서 고민하는 여성을 형상화하는 데 일부분 성공했다는 점을 높이 평가할 수 있습니다.

『고향』에서 그려낸 방개와 갑숙이라는 인물은 매우 흥미롭습니다. 방개와 막동/인동, 갑숙과 경호/희준 사이에 펼쳐지는 삼각관계처럼 자유연애는 시대정신이자 유행처럼 번지던 당시의 욕망을 대변합니다. 여자 한 명과 남자 둘의 이야기에서 그 주도권을 여성이 쥐락펴락하며 지식인과 농민의 자연스러운 연대를 이끌어갑니다. 이렇게 연애 사연을 밑밥으로 하면서 '노동자와 농민 연대'의 단결과 투쟁 이야기가 나옵니다. 이 역시 유행이자 시대정신이었습니다. 일본에 저항하는 방편이기도 했지만 새로운 세상에 대한 열망을 보여주는 것입니다. 인간답게 살기 위한 조건, 즉 굶어 죽지 않기 위한 식량을 확보하고 노동조건을 개선하기 위해서 단결하고 투쟁을 해야 했지요. 실제 1920~1930년대 노동쟁의와 소작쟁의는 항일의식과 관련된 경우가 많았습니다.

이 소설에는 청년 지도자 김희준이 주도하는 농민조합과 마름 안승학의 대결이 나옵니다. 원터마을에 심한 흉년이 들어 농민들이 소작료 인하를 요구하지만 이를 끝까지 거부하는 마름 안승학과의 대결은 많은 의미가 있습니다.

노동법은 19세기 이전부터 존재했으나 20세기 초에 본격적으로 마련되었습니다. 하지만 오늘날이나 예전이나 노동법은 제대로 지켜지지 않지요. 노동자의 의식주 해결과 인권 보호에 관한 최소한의 의무만을 고용주에게 부과하는 수준인데도 말입니다. 그 또한 노동자들의 인권을 위해서라기보다는 노동력을 장기적이고 지속적으로 제공받기 위한 측면입니다. 결국 고용주에게 유리한 사회제도와 구조를 영구불변하게 탄탄히 지키기 위함인 것이지요. 하지만 고용주들은 의무를 방기하고 이익만을 극대화하려는 속성을 바탕으로 합니다. 그래서 노동자와 고용주는 반드시 충돌하게 되어 있고 그 충돌에서 노동자가 불리하니까 단체로 대항할 수 있도록 만든 것이 노동조합이지요. 이들의 요구 조건은 '8시간노동제', '다쳤을 때 병원에서 치료받기', '사망 시 보상금', '휴식 시간 보장', '욕설하지 않기' 등처럼 노동자의 가장 기본적인 인권입니다. 아이러니하게도 이러한 노동자의 요구는 100여 년이 지난 현재도 크게 변함이 없습니다. 노조의 합법적 활동 역시 자유롭지 못하고요. 부의 분배나 차별 문제는 해결은커녕 갈수록 심해지는 양상도 있습니다.

마름 안승학은 문학적 형상화 면에서도 탁월한 성공을 거둔 인물입니다. 마름은 어떤 자리인가요? 소작인과 지주의 중간에서 수고비를 받는 사람입니다. 정상적인 방법으로 많은 재물을 모으기는 어렵습니다. 소작료를 받는 지주와 처지가 다른 마름은 재물을 모으기 위해서 수단과 방법을 가리지 않는 능력이 있어야 합니다. 그런데 그 방법이라는 것이 자신의 노력을 통한 것이 아니라 수탈을 통한 것입니다. 안승학이 계략을 사용하여 이전 마름을 쫓아내고 지주에게 환심을 사면서 소작인 위에 군림하는 과정을 상세하게 묘사한 장면은 소름 끼칠 만큼 극사실적으로 다가오는 것입니다.

> 안승학은 원래 이 고을 읍내에서 살았다. 지금부터 이십 년 전만 해도 다 찌그러진 오막살이에서 콩나물죽으로 연명하던 처지였다. 그러던 사람이 오늘은 수백 석 추수를 하고 서울 사는 민 판서 집 사음舍音까지 얻어서 이 동리로 옮겨 앉은 것이다.(110쪽)

말하자면 그는 약삭빠르게 개화를 하여서 세상 물정 모르는 시골 사람들 위에 군림하는 것입니다. 모든 개화가 그러하듯, 우편제도 역시 일상을 통제하는 권력 장치임을 은밀하게 보여주는 장면입니다.

> 그는 엽서 한 장을 사서 자기 집 통호수와 자기 이름을 쓰고 편지 사연을 써서 우편통 안으로 집어넣었다. 그리고 그들에게 장담하기를 이것이 오늘 해전 안에, 우리 집으로 들어갈 터이니 가보자는 것이었다. 과연, 그날 저녁때 지옥사자 같은 누런 옷을 입은 사람은 안승학의 집에 엽서 한 장을 던지고 갔다.(111쪽)

그의 소설에는 도도하게 흐르는 인간 평등의 정신이 있습니다. 또한 그의 작품에는 해방 이전임에도 불구하고 작가정신의 바탕이 되는 밑그림이 여성 의식과 사회투쟁임을 확인할 수 있습니다. 해방 이후 새로운 세상을 향한 염원을 작품에 담은 『봄』과 『한 여성의 운명』, 『두만강』 또한 주목할 가치가 있으나 여성 의식은 더 이상의 진전을 찾기 어렵습니다. 개별자 인간에 대한 천착이 약해지고 전체 인민의 집단행동이라는 흐름 속에 묻혀버립니다. 분단 현실의 시대정신이라는 큰 틀에 작가정신이 미미해진 것입니다.

동학과 어떤 연관 관계를 찾을 수 있을까요? 수운은 동학도를 이끌고, 새로운 세상이 도래한다는 개벽사상과 '인간이 곧 하늘'이라는 인내천사상을 실천합니다. 인간의 존엄함이나 인간 평등의 정신은 꾸준히 명맥을 유지하면서 뜻있는 백성들의 가슴속에 꺼지지 않는 횃불을 밝힌 것입니다. 장편소설 『고향』은 '노동자와 농민은 왜 굶주리고 헐벗어야 하는가?'라는 문제에 천착했다 할 수 있습니다. 동학은 빈부귀천을 타파하려는 사회주의사상이 1920년대 들불처럼 번질 수 있는 기반을 마련했던 것입니다. 작품에서 사회주의 의식은 부차적 인물을 통해 간혹 직접적으로 문제의식을 발현하기도 합니다만 대부분 전체적인 흐름에 녹아 있을 뿐 겉으로 드러나지는 않습니다. 그것은 일제강점기의 엄혹한 검열을 감안해서 읽고 판단해야 하는 것입니다. 농촌사람들이 다음과 같은 의문을 가져야 한다고 생각했을 것입니다.

인순이는 아까 생각이 문득 났다.

자기가 짜는 비단을, 남은 저렇게 잘해 입는데 정작 자기는 입을 수가 없는 것처럼, 해마다 쌀농사를 짓는 부모는 쌀은 다 어쩌고 재강죽으로 연명을 하는가?……

그렇다면 자기나 자기 부모는 똑같은 처지에 사는 사람들이 아닌가!(102쪽)

『고향』의 희준은 어떻게 하면 원터마을 사람들이 사람답게 살 수 있을까에 대하여 고민합니다. 비록 가난한 소작인 처지이지만 노예적 삶이 아닌 주체적 삶을 살아야 한다고 생각합니다. 지주와 마름의 요구대로 순응하고 차별과 무시의 행태를 방관하는 것이 아니라 당당하게 맞서는 인간이 되어야 한다고 생각하는 것입니다. 그러니까 농민과 노동자가 쟁의에 참가한다는 의미는 생존권을 요구하는 절박함과 더불어 인권과 자존감을 지키기 위한 것입니다.

농사짓는 것과 석탄 캐는 것과 고기 잡는 것과 길쌈하는 것 같은 생산적 노동은 그것들이 우리 사람의 생활에 직접으로 필요한 것인 만큼 더욱 귀중한 일이라고 설명을 한댔자 잘 알아듣지 못한다. 그들은 놀고서도 잘사는 사람을 부러워한다. 놀면서 잘사는 까닭이 웬일인지는 몰라도 사실이 그런 것만은 거짓말이 아니다.

희준이는 올봄에 뒷산에 올라서 떡갈나무 잎을 보고 느끼던 바가 생각난다. 지금 이들은 마치 떡갈나무의 묵은 잎새와 같이 낡은 생각이 붙어 있지 않은가, 햇잎새가 길게 싹터 나오는데도 묵은 잎새는 그대로 붙어 있다. 그들은 새 시대를 맞이하면서 오히려 묵은 사상에 사로잡혀 있지 않으냐? 봄이—인간의 봄이 무르녹아야만 그들의 묵은 잎새도 떨어지려는가?(264쪽)

1920년대는 동학의 잔존 세력과 의병 활동 참여자가 체험담이나 보고 들은 이야기를 생생하게 주고받던 때이므로 항일 정신과 더불어 반골 정신이 꿈틀대고 있었을 것입니다. 누군가 지피기만 하면 횃불로 타오를 수 있는 만반의 태세가 마련된 셈이지요. 프롤레타리아는 공장의 기계나 토지 등의 생산수단을 지니지 못해 몸(노동력)으로 벌어먹고 살아야 합니다. 지주나 자본가가 일을 시키고 대가를 지불하기 때문에 노동력을 팔아 살면서 노예 취급을 당했었지요. 그런데 생산수단의 소유 여부로 자본가와 프롤레타리아로 나누는 계급이론이 등장하면서 노동자의 권리의식이 높아졌습니다. 당당하게 노동자의 권리를 주장하게 된 것이지요.

『고향』에서 그 권리의식을 주장하는 주체는 농민이니 이 점이 중요한 작가정신이지요. 1920~1930년대의 조선은 농업이 사회를 주도하고 있다는 점에 착안한 것입니다. 실제로 이기영은 농촌에 살면서 이 작품을 썼다고 합니다. 충남의 천안 사투리가 정겹습니다. 다음은 소설의 앞부분에 나오는 일상의 묘사입니다.

인순이와 인학이는 반겨서 모친을 불렀다.

"왜들 나와 섰니? 집은 비우고."

인동이는 여치를 잡아 가지고오던 것을 인학이에게 주었다.

"엄마 젖 먹고 여치하고 잘 놀어라! 응?"

그들은 보리 찬밥으로 점심 요기를 하고, 또 밭으로 나갔다. 인순이는 모친이 하라는 대로 열무를 다듬어서, 보리쌀과 함께 자배기와 소쿠리를 이고 뒷고갯길 밑에 있는 향나무 박힌 우물로 그것을 씻으러 갔다. 다홍 적삼, 검정 치마를 입은 누이 앞에, 등거리만 걸친 벌거숭이 인학이가 실에 처맨 여치를 들고 껑청껑청 뛰며 간다.(37쪽)

이러한 내용으로 검열을 따돌릴 수 있었겠지요. 가난하지만 정겨운 분위기가 우리가 그리워할 고향의 원형으로 무한한 영감의 원천을 제공하는 문장입니다. 요즘의 시각으로 '곤충학대'라는 점이 문제가 될 수 있겠지만 '보리 찬밥'과 '열무겉절이'는 지금도 사랑받는 먹거리가 아닙니까? 이렇게 소설 『고향』은 자급자족을 목표로 살아왔던 시대가 있었음을 다큐멘터리의 한 장면처럼 보여주고 있습니다.

5.

『고향』에는 부대끼며 살아가는 농민의 일상이 실감 나게 담겨 있습니다. 등장인물들은 마름 안승학이 우체통에 넣은 엽서가 집에 배달되는 것을 신기해하는 수준의 촌사람들입니다. 김유정 소설의 주인공들처럼 떠돌이나 극빈의 인물들은 아닙니다만. 도긴개긴 부족한 인물들이 굳건하게 자리를 지키며 저마다의 삶을 꾸려 나갑니다.

당연하지만 이상적인 인물이 등장하지 않습니다. 희준과 갑숙조차 유혹에 약한 결함을 지닌 인물입니다. 못난이 아내와 못난이 남편이 티격태격하나 문제를 해결해낼 능력이 없습니다. 하지만 그런 환경 속에서 건강한 생명력이 넘쳐납니다. 변화된 세상을 이해하지 못하고 이용만 당하지만, 서서히 새로운 세상을 배워갑니다. 주인공 희준 역시 마을 사람들 가운데 한 명일 뿐입니다. 청년회를 조직하고 두레를 주선하여 키워내는 농민들의 연대하는 힘은 노동으로 다져진 건강한 생명력인 것입니다.

> "아재, 왜 그렇게 쳐다보우? 내 얼굴에 뭐 묻었수?"
>
> "그 젖통이가 탐나서 그리우."
>
> 그들의 대화에 여러 일꾼들은 와— 하고 홍소를 터쳤다.
>
> "오늘 밤에 갈까?"
>
> "오는 걸 누가 말려!"
>
> 그들은 다시 웃었다. 냇둑 풀밭에는 점심 전까지 써레질을 하던 마름집 암소가 한가히 드러누워서 입아귀를 삭인다. 어여쁜 송아지는 어미젖을 쿡쿡 치받으며 빨다가 무슨 짓인지 별안간 두 귀를 쫑긋하고 냇둑으로 깡충깡충 뛰어간다. 사람으로 치면 그게 부모 앞에서 재롱을 부리

는 셈인지, 그렇지 않으면 다리 힘을 올리려는 것인지! 송아지는 뛰어 가다가 코끝으로 풀잎을 말아본다. 별안간,

"엄매."

하고 소리를 지르자 송아지는 다시 어미에게로 뛰어간다.

"엄매."

새끼가 우는 바람에, 큰 소도 따라 운다. 그 소리에 뒷산이 찌르릉하고 울린다.(104~105쪽)

이제는 사라진 풍경이고 다시 만날 수 없는 근대화 이전 고향이 지녔던 원형 같은 질감이지요. 이 공간의 평화는 여지없이 무너집니다. 하지만 팔아먹을 건 몸뚱이뿐이었던 원터마을 사람들의 항일의식이 성장합니다. 개화사상으로 무장하고 일본 세력의 동조자로 자본의 힘까지 막강한 마름 안승학과 대결하기 위해서는 당연히 연대가 필요했던 것입니다. 이 소설은 '상놈들의 마을' 사람들이 어떻게 연대를 이루어서 마름 안승학과 당당하게 대결하여 자신들의 권리를 주장할 수 있게 되었는지를 보여주고자 하는 것입니다.

6.

음식 이야기를 해볼까요?

소설에 등장하는 음식 모티프는 주제를 살려주거나 시대의 문화

를 보여주는 구실을 합니다. 『고향』은 장편소설이니 다양한 음식이야기가 나옵니다. 또 음식을 통하여 마름 안승학의 치부 수단을 보여주거나 몰인정한 성품을 강조하기도 합니다.

> 지게미에서는 야릇한 누룩 썩는 냄새가 코를 찌른다. 어떤 것은 곰팡이가 나서 초같이 신내가 난다. 그 속에는 지푸라기·솔잎새·피·벼깍지·돌별별 잡동사니가 다 섞였다. 그래도 어떤 사람은 밀깍지만 남은 재강을 한 바가지씩 받아가지고는 입을 헤벌린다. 그는 우선 한 주먹을 움켜서 입안에 털어 넣고 벌컥벌컥 씹어본다.(85쪽)

술의 지게미는 양조장에서 막걸리를 만들고 남은 곡물 찌꺼기인데 가난한 사람들은 그것을 식량으로 사용하기도 했습니다. 작가는 지게미를 사서 먹었던 가난한 소작인들의 생활을 생생하게 보여주면서 헐벗고 굶주린 시대를 증언합니다.

> "사람이 그걸 어떻게 먹어?"
> 갑숙이는 곧이 안 들리는 것처럼 양미간을 찡그리고 웃는다.
> "말 말어. 아까 장터 양조소 앞에 사람이 많이 선 것 못 보았남!"
> "아니, 그럼 그게 다 지게미를 사러 온 사람들이냐?"(89쪽)

마름 안승학의 딸인 갑숙이와 소작인 집안의 인순이가 나누는 대화입니다. 그러니까 노동자, 농민으로 존재 전이를 하지 않으면 그들이 처한 상황을 절대로 이해할 수 없다는 것이지요. 다음은 마름 안승학의 집에서 보리 탈곡을 하면서 준비한 음식입니다. 부잣집에서 차린 푸짐한 음식을 먹이면서 더 많은 일을 시키려는 마름 안승학의 치밀함을 다시 한번 살피고 다음으로 넘어갑니다.

> 북어 지짐이, 아욱 국, 미역 자반, 무말랭이 무침, 고등어, 호박, 새우젓—이런 반찬으로 샛밥 한광주리를 해서 이고 그는 앞들로 내갔다.(98쪽)

7.

「옵바의 비밀편지」는 이중 연애 중인 오빠에게 속고 있는 두 명의 여학생에게 비밀을 폭로하는 단편소설입니다. 자유연애에 대한 시론인 셈이지요. 이 소설이 문화예술종합지 『개벽』에 당선되어 이기영은 작가의 길을 걷게 되었지요. 집안에서 가족에게 차별받는 여동생을 주인공으로 내세워 오빠의 이중성을 폭로합니다.

이야기를 이끌어나가는 등장인물이자 서술자인 마리아는 왜 오빠와 차별을 받아야 하는지 의아하게 생각합니다. 오빠만 위하는 집안 식구들에게도 반감이 있습니다. 마리아는 오빠와의 차별을 당연시하면서 살아야 하는 걸까요? 이 물음은 오늘날에도 차별의 문제를 수면 위로 드러내는 질문입니다. 차별이 부당하다는 것, 그 부당함의 이유를 실천적으로 보여준다는 점, 그리고 차별받는 여성의 입장을 대변한다는 점에서 이 작품은 1920년대 이기영의 진보적인 여성의식을 보여주고 있습니다. 위선적 권위를 폭로함에 적절한 위트가 가미되어 있지요. 일단 「옵바의 비밀편지」를 통해서 이야기를 이어가볼까 합니다.

작품 속에는 "계집애가 웨 밤중에 다니니?", "계집애년이 무슨 잔말이냐" 등 일상 대화로 확인되는 가족 속에 뿌리내린 남존여비의 규범들은 남성의 지적, 육체적, 성적 우월성을 지지합니다. 나아가 이론으로 당하지 못할 때는 주먹을 휘두르는 오빠의 지배적이고 공격적인 성격, 성적 지배욕을 형성하는 기반이 됩니다. 그 남성의 우월성을 지적함으로써, 작가는 가부장적 이데올로기가 형성 계승되는 토대로서의 가족문제를 제시하고자 합니다.

> 아직도 청춘 남녀들 중에는 시대착오적 남존여비의 사상을 가지고 여성을 희롱하려는 가짜 연애꾼들이 있는가 하면 또한 신여성과 여학생들 중에는 물질적 허영심에 들떠서 불순한 애정 관계를 맺거나 첩이 아니면 윤락의 길로 떨어져 신세를 망치는 폐단이 없지 않았다. 봉건의 가부장적 전제 밑에 얽매여 살던 청년 남녀들은 신문명의 개화사조가 밀려드는 대로 불합리한 조혼에 대하여 우선 반기를 쳐들었지만 자유연애주의는 또한 풍기 문란의 폐단을 가져왔던 것이다. 이런 봉건 유습과 청년 남녀들 간의 불순한 애정 관계를 사회적 문제로 취급해보려는 것이 그때 나의 착상이었다.[4]

자유연애사상은 개인의 근대적 각성이라는 측면에서는 긍정성을 지니지만, 남존여비의 가부장적 의식이 그대로 남아 있는 상태에서 남녀 간의 자유로운 결합은 허상에 불과하다는 비판이 담겨 있습니다. 마리아가 볼 때, 오빠는 외모가 번듯하고 언변이 좋다는 점 이외 별다른 장점이 없어 보입니다. 그런데도 오빠와 연애하는 여자에 대한 호기심으로 오빠의 편지를 몰래 읽어봅니다. 그러다가 비밀을 알게 됩니다. 오빠는 두 명의 여자에게 똑같은 내용의 편지를 보낸 것입니다. 마리아는 그런 오빠의 가벼움을 폭로하면서 '열린 결말'로 소설은 끝이 납니다.

이기영은 고향에 내려와서 야심차게 장편소설을 썼으나 출간에 실패합니다. 빚까지 얻어가며 썼건만 가난한 살림에 해가 뜰 거라는 모든 기대는 물거품이 되었습니다. 작가를 포기할까 방황하면서 쓴 단편이 「옵바의 비밀편지」입니다. 작가 수업의 일화는 역사가 매우 길고 드라마틱했답니다. 생활이 어려워서 친척의 도움을 받으며 보낸 어린 시절, 이야기책을 낭독하는 시간이 많았다고 합니다. 『춘향전』 『조웅전』 『심청전』 등을 외울 만큼 읽었다고 하니 작가 수업에 도움이 되었을 것입니다. 고전소설뿐만 아니라 신소설까지 섭렵한 이기영은 이를 낭송하며 살아 있는 문학 교실을 맛보았을 것입니다. 소설 읽기가 윷놀이보다 재미있었다고 합니다. 그것이 저

4) 이기영, 「처녀작을 어떻게 썼는가」, 『청년문학』, 문학예술출판사, 1964, 12쪽.

력이 되어 여러 소설에 다양한 설화를 삽입하여 민중의 소망을 자신의 작품에서 흥미롭게 형상화할 수 있었던 것입니다.

당시 카프 작가들에게 여성문제는 빈곤문제와 더불어 풍성한 작품 생산의 제재가 되었습니다. 카프의 동반자작가로 불리는 채만식은 『탁류』 『인형의 집을 나와서』 등 여성이 주인공인 작품이 대다수였습니다. 한설야의 『황혼』이나 홍명희의 『임꺽정』에도 여성 인물의 활약은 풍요롭게 눈길을 끕니다.

이기영은 어렸을 때 어머니가 돌아가셔서 새어머니와 살았습니다. 친모에 대한 기억은 거의 없지만 서모와는 매우 좋은 관계를 유지했다고 합니다. 열두 살에 조혼한 이기영은 구여성인 아내와 갈등을 겪었는데 정작 새로 살림을 차린 여인 홍을순이 신여성은 아니었습니다. 홍을순은 이기영의 오랜 친구이자 독립운동가인 홍진유의 여동생으로 오빠의 옥바라지 중 이기영을 만났습니다. 어쨌든 민촌의 이중 혼인은 감출 수 없는 비밀이었습니다. 홍을순은 가난 때문에 첩으로 팔려 갔던 여인이며 스물두 살에 서른다섯의 민촌과 만나 3남 2녀를 두었고 북한에서 부부로 살았습니다.

1989년 황석영 작가가 방북하여 만난 그 여인은 이기영의 둘째 부인 홍을순이었고 조혼으로 만난 부인은 남한에서 살았습니다. 이기영의 소설에 자주 등장하는 조혼 모티프는 그의 체험이 만난 시대정신인데 피해자 의식을 극복하지는 못한 것이 아쉽습니다. 구식 아내와 조혼에 대한 부정적 견해가 반복될 뿐 총체적 접근이나 창조적 해석에는 미치지 못하고 있네요. 작가의 체험이 작품화가 될 수 있는 객관적 거리의 여유가 없었기 때문일 것입니다. 분노와 좌절감으로 상처받은 내면이 본격적인 성찰의 과정을 거치지 못한 채, 부분적으로 작품에 등장할 뿐입니다.

해방 이전 최고의 농민문학으로 『고향』을 꼽는 이유는 등장인물들이 주제 의식을 잘 살려주었기 때문입니다. '일제하 농민의 비참한 현실과 인간 평등과 해방 지향'이라는 주제 의식을 생동감 넘치는 대화와 긴밀한 구성으로 전개하고 있습니다. 또한 이기영이 여성 의식을 작품에 녹여냈다는 점도 높이 사고 싶습니다. 여성 의식이란 여성을 주체적으로 등장시킨다든지, 여성이 받는 차별과 편견의 문제점을 드러낸다든지, 여성 권익 증진을 위한 인식과 문화와 제도를 위해 노력하는 것을 의미합니다. 페미니즘이라는 말과 같은 의미로 이해해도 무방합니다. 이기영은 카프의 중심인물이었으며 카프는 사회주의 의식을 실천하는 것이 핵심이었습니다. 그러면서도 위에서 살펴본 것처럼 자유연애에 대해 비판적 지지의 입장을 견지하고 있었습니다. 사회주의사상과 관련하여 여성의 권익보다는 변혁을 위한 세력 결집에 더 주안점을 두었을 것입니다. '사회주의 여성해방론'은 인간의 평등을 지키기 위한 투쟁의 방법으로 여성해방을 중요하게 여깁니다. 그런데도 사회주의혁명을 위해 여성의 권리를 희생해야 한다는 방향으로 흐르게 됩니다. 『고향』에서 방개를 통해 여성의 자유로운 성애적 본성을 건강한 감정으로 인정하는 듯했던 이기영이 갑숙을 통하여 자유연애를 반성하도록 하는 것은 그 과도기적 여성의식을 보여주는 것이라 하겠습니다.

이쯤에서 이기영의 조혼한 아내를 만나보도록 할까요? 아, 정확히 말하자면 그녀는 『고향』에 나오는 희준의 아내입니다. 이기영의 작품 속 인물들이 대부분 실존 인물을 모델로 했다고 하는데 아내 역시 그렇게 유추해볼 수 있을 것 같습니다.

당시 여성의 삶은 두 종류였습니다. 혼인 등 자신의 문제를 집안 어른이 정해준 대로 따르는 관습에 순응하는 삶, 대부분의 여성들이 그렇게 살았습니다. 집안에서 정해준 혼처에 따라 얼굴도 모르는 사람과 혼인하여 마음에 들든 안 들든 죽을 때까지 남편과 집안을 보살피며 살아가야 했지요. 이렇게 기존의 관습을 따랐던 사람을 구여성이라고 불렀습니다. 반대로 관습적인 여성의 삶에 저항하며 독립된 자신의 삶을 추구하는 길을 선택한 여성도 있었습니다. 기존의 관습에 저항하여 자유연애와 자유혼인 등 주체적인 삶을 지향했던 그들은 신여성이라고 불렀지요.

이기영은 조모의 환갑날 손자며느리를 맞이할 수 있도록 갑작스러운 조혼을 아버지로부터 강요받았다고 합니다. 그의 아내와는 그렇게 인연을 맺게 되었지요. 이기영은 아버님의 강압적인 조혼에 반감을 갖고 오랜 세월 집을 떠나 살았지만, 아내는 남편을 기다리며 신산고초를 견뎠습니다. 이기영은 고향에 내려와 살면서 아내가 마음에 들지 않아 이혼을 요구하기도 하지만 아내는 이를 거부합니다. 아들까지 낳고 시부모님 모시면서 열심히 살아왔는데 이게 웬 날벼락인가 싶은 겁니다. "원래의 처녀로 만들어주면 이혼을 한다"는 발언은 구식 여성의 반격이자 당시 지식인의 이기적 대응 논리에 대한 풍자입니다. 이기영 본인의 딜레마를 엿보는 듯합니다.

『고향』의 희준은 아내에게 불만을 품은 채 아들을 낳고 혼인 생활을 이어가면서 음전이를 좋아하기도 했지만, 결정적으로 이상형을 만나 사랑의 감정을 품게 됩니다. 그 이상형 여인이 마름 안승학의 딸 갑숙입니다. 안승학은 원터마을 사람들의 소작권을 관리하면서 지주보다 더한 위세를 떨치는 인물이지요. 잇속을 위해서라면 간과 쓸개는 물론이요, 처자식도 팔아먹을 자본주의형 악인으로 활약합니다. 이기영 소설을 읽다 보면 이런 유형의 '팔려 가는 딸' 모티프가 자주 등장합니다. 『심청전』에서 심청이가 삼백 냥에 인당수의 제물로 팔려 가는 것처럼 당시에는 사람을 사고파는 경우가 흔했습니다. 가난한 집에서는 딸을 팔아서 양식을 마련하는 데 보태기도 했지요. 하지만 가난한 집에서만 딸을 파는 게 아닙니다. 경호의 아버지와 갑숙의 아버지가 혼사를 논하면서 돈에 집착하는 장면을 만나보시지요.

> "그럼 그 돈은 따님이 나온 뒤에 드리지요. 성례를 갖추자면 자연 혼인 비용도 쓰셔야 될 것인즉… 그 안에라도 쓰실 일이 있다면 다소간은 드리겠습니다마는…."
>
> 권상철은 안승학의 환심을 사기 위해서, 이런 말을 선선하게 꺼냈다. 그러나 그는 어떻게든지 약혼을 먼저 해서, 그 돈을 다 안 쓸 작정이다. 한편으로 안승학은, 장사치의 영리한 심중을 엿보고 있는 만큼, 그는 약혼을 하기 전에 그 돈을 다 받아보려는 꾀를 썼다. 그렇게 하자면 우

선 갑숙이를 찾아다 놓고 권상철을 꼬일 수밖에 없다. 그래서 그는 한 발을 양보하고 피차에 상약을 한 후에 비밀히 갑숙의 행방을 사방으로 수소문해보았다.(379~380쪽)

가난한 집에서 먹고살기 위해 딸을 판 행위는 차치하고라도 세도를 키우거나 재산을 불리기 위하여 정략결혼을 강요하는 것도 딸을 파는 행위이니까요. 마름 안승학은 이렇게 재산을 불리기 위하여 수단과 방법을 가리지 않습니다. 성경에는 '부자가 천국에 들어가기는 낙타가 바늘구멍에 들어가기보다 힘들다'라는 문장이 있습니다. 재산을 모으는 행위가 다른 사람의 노동 가치를 수탈하는 것과 동일한 의미로 이해되는 건 그런 이유입니다.

'노블레스 오블리주'의 어원은 부와 권세를 지닌 사람이 일반인보다 사회적 의무를 더 크게 감당해야 한다는 의미를 담고 있습니다. 부와 권세가 개인 혼자의 능력으로 이루어진 것이 아니기 때문에 그만큼 사회적으로 더 많은 의무를 감당해야 한다는 것이지요. 하지만 마름 안승학은 치부 능력이 탁월하여 많은 재산을 모았을 뿐입니다. 일본인과 친해야 유리하다는 점을 알아채고 발 빠르게 일본어를 배웁니다. 자신의 거래처와 혼인을 맺어 사업을 확장하겠다는 욕심뿐, 자식의 행복을 생각할 줄 모릅니다.

갑숙은 신여성으로 여학교에 다니면서 공부를 하고 유학생 경호와 자유연애를 합니다. 1920년대는 이렇듯 지식인들 사이에 자유연애사상이 유행처럼 번졌습니다. 이광수의 『무정』 『유정』 등 소설의 소재가 자유연애인 점은 이러한 흐름을 보여주고 있지요. 갑숙과 경호의 자유연애에 대한 자세한 내용은 생략되어 있습니다.

경호는 갑숙에게 변치 않는 사랑을 호소하는데 갑숙은 감정의 변화와 심리적 갈등으로 고민합니다. 끝내 휴학을 한 갑숙은 집이 있는 원터마을로 돌아오고 그곳에서 희준을 만납니다. 갑숙은 농민조합을 만들고 야학 활동을 하는 희준에게 열정을 느끼지만 경호와 사귀고 있는 상황이라 떳떳하지 못합니다. 희준이 아내 있는 입장이라 속마음을 감추어야 하는 것과 같지요. 이렇게 둘은 속으로만 끙끙거리다가 결국은 연애보다 중요한 건 농민과 노동자가 차별 없이 살아갈 수 있는 새로운 세상을 만들기 위한 사회 활동이라고 결론을 내립니다. 떳떳하지 못한 연애가 아니라 당당한 사랑을 하자고 합니다.

희준의 아내와 갑숙을 만나보았습니다. 구여성인 희준의 아내와 신여성인 갑숙을 등장시켜서 작가는 여성이 처한 어려운 상황에 대한 폭넓은 관심을 보였어요. 좋아하는 사람과 만나서 자유롭게 연애를 하고 결혼까지 해서 사회변혁운동에 함께 참여하기를 바라지만 현실적인 걸림돌이 많습니다.

남성은 혼인 생활이 만족스럽지 못하더라도 사회 활동을 통하여 자아를 실현하면서 삶의 의미를 찾을 수 있습니다. 『고향』의 희준처럼 자연스럽게 여성을 만나는 기회도 만들 수 있고요. 하지만 구식 여성의 경우는 다릅니다. 남편에게 구박받고 이혼을 요구받으면서 버림받을까 두려워할 뿐입니다. 오직 가정만이 삶의 전부인 구여성에게 남편에게 버림받는 일은 죽음보다 가혹한 형벌입니다. 이러한 상황에서 조혼한 남자가 자유연애를 한다면 구식 여성에게는 남편에게 버림받은 채 평생을 살아야 하는 결과를 초래하고, 신여성 또한 '정식 아내'가 아닌 동거인으로 떳떳하지 못한 혼인 생활을 해야 합니다. 이래저래 자유연애는 남성보다는 여성에게 불리한 결과를 초래하지요.

자유연애가 해답이 아니라면 어떻게 해야 할까요? 정답이 없으니 답답한 노릇입니다. 가족관계는 대부분 원하지 않았는데 결과로서 떠맡아야 하는 경우가 많습니다. 인간은 누구나 태어날 때부터 국적과 장소와 부모와 형제를 선택할 수 없지 않나요? 니체는 이러한 문제를 깊이 연구하고 '운명에 대한 사랑amor fati'이라는 담론을 제기합니다. 내가 선택할 수 없었던 것에 대해 사랑하려는 노력이 최선이라는 것입니다.

인간관계 또한 내가 원하는 대로 만들어지지 않습니다. 우정이나 연애나 결혼에는 누구에게나 길고 긴 질곡의 여정이 마련되어 있습니다. 영원한 만남도 영원한 헤어짐도 없지만 늘 그 속에서 허덕입니다. 당연히 이혼도 어렵지요. 작가의 피해의식이 고스란히 주인공을 통해 드러나는 장면을 만나보시기 바랍니다.

> "에, 더러운 인간들! 더러운 욕심!"
>
> 야학용품의 외상값을 칠팔 원 해주었다고 그들은 무슨 못 할 일이나 한 것처럼 야단들이 아닌가!

"예끼, 아무리 무지하고 인색하기로 너 같은 것도 사람이냐?"

희준은 참다못해 주먹으로 아내의 턱주가리를 치받쳤다.(166~167쪽)

안타깝게도 구여성인 아내가 부정적으로 등장합니다. 아내 입장을 충분히 헤아리지 못하는 피해자 의식은 남존여비를 낳은 가부장적 의식의 소산입니다. 아내는 고스란히 조혼의 피해자일 뿐 아니라 개화한 남편에게 폭력과 폭언에 시달리며 이중 삼중의 고통을 당하며 살았던 것입니다.

이런 집으로 시집을 보낸 친정 부모가 새삼스레 원망스러웠다. 남과 같이 처지는 넉넉하지 못한 대신 왜 서로의 뜻도 맞지 못하게 살 것이 무엇이냐? 별안간 아내의 눈에서는 눈물이 소리 없이 흘러내렸다.(164쪽)

이번에는 방개와 인동이의 자유연애를 만나볼까요?

희준과 경호와 갑숙이 고민과 갈등만 하는 연애를 보여준다면 방개와 인동이는 몸과 마음이 하나로 만나는 진짜 연애를 보여줍니다. 하지만 이들에게도 문제는 있습니다. 머릿속이 헝클어지는 본격 갈등까지는 아니지만, 방개가 막동이와 먼저 사귀었기 때문입니다. 말하자면 인동이는 막동이와 방개의 관계에 끼어들어 삼각관계를 만들었던 것입니다. 하지만 이 문제는 인동이와 막동이의 진흙탕 싸움으로 깨끗하게 정리가 됩니다.

인동이는 궁둥이를 털고 일어섰다. 가슴이 얼쩍지근하다. 그는 허리끈을 졸라매고 나서 "악!" 소리를 치고, 마주 달라붙었다.

그는 막동이의 앙가슴을 쥐어지르며 한 손으로는 그의 상고머리를 잡아낚았다. 막동이는 인동이의 멱살을 붙들고 늘어진다. 두 사람은 한동안 엎칠뒤칠하였다. 그러자 인동이가 앙! 소리를 치며 막동이의 머리를 잡아채고 그의 다리를 걸어 넘기자 막동이는 옆으로 모들뜨기로 나가떨어진다. 그 바람에 인동이는 한 팔을 뒤로 짚기 때문에 미처 선수를 걸지 못한 틈을 타서, 막동이는 재차로 인동이의 짚은 팔을 탁 치고 달려들며 찍어 눌렀다.

인동이는 그의 모가지를 잔뜩 껴안고 뒹굴었다. 웃통을 벗은 알몸뚱이가 밭고랑에서 풀 언덕까지 뒹굴어 나갔다. 그래서 막동이의 등허리는 풀뿌리에 긁혀 미고 돌부리에 쨰져서, 온몸이 피투성이가 되었다. 서로 물고 차고 주먹질, 발길질 조금도 사정을 두지 않았다. 인동이의 주먹이 막동이의 볼퉁이를 사정없이 후려치는 바람에, 막동이는 앞니가 부러져서 피와 함께 부러진 이를 내뱉었다. 그 대신에 인동이는 눈두덩을 얻어맞아서 밤톨만큼 멍이 들었다. 두 사람은 원두막 밑까지 대굴대굴 구르며 격투를 계속하다가 그 밑의 낭언덕으로 내리뒹굴었다.(242~243쪽)

막동이와 인동이가 싸워서 이긴 사람이 방개와 사귄다는 설정은 수컷들 간의 암컷 쟁탈전처럼 원시적이지만 이기영의 작가적 역량이 돋보이는 장면입니다. 방개는 막동이와 소문이 날 정도로 드러내놓고 사귀는 사이입니다. 그런데 인동이가 접근해오니까 안 그런 척하면서도 이미 마음이 흔들렸어요. 인동이는 잘 생기고 기운도 셉니다. 청춘 남녀가 서로에게 끌리는 감정을 조금씩 발전시키는 것, 이것이 자유연애의 기본입니다. 인동이가 싸움에서 이겨 막동이를 물리치고 방개와 사귑니다. 시끌벅적 싸움판까지 벌였으니, 둘의 연애는 이미 동네에 모르는 사람이 없습니다. 물론 방개가 같은 동네에서 두 남자를 사귀었다고 문제 삼지도 않습니다. 남녀가 합의하에 본성에 충실하였을 뿐인데 여기에 체면이나 도덕의 잣대를 들이밀 필요가 없다고 보는 것이지요. 농촌의 가난한 사람들이 지닌 건강한 생명력을 유감없이 보여주는 장면이기도 합니다. 문제는 그 생명력을 어떻게 키우느냐입니다,

연애가 놀이라면 '혼인은 일'이라는 이원적 사고가 당연시되던 시대였습니다. 그리고 놀이는 일을 위해 당연히 희생해야 하는 것으로 여겼지요. 인동이와 방개 역시 이런 사고에서 자유롭지 못했고요. 문제는 희준입니다. 자신이 원하지 않는 혼인으로 고통을 받고 있으며 자유연애를 부러워하면서도 인동이와 방개의 관계는 신중하게 생각하지 못하지요. 인동이를 중매하여 음전이와 혼인을 하게 하다니, 참 어이없는 일입니다. 나중에 인동이가 음전이와 원만하게 살지 못하게 되니 그제야 자신의 행동을 후회하지요.

이기영은 주인공 희준처럼 남녀평등의 사상을 지닌 듯하면서도 보수적인 성향을 아주 버리지는 못하였던 것입니다. '얼개화꾼'이라는 말이 있습니다. 보수적인 생각을 버리고 새로운 사상을 실천

하는 것을 개화라고 하는데 얼개화꾼은 이러한 개화사상을 제대로 실천하지 못하는 사람을 말합니다. 염상섭의 가족사소설 『삼대』에는 완고한 보수주의를 지닌 할아버지(1세대)와 개화사상을 지녔으나 이도 저도 아닌 채 무능력하게 살아가는 아버지(2세대)가 있습니다. 이 아버지 조상훈을 얼개화꾼이라고 했지요. 3세대인 조덕기는 할아버지와 아버지를 비판하면서 새로운 길을 모색합니다.

'시대의 한계'라는 말이 있습니다. 이기영이 카프 활동에 적극적이었고 평등사상을 지녔으나 오늘날의 기준을 적용하면 미흡한 점을 많이 발견할 수 있다는 말입니다. 특히 자유연애와 여성 의식에 있어서 유교주의와 평등 의식의 혼재가 보입니다. 여기에 사회주의 여성해방론이 가미되어 해방 이후는 더 이상의 진전이 없다는 점을 시대의 한계라 해석하는 것입니다.

그럼에도 불구하고 1920~1930년대 보여준 선진적 여성 의식은 매우 놀라운 수준입니다. 비록 시대의 한계를 시원하게 넘어서지는 못했으나 이론과 실천의 일치를 강력히 요구받던 시대에 충실했던 결과라 할 것입니다.

> 어느 의미로 보아서 부인과 노동자는 공통한 운명을 가졌다 할 수 있겠다. 그것은 노동계급이 해방되지 않고서는 부인해방도 바랄 수가 없는 것과 마찬가지로 프로문학이 아니고서는 완전한 여성문학을 세울 수는 없는 것이다. 그러므로 상식적, 소박한 생각으로 오늘날 사회는 남자 전횡專橫의 사회인즉 여자는 모름지기 남성에게 반항해야 한다는 것

이 도리어 무익한 반항인 것과 같이 문학에 있어서도 다만 남성에게 반항하는 것만으로써는 무의미한 관념의 유희라 하겠다.[5)]

방개와 인동이의 자유연애는 인간의 본성에서 우러나오는 놀이와 같은 충동입니다. 청춘 남녀가 서로 끌려서 사랑을 하는 것이지요. 그런데 그 사랑이 결혼에 이르지는 못합니다. 주변에서 도와줬다면 결혼을 했을지도 모르지만 배우자는 부모가 정해주는 것으로 받아들이는 결론이 못내 아쉽습니다. 하지만 방개는 역시 당당하고 용감한 여인입니다. 혼인을 했지만 인동이를 잊지 못해 집을 나와서 제사製絲공장에 취직을 합니다. 방개와 인동이는 서로를 그리워하는 마음을 변함없이 가지고 있습니다.

"나는 희준이 형님이 그런 데로 왜 중신을 해주었는지 몰라. 하긴 그런 데로 장가를 들어주면 내가 좋아할 줄 알았겠지마는, 사실 또 그때는 안 좋은 것도 아니었지만 막비莫非[6)] 들고 보니 늑대는 늑대끼리 노루는 노루끼리 사는 것이 옳은 모양이야…."

(…)

"왜 성났나?"

---

5) 이기영, 「부인의 문학적 지위」, 『근우』 창간호, 1929. 5. 66쪽. 원문은 한문 표기가 많으나 한글로 대체함.

6) 본문에는 없으나 이해를 돕기 위해 한자 표기를 병행함.

"…."

"대답해!"

"호호호… 성은 무슨 성… 참 나는 어떻게 하야 좋다우? 그래서 난 당신을 만나보고 한번 의논해보려고 별렀는데… 당신은 그렇게 냉정하우?"

인동이는 충동을 억제하며

"내가? 그럴 리가 있나."

방개는 별안간 인동의 가슴 앞으로 쓰러지며

"난 지금도 당신을… 당신이 없이는 못…살…겠… 흑."

(…)

방개는 눈물을 씻고 일어나 앉으며 아까보다는 화평한 기색으로

"그래 나는 이런 생각을 가지고 당신을 만나고 싶었수! 같이 달어나자구…."

방개는 인동이의 눈치를 슬쩍 보고 나서 다시 잇대기를

"만일 그럴 수가 없다면 난 공장에나 들어갈까…."(443~445쪽)

방개는 제사공장에서 일하여 모은 돈을 인동이에게 가져다줍니다. 소작쟁의에 보태라는 것이니 이제 동지의 관계로 발전하였음을 암시하는 것입니다. 하지만 서로를 애타게 그리워하는 마음을 보여줄 뿐 긴 대사가 없습니다. 이들은 장편소설 『고향』의 핵심 인물이 아니기 때문이지요. 영화에서도 조연이 무거운 분위기를 전환하여 웃음을 주거나 때로는 잊을 수 없는 명장면을 선물하며 내용을 전

환할 때가 간혹 있습니다. 소설에서도 마찬가지입니다. 주요인물이 아니기 때문에 작가는 인물의 활동 반경을 자유롭게 마련해줄 수 있는 것이랍니다. 방개와 막동이의 자유연애도 그렇게 명장면을 선물해준 것이지요.

갑숙은 옥희라는 이름으로 위장취업에 성공하고, 제사공장 여직공들이 모은 투쟁 자금을 가지고 희준을 만납니다. 이때 희준은 갑숙에 대한 감정을 동지적 관계로 정리하고 서로의 마음을 확인합니다. 좀 오글거린다고 할까요. 자유연애를 넘어서는 감동적인 깨달음이라고 하지만 글쎄요, 진정성이 느껴지지 않습니다. 하지만 이 시대에는 실제로 '붉은 연애'가 있었습니다. 본성으로 남녀가 만나는 자유연애와 달리 일(사회주의혁명 사업)을 우위에 두는 것입니다. 연애보다 일이 중요하다는 겁니다. 자유연애는 막동이와 방개처럼 본성에 충실하게 파트너를 만나 서로 힘겨루기를 하다 보니까 농민운동이나 노동쟁의 활동에 지장을 주는 겁니다. 그래서 가장 높은 수준의 연애는 감정을 초월하여 사업파트너로서 힘을 합치는 거지요. 그렇게 된다면 갑숙은 경호가 원하는 대로 결혼을 하고, 희준과는 동지적 관계로 지내면서 떳떳할 수 있게 됩니다. 참 편리한 방법입니다. 이렇게 이성으로 인간의 감정을 자제하면서 모든 에너지를 하나의 중요한 일에 모아야 한다는 생각은 매우 오래된 논리입니다. 특히 스콜라철학으로 무장한 중세가 그 대표적 시대였지요. 인간의 감정을 오직 신에게 충성을 바치는 방향으로 몰아갔고, 이와 어긋나는 경우는 마녀사냥을 하여 처단했던 시대였습니다.

"아니어오, 괜찮어요, 다른 사람이 그렇더라도 알어보고 싶을 터인데, 항차 부모 되는 이의 관계되는 일을 어떻게 묵과할 수 있겠어요. 부모가 되는 만큼 저도 책임감을 아니 느낄 수가 없어요… 아버지 하나로 인하야, 많은 사람이 무고히 고통을 당한다면— 그리고 또 저 한 몸을 희생해서 그 많은 사람을 구할 수가 있다면… 저는 그런 부모의 자식된 죄를 대신해서라도… 몸을 바쳐야 할 것 아니어요…."

옥희는 별안간 끓어오르는 분통을 참지 못해서, 손수건으로 입을 가렸다. 눈물방울이 치마 앞으로 떨어진다.

희준이는 별안간 몸이 떨렸다. 그는 안타까운 시선을 옥희에게 쏘았다. 과연 그가 여자의 입에서 이런 말을 들어보기는 평생 처음이었다. 그는 동경에서 사오 년을 지낼 동안에 많은 여자들과 일자리에서 만나볼 수 있었고, 또한 마음에 끌리는 여자도 더러 있었으나 이와 같이 자기의 온몸을 사로잡는 여자는 볼 수 없었다.(546~547쪽)

8.

이기영은 해방 이후에도 왕성한 작품 활동을 하였으며 북한문학사에서 매우 중요한 작가로 인정받고 있습니다. 하지만 분단 이후 남북이 교류하지 못하는 환경 속에서 독자적으로 작품 세계를 키워왔습니다. 남한과 북한이 철저히 장벽을 치고 상대를 무시하고 공격하며 사는 것이 당연한 것처럼 여겨지기도 했습니다. 그런 상황에서 황석영 작가가 통일문학을 위한 밑거름이 되겠다며 북한에 다녀온 후 공주교도소에서 8년을 복역하고 나왔지요. 황석영은 그때 북한에서 이기영의 둘째 부인을 만납니다. 만남 자체만으로 역사적 산증인이 되는 시대의 한계를 넘어서는 날을 기대해봅니다.

소설 『두만강』의 위력은 무엇보다 '곰손'이라는 주체적 농민을 등장시켜 성공적으로 형상화하고 있다는 점입니다. 스스로의 힘으로 토지를 만들어내고 곡식을 키워내는 과정이 이 소설을 읽는 커다란 즐거움이지요. 이문구의 『우리 동네』에 나오는 피해자 의식과 소극적 저항 의식을 지닌 농민 캐릭터와 비교해보는 즐거움도 큽니다. 남한에서는 농민이 몰락하고 왜소해지는 계층이 되었으나 북한에서는 역사의 주체로 당당한 역할을 부여받는다는 설정이 다릅니다.

장편 대하소설인 『두만강』은 우리 민족사의 흐름 속에서 곰손과 동리 사람들의 가족사를 긴 호흡으로 펼치고 있습니다. 그 안에서 여성 인물은 어떤 활약을 할까요? 1930년대 『고향』에서 보여준 적극적인 여성상들이 『두만강』에서는 어떻게 성장하였을까 매우 궁금하지 않습니까? 북한문학에서 그려내고 있는 이상적인 여성상은 어떤 모습일까요? 안타깝게도 선진 의식을 지닌 투사형이면서도 봉건적 여성성을 지닌 인물이라고 합니다. 매우 실망스럽네요. 요즘 대한민국 사회에서 은연중에 '워킹 맘'에게 요구하는 것과 유사하지요. 가사와 직장을 책임지는 '슈퍼우먼'과 비슷한 유형일 것입니다.

1부에서 여성 인물의 활약은 매우 미진합니다. 배경이 1910년대에 머무르기 때문에 시대적 제약이 작용할 수 있다고 해도 여성 인물의 활약이 보이지 않는 건 아쉬움을 넘는 문제점입니다. 홍명희 대하소설 『임꺽정』의 작품에 등장하는 조선시대 여성 인물을 떠올려볼 때 그 아쉬움은 더욱 크네요. 소설에서 여성 인물의 활약은 반드시 선각자나 사상의 지도자로서 등장해야 하는 것은 아닙니다. 『임꺽정』의 여성 인물은 일단 양적으로 작품에서 차지하는 비중이 크지요. 악인형 인물이건 반대의 경우이건 작품에서 생동감 있게 살아 움직인다는 점에서 인격체로서의 존중을 받는 것입니다. 이상적인 인물로는 봉단이나 억석의 딸 등 야무지고 매력적인 여성이 다수 등장합니다. 조선시대의 인물을 다루면서 1930년대 여성해방론을 가미하여 작품에 투영하는 것은 작가의식의 건강함입니다. 물론 이기영도 『고향』에서 방개와 갑숙과 같은 적극적인 여성을 창조한 바 있다는 걸 유념할 필요가 있지요.

『두만강』에 나타난 여성 의식의 퇴조는 북한 사회가 자유와 평등을 향한 변혁 에너지를 잃어가고 있기 때문이 아니었을까 생각해 봅니다. 현실에 안주하는 작가의식을 대변한다고 볼 수도 있습니다. 카프 조직에서 지향했던 사회주의사상의 연장선에 있다 할지라도 국가권력이 메커니즘으로 작동하면서 작가의 자유로운 창작 흐름을 차단했으리라 여겨집니다. 인민민주주의 국가의 틀에서 사상은 견고하다 못해 시멘트 틈바구니에서 자생하는 민들레꽃조차 싹을 틔우지 못하는 것일까요? 장차 통일문학사에서 해결해야 할 과제입니다.

9.

이제 돌아가야 할 시간입니다.

여행의 시작은 꿈에 부풀지만 돌아오는 시간은 떠나고 싶었던 현실과 마주하는 고통을 수반합니다. 이기영의 소설 여행은 분단의 문제로 인해 더 이상 진척이 어렵다는 변명으로 마무리하고자 합니다. 남북분단의 모순으로 권력자가 누린 독재의 세월만큼 노동자, 농민 그리고 여성을 포함한 민초들의 삶은 억눌림 속에서 신음하고 있다는 것을 확인하게 됩니다.

『두만강』의 분이, 옥이, 곱단이 등 대부분의 여성이 혼인 문제를 주체적으로 풀어나가는 모습은 씩씩하지만 현실감은 많이 떨어집니다. 그래서인지 '해피 엔딩'의 혼인이 불가능한 것처럼 보이는 『고향』의 방개와 갑숙의 사연처럼 몰입하게 만드는 힘이 약합니다. '고상한 리얼리즘'의 방향이 인물의 다양한 속성을 충분히 발휘하지 못하게 테두리를 칩니다. 방개는 연애 따로 결혼 따로의 대가를 치릅니다. 갑숙은 개인의 행복을 희생하고 속죄양이 되려고 합니다. 하지만 분이와 옥이는 연애와 결혼의 조화를 이루고 더 나아가 남편의 사회 활동까지 지지하는 인물이지요. 비록 조력자 역할이긴 하지만 항일 의식과 인간 해방에 대한 열망을 지닌 주체적 인물입니다. 적극적으로 구애하고 좋아하는 남자를 선택하는 면에서 방개와 유사하지만, 이성에 의해 본성을 철저하게 차단하는 듯합니다.

2018년 현재, 대한민국 자본주의 시스템에서 자유연애와 혼인의 문제는 새로운 시대정신으로 이해해야 하지 않을까요? 저출산을 염려하기보다는 일과 놀이를 분리하지 않고, 의무와 권리에 치우치지 않으려는 새로운 시대정신을 지원해야 하지 않을까요? 앞으로 어떤 거대 담론이 우리 일상을 파고든다 해도 일과 놀이의 무게중심을 억누르고, 우선순위를 강요하는 권력은 아닐 것입니다.

영원한 경계인, 박노갑과 엄흥섭

1. 소설小說과 소도小道

소설은 허구와 진실의 조합이다. 동시에 소설과 진실의 관계는 '아름다움과 진실', '시와 진실'의 관계와는 그 결이 다르다. 아름다움과 진실은 이율배반이 확연하므로 아름다움의 정의를 극단적으로 협소화하지 않는 이상, 누구도 이를 부정하기는 어렵다. 그래서 윤흥길 소설가의 "박경리 선생님의 뜻을 이어 살인殺人의 문학이 아닌 활인活人의 문학을 하겠다"라는 교과서적인 발언에도 우리는 고개를 끄덕일 수밖에 없다.

하지만 똑같은 내용이 시인의 입을 통한다면 우리는 고개를 갸우뚱할 수도 있을 것이다. 시와 진실의 관계는 무한 팽창의 스펙트럼 속에서 전개되기 때문에 "활인活人"의 촘촘한 그물망에조차 갇히기를 거부할 수 있다. 그래서 소설과 시의 진실이 제각기의 무게로 다가오는 것이다. 인물들의 일상이 펼쳐지고 그들의 언어와 표정 속에서 우리는 진실을 확인하는 동시에 그 문장에서 원하는 목소리를 만들고 듣고자 하는 욕망에 가깝게 다가갈 수 있다. 그러한 욕망이 자연스럽게 작품에 녹아 형상화로 이어지지 않을 때 계몽의 외피가 드러나게 된다.

진실의 권위를 신에 의지했던 시절, 인간의 존재감은 미미했으나 그들이 신의 이름으로 세운 성전과 조형물들은 위대하였다. 그 시절 신을 빙자했던 권력자들은 피라미드를 만들었고 지하 세계를 묘지에 담기도 했다. 근대인들은 이에 민감하지 않았으나 현대는 다르다.

『장자莊子』의 「외물편外物篇」에 처음 등장하는 소설의 명명은 도道와 변별하기 위해 소도小道로 칭해진다. 재미있는 건 결국 소설의 운명이 소도를 벗어날 수 없다는 점이다. 물론 소도의 의미는 도의 세계에 도달하기에는 턱없이 "보잘것없음"으로 보아야 할 것이나 그 소도에 매달릴 수밖에 없는 것 또한 작가의 운명이다.

애초에 소설의 존재 기반은 금지된 것들을 통한 새로운 진실 찾기였다. 그 금지된 것들이 중국 명나라 때 장편소설 『금병매』에서는 외설과 육체적 쾌락이었다면 세르반테스의 『돈키호테』는 망상적 모험이었다. 이들 소설이 독자들의 지지를 받았던 건, 금지된 욕망의 대리 충족이면서 당시 사회에 대한 풍자를 성공적으로 이루었기 때문이다.

일제강점기 최대의 금기이자 열망의 언어는 '조선의 독립'이었다. 그래서 '독립'이란 단어는 금지된 욕망이자 파라다이스였다. 동시에 그 '독립'은 연금술을 향한 중세인들의 집단무의식처럼 개인의 일상 심리를 지배하는 절대적 가치였음을 부인할 수는 없다. 그렇기 때문에 독립을 향한 역량 강화는 근대화와 봉건 잔재의 과거 회귀, 민족과 계급의 상반된 노선투쟁 속에서도 다양하게 진행되었다. 그에 맞서 일제의 탄압과 회유의 간교한 병행 또한 변화, 발전하였음을 우리는 안다.

1930년대의 한반도 공간으로 돌아가보자. 그곳은 반상의 신분사회에서 벗어나는 과도기를 살아가는 갈등과 열망이 들끓는, 새로운 문화를 창출하려는 에너지가 넘치는 사회였다. 피억압 민족의 서러움 속에서 충효와 권선징악을 삶의 지표로 삼던 대다수 민중에게 '나라 찾기'라는 구체적 과제가 각인되었다. 정치적으로는 일본의 식민 지배를 받으면서 매국노와 애국자의 이분법 논리가 무의식적인 영역까지 지배했던 시대였다.

민족 모순에 눈을 뜨면서 우리가 새로 만들어야 할 나라는 어떤 형태가 되어야 할 것인가의 고민이 깊어질 수밖에 없었다. 신분사회를 용납할 수 없는 변혁의 에너지가 각계에서 분출하기 시작한 것이다. 신학문을 적극적으로 받아들인 것은 양반층이 아니라 중인 계급이나 기층 민중이었음이 이를 말해준다.

1917년 러시아혁명의 성공은 무산자 계급의 꿈을 키우는 서막이었다. 그즈음 제국주의 일본과 싸워 이기기 위한 한반도의 상황은 인근의 중국과 러시아와의 공존 전략이 자연스러웠으니 독립을 열망하는 젊은이들에게 노동자계급사상이 진리처럼 아로새겨졌을 것임은 당연한 일이다. 그 와중에 '보이지 않는 손'의 움직임 속에서 토착 지주와 일본의 앞잡이로 활동하는 밀정과 하급 관리들을 통하여 초기자본주의가 한반도에서 싹트고 있었다. 그렇게 36년이 흐르고 해방공간의 암흑과 광명의 교차 속에서 분단과 6·25를 겪고 이후 한반도는 꽁꽁 얼어붙은 냉전을 보내는 중이다.

계급 모순과 민족 모순의 혼종混種과 봉건사회의 억압에서 시달리는 식민지 백성들의 목소리를 담은 문학작품을 우리는 어떻게 대우했는가? 1988년 해금 이전까지 사상이나 월북 관련 행적이 의심스러운 작가들의 작품에 대하여 출판, 기록, 문학사적 평가 등 모든 통로에서 무조건 금지 조치를 하였다. 현재 우리 사회의 정치적 분열과 갈등 요인이 당시의 계급 모순과 민족 모순의 문턱을 넘지 못하였기 때문이라면 우리는 시대를 거슬러서 신중한 탐색을 기울여야 할 것이다.

일제강점기의 민족주의, 사회주의 노선은 자연스럽게 결합하는 듯하였으나, 남북 단독정부 수립과 한국전쟁의 상잔 속에서 권력투쟁의 도구가 되고 말았다. 결국 오늘날의 남북 대립처럼 명분도 실리도 챙기지 못하면서 분단국가라는 십자가를 짊어진 형국이 되고 말았다.

30년대 소설에 관한 연구는 이미 많은 진전이 있었다. 하지만 학위논문의 틀에 갇혀 다양한 텍스트의 생성과 변주로 이어지지는 못한 경우가 적지 않다. 특히 엄흥섭과 박노갑의 소설은 비슷한 역량을 지닌 다른 작가에 비하여 주목을 받지 못한 실정이다. 이 글은 그동안 권력 이념 뒤에 숨겨졌던 두 작가 엄흥섭과 박노갑을 독자들에게 알리기 위해 쓴다.

엄흥섭과 박노갑, 이 둘의 공통점은 많다. 공교롭게도 충남 논산 출신이며, 엄흥섭은 1905년생이며 박노갑은 1906년생으로 출생도 비슷하다. 당연히 이들의 활동 시기도 겹친다. 교사 생활을 했고 무산계급운동에 참여했으며 카프의 영향 속에서 작품 활동을 한 것도 비슷하다. 소설 외 평론 활동을 펼쳤으며 해방 이후 '조선문학가동맹'에 참여했다는 점까지 유사한 길을 걸었다. 1930년대부터 해방공간에 이르기까지 작품 경향과 전기적 사실까지 한국문학사에서 그들의 위치는 독특하지만 편의상 경계인이라는 테두리로 묶여 있다.

이들의 죽음 또한 분단의 역사를 대변한다. 박노갑은 한국전쟁의 와중에서 생사를 확인할 길이 없다. 1950년 9월부터 서대문형무소에서 1년간 복역한 이후 숙명여고 재직 중 51년 행방불명이 되었다. 당시 숙명여고에서 박노갑의 영향으로 소설가의 길을 선택했다는 박완서의 스승으로 기억하기도 하지만 오랜 시간 묻혀버린 비운의 소설가이다.

반면 엄흥섭은 월북하여 사회주의리얼리즘에 입각한 창작을 하면서 적극적으로 북한 문예정책에 협조하다가 한설야가 제거되면서 함께 숙청을 당한 것으로 알려져 있다. 아직도 이들의 생애나 문학은 많은 부분 베일에 가려 있다. 1988년 월북작가 해금 조치 이후 이들의 작품과 생애 등 많은 부분이 공개되었고 기본 연구가 이루어진 점은 다행이나 심층적 연구는 미진한 상태이다. 하루빨리 통일이 되어야 하는 이유가 문학사에서도 매우 절실한 상황인 것이다.

필자는 이들의 대표작품을 통해 1930년대 한반도의 현장을 만나볼 생각이다. 이 작업은 분단 이전의 국내 동향을 이해할 수 있는 좋은 자료가 될 수 있을 것이며 언젠가는 이루어질 통일의 밑거름이 될 수 있다는 희망도 가져본다.

2. 박노갑의 『사십 년』

박노갑은 1905년 충남 논산에서 출생하였다. 어려서 서당에서 한학을 배웠으며 휘문고보 졸업 후 일본으로 건너가 일본 호세이대학에서 수학하였다. 1933년 『조선중앙일보』에 단편소설 「안해」를 발표하며 작품 활동을 시작하였다. 이 무렵 『조선중앙일보』 등 신문사, 잡지사의 기자 생활을 했다. 광복 이후 조선문학가동맹에 가입하여 적극적인 활동을 펼치다 갑자기 사라져서 의문의 죽임을 당한 것으로 추정된다.

장편소설 1편, 중편소설 2편, 단편소설 50여 편과 10여 편의 평론이 있다. 15년 안팎의 작품 활동 기간을 고려하면 왕성한 창작이었다. 「안해」 「청춘」 「꿈」과 같은 초기의 작품은 열악한 농민의 삶을 그려냈으며 「고양이」 「이랑이」 「무가」와 같은 작품에서는 도시를 배경으로 물질문명 속에서 인간성의 상실과 황폐해진 지식인의 현실 인식을 그렸다.

박노갑에 대한 당대의 평가는 인색하였다. "「추풍인秋風引」은 전편에 흐르고 있는 센티멘털리즘이 시적인 문체"(윤규섭), "시대에 뒤떨어진 제재"(이헌구), "「초사흘」은 스토리가 빈약하여 내용의 진전이 없다"(안회남), "「무가霧街」는 세태소설의 실패작"(백철)이라 혹평을 받았다. 그러나 해금 이후 이재선은 박노갑을 민족운동의 계몽성이나 사회주의의 목적성을 표면화하지 않고 농촌사회의 궁핍하고 고통스러운 생활의 실상과 형태를 리얼하게 다룬, 소박한 리얼리스트라고 말한다. 같은 맥락으로 임헌영은 박노갑을 순수소설 작가로 평하며, "「포설飽說」, 「안해」는 차분한 묘사와 경이로운 사건을 심미적인 관점에서 다루기를 즐기며, 현실을 하나의 예술적 대상으로 파악하고 역사의 관찰자로서의 본격적인 순수소설을 만들어낸다"라고 언급한다.

월북작가로 분류되었던 그는 1988년 해금 작가 명부에 오르기 이전에는 사실상 남한 사회에서는 금지된 작가였다. 그러다가 해금이 되면서 전집이 나오고 연구의 시도도 보였지만 본격적인 주목을 받지는 못했다.

해방 후 그는 과거 식민지 시대를 반추하며 미래의 조국에 대한 강한 희망을 지닌 작품을 창작하기도 했다. 특히 장편소설 『사십 년』은 1905년의 을사늑약에서부터 시작된 식민지 치하의 사회상을 총체적으로 그린 그의 대표작으로 거론되지만, 현재까지 본격적인 작품론은 전무하다 해도 과언이 아니다.

그의 소설을 찾아 읽는 과정이 순탄하지는 않았다. 『사십 년』[1]은 "조직을 떠난 외로운 병장" 박노갑의 자전적 성격이 담긴 소설이다. 이 소설에는 연대기적으로 세밀하게 그려낸 1905년부터 1945년까지 주인공 '황찬'의 이력이 담겨 있다. 소설이라는 장르를 감안하더라도 등장인물 황찬과 저자 박노갑의 겹침이 매우 긴밀하다. 소설의 여정이 한반도의 을사늑약에서 8·15해방의 역사와 일치한다는 점에서 사소설보다는 '사회·역사소설'에 가깝다고 할 만하지만 사회와 역사에 대한 배경이 미미하여 성장소설처럼 읽힌다. 이기영의 『두만강』처럼 이 소설에서도 역사에 등장하는 인물보다는 무명 인물이 대부분이다. 역사적 사건을 중심으로 집중적인 조명이나 가감승제도 미약하다. 그러함에도 불구하고 필자는 이 소설을 일제강점기와 해방공간의 사회, 역사를 핍진하게 담아낸 소설로 가치가 있다고 본다.

그는 한국문학사에서 철저하게 소외받았던 작가이다. 비슷한 수준의 작품 활동이나 문학적 역량을 지닌 작가들에 비하여 전혀 조

---

1) 박노갑, 『四十年』, 育文社, 1948. 이 책을 기본텍스트로 하지만, 편의상 모든 한자는 한글 표기로 대체하며 이후 본문 인용은 괄호 안에 쪽수만 적는다.

명을 받지 못했다. 분단된 한반도에서 문단 권력의 문제는 차치하고라도 개인의 욕망이나 집단의 이념만으로 재단할 수 없는 일련의 회오리바람이 있었음을 간과할 수 없다. 그 과정에서 폭력적으로 좌우익의 경계가 강화되고 중도적 인물은 설 자리가 없어졌다.

작가의 생애가 경계인의 범주를 벗어나지 못했기에 그의 삶이나 작품에 대한 연구가 미진한 것이 당연하게 여겨질 수도 있다. 하지만 필자의 생각은 다르다. 현재까지 진행되는 남북 대립이나 좌우의 갈등을 지양할 가능성의 여지를 그의 문맥에서 찾아낼 수 있기 때문이다.

연애나 결혼에 얽힌 개인사가 생략되어 있음에도 불구하고 사십 년의 세월을 무리 없이 읽을 수 있는 건 소설에 등장하는 군상이 민족의 역사와 동궤의 맥락에 놓여 있기 때문이다. 중도적 인물인 주인공 황찬이 보고 듣는 궁핍한 민중의 참상이 고발자의 시선이 아니라 동질의 수난을 온몸으로 체험하는 입장이기 때문에 더욱 진정성 있게 다가온다. 이는 자전적 체험을 소설로 형상화하는 데서 오는 체화된 목소리의 힘이라 할 수 있다. 그래서 박노갑의 작품에는 적극적인 항일 투사나 좌익적인 인물은 등장하지 않는다. 시대의 회오리바람에 맞설 만한 역량 있는 인사도 없다. 바람에 나부끼는 풀처럼 흔들리고, 흔들리면 다시 일어서는 민초들이 대다수이다.

『사십 년』 또한 일제의 탄압이나 지주의 횡포가 표층적으로 구체화되어 있지 않다. 주인공 황찬을 객관화시켰지만 무기력한 지식인의 자학에 빠지지도 않았으며 민중을 계도하려는 목적이 드러나지도 않는다. 그런데도 시대적 참상에 함께 분노하고 그 실상을 기억하게 만드는 힘이 있으니 그것이 소박한 리얼리즘의 진실이다.

리얼리즘문학론에서는 다양한 창작방법론을 내세우지만, 부지불식중에 작품을 통하여 미래의 전망이나 사회 계도의 가능성을 찾아내려는 경향이 강하다. 당위성의 측면에서 밀어붙이며 현실 문제를 드러내는 것에 머무르면 안 된다는 압력을 가할 뿐이다. 박노갑 역시 문예이론이나 창작방법론을 의식하지 않을 수 없었을 것이나 도식적으로 하나의 방향만을 따르는 작가는 아니었다. 이런 의미에서 그는 진정한 경계인이라 할 수 있겠다. 언제 어떤 상황에서도 정치적 인간이 아닌 생각하는 인간, 기록하는 인간으로 남을 수밖에 없었기 때문이다.

『사십 년』은 민중의 참상을 작품에 총체적으로 녹여내지 못하고 일화 형식으로 제시하는 한계가 분명하다. 하지만 주인공 황찬의 일대기를 통하여 영웅의 성공적인 인생을 그리려는 의도가 아니라면 이러한 설정이 오히려 설득력이 강하다. 농민의 자식인 황찬이 진보적 지식인으로 성장하면서 노동계급과의 분리를 최대한 좁히기 위한 노력이 작품에 작용하는 구심력으로 느껴지기 때문이다.

(가) 일화 형식으로 제시한 가난한 민중의 참상

소작인 만보의 아낙이 굶주림으로 식솔들에게 졸리다 못하여, 창서네 부엌에 들어가 찬밥 덩이를 훔치다 들킨다. 그리고 그것이 부끄러워 못

살겠다고, 우물에 빠져 죽은 것이 바로 이해의 일이었다. 온 마을이 발칵 뒤집히었다.(5쪽)

주인공 황찬의 출생은 "소작인 만보의 아낙이 우물에 빠져 죽은" 해로 제시된다. 작가의 관심이 소설의 시작에서부터 비참하게 삶의 터전에서 쫓겨나는 기층 민중을 향하는 것이다. 큰 줄거리는 황찬의 일대기를 그리고 있지만 동시에 일제의 수탈과 피폐한 민중의 삶을 구석구석 조명하는 것이다. 이렇게 일화 형식을 취한 소설적 구성에서 민중의 참상과 관련된 내용을 거칠게 정리하면 다음과 같다.

먼저 일제의 도로 확장공사를 보여주는 일화는 '아이가 자동차에 깔려 죽을 뻔한 사건'(72쪽)이다. 교통사고가 나서 부상을 입었지만, 오히려 차를 피하지 않았다고 욕을 먹으니 적반하장이다. 마을 사람들은 이제 길도 피해 다녀야 하는 곤경에 처했음을 자각한다.

다음으로 단발斷髮 관련 일화는 주인공이 서당에서 배우는 한학과 이후 신학문을 접하는 과정에서 자연스럽게 당시의 민심을 보여준다. 반대와 찬성의 여론을 보여주는 것이다. 농촌에서의 단발은 초기의 반대 목소리가 약화되면서 점차 받아들이는 분위기로 전환된다. 주인공도 단발을 해야 한다는 조건을 건 무료 수강 기회가 생겼을 때 갈등 없이 수락한다.

일본 유학의 어려움은 배고픔으로 표현하는데 '병준이 일화'는 한국 유학생들의 참상을 보여주어 씁쓸함을 자아낸다. 실제 주인공도 친구와 실컷 먹기를 하다가 배탈이 난다.(139~140쪽)

주인공은 대학교를 졸업하고 진보적 지식인으로 성장한다. 적극적인 행동으로 가담하지는 않지만 일제의 참상을 민중의 시선으로 보고 있음을 확인할 수 있는 건 일화를 통해서이다. 흰옷이 금지되면서 백성들이 어떤 수난을 겪었는지를 보여주는 '물고의 적삼' 일화를 보자.

> "색의 장려! 심하고 말고!"
>
> 그는 찬의 말을 이어서 색의 장려로 고향에서 일어난 이야기를 시작하였다.
>
> "너 나 할 것 있나! 물고의 적삼에도 붉은 물 칠을 하여, 장날 장에 갔다 오는 사람들은 온몸이 피투성이가 되었으니."
>
> "물고의 적삼에 물들이기가 그처럼 어려워!"
>
> "물들인 것 물에 입고 들어가면 물이 더 잘 빠지지."
>
> "아무렇거나 흰 걸 입으면, 검은 살이 희어지며, 검은 걸 입기로, 검은 살 더 검어질 리 있겠나!"
>
> "이 겨울로 들어서는 흰 옷이라고는 없어졌지. 나다니는 사람치고는, 방에 가만히 앉았는 백발노인 이외에는! 폐일언하고, 개도 안 짖으니까. 검정이를 보고도."(160쪽)

함께 나누는 대화를 통해 민중의 참상을 들려주는 장면이다. 이밖에도 다양한 일화가 등장하는데 대부분 주인공이 직접 겪은 게 아니라 친구를 통해서 듣게 되는 이야기이다. 백삼의 죽음과 감옥으로 간 영재(164쪽), 만주로 간 만보, 노다지와 관련된 운선의 죽음(167쪽)은 당시의 시대상을 반영한다. 김 서방은 '등본'이라는 일본상에게 사기를 당해서 생존의 기반을 잃고 마을에서 쫓겨났는데 순박하다 못해 어리석기까지 한 인물에게 연민이 느껴진다.

손기정 선수의 일장기 사건(138쪽)이나 출판사 편집실에 근무하면서 형무소에 가는 장면(189쪽)은 주인공 황찬이 직접 겪는 사건이지만 역시 일화 형식으로 전개되는데, 형무소 풍경을 그리면서 사상의 문제뿐만 아니라 빈곤과 독립에의 의지를 보여준다. 일제의 탄압과 교묘한 회유정책까지 기록하는 치밀함을 보인다.

형무소 일화를 통하여 황찬이 창씨개명을 하지 않았으며 황국신민서사를 부정하는 인물임을 드러낸다. 이 작품이 일제 치하가 아닌 해방공간에서 집필되었음을 감안할 때 대외적으로 큰 의미가 있는 건 아니지만 작가 개인의 주제 의식을 우회적으로 표현했다고 본다면 그 의미가 새롭게 다가온다.

(나) 가난한 농민의 아들에서 진보적 지식인으로 성장하는 우리들의 이야기

『사십 년』의 주요 서사는 주인공 황찬이 가난한 농민의 아들에서 진보적 지식인으로 성장함에 있다. 가난과 봉건 잔재의 유습과 일제 치하의 열악한 환경에서 끝까지 배움의 끈을 붙잡을 수 있었던 강한 정신력과 의지를 지닌 황찬은 독립투사도 아니고 무산계급을 대변하는 조직원도 아니다. 소설 역시 한 개의 사건을 둘러싼 밀도 있는 갈등의 전개도 생략한 채 시간의 흐름 속에서 잔잔하게 성장하는 인물의 서사이다.

"이 이야기는 나의 이야기이며 우리들의 이야기"라 발언하는 작가는 '뒤에 씀'(후기)에서 "이 소설이 「행간행行間行」이라는 또 하나의 제목을 가졌고, 이는 무슨 신기한 이야기를 꾸며보자는 것이 아니라 식민지 시대 현실의 흐름을 그려보자는 의도"였음을 밝히고 있다. 그러니까 「행간행」의 의미는 무산계급사상이나, 진보적 역사의식과 무관하지는 않을 것이다. 황찬의 성장 과정을 간략하게 정리하면 다음과 같다.

황찬은 가난한 농민의 아들로 태어났지만 아버지의 높은 교육열에 힘입어 서당에 다니면서 한학을 배워 학문의 세계를 동경하는 마음을 품는다. 형식과 권위에 주눅 들지 않고 친구들과 놀고 말썽을 부리는 개구쟁이 어린 시절부터 이야기가 펼쳐지지만 장원례(시문을 잘 지어서 장원을 받은 학생이 음식을 대접하는 것)를 하지 못해서 기가 죽는다. 그렇게 자신보다 실력이 못한 학생이 장원을 하는 체험을 통하여 모순적인 사회현실에 눈을 뜬다.

1919년 독립 만세 사건은 독립의 열기가 시골 마을에까지 뜨거웠음을 보여준다. 열다섯 살 찬의 목소리와 다양한 사람들의 반응이 담겨 있다.

찬은 더욱 소리를 높여 독립만세를 불렀다. 소리를 높일수록 자신은 답

> 답한 것을 느끼었다. 마음과는 딴판으로 자기 귀에 들어오는 효과는 줄었다. (…)
>
> "될 일인가? 아가리에 물은 고기를 그처럼 쉽게 내놓을 일인가? 만세 부른다고 될 조선 독립이면 왜 지금까지 독립이 못 되었겠나?"
>
> "그럼 안 부른다고 될 것은 무엇이란 말인가?"(87~89쪽)

열아홉 늦깎이 학생으로 어렵게 학교를 다니지만 교육열이 높았던 아버지나 주인공은 배움의 목표가 출세 지향은 아니었다. 막연하게나마 가치 있는 일을 할 것이라 생각한다.

> "그놈들, 외국 가서 공부하였다는 놈들, 말은 그럴듯하게 해야, 제 아비 죽은 뒤에 들어서는, 작인들 고혈은 더 빼먹으려 들더라. 오히려 돼지 말 듣던 아비만도 못하더라."(141쪽)

고학으로 학교에 다니면서 동맹휴학에 참여하고 일본 유학까지 마치지만 자신의 일을 찾지 못한 채 고향으로 간다. 대학을 졸업한 주인공은 고향에 돌아와 농사를 짓기로 하지만 당연히 부친은 최고학부를 어렵게 졸업한 아들이 농사를 짓겠다는 걸 선뜻 받아들이기가 어렵다.

> "내 너에게 하는 부탁이 별것이 아니다. 너보고, 왜놈 벼슬을 살아서, 나 고기 사달란 말이 아니다. 너는 네가 배운 학술로 네가 제일 잘할 수 있

는 일을 해보아라. 그것이 내가 너에게 하는 부탁이다. 거적 자리, 악의 악식은, 내가 오늘까지 걸어온 길이니 새삼스럽게 겁낼 것도 아무 것도 없다. 내 말을 깊이 알아들어라."(152쪽)

아들이 뭔가 큰일을 할 수 있을 것이라는 기대 때문일 것이다. 당시 고등 지식인의 실업 문제는 채만식의 「레디메이드 인생」처럼 일본의 조선인에 대한 우민화정책이 만들어낸 결과였다. 주인공 또한 농촌에 와서 조합을 결성한다거나 야학운동을 한다는 등 하지 않는다. 그럼에도 불구하고 요시찰인물이 되어 감시자가 따라다닌다는 설정은 당시 지식인이 감당해야 했던 정신적 고통을 미루어 짐작할 수 있는 장면이다.

세월이 흘러 주인공은 신문사 기자로 근무하는데 손기정 선수의 일장기 말소 사건으로 다니던 출판사가 정간을 당한다. 이 과정에서 친일을 선택한 기자들만 새 직장을 구하게 된다. 이 부분도 일화 형식으로 짧게 처리될 뿐이다. 주인공 황찬이 신문사를 나와 실직하는 계기가 되는 사건이므로 구체적으로 다룰 수 있었는데 그렇게 하지 않은 이유는 무엇일까. 추측건대 본인의 직접 체험이 아니거나 이미 알려진 사실이기 때문에 굳이 길게 말할 필요를 느끼지 못했을 것이다.

이후 출판사 편집실로 이직을 한 주인공은 뚜렷한 죄명 없이 투옥된다. 창씨개명을 하지 않았고 황국신민서사를 외우지 못한다고 모욕을 당하기도 한다. 주인공의 실직과 수감은 일제강점기 친일을 거부한 지식인들이 대부분 겪었던 고초이기도 하다. 이 과정에서 일본 경찰이 반일 성향이라 의심되는 지식인에게 사건을 조작하고 회유하는 장면이 등장한다. 당시의 유치장 풍경을 상상할 수 있도록 다양한 수형인을 꼼꼼하게 그려낸다.

그사이 아버지는 돌아가시고 주인공은 혼인을 하여 자식을 둔 가장이 된다. 생계 해결과 시국의 답답함에서 도망치듯 다시 고향으로 이사를 하여 농사를 짓겠다는 계획을 아내와 함께 세우면서 1940년대가 펼쳐지는 것이다.

주인공이 끝내 농민으로 거듭나거나 고향에서 중심적인 인물이 되는 설정은 없다. 그렇다고 고향이 단순한 안식처이거나 비현실적인 낭만적 대상으로 머물지도 않는다. 직접 쇠스랑을 들고 논에 들어가서 노동을 시도하는 모습에서, 어설프지만 노동의 힘겨움을 현장감 있게 살려내려는 작가의 의지가 엿보인다. 주인공의 노동에 대한 진정성을 구체적으로 보여주는 두 장면이 있는데 그중 하나는 '물 긷기'이다. 고향을 떠나 다시 시작한 서울 달동네는 물을 공동시설에서 져 오거나 물지게꾼에게 사 먹어야 한다. 주인공이 물동이를 지는 장면은 소설 전체에서 비중 있는 역할을 한다. 농촌에서 가난하게 자랐지만 그때까지 주인공은 선비처럼 공부만 하며 성장했을 뿐이다. 룸펜은 아니지만 동가식서가숙으로 하루하루를 떠돌면서 열일곱에 시작한 공부를 십여 년 이어갔으나 펼치지는 못한 것이다. 구체적인 내용은 나오지 않지만 주인공이 공부한 학문의 핵심은 '노동해방', '노동자가 주인 되는 세상'일 것이라 짐작할 수 있다.

이러저러한 생활고와 떠돌이를 거쳐서 주인공은 일제 말기에 학원에 자리를 잡고 교사로 근무를 하다가 해방을 맞이한다. S어학원에 취업을 한 이유는 정규학교가 아니기 때문에 정신대 동원 등 일제의 정책이나 감시 체계에서 다소나마 자유로울 수 있었기 때문이다.

> 그러나 정세는 점점 절박하여 세계를 상대로 전쟁을 벌이는 일본의 피는 마를수록, 볶이는 것은 조선이었다. 징용, 징병, 공출의 이야기를 예서 이야기하자는 것이 아니다. 평소에는 성명도 없던 여학원에, 고등여학교인 양, 여자 정신대를 뽑아 보내라는 명령이었다.
> (…)
> "귀 학원에서도 권유는 해보셨나요?"
> "그야 그렇게 물으신다면!"
> "실례했습니다. 다른 데는 지원자가 있는데, 하필 여기만 없을 리가 없지 않습니까?"(286쪽)

마지막 장면이다. 해방이 되어 앞으로의 정세를 걱정하며 주고받는 말들이 소설적으로 형상화하는 데는 다소 미흡할지라도 "행간행行間行"2) 으로서 해방 전후 사회 역사를 담아 여운을 준다.

> 그들은 웃고, 다시, 통일정부수립 만세! 자주독립 만세를 목이 쉬도록

불렀다. 대체 언제 끝날지 모르는 절규였다. 찬의 머릿속에는 아직도 준수의 기억이 사라지지 않았다. 열망이 크지 않은 것도 아니었다. 가망이 없는 것도 아니었다. 그러나 혼돈한 국내외 정세는 천구백사십칠 년 오늘도 마찬가지였다.(308쪽)

가난한 농민의 아들에서 진보적 지식인으로 성장하는 주인공 황찬의 일대기를 대략 살펴보았다. 소설적 구성의 미숙성이 일부 드러나기는 하지만 박노갑의 『사십 년』은 개인의 자전적 일대기를 일제강점기와 해방 이후까지 담담하게 그려낸 작품이다. 소설가 박완서가 숙명여고(당시 여중 5학년) 시절 담임선생님이었던 박노갑과의 인연을 회상하는 이야기를 덧붙이면서 아쉽지만 박노갑의 소설 이야기를 마치도록 하겠다.

박노갑 선생님께서 그런 질문을 하신 적이 있어요. 포도주가 만들어지려면 뭐가 필요하냐. 우리는 포도, 소주, 설탕 뭐 이런 대답을 내놓았는데 선생님의 대답은 '시간'이었어요. 이 질문은 아직도 잊히질 않고 있습니다.[3]

---

2) 박노갑, 「뒤에씀」, 『四十年』, 育文社, 1948.

3) 장석남 외, 『우리가 참 아끼던 사람 – 소설가 박완서 대담집』, 호원숙 엮음, 달, 2016, 49쪽.

3. 엄흥섭의 『정열기』

엄흥섭은 1906년 논산에서 태어났으며 월북한 후 1987년에 사망했다. 북한에서 한설야와 함께 활동하다가 숙청당한 것으로만 알려져 있다. 엄흥섭의 전기적 사실이나 작품 경향은 세밀하게 언급할 수는 없으나 참고 자료로 아래 내용을 소개한다.

> 그는 본격적인 작가 생활을 한 1920년대 후반부터 월북 후 활동까지 포함하여 약 70여 편에 이르는 작품을 생산하기에 이른다. 작품 또한 프로문학과 대중문학에 이르기까지 다양한 스펙트럼 속에 놓여 있다. 월북 후에는 당과 집권층의 배려 아래 창작 활동을 이어가며, 1956년에는 조선작가동맹 평안남도 지부장을 역임한다. 1957~1958년까지는 김일성의 교시에 따라 『평양신문』에 장편 『동틀 무렵』을 연재하기도 하였다.
>
> 그의 문학은 시에서 출발하였고 언론, 출판, 동인지 등 다양한 활동을 전개하였다. 『문학신문』 편집장과 『제일신문』 편집국장을 맡으며 언론인, 출판인으로 활약한다. 1925년 공주에 근거를 둔 『백웅白熊』 편집 동인으로 1927년 시와 소설을 발표하였다. 1929년 아동잡지 『별나라』 편집 동인으로 활동하였다. 1933년부터 엄항嚴響이란 필명으로 동화와 동시, 동극 등을 발표하며, 해방 후에는 송영, 박아지, 김도인 등과 함께 폐간되었던 『별나라』의 복간 사업에 참여하기도 한다. 이러한 경력과 함께 진주 시절 교원으로 활동하였던 무산아동 교육 사업은 월북 후 '금

성청년출판사'에서 초등 및 중등 교재 발간 사업으로 이어진다.

엄흥섭은 한국전쟁 중인 1951년 9·28 서울 수복 직전에 인민군에 합류하여 월북한 것으로 보인다. 『조선문학』에 1953년 3월 단편 「다시 넘는 고개」를, 1957년 7월 「복숭아나무」를 발표하면서 북한 체제에 헌신하는 인물상들을 형상화하고 있다. 또한 1957년 12월부터 이듬해 5월까지 『평양신문』에 장편 『동틀 무렵』을 3부로 나누어 연재하고, 1960년에 그중 1부를 수정 개작하여 단행본으로 출판한다. 이후 1965년 2월 『조선문학』에 발표한 수필 「새봄에 부치는 편지」를 끝으로 북한에서의 창작 활동은 확인된 바가 없으며, 최근 북한 측 자료에 의하면 1987년 사망한 것으로 전해진다.[4)]

따라서 엄흥섭의 작품은 해방 이전과 이후 그리고 북한 체제에서의 활동으로 나누어 살펴보아야 한다. 외형적으로는 그가 카프에 몸담았다가 『군기』 사건[5)]으로 제명당한 것이 작품 경향에 큰 영향

---

4) 이승윤, 「추방과 탈주, 경계인의 문학적 실천—엄흥섭론」, 엄흥섭, 『엄흥섭 선집』, 이승윤 엮음, 현대문학, 2010, 390~392쪽.

5) "잡지 『군기』를 편찬하던 양창준, 민병휘 등 카프 개성지부 맹원들이 카프 지도부를 향해 조직 개편을 요구하며 강도 높은 비판을 가하자, 이에 카프 지도부가 비판에 가담한 인물들을 제명한 사건. 이 사건의 본질은 카프 주변 세력(개성)과 중심 세력(서울)의 권력 다툼이라는 해석이 설득력이 높다. 이 사건은 엄흥섭이 의식적으로 주변적 위치를 고수했던 반주류 작가임을 증명하는 사례이다."(엄흥섭, 『엄흥섭 작품집』, 차선일 엮음, 지식을만드는지식, 2010, 해설 12~13쪽)

을 준 것처럼 보이지만 사실은 그렇지 않다. 그는 카프에서 제명당했지만 이 사건과 관계없이 일제의 식민화 정책에 저항하는 진보적 지식인과 민중의 의지를 형상화함에 성과를 보인 작품을 산출한다.

엄흥섭의 작품은 대부분 좋은 평가를 받았는데 필자는 해방 이전의 작품 가운데 『정열기』를 그의 대표 작품으로 본다. 그리고 「숭어」 「안개 속의 춘삼이」에서 엄흥섭이 그려낸 소작 농민의 비참한 삶의 정경은 핍진감이 살아 있다. 「숭어」는 소작 농민의 비애가 계급적 자각으로 발전하지는 못하지만 '숭어'라는 생동감 있는 소재를 통하여 당대의 실상을 효과적으로 제시했다. 이러한 작가적 역량을 바탕으로 중편 「정열기」[6]를 『조광朝光』에 연재한다.

1931년 『군기』 사건으로 카프에서 제명된 엄흥섭은 이후 작품의 방향 전환을 도모한 흔적은 없다. 오히려 이전 작품에 비하여 구체적 현실과 연관되어 일제 치하에서 고통받는 민중이나 도시 빈민 또는 진보적 지식인을 전면에 내세우며 한층 진전된 모습을 보인다. 『군기』 사건은 계급 예술운동의 실천 과정에서 기관지의 편집

---

6) 엄흥섭은 1936년 11월부터 1937년 2월까지 잡지 『朝光(조광)』에 「情熱記(정열기)」를 연재하였다. 이후 1938년 3월부터 8월까지 같은 지면에 속편 「明暗譜(명암보)」를 발표한다. 이 글은 이 두 작품을 합쳐 1950년 한성도서에서 단행본으로 출간한 장편 『정열기』를 기본 텍스트로 한다. 인용문은 단행본의 쪽수만 표기한다. 50년대 표기법을 가능한 원문대로 인용하나 편의(가독성)를 위해 약간의 변형이 있음을 밝힌다.

을 놓고 일어난 조직 내부의 갈등으로, 카프 중앙부의 조직 강화라는 명목으로 지방 조직원을 탄압한 사례이다.

『정열기』는 카프가 해산되고 프로문학의 활동이 극단적으로 탄압받던 시기의 작품으로서 이기영의 『고향』이나 심훈의 『상록수』에 영향을 받은 것으로 추정된다. 이기영의 『고향』은 1933년 11월 15일에서 1934년 9월 21일까지 『조선일보』에 252회에 걸쳐 연재되었다. 또한 『상록수』는 1935년 동아일보사에서 주최한 '창간 15주년 기념 장편소설 특별공모' 당선작으로, 그해 9월 10일부터 1936년 2월 15일까지 인기 있는 연재소설이었다.

또한 『정열기』는 교육 현장을 소재로 일제하 민족교육의 올바른 좌표와 진보적 교사의 활동을 폭넓게 형상화한 작품이다. 이 작품은 식민지 노예교육 아래에서 겪는 삶의 전체적 과정을 보여주었다는 긍정적 평가와 그냥 통속연애소설에 불과하다는 부정적 평가를 동시에 받았다. 전반부의 소박한 교육 현장 이야기가 후반부에서 삼각관계 애정 구도와 타락한 지식인과 진보적 지식인의 갈등 표출로 흐르기 때문이다. 진보적 지식인이자 중도적 주인공인 영세, 낙관적이며 문제 해결의 주도적 행위자인 문 서방과 타락한 지식인 강 선생, 홍철진, 원장, 야학 여교사 등 다양한 인물의 형상화가 드라마틱하게 전개된다. 하지만 채영과의 연애 사건이 결말로 이어지지 않는다거나, 야학 여학생의 성적 유린과 비참한 참상이 고발적인 어조로 제시되면서 한 개의 중심 사건으로 모이지 않는 등 산만함을 노정한다.

당시 대중소설론 논의가 활발하게 이루어진 것은 검열이 강화되어 계급문학을 표면에 내세우는 것이 어려워진 상황에서의 불가피한 선택이었다. 자본주의적 출판 시장의 문제가 겹친 이유도 있었다. 작품 발표와 독자의 관심을 받기 위한 현실적인 자구책이었음은 물론이다.

『정열기』는 엄혹한 시대에 작가의 체험을 바탕으로 교육 현장에서 발생하는 사건을 문제의식을 살려서 촘촘하게 그려낸 30년대 엄흥섭의 대표작이라 할 수 있다. 주인공 영세는 공립보통학교 훈도로 근무하다 사상 문제로 권고사직을 당하고 H학원에 오게 되었다. 박노갑의 소설 『사십 년』에서처럼 주인공이 학교가 아닌 'H학원'에 근무하는데 일제의 감시망을 피할 수 있는 여지가 있음을 보여준다. 진보적 교사인 영세는 학생 교육에 정열을 바치지만, 사리사욕에만 눈이 어두운 원장과 갈등을 겪는다. 이 갈등을 해결하는 주체는 교사인 영세가 아니라 학교 잡무를 맡아 일하는 문 서방이다. 말하자면 영세가 중도적 인물인 데 반하여 문 서방은 문제 해결을 위해 밀고 나가는 진취성을 지닌 인물로 설정된다. 영세는 채 선생과의 애정 관계에서 처한 어려움까지 문 서방의 도움을 받는다.

> "(…) 송장은 내 손으로 다 묵거내고 솟 빠지면 솟 걸어주고 방고래 빠지면 방고래 놔주고 (…) 왜 그러는 줄 아십쇼? 그게 다 이 학교 하나 살리려는 생각에서 그럽니다."
>
> "문 서방 뜻을 누가 몰으나? 온…."

"흥! 말 맙쇼. 내가 아는 놈이 누구랍듸ㅅ가 그까짓 알어 달라구 그런 게 아니지만 위선 원장 영감님 좀 봅쇼. 학교를 위하는 체허면서도 내 말 말 한 마듸 어듸 듯싶듸ㅅ다까? 내 낫 놓고 기억 자 모르는 일자무식이지만 학교 하나 살리고 싶은 맘만은 어떤 놈두 못 당합니다…."(13쪽)

『정열기』는 지나치게 낙관적인 문 서방과 소심하고 나약한 영세가 힘을 합쳐서 식민지 노예교육의 병폐를 깨닫고 이에 대처하는 내용을 담고 있다. 발표 연대가 1938년이라는 점을 감안한다면 진보적 지식인인 영세를 소극적인 인물로 설정하고 학벌이나 권세가 없음에도 H학원의 실세 역할을 하는 문 서방의 설정은 현실적 상황을 돌파하려는 작가의 의지로 보인다.

"다른 말씀이 아니랍교. 내 여러 날을 두구두구 생각한 거지만입쇼… 암만해도 우리 학원을 살려나가려면입쇼 첫재, 박 원장을 원장 자리에서 썩 물러나가도록 해야만 된다는 말슴예요. 왜 그런고 허냡쇼, 박 원장은입쇼, 겉으로만 원장이지 속으로는입쇼, 우리 학원을 팔어먹고 사는 사람이에요! 봅쇼, 원장으로 안저서 월사금 봉지나 날마다 눈이 싯붉어케 주서 모아 줌치에 때려 넣구 재개집으로 가서는 재개집 나무 사구, 쌀 사구 술 받어먹는 것만 봅쇼. 또 빈한한 학원이니 기부하라구 이 사람 저 사람 줌치 긁어다가는 학원에는 무엇 하나 해놓은 것 없이 알로 먹어버리는 그런 뱃장을 봅쇼! 아 그까진 늙은이를 원장으로 두어 가지구 글세 뭣이 됩니까!"(202쪽)

문 서방이 학원을 살리기 위해 박 원장을 몰아내려는 장면에서 영세는 결단을 내리지 못하고 주저한다. '중도적 주인공'은 상충하는 양극단 사이에 혼재하는 중간 인물이다. 역사적 삶의 거대한 위기들을 표현하고 양 진영을 인간적인 결합으로 이끄는 역할을 하지만 행동적으로 현실을 변혁하거나 실천적이고, 긍정적 전망을 표출하지는 못한다.[7]

> "문 서방 이견은 물론 좋으나 아랫사람이 웃사람 드러내기란 힘드는 일이니까… 더구나 우리 세 사람은 모다 원장의 지배 밑에 있는 사람이 아닙니까? 지배를 받는 사람이 지배하는 사람을 어떻게 맘대로 내쫓을 수 있습니까? 생각과 일은 다릅니다."(203쪽)

아이러니하게도 작가의 목소리를 대변하는 건 영세가 아니라 오히려 문 서방이다. 지식인 영세를 계급적 나약함으로만 해석하는 건 소설적 진실을 외면하는 것이다. 행간에 담긴 작가적 진실을 읽어야 하는 것이다. 교육의 주체로서 학생과 학부모와 교사가 동등하게 목소리를 합쳐야 하지만 당시의 상황은 그렇지 못했다. 교육의 주도권은 일제의 지침으로 시행되었고 교사조차도 재량권이 극히 제한적이었다. 이런 상황에서 『정열기』에 등장하는 학부모와 학

---

8) 게오르그 루카치, 『역사소설론』, 이영욱 옮김, 거름, 1987, 33~36쪽.

생들이 개성을 지닌 인격으로 형상화되지 못한 아쉬움이 있지만 문 서방은 그들의 대변자로서의 역할을 하고 있음을 주목해야 한다.

영세와 박 원장이 결정적으로 대립하는 것은 학교 건립 문제에서다. 교육자로서의 기본 양심조차 없는 박 원장은 오직 돈벌이 수단으로만 교육기관을 운영하는 자이다. 식민지 노예교육 틈새로서의 교육 현장이었던 야학이나 학원을 닫고 박 원장은 정식 사학의 길을 가고자 한다. 점점 고삐를 조여오는 일제의 교육정책에 편승하는 것이다. 황국신민화 교육은 개인주의, 자유주의, 공산주의를 배제하고 우리 민족의 독립사상과 독립운동을 탄압하는 것이었다. 일제는 황국신민화 교육의 구체적 방책으로서 학교 교과 내용의 쇄신과 개선, 사도師道의 확립 및 진작, 교육기관의 정비 확충 등을 들었다.[9] 이런 상황에서 영세와 문 서방은 H학원을 떠난다.

「가책」[10]에서도 진보적 지식인 권 선생이 등장한다. 그는 헌신적인 교육 활동을 펼치며 교육자적 양심으로 교육 환경 개선에 힘쓰지만 결국 학교를 떠나고 전차노동자로 존재 전이를 감행한다. 권 선생은 학생 지도 외에 학부모회와 모자회를 조직하여 조선인 부모들의 참여를 이끌어내는 데 일정 부분 성공한다. 이는 일제의 식민교육에 대한 문제 해결의 주체가 교사 개인의 노력만으로는 불

---

9) 강만길 외, 『한국사 13—식민지시기의 사회경제 1』, 한길사, 1995, 187쪽.

10) 엄흥섭, 「가책」, 『신동아』 51호, 동아일보사, 1936. 1.

가능하다는 인식에서 비롯한다고 볼 수 있다. 엄흥섭은 자신의 체험을 살려 진보적 교사와 민중의 연대를 통한 저항의 지표를 폭넓게 형상화한 작품을 엄혹한 시기에 발표한 작가로서, 그 의의는 적지 않다고 할 수 있다.

4. 통일문학사를 기대하며

지금까지 충남 논산 출생의 작가, 엄흥섭과 박노갑의 소설을 일별하였다. 1930년대 이들 작품을 다시 읽으면서 일제강점기를 구석구석 더듬어볼 수 있었다. 소설의 진실은 사소한 것에 담겨 있음을 우리는 안다. 이 두 작가는 각자의 방식으로 시대와 대면하며 만난 일제강점기 소작 농민의 피폐한 참상을 그려내었다. 특히 엄흥섭의 『정열기』는 『고향』이나 『상록수』의 발표 연대보다 창작의 자유가 더욱 위축된 시기의 작품이라는 점을 감안해야 할 것이다.

역사는 기록하는 자의 것이지만 기억하는 힘은 문학, 특히 소설의 역할임을 부인할 수 없다. 그 소설 속에서 일제강점기를 다양한 표정으로 기억해야 하는 건 우리들의 몫이다. 이 두 작가의 작품 속에 담긴 다양한 표정을 오늘날 일부러 찾아 읽어야 하는 이유이다.

두 작품을 선택한 근거는 작가의 체험이 녹아 있다는 점과 대표작으로 거론할 만하다는 작품적 역량 때문이다. 부수적인 이유를 더 들자면 이 두 작품에는 상반되는 작가적 삶의 일면이 보인다는 점이다. 박노갑의 『사십 년』이 주인공의 배움과 깨달음이 주를 이루는 성장소설 성격을 보인다면 엄흥섭의 『정열기』는 주인공의 신분이 교사라 계몽소설의 성격이 강하다. 그리고 1930년대 시대적 압박과 엄혹한 검열 속에서 살아남기 위해 연애 사건 등 통속소설의 요소를 가미한 것으로 보인다. 『정열기』에서 진보적 지식인 영세와 문 서방의 연대는 시대적 한계를 감안할 때 설득력 있는 설정이라 보인다. 문 서방을 통하여 작가는 지식인 영세가 지닌 소시민적 한계를 표출시킴과 동시에 상호 연대의 필요성을 부각시킬 수 있었던 것이다. 심훈의 『상록수』를 떠올리면서 차이점이 보이는 장면들이다.

'소설의 진실'은 결국, 기록과 상상력의 행간을 읽어내는 폭넓은 해석에서 찾아야 할 것이다. 진실은 존재하는 것이 아니라 찾는 것이요, 소유하는 것이 아니라 세상을 밝히는 것이다. 그 진실에는 운명적 요소가 개입한다. 엄흥섭과 박노갑의 소설이 그러하고 근대사의 문학 또한 그 운명을 뛰어넘을 수는 없었다.

박노갑이 남긴 마지막 작품 『사십 년』에는 그의 죽음을 대비한 듯 삶의 여정을 꼼꼼하게 기록했다. 수난의 시기를 살면서 진실을 향한 배움과 실천을 수행했던 한 인물에게 옷깃을 여미지 않을 수 없다. 엄흥섭은 『정열기』 이후 왕성한 작품을 남겼다. 그가 시도했던 민중을 일깨우고 좋은 세상을 만들고자 했던 꿈은 비록 미완성일지언정 그만큼의 족적은 귀중한 것이다. 우리는 안다. 이카루스의 날개가 남긴 이상과 희망은 사라지지 않는다는 것을. 통일세상이 되어 박노갑과 엄흥섭에 대한 정당한 평가가 이루어지길 바라며 글을 마친다.

역사를 배반하지 않는 소설의 진정성

—조선희의 『세 여자』

1.

세 여자가 담긴 두 장의 사진을 겹쳐 본다.

하나는 나의 엄마가 동무들과 사진관에서 찍은 것으로 청춘 시절을 담고 있다. 무명저고리 차림에 풍성한 머리를 양 갈래로 땋아 내리고 통통한 얼굴에 굳게 다문 입매가 조금은 고집스러운 시골 아가씨의 모습이다. 젊은 여인 특유의 긴장된 표정 속에 사진 찍는 순간의 떨림까지 포착된 엄마와 동무 두 분의 얼굴은 오래된 활동사진 장면처럼 아련하다.

24시간 노동에 찌들었던 엄마에게도 스무 살에는 동무가 있었고, 꿈꾸는 표정이 있었다는 당연한 사실이 그저 놀라웠으니 그게 사진의 힘이다. 사진 속 주인공들은 초등교육조차 제대로 받지 못한 채 일제강점기와 해방과 6·25를 겪은 고단한 동시에 당시로는 평범한 삶을 살아낸 인물들이다. 1938년생 엄마의 이름은 김영순인데 다른 두 동무의 이름은 모른다. 소설 형식을 빌린다면 시대의 흐름과 무관하게 종족 보존의 욕망과 질긴 생명력의 캐릭터로 만날 수 있을 것이다.

다른 한 장의 사진은 청계천에 맨발을 담그고 발랄하게 웃고 있는 단발랑 허정숙(1902~1991), 고명자(1904~1950), 주세죽(1901~1953)이 그 주인공이다. 사진 속 여인들은 단발만으로도 세간을 떠들썩하게 했던 신여성이다. 김일성(1912~1994)과 박헌영(1900~1955), 김단야(1901~1938)와 여운형(1886~1947) 등의 '문제적 개인'의 이름을 들먹이지 않으면 삶의 여정을 해명할 수 없는 거대 담론에 밀착된 삶을 살았던 실존 인물이다. 이 세 여자를 소설에서 만나는 과정은 "애도의 궁극이자 여성으로서의 오연한 자부심"(신수정)을 되새기게 한다. 이들은 역사와 개인을 분리하기가 어려우리만치 문제적 삶을 살았으니 소설이라는 형식 자체가 사족처럼 여겨진다.

그러함에도 조선희의 『세 여자』[1]는 만만치 않은 역작이다. 일제강점기 극심했던 좌우 이데올로기와 민족통일(해방)의 삼각 지점에서 현재까지도 무수한 이념 대립과 현실 정치의 공과를 자유롭게

---

1) 조선희, 『세 여자』 1~2권, 한겨레출판, 2017. 이후 이 작품에서의 인용은 괄호 안에 권수와 쪽수만 표기한다.

논의하기 어려운 해방 전후사를 독특하게 다루고 있는 역사소설이다. 해방 전후 사회주의자나 공산당 활동가들에 대한 의식의 지평을 넓히고 그들의 정신적, 도덕적 근거를 형상화하는 의미심장한 문학적 과제에 도전하고 있다. 『세 여자』의 중심인물을 허정숙, 고명자, 주세죽이라는 생소한 인물로 설정했다는 점에서도 그러하다. 그녀들은 일제강점기와 해방 전후라는 특정 시대에 독립운동과 공산주의운동에 몸담았다가 각각 북한과 남한 그리고 모스크바에서 생을 마감했다. 변혁과 혼란과 오류투성이의 시대 흐름을 대변하는 인물인 동시에 주변인으로서가 아니라 역사의 주체로 다루어지고 있다는 점이 의미가 크다.

그런 의미에서 『세 여자』는 생각할 과제를 많이 주는 작품이다. 시간적 배경이 일제강점기, 해방 전후, 한국전쟁과 분단 이후 한반도라는 점, 그리고 공간적 배경은 경성, 동경, 남경, 블라디보스토크, 모스크바, 평양 등 종횡무진이라는 점에서 더 그렇다. 역사적 실존 인물 100여 명이 등장하며, 북한의 김일성 1인 독재 체제 구축 과정이 핍진하게 그려진다. 지금까지 이만큼의 스케일로 여성을 혼란기, 좌우 이데올로기 시대 역사의 주체로 쓴 소설이 있었던가. 그 새로운 시도에 경외감을 갖지 않을 수 없다.

무엇보다도 한국의 근현대사에서 음으로 양으로 활동했던 여성 혁명가를 주체로서 호명했다는 점이 이 소설의 특장이라 할 만하다. 역사는 객관적인 기록이라기보다 권력자의 입장에서 서술되는 것으로 우리는 기억한다. 그런 의미에서 '역사를 배반하지 않는 소설'이란 권력에 의해 희생당한 주체를 호명하는 작업이 되어야 할 것이다. 신여성과 공산주의 사상, 사회주의 혁명가의 공통분모였던 이들 인물은 그동안 역사의 그늘에서 거의 잊힌 존재나 다름없었다. 과거의 오류나 역사적 과오를 열거할 때만 간혹 등장할 뿐이었다. 그동안 남한에서는 4·19와 5·18, 6월항쟁, 박근혜 대통령 탄핵과 촛불혁명을 통한 정권교체로 인하여 역사 바로 쓰기의 외침이 이어지고 있다. 모든 상황이 긍정적이지는 않지만 다행스러운 변모도 있다. 그러나 북한의 경제적 침몰과 정권 세습 1인 독재 체제의 찬양은 남북문제의 해결을 미궁에 빠뜨리고 있다. 남한의 비약적인 경제성장은 민주정치의 터전을 다독이기보다는 개인주의와 물신주의를 배양하는 토대로 작용하고 있다. 물론 다양한 상황을 종합하여 역사의 진실에 대해 필자가 논리정연하게 현대사를 정리한다는 것은 가능하지 않은 범주이다.

『세 여자』의 작가 역시 마찬가지이다. 한계와 문제점을 염두에 두지 않을 수는 없다. 그러함에도 이 작가의 도전으로 반드시 짚고 넘어가야 할 해방 전후사의 중요한 인물을 만날 수 있음은 퍽 다행스럽다. 이념의 중요성이나 잊힌 여성혁명가에 대한 스토리텔링은 해묵은 이야기가 아니라 현재를 살아가는 우리들의 문제이기도 하기 때문이다. 이들 인물이 가장 치열했던 여성혁명가의 전형이라 할 수는 없지만, 격변의 시대를 대변하는 혁명가의 자격은 충분하다. 이들의 활동 무대였던 만주와 연해주와 한반도는 이후 이들에게 결정적인 파벌과 존재의 기반이 되어 생사를 가르는 심판의 잣

대가 되기도 한다.[2)]

『세 여자』는 역사소설이자, 평전 형식이 가미된 전기의 성격이 강하다. 작가의 역사적 관점과 상상력의 만남은 제한적이지만 방대한 스펙트럼이 보인다. 다양한 등장인물의 전개 과정이 자유분방하게 펼쳐지기에 두 권의 분량이 지나치게 적게 느껴진다. 대하역사소설을 토막 낸 듯한 형식이 주는 아쉬움은 크지만, 이는 작가의 역량을 탓할 수 없는 문학적 과제의 심원함 때문이다. 인간의 위대함과 그 한계를 최대치로 보여주었던 시대와 인물들을 만날 때마다 어쩔 수 없이 절감하는 문학적 형상화의 한계를 감안할 수밖에 없다.

---

2) 사회주의, 공산주의, 마르크스 · 레닌 사상 등의 용어는 별도로 구분하여 정의하지 않고 좌익 사상이라는 의미로 사용함. 마르크스주의에 대한 관심은 식민지적 상황을 벗어나 해방을 추구했던 지식인의 관심 속에서 본격적으로 수용되었고, 사회주의 이론은 실제 민족운동에 적용되었다. 따라서 이 시기 사회주의운동을 제외해서는 일제로부터의 독립과 민족 구성원의 자유로운 평등함을 지향한 민족해방운동의 전체상을 복원하기 어렵다. 조선총독부가 1933년 발행한 『최근에 있어서의 조선의 치안 상황』을 보면, "조선의 공산주의운동은 민족적 불평·불만 등과 결합하여 혁명 의식이 한층 높고 (…) 조선 통치에 대한, 또한 사회조직에 대한 반역 행위는 일본의 사상운동과 비교할 수 없다"라고 평가하고 있을 정도로 조선인 사회주의자들은 일제에 대해 강하고 지속적인 저항 의식을 나타냈다. 다시 말해 식민지 조선인들은 사회주의와 공산주의의 원론적 이념 구별보다도, 이러한 이론 체계를 인간해방과 식민지 상황의 타파를 위한 이론과 조직 원리로 수용하는 데 적극적이었고, 민족운동 차원에서 이를 활용하고자 했다.

2.

『세 여자』의 시공간은 격변하는 근대사를 배경으로 품고 출발한다. 등장인물들이 기존의 세력과 권위에 맞서 건설해야 할 이상 세계를 향한 충만한 열기가 작품 내적으로 긴밀하게 결합되어 있다. 작품 내적 시공간은 당연히 역사적 현실을 바탕으로 흐른다. 바흐친은 작품 내적 시공간(크로노토프)을 바탕으로 소설의 양식을 정의한 바 있다. 바흐친 이후 크로노토프chronotope는 소설의 형식과 내용을 통합하는 의미의 보통명사가 되었다. 문학작품에 반영된 시공간의 내적 긴밀함이 인물과 사회가 통합적으로 변화, 성숙하는 세계를 표현하는 소설 특성을 살리는 계기를 제공할 수 있다는 것이다.

그중 '문턱의 크로노토프'는 위기의 사건, 몰락, 부활, 재생, 현현 등등의 의미를 갖는다. 이것은 만남의 모티프와 결합될 수도 있으나 삶의 분기점이나 위기의 순간, 삶을 변화시키는 결정(또는 삶을 변화시키는 데에 실패하는 우유부단함, 문턱을 넘어서는 것에 대한 공포) 등과 연결된다. 문턱이라는 단어 자체가 두 개의 지점을 이어주는 관계인 동시에 경계 지점으로 위기와 시련을 예고한다. 이미 일상적인 용법에서도 문자 그대로의 의미와 함께 비유적 의미를 품고 있으며[3] 세 여자가 겪었던 시련의 상황과 잘 맞물리는 용어이다.

---

3) 미하일 바흐찐, 『장편소설과 민중언어』, 전승희 · 서경희 · 박유미 옮김, 창비, 1998. 456쪽.

『세 여자』의 역사적 시간은 제국주의 열강의 각축과 독립을 위한 약소민족의 투쟁의 공간이 충돌하여 만들어내는 연속적 경계 지점이다. 레닌을 지도자로 한 러시아혁명의 성공을 확인했고 중국혁명 역시 승리의 깃발을 나부끼는 정점을 향하는 시점에서 일본의 패망을 예견했던 조선의 젊은이들은 한껏 고무되어 최후의 승리를 기대했을 것이다. 그리하여 독립운동이 사회주의운동이 되고 공산당 결성으로 이어지는 절차에 주저 없이 동참한다. 그러나 8·15해방은 사회주의운동을 기반으로 한 이들에게 창살 없는 감옥과 가시밭길을 선물했다. 북한의 상황이 이들에게는 그나마 나은 편이었으나 연안파, 남로당 계열의 숙청 과정에 연루된 인물들은 목숨을 내놓아야 했다.

유엔의 신탁통치와 함께 조선의 운명은 일제강점기의 암흑에서 벗어난 광명 세상을 만나지 못한 채 남북 분단이 고착화되고 6·25전쟁의 시련을 감당해야 했다. 해방 전후 소용돌이를 틈타 권력을 사유화한 세력이 남북의 수장이 되었다는 역사의 비극을 이제는 객관화할 시점이다. 『세 여자』에는 소용돌이를 직격으로 맞아 전멸했던 남로당의 수장 박헌영의 음영이 전반적으로 흐르고 있다. 박헌영의 일대기를 본격적으로 다루고 있지는 않지만, 허정숙, 주세죽, 고명자는 그와 직간접적으로 긴밀하게 연관되어 있다. 이러한 소설의 흐름은 지나치게 광대해 어느 부분에 집중해야 하는지 독자로서는 다소 어리둥절하기도 하다. 이를 의식하여 작가는 시대와 장소를 중심으로 전개하여 이해를 돕고 있다.

이 글은 실존인물로서 역사의 파도를 온몸으로 감당하며 독립운동을 했던 여성운동가이며 마르크스·레닌주의자였던 허정숙, 주세죽, 고명자의 소설 속 발자취를 '문턱의 크로노토프'와 관련지어 해석하려는 시도이다. 대부분 역사의 페이지에서 발췌한, 그러나 작가의 상상력이 가미된 그 흔적을 더듬는 작업은 현재 우리 시대 분단의 현실과 해결 방안을 모색하는 계기가 될 것이다. 더불어 한 세기 이전 신여성의 삶을 통하여 현재를 살아가는 든든한 밑거름을 확인할 수 있을 것이다.

허정숙, 주세죽, 고명자는 항일 독립운동가이자 공산주의자로서 혁명을 위해 젊음을 바쳤다. 그들이 넘었던 다양한 분기점을 중심으로 정리해보겠다. 이는 시대가 개인의 삶을 지배했던 특별한 역사를 들여다보는 이정표가 될 수 있을 것이다.

허정숙은 5개 국어에 능통하였고 일본, 중국, 미국, 러시아를 오가며 살았다. 허정숙은 여성해방 이념을 표방한 잡지 『여자시론』 편집일을 맡기도 하였다. 1927년 유학 중이던 일본에서 귀국하여 근우회에서 일하다가 1930년 서울여학생운동 지원 사건(근우회 사건)으로 투옥된다. 체포 당시 허정숙은 임신 중이었고, 감옥에서 아이를 낳는다. 출산 후유증으로 보석으로 나왔다가 1931년 재수감된다. 그에게만 여성운동가, 조선의 콜론타이, 최초의 여성유격대원 등 적극적인 항일투쟁가이자 마르크스·레닌주의 혁명가로서 다양한 호칭이 따라붙는 이유이다.

소설에서는 허정숙의 일대기를 시공간으로 전개[4]하고 있는데 이를 참고하여 '문턱의 크로노토프'와 관련지어보도록 하겠다.

문턱의 크로노토프	분기점 해석
경성 감옥	통과제의적 관문
경성 태양광선치료원	두 명의 남편과 헤어짐 모색기를 통과하여 혁명가로서의 길을 선택
남경, 무한, 연안, 태항산	군사훈련 및 전투에 참여함 연안파의 거두 최창익과 혼인
평양	선전상이라는 고위직을 맡아서 김일성 우상화 작업에 협조
평양 내무성 감옥	전남편 최창익의 숙청을 옹호하는 증언 요청을 거부하였다가 결국 협조
평양 백전백승 아파트	자연사

허정숙은 일제강점기 최초의 조선인 변호사이자, 독립운동가들의 무료 변론을 맡아서 존경받는 민족 지사였던 허헌의 외동딸이다. 하지만 허정숙은 아버지를 남아선호사상을 지닌 봉건주의 남성으로 비판하며 성장한다. 이후 허헌은 박헌영을 변호하면서 사회주의사상을 지지하게 되고 허정숙의 권유에 의해 월북하여 북한에서 최고위직으로 생을 마감한다. 이러한 소설적 구성은 '역사적 사실

4) 1901년 경성 → 1918년 고베 → 1920년 상해 → 경성 → 1923년 모스크바 → 경성 → 1926년 뉴욕 → 경성 → 1933년 타이베이 → 1936년 남경 → 1938년 무한 → 1939년 연안 → 태항산 → 1944년 연안 → 1945~1991년 평양

이냐 소설적 상상이냐'의 문제가 중요한 것이 아니다. 허정숙을 키운 것이 허헌이라는 인격자이지만, 허헌을 북한 부수상이라는 정치가로 만든 것은 그의 딸 허정숙이었다는 소설적 발상이 흥미롭다. 이들은 부녀지간이지만 동지로서 서로의 멘토로서 평생을 함께한다. 특별했던 이들의 관계는 아버지에서 딸로 이어지는 영향 관계가 아닌 허정숙의 주도로 이뤄진다.

> 방학 끝 무렵 아침 밥상을 앞에 놓고 정숙이 "죽음 이후에 천당과 지옥이 있다지만 우리 조선 사람들은 지금 살고 있는 곳이 이미 지옥이에요. 하지만 성경을 아무리 찾아봐도 이들을 구원할 말씀은 없더군요. 일본으로 돌아가지 않겠습니다"라고 했을 때 아버지는 들고 있던 수저를 밥상에 내려놓고는 천천히 머리를 끄덕였다. 정숙은 꾹 다문 입속으로 만세를 불렀다. 그녀는 처음 아버지에게 도전했고 첫 회전에서 승리했음이 분명했다. 그해는 기미년이었고 그것도 일종의 만세운동이었다. 거리에서 여럿이 부르는 만세보다 집 안에서 혼자 부르는 만세가 더 어려운 법이다.(1권, 23쪽)

작가에 의하면 허정숙은 "자신의 남자를 스스로 캐스팅했고 때로 비운이 감돌기도 했지만 끝까지 활기찬 인생을 살았다." 스스로 간택할 수 없었던 아버지 역시 든든한 동지적 관계로 만드는 데 성공했다.

또 하나, 일제강점기 허정숙에게 감옥은 당연히 거쳐야 할 통과제의이다. 특히 두 번째 수감은 임신한 몸이었고, 아버지 허헌과 함께였다.

> 여학생시위에 대한 첫 공판이 열린 것은 3월 19일이었다. 김병로가 변호를 맡았다. 만삭의 몸에 검정 두루마기 차림으로 법정에 나온 정숙은 태연작약했다고 잡지의 참관기가 전했다. 그녀는 특별한 정치적 의미는 없고 광주 학생들에게 공감했던 것이라고 최후진술을 했다. 정숙은 징역 1년 형을 받았고, 여학생 중에 한 명만 8개월 실형을 선고받고 나머지는 모두 집행유예로 석방됐다.(1권, 232쪽)

허정숙에게 감옥은 사상을 입증하는 실천의 장이며 마땅히 치러야 하는 통과의례인 것이다.

> 학생들이 한 명 외엔 모두 풀려나고 기결감옥으로 옮긴 어느 날 그녀는 간수로부터 쪽지를 받았다. 눈에 익은 글씨, 아버지였다.
> "태중의 아이를 생각해서 사식을 먹도록 해라. 더 이상 고집부리면 불효다."
> 정숙은 아버지가 위장병으로 음식을 제대로 들지 못한다는 소문을 듣고 있었다. 그런 아버지의 간곡한 충고였다. 손바닥만 한 철창 밖으로 맞은편에 아버지가 있는 미결감 사동이 보였다. 그녀는 사식을 받기 시작했다.
> 형무소는 막달이 가까워오는 산모가 머물 곳이 못 되었다. 배는 남산만

> 하고 온몸이 퉁퉁 부었다. 밤에는 엎드릴 수도 반듯이 누울 수도 없었다. 자주 신열이 올랐다. 그녀는 병감으로 옮겨졌다. 폐렴이었다. 하지만 정숙은 태아 때문에 해열제나 진통제를 거부했고 폐렴은 점점 심해졌다. 정숙은 형집행정지로 가출옥했다. 그녀는 열에 들떠 밭은기침을 하며 형무소를 나섰다. 1930년 5월 16일이었다.(1권, 232~233쪽)

실제 허정숙이 의료인으로 활동했다는 태양광선치료원 운영은 독특한 설정이다. 변호사 자격증을 박탈당한 아버지로 인해 집안의 경제를 책임지기 위한 자구책이었지만 그보다는 아지트로서의 역할도 중요했을 것이다. 이곳은 수많은 사람이 드나드는 만남의 장소이자 대화의 공간이다. 태양광선치료원은 일본인이나 조선인이거나, 일반인이나 혁명 동지거나, 누구에게나 열린 공간이다. 1920년 사회주의 검거 선풍이 불어 조선의 공산당 말살 정책에서 자유롭지 못한 상황에서 은신처이자 새로운 활동을 위한 모색의 공간이다. 그동안 살뜰하게 보살피지 못했던 성이 다른 두 명의 아들과 많은 시간을 보내며 어미로서의 의무를 감당하기도 한다.

> 정숙이 태양광선치료원을 연 지 2년이었다. 허헌이 감옥에서 소일거리로 이것저것 책들을 구해 읽다가 광선치료법에 재미 들렸고 딸이 감옥에서 나오자 치료소를 차리자 했다. 광선치료법은 30년 전 덴마크에서 처음 개발돼 1차대전 때 부상병 치료에 큰 효과를 보면서 급속히 보급되었다. 변호사 사무실은 문 닫았고 신간회도 근우회도 해체된 다음 아

버지나 그녀나 생계 대책을 찾아야 했다. 정숙은 세 달 동안 대만과 일본에서 공부하고 돌아와 삼청동 집 옆에 2층 벽돌 건물을 짓고 '태양광선치료원' 간판을 달았다.

서대문형무소를 나온 다음 정숙에게도 시련이 많았다. 남편과 외동딸을 모두 감옥에 보낸 시름이 병을 재촉했던지 어머니가 세상을 등졌고 병약했던 둘째 아들마저 떠났다. 막내 영한의 애비인 송봉우가 한때 삼청동 집에 들어와 살았지만 남경군관학교 사건으로 잡혀 들어갔다가 전향서 쓰고 나온 뒤 정숙과 관계도 깨져버렸다.

신간회도 근우회도 북풍회관도 사라진 지금 치료원은 일종의 아지트가 되었다. 과거 종로 일대를 누비던 혈기 방장한 청년들이 체포와 고문과 투옥을 거치면서 왕년의 기개가 한풀 꺾이고 몸이 망가져서 치료원에 찾아왔다. 감옥에서 병을 얻어 찾아온 사람에겐 치료비를 받지 않았다.(1권, 298~299쪽)

이곳에서 허정숙은 세 번째 남편 최창익을 만난다. 그리고 본격적인 혁명가로서 결단을 내린다. 최창익에게 프러포즈를 하면서 본격적인 무장유격대가 되었고 여성으로서는 드물게 군사훈련 과정을 마치고 8·15해방 이후 북한을 선택한다. 연애와 결혼에 있어서 선택을 받는 수동적 입장을 거부하고 철저하게 주체적으로 만남과 결혼과 이혼을 반복하는 과정에서 조선의 콜론타이라거나 사생활이 문란하다는 말을 들었지만 허정숙은 실패나 좌절이나 슬픔을 모르는 강철 여인으로 등장한다.

"국내에서는 무산자 계급이 봉기하고 동시다발로 대륙 쪽에서 해방군이 진공해 들어온다는 거예요. 잠꼬대 같은 얘기이긴 한데 지금 조선의 처지로는 다른 방법도 없지 않아요? 전쟁이란 변수가 많아서 예기치 않은 유리한 기회가 찾아오기도 하는 법이지요. 그 기회를 포착하려면 전장 한가운데 있어야 할 테고요. 일본이 전쟁판을 벌인다면 우리가 응당 무장투쟁에서 답을 찾아야지요."

그녀는 잠시 뜸 들였다가 한마디 던졌다.

"우리 남경으로 갑시다."

창익이 입으로 가져가던 찻잔이 공중에서 휘청하더니 찻물이 흘러넘쳤다. 그는 찻잔을 내려놓고는 잠시 말을 잊은 채 그녀를 물끄러미 쳐다보았다. 둘은 서로 사랑을 고백한 적도 없다. 하지만 "우리 남경으로 가요"라는 한마디는 프러포즈 그 이상이었다. 벽시계의 초침이 다섯 번쯤 똑딱 소리를 낸 다음 그가 말했다.

"그럽시다."(1권, 316쪽)

해방 이전에 허정숙과 최창익은 남경, 무한, 연안, 태항산을 중심으로 활약하여 '연안파'라는 호칭을 얻는다. 최전선에서 일본과 싸우며 생사가 위협받는 상황에서도 해방 이후의 미래를 준비한다.

조선의용대는 태항산 줄기를 타고 남쪽으로 이동해 하북성河北省 섭현涉縣의 중원촌中原村에 새로이 정착했다. 중원촌에서 청장하清漳河 건너 적안촌에는 팔로군 129사단 사령부가 자리를 잡았다. 정착촌이 대략

정돈된 다음 화북조선청년연합회는 7월 11일부터 나흘에 걸쳐 대회를 열고 조선독립동맹을 창립했다. 동맹의 창립 슬로건은 두 가지였다. 각 당, 각 파를 망라하여 항일애국에 총단결하자. 과거 친일파였다 해도 과오를 청산하고 진정한 조선인이 된 사람은 함께 가자.

늦은 가을 연안에서 무정이 왔다. 그가 마침내 팔로군 생활을 접고 조선의용군에 합류한 것이다. 정숙보다 두 살 아래인 그를 무한에서 처음 알았지만 이전부터 명성은 익히 듣고 있었다. 홍군에 포병단을 만든 주역인 그는 20대에 연대장이 되었고 대장정에서 작전과장을 맡았으며 중국 군사위원회 일원이었다. 그는 대장정에서 끝까지 남은 조선인 병사 열 명 남짓을 데려와 조선의용대에 합류시켰다. 정숙은 무정과 함께 조선혁명군사정치학교를 열었다. 마을의 낡은 절간 하나를 수리해 학교 건물로 썼다.(2권, 76~77쪽)

해방이 되자 이미 미국과 소련에 의해 분할 점령된 한반도의 정세를 정확히 파악하고 서울과 평양의 갈림길에서 평양을 선택한다. 이미 평양은 스탈린 키드로서 김일성 정권이 자리를 잡았고, 대체로 파벌에서 자유로웠던 허정숙은 김일성의 측근으로 끝까지 살아남는다. 김일성은 6·25 패전의 위기를 넘기기 위해서 박헌영을 숙청하고 모든 정적을 제거하는 위기 상황이 있었지만 허정숙은 끝까지 살아남는다. 그에게 평양은 무엇인가.

정숙은 아직 평양이 낯설었다. 평양의 거리도 낯설었고 평양의 정치도 낯설었다. 정숙은 선전부 일이 끝나면 저녁에 되도록 일찍 집에 들어와

> 아이들과 시간을 보냈다. 평양이 그녀에게 아직도 낯선데 두 아들에게는 말할 나위 없을 것이다. 어쩌면 아이들에겐 낯선 도시보다 더 적응하기 어려운 게 낯선 엄마인지도 모른다. 큰아들 경한은 신의주역에서 바로 "어머니"라 불렀지만 엄마에 대한 기억이 흐릿한 막내 영한은 아직도 어머니라 부르기 멋쩍은 눈치다. 그녀는 아들들에게 중국어를 가르쳤고 같이 영화 구경도 했다. 김일성 위원장이 두 아들을 모스크바로 유학 보내자 했고 정숙은 유학 준비 겸 아들들에게 러시아어 교사를 붙여주었다. 임원근이나 송봉우는 이미 10여 년 전 그녀 곁을 떠나버렸지만 두 아들과 지내다 문득문득 그들을 떠올리게 되었다. 경한은 제 아비를, 영한은 또 제 아비를 빼닮았으니 어쩔 것인가.(2권, 139쪽)

허정숙은 평양에서 정치인인 동시에 직업인으로 혁명가로서 그늘과 그림자가 없어 보이는 세상을 살았다. 스스로 여러 명의 남자를 만나고 헤어졌으며 그 과정에서의 쑥덕거림에도 전혀 개의치 않았다. 평양을 선택했고 최선을 다해서 공화국을 건설했다. 정치인으로서 문화선전상이라는 중책을 맡았으니 김일성 우상화 작업에도 깊숙이 관여했음은 물론이다. 이미 혁명가의 삶은 종지부를 찍은 것이다.

> 정숙은 김일성 내각에서 유일한 여자였다. 수상을 못마땅해하는 사람들도 있지만 정숙은 그가 싫지 않았다. 정확히 말하면 좋아하는 편이었다. 본인 말처럼 빨치산 동지 김책을 도와준 일 때문인지, 평양에 와서

> 힘이 되어준 아버지에 대한 감사의 마음인지, 그녀에 대한 그의 태도는 무조건적이었다. 최고 권력자의 호감을 사는 일이 기분 나쁜 일일 수는 없었다.(2권, 205쪽)

6·25전쟁 이전 평양은 혁명가에게는 휴식기였고 느긋한 시절이었을 것이다.

> 1949년 8월, 평양에서 네 번째 맞는 여름이었다. 하지만 정숙은 평양에 와서 반생쯤은 보낸 것 같았다. 비상식량과 속옷이 담긴 륙색을 메고 바짓단이 너풀거리는 낡은 군복을 입고 평양역에 내리던 일이 콧수건 매달고 소학교 입학하던 기억만큼이나 아득한 옛일이 되었다. 이 도시에 많은 변화가 일어났고 그녀에게도 많은 변화가 있었다.
> 평양거리는 이제 삼청동이나 인사동처럼 익숙하고 편해졌다. 대동강과 해방산도 한강이나 인왕산만큼 정겨운 풍경이 되었다. 아마도 아버지 때문일 것이다. 아버지가 오자 평양이 고향이 되었다. 게다가 새어머니와 이복동생들까지 합류하면서 졸지에 대가족이 되었다.(2권, 204쪽)

하지만 6·25전쟁으로 피폐해진 북한의 상황은 다급했다. 전쟁 책임을 빌미로 정적을 처단하면서 김일성 우상화는 극에 달하게 된다. 전남편 최창익을 처형하는 과정에서 허정숙은 공화국에 대한 더 이상의 혁명적 가능성에 대한 기대를 접는다. 연안파였던 자신을 회유하기 위해 재판에서 증인을 요청받았지만 이를 거부하여 내

무성 감옥에 수감된다. 김일성에게 호의적이었던 허정숙이지만 지나친 우상화 작업에 넌더리가 나고 80세의 연륜으로 생의 마지막을 준비하는 심정이다. 작가는 인간적인 허정숙을 표현하고 싶었던 것일까. 연안파의 좌장격인 세 번째 남편 최창익의 재판에서 반역 행위에 대해 증언하라는 요구를 거절하다가 아들과 손자를 살리기 위해 결국 제안을 받아들인다. 인간적이라기에는 씁쓸한 장면이다. 90세에 자연사한 허정숙, 그가 김일성 우상화에 앞장선 역사적 심판은 피할 수 없을 것이다. 김일성 지지자들이 정치 기계였다면 허정숙 역시 우상화의 선봉에서 활약했음이 명약관화하다.

> 수상에게 버림받았다고 생각하는 순간, 모든 욕망과 집착이 믿을 수 없을 만치 순식간에 사라졌다. 대신 그동안 참고 참았던 분노와 환멸이 치밀어 올랐다. 지하 감옥의 시멘트 바닥에 내동댕이쳐진 뒤에야 정숙은 자신이 그동안 얼마나 막대한 분노를 참고 견뎠는지를 깨달았다. 평양은 참을 수 없는 것투성이였다. 김일성은 점점 몹쓸 인간이 돼가고 있고 근사하고 점잖은 사람은 씨가 말라가는 대신 아첨꾼과 모사꾼들만 살아남았다. 마르크스는 혁명가들이야말로 고귀하고 선량한 인간의 전형이라 했지만 진짜 그런가. 만경대 조성 사업 따위는 다 뭐며 역사를 멋대로 뜯어고친다는 게 가당키나 한 일인가. 불행한 조국에 생명의 불을 가져다줄 프로메테우스들이 동족의 손에 총살당하거나 시골에서 돼지나 치고 있구나. 실컷 분노하고 화를 내자 묵은 체증이 가시는 느낌이었다. (…) "그래도 다시 선택하라면 서울이 아니라 평양이

지."(2권, 347~349쪽)

권력의 최상층에서 밀려난 허정숙은 중앙도서관장을 역임하며 체제에 순응한 세월을 보낸다. 허정숙의 죽음은 혁명가로서는 전혀 어울리지 않는 자연사이다. 간호사가 딸린 17평 아파트에서 보낸 말년의 허정숙은 생의 마지막 문턱을 어떻게 넘어서고 있을까. 작가는 이렇게 적고 있다.

> 허정숙은 고명자와 주세죽이 죽은 뒤 거의 40년을 더 살았다. 세 여자의 엇갈린 운명이 간택하는 여자와 간택당하는 여자의 그것이었을까. 어쨌든 세 여자 중에서 유일하게 자신의 남자를 스스로 캐스팅했고 때로 비운이 감돌긴 했지만 끝까지 활기찬 인생을 살았다.(2권, 369쪽)

이제 주세죽으로 넘어가자.

그녀는 박헌영의 부인이며 조선공산당 창립위원이다. 그녀의 일생에서 시공간[5)]은 특별하다. 주세죽에게 '문턱의 크로노토프'는 주체적인 사상의 성장과 실천에 다소 비껴 있으니 유독 그녀에게만 역사의 격랑이 심했던 것인지도 모르겠다. 박헌영과의 만남 이후

---

5) 1901년 함흥 → 1920년 상해 → 1924년 경성 → 1928년 블라디보스토크 → 1928년 모스크바 → 1932년 상해 → 1934년 모스크바 → 1939년 크질오르다 → 1953년 모스크바.

주세죽의 독자적 삶은 희미해진 느낌이다. 두 명의 남편인 박헌영과 김단야, 그리고 자녀에게 의존적이었던 삶의 여정이 인간적인 공감을 불러일으키지만 혁명가로서의 조명이 아쉽게 느껴진다.

문턱의 크로노토프	분기점 해석
함흥경찰서	북경 유학 결심
상해 사회주의연구소	고려공산당 창립 멤버가 되며 박헌영을 만남
아지트(박헌영과 살던 방)	신앙과 음악을 마르크시즘과 교환
모스크바 변소/복도	도피 생활 중 남편 친구 김단야와 혼인
크질오르다수용소	혁명가에서 죄수가 됨(유형 생활)
시베리아횡단철도	딸 비비안나를 만남(죽음으로써 유형 생활 탈출)

주세죽에게 함흥경찰서는 맥캐런 교장에게 감화되어 큰 뜻을 품게 만든 곳으로, 문턱의 크로노토프로 중요한 의미를 지닌다.

> 신문받고 있던 함흥경찰서에 맥캐런 교장이 찾아왔던 날을 잊을 수 없다. (…) "어린 여학생들을 고문하다니, 당신들을 하나님이 결코 용서하시지 않을 것이다" 하고 서툰 우리말로 그러나 경찰서가 쩌렁쩌렁 울리도록 고함을 쳤다. 며칠 잠 못 자고 구타와 심문으로 피폐해 있던 세죽은 정신이 번쩍 들었다. 적어도 그 순간 그 아담한 체구의 캐나다 여성은 세죽에게 외국인도 선교사도 아니었다. 아무것도 해줄 수 없는 조선이라는 나라보다 더 강력한 무엇이었다.(1권, 30쪽)

세죽은 꿈을 품고 상해에 왔다.

"상해에서 무슨 일이 있어도 공부를 마치고 음악 선생이 되어 돌아가리라. 미스 맥캐런 같은 선생이 되어 식민지 땅에 태어난 불쌍한 아이들에게 예수님 사랑의 평등함을 알게 하리라" 다짐하였다. "세죽은 안정씨여학교에 적을 두었지만 사회주의연구소야말로 그들의 학교였고 상해는 하나의 캠퍼스였다." 사회주의연구소에서 1921년 2월 고려공산당 창립 멤버가 되었고 박헌영을 만나 결혼을 하였다.

박헌영과 살던 방은 신혼의 꿈을 꾸는 스위트룸이 아니라 비밀 아지트였고, 주세죽은 아지트 키퍼였다. 손에 물 마를 날이 없이 만두와 국수를 만들었지만, 후에 주세죽은 이때를 회상하며 생애 가장 행복했던 시절로 기억한다. 이미 돌아올 수 없는 강을 건넌 이후 느끼는 젊음과 열정에 대한 그리움일 뿐이다.

> 세죽에겐 함흥에서 어린 시절부터 늘 그랬다. 사는 건 고달프고 힘든 일이었다. 겨울이면 춥고 배고프고 여름이면 덥고 배고팠다. 게다가 고향도 조국도 잃고 남편을 두 번 잃고 아들도 잃고 낯선 나라에서 유형수로 홀로 늙어가다니, 상상도 못 한 불운이 끝없이 밀려왔다. 남편이 감옥에서 고문당해 미치면서 마음자리가 한 번 깨지고 난 이후론 밑 빠진 독처럼 행복이 고이질 않았다. 사랑이 두려웠고 희망은 슬펐다. 단야와의 결혼 생활도 언제 깨질지 몰라 늘 불안했고 결과는 걱정한 대로였다. 어쩌면 그녀 인생에서 가장 행복했던 건 신혼의 훈정동 시절인지

모른다. 좁은 방에서 버글버글한 객식구들에 시달리며 끼니 걱정하고 밥해대느라 손이 마를 날 없었던 시절을 생각하자 세죽은 슬며시 웃음이 나면서 마음이 따스해졌다.(2권, 282쪽)

실제 단란했던 시절도 없지는 않았다. 모스크바에서는 해방의 기쁨과 가족의 행복이 동시에 있었다.

세바스토폴에서 세죽 부부는 끼니 걱정 없이 체포 위협도 없이 쾌적한 환경에서 달콤한 휴식을 즐겼다. 환자와 의사가 치료비 생각 없이 만나는 것도 특별한 경험이었다. 병원과 감옥은 한 나라의 수준을 말해준다고 한다. 소련의 감옥은 가보지 않았지만, 병원이나 요양소는 소비에트 사회의 꽃이라 할 만했다. (…) 상해부터 시작한다면 결혼 생활도 8년을 채워가고 있지만 둘이 함께 산 것은 고작 3년 반에 못 미쳤다. 게다가 늘 임시숙소이자 야전캠프 같은 집이었다. 모스크바에서 세죽은 처음으로 내 가정, 우리 집의 기분을 맛보았다. (…) 세죽은 부엌일에서 해방되었다. 구내식당이 식사를 제공했고 세죽은 일주일에 하루 당번날 주방에서 일했다. 부부가 학교에 나가는 낮 시간에는 탁아소에서 아이를 돌봐주었다. 세죽에겐 꿈같은 나날이었다.(1권, 197~199쪽)

박헌영이 체포되고 주세죽은 김단야와 한방에서 도피 생활을 한다. 그들은 수배의 위험을 피하기 위해, 또한 검거되면 서로의 가족을 책임진다는 서약을 지키기 위해 실제 부부가 되어 혼인신고까지 마친다. 하지만 주세죽은 두 번째 남편인 김단야로 인하여 30년 이상 수용소에 갇혀서 해방 이후까지 자유롭지 못한 처지가 된다. 주세죽은 조선공산당선언의 발기인이자 핵심 멤버였지만 박헌영의 아내였기 때문에 보조의 위치에서 맴돌았다. 물론 주세죽을 영웅으로 만들 필요는 없겠지만 박헌영의 그림자로 형상화한 점은 못내 아쉬운 부분이다.

조선 최고의 혁명가였던 박헌영과 김단야의 아내 이전에 사회주의혁명가였던 주세죽. 그녀는 뒤늦게 복권되었고 건국훈장을 받았건만 아직도 박헌영과 비비안나의 그늘에 가려 있지 않나 싶다. 심훈의 『동방의 애인』과 손석춘의 『코레예바의 눈물』에도 등장하는 그녀는 아마 앞으로 문학이나 영상으로 만날 기회가 더 있을 것으로 보인다. 남편과 딸의 그림자로서가 아닌 당당한 인격체로 만나고 싶다.

그렇다고 『세 여자』가 주세죽을 부정하는 것은 아니다. 한 인간의 총체적 인격체로서의 아쉬움을 보완할 필요성을 언급하는 것이다. 물론 유형지에서 딸이나 남편에게 보내는 편지 이상의 적극적인 행동을 할 수 있는 다른 길이 없었지만, 그녀는 마지막까지 희망을 품고 있었다. 주세죽이 딸을 만나기 위해 보이는 지극정성 역시 삶에 대한 품격이자 희망인 것이다. 열정적으로 혁명을 지지했던 신여성이었으나 오랜 유형 생활에 지친 비련의 여인이 되어 오직 딸을 염려하는 마음으로 그려지기는 했으나 마침내 주세죽은 허약한 몸을 이끌고 10여 일 동안 시베리아횡단열차를 탄다는 설정 자체가 비장한 결의인 것이다.

열차의 1인 좌석, 주세죽에게 주어진 혼자만의 공간, 고독 속에서 품위를 잃지 않고자 『프라우다』를 읽었고 끝까지 생명을 포기하지 않았고 자신의 결백을 주장하기 위하여 지속적으로 편지를 썼던 인물임을 놓치지 말아야 한다. 죄인의 신분임을 딸에게 밝히지 못했던 주세죽은 박헌영의 죽음 때문에 딸이 위험을 당하지 않을까 염려되어 열차를 타고 와서 해외공연 때문에 부재하는 딸 대신 사위가 지켜보는 가운데 고단한 육신의 눈을 감는다. 주세죽의 삶이 환기하는 역사적 진실은 예술적 영감과 향기를 만나서 다시 꽃을 피울 수 있을까.

고명자[6]는 주세죽과 허정숙에 비하여 허구적 스토리가 왕성하게 표현된 인물이다. 기록의 빈약함이 작가적 상상력을 촉발시킨 것이다.

> "고명자와 관련한 마지막 기록은 『여운형—시대와 사상을 초월한 융화주의자』(이정식, 2008)의 부록 편에 실린 이란의 증언이다. 여운형의 최측근이자 후원자였던 이임수의 아들인 이란은 6·25전쟁 발발 며칠 뒤 서울이 인공 치하에 들어간 직후 인민당사에서 고명자를 만났다고 했다. 고명자가 해방 후 사직동 단칸방에서 윤동명과 동거했다는 것은

---

6) 1904년 경성 → 1926년 모스크바 → 1929~1950년 경성.

『여운형 평전』을 쓴 이기형의 증언이다. 전쟁 중에 그녀에 관한 기록은 끝나 있고 어떻게 죽었는지는 알려진 바가 없다."(2권, 369쪽)

고명자는 다른 두 여자보다 넘어야 할 문턱이 많았다. 세상 물정 모르고 자란 부잣집 외동딸이라는 환경이 마르크스·레닌 사상의 걸림돌이 되었기 때문이라기보다는 남한과 북한 양쪽에서 버림받았던 사회주의 활동가의 운명을 대변하는 문제적 역할 때문이다. 수감 생활을 통과제의로 감수했던 허정숙과 비교한다면 고명자는 아버지의 권력으로 그마저도 무산되고 두 번째 수감되었을 때는 혹독한 고문에 못 이겨 전향서를 작성하기도 했다. 하지만 고명자가 세 번째 수감된 일은 당연한 통과제의가 되며, 고명자에게 동지들과 함께하는 자부심을 갖게 한다. 이처럼 고명자의 문턱의 크로노토프는 마르크스·레닌 활동가로서의 번민 과정이 다른 두 여자에 비하여 개연성 있게 담겨 있다. 수감 생활과 일제의 강요로 출근했던 월간지 『동양지광』 사무실, 그리고 허정숙을 만나기 위해 찾았던 서울 강연장 입구, 그리고 남북연석회의 남한 대표단의 일원으로 방문했던 평양에서 묵은 삼일여관이라는 공간은 특별한 의미를 부여할 수 있다. 이들 시공간을 문턱의 크로노토프로 정리해보았다.

문턱의 크로노토프	분기점 해석
서대문 형무소	세 차례의 수형 생활을 거치며, 변절자로 오인 받음 → 전향서 작성 → 통과제의로 수용
모스크바	모스크바공산대학 입학 김단야와 혁명 동지이자 부부로 생활
서대문 집 문간방	국내 연락책으로 활동하며 김단야를 기다리다가 해방 이후 죽었다는 소식을 듣고 독립된 주체로 거듭남
월간지 『동양지광』 사무실	자의 반 타의 반 부역(모색기)
전국부녀총동맹 사무실	여운형의 격려에 힘입어 적극적으로 활동
평양 삼일여관	남북연석회의 남쪽 대표단의 일원으로 북한을 방문하여 허정숙과 만남이 있었으나 북을 선택하지 않음
근로인민당 사무실	인민위원회에서 사상 무장 전향서를 강요당함
사직동 언덕배기 단칸 셋방	윤동명과 잠시 동거함. 이곳에서 홀로 죽음

고명자는 고 판서 집 귀한 외동딸 태생이다. 마르크스·레닌 사상을 받아들이고 무산자 계급 혁명 활동을 하면서도 그녀의 풍족한 출신 성분은 올가미가 된다. 집안의 심한 반대 속에서 고명자는 일본 경찰의 검거 대상 1호였던 김단야의 애인이자 아내로서 러시아 생활을 하고 모스크바공산대학에서 공산주의 사상을 익힌다. 고명자는 국내 연락책이 되고 김단야는 해외 연락책으로 헤어져 살았으나 조선의 독립과 혁명 완수의 날, 언젠가는 만날 것이라 기대한다. 고명자에게 모스크바에서 김단야와 함께 살았던 시절은 신혼의 낭만과 본격적인 사회주의 학습 시기였다. 고명자와 김단야는 유학

생 부부로 꿈에 부풀어 살았다.

공산주의자 검거 선풍으로 서대문형무소에 두 번째 수감되었을 때 고명자는 김단야에 대한 정보를 캐기 위한 혹독한 고문에 굴복하여 전향서를 작성한다. 그녀에게 전향이란 내면적인 의미가 아니라 외적 폭력에 대한 굴복일 뿐이다. 그러나 끝까지 고문을 견뎌내고 수감 생활을 하는 동지들에게 면목이 없는 것이다. 이후 갑작스러운 부모의 죽음에 따른 죄책감과 무기력으로 고명자는 고립을 자초한다. 그러다가 해방된 남한 정권 아래 세 번째 수감되었을 때는 다시 동지들과 같은 배를 탈 수 있다는 것에 자부심을 갖게 된다. 마침내 고명자 역시 형무소라는 공간을 통과제의로 받아들일 수 있을 만큼 성숙한 것이다.

> 명자는 동방노력자공산대학, 일명 모스크바공산대학에 다녔고 단야는 국제레닌대학을 다니면서 코민테른 동양비서부 조선담당관으로 일하고 있었다. 국제레닌대학은 고급 간부, 동방노력자대학은 일반 당원들을 위한 학교였다. 두 학교 모두 코민테른이 운영하는데 일단 입학하면 의식주를 해결해주고 생활비를 주었다.
> "단야 씨, 식당에 가서 따뜻한 우유 좀 받아오세요. 아침에 내가 부탁해놨으니까 알 거예요."
> 둘은 손발이 척척 맞는 신혼부부였다. 모스크바에서 그들은 공식적으로나 사실적으로나 부부였다. 근면하고 단란한 학생 부부였다.(1권, 191쪽)

고명자는 사회혁명가로서의 학습을 바탕으로 한 "투지로 달아올라" 있었지만 아직은 주체적 자각의 과정이 결여되어 보인다.

> "빨리 조선에 돌아가고 싶어요."
>
> 명자는 공산대학 3년 과정의 마지막 학기가 곧 끝나면 귀국할 예정이었다.
>
> "감옥에 있는 동지들한텐 미안해서 견딜 수가 없어요. 조선공산당은 깨졌지만 이 보 전진을 위한 일 보 후퇴 아닐까요. 자본주의제도는 어차피 내부 모순으로 무너질 수밖에 없을 테니까."
>
> 경성에선 모두들 잡혀가고 도망가고 고문당하고 죽고 사업은 쑥밭이 되었건만 그 우울한 조선 사회주의자들의 운명이 고명자만은 살짝 비켜간 듯했다. 혁명적 낙관주의라는 것이 스물다섯 순진한 아가씨를 흥분시키고 있었다. 명자는 막 산상수훈을 듣고 산을 내려온 사도처럼 어서 거리로 나가 복음을 전하고 싶은 갈망에 두 눈을 반짝반짝 빛내고 있었다. 세죽이 떠나온 경성은 혁명가들의 무덤이었건만 이 젊은 여전사는 무덤 속에도 길을 내고 말리라는 투지로 달아올라 있었다.(1권, 193~194쪽)

그러나 고명자는 고문에 굴복하여 전향서를 쓰면서 동지들로부터 절연당했고, 고아처럼 버려진 채 서대문 집 문간방에서 고독하게 독립된 존재로 거듭난다.

> 명자는 툇마루를 딛고 문간방으로 들어가 허공에서 대롱거리는 전구를 켰다. 조그만 방 안이 밝아지면서 옷가지와 이불 따위가 눈에 들어왔다. 초라한 살림이었다. 모스크바공산대학 시절 단야와의 신혼살림은 더 간소했지만 초라하지는 않았다. 또한 형무소에선 하루 세 번 시찰구로 들여보내주는 콩밥을 먹고 지냈지만 외롭지는 않았다. 감옥 바깥에 그리고 다른 방에 있는 동지들과 가늘지만 질긴 끈으로 연결돼 있었다. 하지만 전향서를 쓰면서 동지들과 조직과 신념과 그 모든 것들로부터 절연 당했고 아버지마저 세상을 뜨면서 가족은 해체되었다.(『세 여자』 2권, 14~15쪽)

『동양지광』 사무실에서 고명자는 홀로 세상의 민낯과 대면한다. 살아남기 위해서 어쩔 수 없이 부역에 동원되는 것이 아니라 권력에 아부하기 위해 날뛰는 충격적 만남을 체험한다. 그동안 학습했던 사상이나 진실이라고 믿었던 것들에 대해 회의해보고 자기반성을 통해 점검하여 보다 단단한 기반을 다지게 된다. 『동양지광』 사무실에서의 부역 활동을 통하여 고명자는 인간의 밑바닥을 경험하며, 본격적으로 사상과 단체와 인간에 대해 번민하는 주체적 인간으로 성숙한다.

> 『동양지광』 사무실은 종로2가에 있었다. 편집부장 김한경, 편집주임 인정식, 경리부장 가영석, 시인 겸 평론가라는 사업부장 김용제가 모두 공산주의운동으로 감옥살이한 사람들이었다. 사장 박희도를 필두로 해

서 100퍼센트 좌익 전향자들로 진용을 짠 것이다. 그녀가 출근하기로 한 건 일단 예비구금을 피하자는 것이었다. 하지만 직장을 갖고 조직에 속하고 싶다는 욕망에 굴복한 것이기도 했다. 양 떼건 이리 떼건 무리 속으로 들어가고 싶었다. 홀로 지내온 지난 10년의 외로움과 소외감은 명자가 의식한 이상으로 깊었던지 출근 전날은 마음이 설레어 잠을 설칠 정도였다. 어쨌든 그녀는 종로로 돌아왔다.

『동양지광』 첫날은 문화 충격의 연속이었다. 종로2가 뒷골목 10전짜리 국밥집에서 점심을 먹으면서 강영석이 말을 꺼냈다.

"우리 역사를 깊이 알면 알수록 매력에 빠져들어요. 한마디로 거대한 드라마가 있는 풍광이라 할까요."

명자는 말없이 고개만 끄덕였다. 그녀가 살아온 35년 세월만 해도 드라마였다. 한입합방으로 대한제국이 무너지고 고종이 죽고 순종이 죽고 지나사변 이후는 더욱 걷잡을 수 없는 소용돌이다.

"우리 역사의 세 영웅에 대해 아마 여러분도 각기 입장이 있으실 텐데요."

명자는 어리둥절했다. 우리 역사의 세 영웅이라면, 누굴 말하는 걸까. 태조 왕건? 이순신? 세종대왕?

"세 영웅 중에서 제가 가장 매력적으로 느끼는 위인은 도미토미 히데요시도 도쿠가와 이에야스도 아니고 오다 노부나가입니다. 장수는 자기를 알아주는 주군을 위해 목숨을 바친다는데 사실 충성스러운 장수가 되긴 오히려 쉽지요. 도요토미 같은 천출을 거두어 역사의 흐름을 바꾸는 영웅으로 키워내는 주군의 역할이 진정 위대한 것 아니겠소?"(2권, 33~34쪽)

서대문 집 문간방에서 고명자는 김단야를 기다리며 『동양지광』에 부역을 다니던 중 1945년 해방의 소식을 들었다. 해방은 고명자에게 남편 김단야와의 만남을 기대하게 했다. 하지만 해방이 되어도 원상 복귀할 수 없는 것들에 대한 마음의 준비는 전혀 없었다. 징용에 지원한 서대문집 주인 아들이 돌아오지 않는 것처럼 김단야에 대한 소식도 알 길이 없었다. 일제에 부역했던 자신의 행적도 떳떳할 수가 없었다. 전향서도 썼고 『동양지광』에서 일했던 고명자를 위로하는 여운형의 그늘이 고마웠다. 김단야 소식도 그를 통해 들었다.

> 여운형 선생이 단야에 대해 알아봐주겠다고 했다. 서울의 소련 영사관은 철수해버렸으니 평양의 대사관을 통해 알아볼 요량인 듯했다. 어느 날 계동 집에 들렀을 때 여운형은 "내 그러잖아도 자네를 부를 참이었네"라며 방에 있던 사람들을 모두 물리고 명자를 옆에 앉혔다.
>
> "요새도 서울역에 나가나."
>
> "자주는 아니고 이따금씩요. 생각나면."
>
> "이제는 그만두게. 단야는 이 세상 사람이 아니야."
>
> 명자는 아득해지는 머릿속을 추슬렀다.
>
> "무슨 소리예요…. 언제 어떻게 됐다는 거지요?"
>
> "소련에서. 벌써 10년 가까이 된 일이야. 그렇게만 알고 있어. 더 이상 알려고 하지도 말게."
>
> (…)

적어도 오늘 하루는 목청껏 울 권리가 있다고 생각했다. 한 시간 지났을까, 울음 끝이 가늘어지더니 끊어졌다. 심장이 터질 듯 아프다는 것도 엄살이었나. 눈물이 그치자 개운해졌다. 명자는 언제부턴가 그가 그리되었다는 것을 알고 있었다는 생각이 들었다.(2권, 163쪽)

김단야의 죽음은 고명자에게 커다란 충격이었다. 고명자는 새롭게 시작하려는 의지를 보인다. 전국부녀총동맹 사무실에서 지부장 일을 맡아 활약하며 함께 일할 사람들이 있다는 것이 든든했다.

인사동 전국부녀총동맹 사무실에서 회의가 있었다. 신탁통치 문제에 대한 대책을 논의하기로 돼 있다. 전국부녀총동맹이 창립된 것이 12월 24일, 그러니까 나흘 전이었다. 유영준이 위원장, 정칠성이 부위원장이었고 명자는 중앙집행위원 겸 서울시 지부장이었다. 명자는 그동안 생사도 모르던 왕년의 선배, 동료들과 다시 만나 감개무량했고 무엇보다 명시와 함께 일하게 되어 든든했다. 김명시는 중국에서 조선의용군을 찾아 연안으로 가던 중에 해방을 맞아 다시 혼자 서울로 들어왔다.(2권, 114쪽)

남북연석회의 일행으로 북한을 방문하게 되니 고명자에게 또 한 번의 기회가 주어진 것이다. 사회주의자에게 해방 이후 북한은 남한에 비하여 활동이 자유로운 분위기였다. 하지만 아직은 해방 직후 나라 만들기에 열과 성을 아낌없이 바치며 남북한 정권의 속성을 민낯으로 드러내지 않았던 상황이었다. 고명자는 북한에 남겠다고 마음먹으며 짐을 싸 길을 떠났던 것이다.

> 저녁 늦게 허정숙이 삼일여관을 찾아왔다. 저녁식사 자리에서 북측 안내원들로부터 그녀의 방문이 있으리라는 예고가 있었다. 정숙은 남북연석회의 준비위원회 서기장이었다. 말하자면 연석회의 준비 책임자였다. 정숙이 북조선에서 요직에 있다는 소문은 일찍이 듣고 있었지만 서기장께서 오십니다라는 파발에 이어 바깥에서 자동차 소리가 들리고 정숙이 수행원 네 명을 대동하고 나타났을 때 그녀가 명불허전의 거물임을 명자는 피부로 느꼈다.(2권, 180쪽)

고명자는 허정숙과 박헌영을 만나면 막연하게나마 예전 스무 살처럼 살 수 있다는 희망을 품고 있었다. 하지만 이미 20년이 지났다. 그동안 서로에게 있었던 신산고초의 세월은 하루 이틀 사적 만남으로 메꿀 수 없었다. 하물며, 고위직 정치가로 변신한 허정숙과 전향에다 친일 부역의 죄과를 짊어진 고명자가 짧은 시간에 나눌 수 있는 것이 과연 얼마나 될까.

> "언니, 단야는 소련에서 죽었대."
>
> "나도 들었어. 정말 아까운 사람인데."
>
> "세죽 언니 소식도 들었지?"
>
> "응, 이번에 들어왔더라면 좋았을 텐데."

"무슨 소리야? 지금 어디 있는 거야?"

"카자흐스탄에."

"소련이란 말이야? 맙소사! 살아 있다니. 정말 다행이다. 안 좋은 얘기 들었거든. 그런데 왜 안 돌아오는 거야?"

"유형이 안 풀렸어. 세죽도 팔자가 왜 그렇게 기박하니. 단야하고 재혼만 안 했어도."

명자는 정숙의 말을 언뜻 이해할 수 없었다. 다만 뒤통수를 망치로 맞은 듯 어질어질했다.

"누가 재혼했다고? 단야하고 세죽 언니가?"(2권, 182~193쪽)

고명자는 다시 남한으로 향한다. 하녀를 대동하고 나들이 겸 드나들던 여성동우회사무실, 부잣집 고명딸의 호기심으로 만났던 사회주의 학습은 그녀를 근로인민당원으로 만들었고 북한에 남기를 거부했던 수많은 좌익 인사들의 비참한 말로를 몸소 체험하게 했다. 남로당과 근로인민당 등 133개 정당 사회단체를 등록 취소한 10월 19일 자 정부 법령은 시체나 다름없던 좌파 정당들의 관 뚜껑에 못을 박았다. 근로인민당 간부들 일부는 남로당 프락치 혐의로 수배령이 떨어졌는데 명자도 그들 중 하나였다. 이후 몸에 지닌 비상으로 자결을 시도하다 실패하여 수감되고 6·25전쟁 이후 6월 28일 아침 형무소 문이 열렸다. 역사적 사실과 소설적 진행은 그렇게 일치한다.

그녀는 유치장 앞에서 몸 검사 받기 직전 비상을 입에 털어 넣었다. 경관 두 명이 그녀를 끌고 수돗가로 가서 입에 호스를 물리고 수도꼭지를 틀었다. 온몸의 혈관과 오장육부가 부풀어 터질 듯한 고통이 지나가고 그녀는 살아남았다.

(…)

"만세, 만세."

어떤 사람들은 인민공화국 만세를 외쳤다. 명자는 죄수복 차림인 게 뿌듯했다. 8·15해방 때 형무소에서 풀려난 사람들을 부러운 마음으로 바라보던 기억이 났다. 고통스럽고 막막했던 지난 1년의 일들이 주마등처럼 떠오르면서 그녀는 설움이 북받쳐 올라 다시 소리쳤다.

"만세. 인민공화국 만세, 인민해방군 만세."(2권, 233~235쪽)

두 번의 감옥 생활에서, 첫 번째 수감은 아버지의 물질적 지원으로 가석방된다. 자발적 전향은 아니었음에도 동지들은 그녀를 배신자 취급하며 경원시한다. 여운형만이 그녀를 감싸주면서 그녀는 수양딸 겸 그의 비서로 활동한다. 고명자는 권력과 사상, 정치의식까지 동지들과 함께 제물로 바치는 것에 만족하는 순결한 혁명가의 길을 선택한다. 근민당이나 남로당은 북에서도 남에서도 이중으로 버림받은 사생아들이다. 그들의 최후는 전향과 변절과 죽음 이외 다른 길은 없었다. 전향과 변절의 아픔을 맛본 고명자에게 선택의 여지는 없었다. 그 와중에 어이없는 일이 벌어진다. 해방군이라 여겼던 인민군이 사상을 검토하며 심지어 전향서를 쓰라는 것이다.

자술서를 두 번 쓰고 나자 이번에는 전향서를 쓰라고 했다.

"전향서라니요?"

"전향이 뭔 말인지 모르오?"

"어느 쪽으로 전향한다는 말씀인지?"

"이 동무가, 정말 모르겠소? 철두철미한 마르스크·레닌주의자로 전향하라는 말이오. 자신의 사상적 결함이 원인은 어디에 있는지, 중간파의 문제점을 자아비판하고 부끄럼 없는 민주주의인민공화국의 인민이 되기 위해 마음가짐을 새롭게 하는 각서를 쓰란 말이오."

소좌는 자술서와 전향서를 토대로 노동당에서 심사하게 될 것이라 했다. 심사해서 입당 여부를 가리겠다는 건지, 심사해서 죽일지 살릴지 결정하겠다는 건지 알 수 없었다. 전향서를 쓰던 날은 이미 사무실에 근로인민당 간판이 떼어지고 없었다. 근로인민당 사무실은 인민위원회가 접수했다. 당 간부들은 모르는 사이에 당이 없어져버린 것이다. 당사에 나올 필요도 없었다.(2권, 242~243쪽)

혹독한 고문으로 전향서를 쓰고 번민의 세월을 보냈던 고명자는 북한에서 내려온 어린 소좌 앞에서 며칠 동안이나 끙끙대며 또 다시 자술서와 전향서를 쓰게 될 줄은 꿈에도 몰랐을 것이다.

고명자에게 빛이자 그림자였던 김단야를 떠나보낼 수 있었던 건 어쩌면 윤동명과의 만남 덕분이다. 고명자에게 윤동명은 삶의 새로운 분기점이 된다.

근로인민당에 출근하던 것도 며칠 쉬고 집에 있는데 어느 날 저녁 문밖에서 "고명자 씨 계십니까" 하는 소리가 들렸다. 김단야의 목소리였다. 깜짝 놀라 문을 열고 내다보니 마당에 김단야 대신 말쑥하게 차려입은 양복 신사 한 사람이 서 있었다. 언뜻 낯설었지만 아는 남자였다. 여운형이 당수로 있는 근로인민당에서 중앙위원으로 같이 일하는 윤동명이었다. 왜정 말기에 김한경과 국민문화연구소 일도 했던 인사라 일찍부터 서로 보았던 사이였다.

"늦은 시간에 불쑥 찾아와서 실례가 많습니다. 몽양 선생 부탁을 받고 왔습니다."

"아, 예."

몽양 선생 부탁이라는 말에 명자는 긴장했던 얼굴을 풀었다.

(…)

명자는 사직동 언덕배기에 단칸 셋방을 얻어 윤동명과 살림을 차렸다. 예식도 신혼여행도 없이 시작된 부부 생활이었다. 윤동명은 홀아비 냄새가 밴 옷가지와 책, 칫솔 따위가 든 짐 가방 하나를 달랑 들고 왔다. 명자의 짐을 실은 리어카는 윤동명이 끌고 명자가 밀고서 사직동 언덕을 올라왔다. 서대문 셋방에서 쓰던 이부자리와 살림살이는 빗자루나 숟가락 젓가락 하나도 빠뜨리지 않고 쓸어 담았다. 물자가 귀한 시절이었다.(2권, 164~167쪽)

고명자는 윤동명과 살림을 차리면서 무작정 김단야를 기다리던 막막한 세월을 마침내 청산한 것이다. 스승이자 상관처럼 일방적으로 고명자를 가르치고 과업을 지시했던 수직적 관계 역시 마침표를 찍게 된다. 이후 고명자와 윤동명은 수배 생활과 수감 생활의 혼란 속에서 서로의 생사를 확인하지 못한다. 남과 북에서 버림받은 사회주의자 고명자의 최후는 고독하고 비참했다.

> 달빛 아래 희미하게 윤곽을 드러내는 그것은 짚더미가 아니라 사람 시체였다. 그것도 하나가 아니었다. 자위대원이 명자를 보더니 혀를 찼다. "사람 시체 처음 보시오? 동원 나올 때마다 노다지 밭에 채는 게 시체구만."
> (…)
> 우선은 생사가 다 하찮은 일, 삶도 죽음도 별거 아니라는 감상이었다. 눈앞이 저승이고 죽음이 지척이며 아이고 어른이고 이유 없이 죄 없이 죽는데 나라고 특별할 게 무언가.
> (…)
> 대문간에 들어선 명자는 무너지는 몸을 간신히 추슬러 방으로 기어 올라갔다. 몹시 배고프고 몹시 잠이 왔는데 졸음이 허기를 이겼다. 명자는 흙투성이 바지만 벗어 던지고 이불 위에 쓰러졌다. (…) 발가락 열 개가 시리고 사지가 오들오들 떨렸다. 모스크바의 겨울도 이토록 춥지는 않았던 거 같아.
> 가무룩하니 멀어졌던 정신이 되돌아오면서 마침내 어디 딴 세상이려니 할 때 천장 한가운데서 동그란 알전구가 낮달처럼 해쓱한 얼굴로 내려다보고 있었다. 천장이 이불 위로 바짝 내려왔다. 공기가 무거워 숨

쉬기 힘들었다. 명자가 마지막 숨을 거둘 때였다. 동창으로 새벽 여명이 설핏 깃든 것은. 그때 마흔여섯 해를 머물렀던 한 영혼이 지상을 떠났음을 아는 사람은 아무도 없었다.(2권, 255~258쪽)

3.

실존 인물을 연결하는 사회학적 상상력은 이 소설의 핵심적인 추동력이다. 물론 소설적 상상력과 역사적 상상력의 교집합을 이끌어내야 하는 과제가 있다. 소설적 상상력은 역사적 사실로부터 어느 정도 자유로울 수 있으며 작가적 개입이 가능하다. 하지만 역사적 상상력에는 사관이라든지 역사의식이라는 부채가 따라붙는다. 『세 여자』의 작가는 여성의 자각과 활동을 중심으로 이를 감당했다.

허정숙은 여성운동가에서 사회주의혁명가로, 끝에는 북한 정권에서 실권을 가진 정치가로 변모한다. 주세죽은 음악가를 꿈꾸는 신여성에서 박헌영을 만나고 사회주의혁명가로 활동하면서 운명이 바뀐다. 러시아에서 재혼한 김단야가 일제의 밀정으로 처형당하면서 위험분자로 몰려 평생 유형자의 신분을 벗어나지 못한 채 '한 베라'라는 이름으로 생을 마친다. 고명자는 사회주의 활동가로 수감되었다가 전향서를 쓴 후, 친일 월간지 『동양지광』 사무실에서 부역하였다. 해방 이후 여운형의 중도 노선에서 활동하다가 고독하게 생을 마무리한다.

『세 여자』는 실존 인물 100여 명을 호명하여 그들이 살았던 시공간을 경성, 동경, 만주, 블라디보스토크, 모스크바, 평양 등지에서 펼쳐내는 방대한 구성을 취한다. 작가는 "역사를 배반하지 않는 소설을 쓰겠다"고 밝혔다. 그러니까 작가의 의도는 단순한 호기심이나 옛이야기식으로가 아닌, 현재의 전사前史로서 다루고 싶다는 의미일 것이다. 소설과 역사의 만남에 대한 진중함의 표현이다. 소설의 형식을 빌려서 금기의 역사를 대중적으로 풀어내는 작업에 따른 부담감일 수도 있겠다. 조선의 마르크스·레닌 혁명사는 철저히 베일에 감추어져 있었다. 북한을 선택했던 자들은 대다수가 북한 정권 수립에 기여했고 김일성 우상화 작업에 협조했으며, 남로당과 연안파 출신 당원들은 예외 없이 숙청되었다. 남한에서 고립된 공산주의자는 빨치산이라는 이름으로 기억되는데 이들은 남과 북에서 철저히 외면당했고 무자비하게 공개 처형, 학살당하였다. 6·25 전쟁으로 인해 사상자가 120만 명에 달하였고, 아직 동족상잔의 아픔은 치유되지 않았으니 마르크스·레닌주의자들을 다룸에 있어, 한반도에서 역사와 소설의 만남은 아직도 요원하다 할 것이다.

박헌영과 김일성의 대결 장면은 이 소설이 지닌 백미 중 하나이다. 남한 사회에서 최고의 금기어는 공산주의와 김일성이며 박헌영 역시 남과 북 전역에서 잊힌 존재이자 금기의 인물이다. 『세 여자』는 겉으로 내세운 인물은 허정숙, 주세죽, 고명자이지만 진정한 주인공은 박헌영이 아닐까 싶을 만큼 그는 작품 전체를 관통하는 주요인물로 등장한다. 주도면밀하게 박헌영을 중요 인물로 그려낸 이유는 김일성과 맞서는 구도 설정을 위함인 듯하다.

금기어였던 공산주의 사상과 북한 정권의 수뇌부였던 김일성, 최창익, 허정숙을 혁명가와 정치가의 관점에서 다루고 있다는 점, 특히 인간적인 숨결을 부여하고 있다는 점에서 의미 부여가 가능해 보인다. 또한 일개 소련군 대위였던 30세의 김일성이 북한에서 정권을 잡았다는 것에 대한 아쉬움과 분노가 담겨 있다. 허정숙 관점 이상의 목소리를 낼 수 없었던 작가에게 김일성이 아니라 박헌영이 정권을 잡았다면 정통 사회주의국가를 세울 수도 있지 않았을까 아쉬움을 남긴다.

> 전쟁의 책임을 따지는 일은 사이좋게 소련과 중국을 다녀온 두 거두 사이의 공방이 될 수밖에 없었다. 패전 책임이란 나눠 가질 수 있는 게 아니었다. 루저가 책임을 모두 뒤집어쓰고 어쩌면 목숨까지 내놓아야 하는 게임이라 이것도 하나의 전쟁이었다. 만포피란 중에 소련대사관에서 열린 볼셰비키혁명 44주년 파티가 김일성과 박헌영이 대판 싸워 난장판 됐을 때 정숙은 전쟁이 시작됐구나 싶었다. 당과 내각과 소련 대사가 모두 모인 자리였는데 술에 취한 김일성이 "남로당 지하당원들이 봉기한다더니 어떻게 됐냐"며 먼저 도발했고 박헌영이 "인민군 주력부대를 서울서 빼내 낙동강까지 보낸 건 누구 명령이었냐?"고 되받아치자 김일성이 "개자식아" 하면서 잉크병을 던지고 서로 쌍욕들이 오갔다.(2권, 290쪽)

안타깝지만 "역사를 배반하지 않는 소설을 쓰겠다"는 작가의 의도는 외줄타기처럼 아슬아슬하다. 박헌영은 패배한 혁명가요, 김일성은 성공한 권력자이며 노회한 정치가라는 기존의 평가 이상의 참신한 해석이나 독특한 개성이 돋보이지는 않는다. 다만 베일에 싸여 있던 김일성의 성격이나 탁월한 기억력, 술자리의 허장성세한 모습을 묘사한 점은 흥미롭다 할 것이다.

4.

마지막으로 사실주의적 역사소설 『세 여자』의 2017년대적 의의를 생각해볼 필요가 있다.

역사소설에서 중요한 것은 무엇인가? 시대적 삶의 문제들에 직접적이면서도 동시에 전형적으로 표현되어 있는 그런 개체적인 운명들을 형상화한다는 점이다.[7] 예술적으로 보아 결정적인 것은 묘사된 운명의 사회적 심리적인 내용이며 따라서 이러한 운명이 그 내용상 민중 생활의 위대한 전형적 문제들과 결부되어 있느냐 않느냐 하는 문제이다.

인물들은 왜 민중적인 형상이어야 하며, 왜 그들의 이야기 속에

7) 게오르그 루카치, 앞의 책, 381쪽.

는 민중의 운명이 반영되어 있어야 하는가? 작품의 참된 역사 정신이 드러나는 것은 바로 이 지점이기 때문이다. 즉 작품 속 개인적 체험들이 시대가 지닌 중대한 문제들과 관계를 맺으며 유기적으로 결합되고 또 이 문제로부터 필연적으로 움터 나온다고 하는 점에서다. 인생의 위기와 분기점에서 위기의 시대에 발현하는 인간의 위대함은 어디까지인가.

『세 여자』는 민중의 가능성이 항상 그리고 도처에 잠재해 있다는 믿음을 보여준다. 문제는 우리가 이러한 믿음을 갈망하면서 한 치의 의심 없이 지닌다는 게 이미 불가능한 시대에 살고 있다는 것이다. 하지만 절대적이지 않음에도 불구하고 여전히 그 믿음은 유효하다. 1987년 6월항쟁에서 그리고 2017년 촛불혁명에서 그 힘은 위력을 발휘했지 않는가. 민중의 힘은 모래알처럼 무력하지만 어느새 폭풍처럼 엄청난 위력으로 우리 앞에 등장하기도 한다. 기계나 물질적 거대함 속에서 나날이 자잘해지는 듯하면서도, 인간적 위대함은 어떤 촉발의 계기만 있으면 언제든지 나타나 경외감을 몸소 체험하게 만든다.

사실주의적 역사소설은 현재의 전사前史를 그려냄으로써 현실 문제를 해결해나갈 방향과 신념을 확보함을 목적으로 한다. 특히 일제강점기와 해방 정국을 여성의 시각으로 그려낸 점은 역사 바로 세우기에 있어서 중요한 지점이다.

인간적 고양의 위대함을 몸소 체험한 세대에게 『세 여자』의 등장인물들은 화석화된 과거의 영웅이나 실패한 혁명가가 아니다. 그들의 지칠 줄 모르는 투쟁 의지와 신념은 현재를 살아가는 우리에게 삶의 진지함과 목적의식을 일깨워준다. 절대적 가치나 민족이나 국가에 대한 맹신은 사라졌으나 여전히 공동체적 관심은 우리를 지배한다. 남북통일의 문제가 그러하고 더불어 다문화적 세계관에 맞는 신념과 이상이 우리를 미래 사회로 이끌어가고 있다.

또 한 가지, 『세 여자』에서 시도했던 여성주의적 역사관은 지금까지의 반쪽짜리 남성중심 시각을 교정하는 새로운 시도이기도 하다. 이상사회를 향한 혁명의 열정으로 자기희생의 씨앗을 뿌렸던 시대 상황과 그 주인공들의 실패담은 오늘날 한반도 분단의 원인과도 관련된다. 역사는 되돌릴 수 없다. 하지만 이상사회를 위해 싸웠던 인간의 항쟁은 그 한계와 실패까지도 위대함으로 기억될 수 있다. 그렇기 때문에 『세 여자』의 의의는 특히, 여성문제나 분단의 극복을 위한 의지와 함께 작품의 문제점과 한계에도 불구하고 높게 평가할 만하다.

루카치가 『역사소설론』에서 밝혔듯 사실주의적 역사소설이 성공적이기 위해서는 중도적 인물의 역할이 중요하다. 중도적 인물이란, 그들의 계급적, 계층적 이익이나 사상을 대변하는 허구적 인물로서, 다양한 사람들을 만나는 과정을 통해 역사에 대한 객관적 거리를 만들어준다. 강영주가 홍명희의 『임꺽정』에 등장하는 갖바치를 성공적인 중도적 인물로 본 것은 이와 같은 이유에서였다.

그런데 실존 인물을 중심으로 역사에 충실하겠다는 작가의 의도는 역사와 소설의 이해에 충실했던 것일까. 안타깝지만 『세 여자』

는 중도적 인물의 설정이 부족하다. 작가는 중도적 인물이 맡아야 할 역할을 허정숙에게만 부여하고 있다. 허정숙은 작중인물 모두와 관여하면서 끊임없이 그들을 평가하고 비판한다. 허정숙에게 부여한 이러한 과도한 역할은 작품 미학적 측면에서는 불리하다. 작가가 "역사를 배반하지 않는 소설을 쓰겠다"는 의도에는 유리한 것인지 모르지만, 작품 뒷부분이 에세이처럼 흐른 것은 소설의 완성도를 위해서는 바람직하지 않게 여겨진다.

2017년의 바람직한 신여성은 누구인가? '미투'를 폭로했던 검사 서지현인가, 박근혜 탄핵 판결문을 읽었던 전 헌법재판소장 이정미인가, 『세 여자』의 저자인가, 또는 골리앗 싸움의 최초 승자가 되었던 여성노동자 김진숙인가. 어느 시기보다도 신여성, 신남성에 대한 철학적 성찰이 필요한 시점이다. 새로운 세상을 꿈꾸고 그 실천을 향해 온몸으로 저항하는 인물을 요구하는 것이다. 그리고 세상은 이미 노동자, 혁명가, 운동가라는 사회적 외피를 벗고 스스로를 자유롭게 만들어가는 내재적 혁명의 열기가 만연하다.

서두에서 보였던 나의 엄마 김영순을 다시 소환한다. 사진 속 인물, 엄마와 그의 동무들은 가족 이외의 사람들에게 관심받고 각인될 만한 삶을 살지 않았다. 단지 누구 못지않게 성실하게 자기 앞의 생을 묵묵히 살아냈을 뿐이다. 다만 소수의 사람들에게 기억되고 그마저 점차 희미해질 것이다. 하지만 우리는 이름 없이 떠나간 그들의 삶을 민중이라 호명하며 역사를 움직이는 주체이자 원동력이라 말한다. 허정숙, 고명자, 주세죽 셋의 사진은 빛이 퇴색할수록 새롭게 조명되는 기회가 반드시 올 것이다. 그들이 꿈꿨던 해방의 세상은 이름도 명예도 없이 스러져간 수많은 민중들의 소망이 아니던가. 이제 꿈꾸기도 벅찬 현실에 갇혀 있음에도 언젠가 그 꿈이 모두의 것이 될 수 있기를 바라는 사람들의 희망을 가둘 수는 없다는 것. 그것이 역사의 진실 아닐까.

박상륭 소설 읽기를 통한 '죽음'의 의미 찾기

1. 박상륭의 문학과 『죽음의 한 연구』

박상륭은 한국문학사에서 독보적인 존재이다. 주제 의식에서 한 획을 그었으며, 문장에서 독특한 자기 완결의 색채를 지닌 작가라는 점에서 그러하다. 일반적인 소설 양식의 길을 따르지 않고 그만의 형식을 개척했다는 점에서도 탁월한 작가라 인정받을 만하다. 신인神人의 탄생 그리고 구원의 소설 형식이라는 측면에서 형식 파괴적이고 자기 완결적인 경지를 획득하고 있다.

또 하나, 그의 작품은 스스로 '잡설', '패관'이라 칭한 바처럼 다양한 종교와 철학적 화두를 중심에 둔, 형식을 벗어난 소설이라는 점이 주목된다. 등장인물을 선명하게 드러내지 않으면서 형이상학적 상징성과 비유를 전면에 배치하는 그의 소설 작법은 난해하다. 그의 소설을 읽는 일은 불편함을 감수해야 한다는 난점이 있으나 읽으면 읽을수록 흥미진진하다. 읽는 사람의 마음을 이토록 불온하게 흔들어놓다니 문장마다 염력이 느껴진다 할 만큼 오묘하다. 만연체 문장의 묘미는, 반복하여 읽을수록 그 주도면밀함과 완벽함을 온전히 즐길 수 있다는 데 있다. 그의 문장은 탁월한 장인의 손끝에서 탄생하는 섬세한 수공예품의 품격으로 이루어졌으니, 3.4조, 4.4조의 유장한 리듬 속에서 주문처럼 기도문처럼 간절함의 울림이 곳곳에 배어 있다.

그에게 문학은 철학이자 종교 그 자체이며 그가 지속적으로 고혈을 짜내어 천착하는 화두는 '죽음'이다. 그렇기 때문에 그의 주제는 죽음을 담보로 한 일관된 자기 구원을 향한다. 자기 구원에 있어서 삶과 죽음의 문제는 인간의 존재 자체를 탐색하는 작업이 되어야 한다. 그 탐색에서 '죽음'은 생명의 문제와 하나가 된다.

『죽음의 한 연구』[1]는 박상륭의 대표작이라 볼 수 있다. 형이상학적 사유의 깊이는 『칠조어론』에 있다 할지라도 『죽음의 한 연구』로 소설로서의 완성이 마무리되었다고 보인다. 그렇다고 이후의 박상륭 작품을 사족 같은 것으로 생각하는 것은 결코 아니다. 그것은 자기 구원의 글쓰기를 위한 투혼鬪魂이라 할 수 있으며 그의 장인정신

---

1) 박상륭, 『죽음의 한 연구』 상, 하, 문학과지성사, 1997. 이후 이 책의 인용은 괄호 안에 상, 하와 쪽수만 밝힌다.

에게 한국문학은 빚을 지고 있다 할 것이다.

> 박상륭의 작품 세계는 크게 1960년대의 단편들과, 1975년도에 발간된 장편 『죽음의 한 연구』 그리고 『죽음의 한 연구』의 속편이라 할 수 있는 1990년대의 『칠조어론』의 세 단계로 나눌 수 있겠다. 중 · 단편소설들은 1963년부터 1975년 『죽음의 한 연구』가 나오기 이전까지 30편 정도가 발표되었다. 이 중에 중편 분량의 작품이 「유리장」 「7일과 꿰미」 「열명길」 「숙주」 등이다. 특징적인 것은 그가 연작 형태로 작품을 쓴다는 것이다. 이를테면 「뙤약볕」 연작과 「남도」 연작 등이 그것인데, 장타령 시리즈인 각설이 연작은 『죽음의 한 연구』와 『칠조어론』까지도 포괄하는 것이다. 『칠조어론』과 『죽음의 한 연구』가 각설이 연작 형식 안에 포괄된다는 점과, 작가가 형상화한 '죽음'과 '재생'의 주제 의식을 염두에 두었을 때, 그는 평생 한 작품을 쓰기 위해 그 긴 문학적 편력의 길을 걸어왔는지도 모른다.[2)]

그의 문체는 작품이 추구하는 새로운 세계로 통하는 문과 같은 것이며 여행자의 발과 같다. 그만큼 중요하고 작품의 원동력을 추동하는 본체라 할 수 있는 것이니 그 실체를 들여다보는 시도가 필

---

2) 김명신, 「문학적 연대기—말씀의 우주에서 마음의 우주로의 편력」, 『박상륭 깊이 읽기』, 김사인 엮음, 문학과지성사, 2001, 48쪽.

요하다 여겨진다.

『죽음의 한 연구』를 중심으로 길고 유려한 문장 사용의 의미, 여성 비하적 어휘 사용에 담긴 문제점 그리고 사투리의 사용과 음악성을 활용한 대상과의 합일을 점검해보고자 한다.

먼저 작품의 전체적 흐름을 정리해볼 필요가 있다.

① 주인공은 아버지가 누구인지 모른 채 갯가에서 태어났는데 어머니는 창녀였다.

② 주인공은 어머니와 단둘이 언덕 위의 집에서 살다가, 어떤 중의 불머슴이 되었다.

③ 주인공은 나이 서른셋에 스승의 밑을 떠나 유리로 수도하러 온다.

④ 유리에 오면서 주인공은 그의 스승을, 그 후에는 존자라는 사내와 '외눈중'을 죽인다(구도적 살해라 인정받는다).

⑤ 주인공은 유리의 마른 늪에서 물고기를 잡으려고 애를 쓰는데 '수도부'를 만나 영혼과 육체의 교감을 나눈다.

⑥ 주인공은 읍내에 가서 두 명의 여자를 만나는데 그중 장로의 손녀딸에게 마음을 빼앗긴다.

⑦ 읍내의 장로는 주인공에게 유리로 가지 말고 함께 살 것을 권유하고 손녀딸 역시 주인공을 붙잡는다. 유리로 가지 않으면 형벌을 피할 수 있다.

⑧ 그러나 주인공은 유리로 돌아온다. '촛불중'에게 강간을 당하

고 죽어가는 수도부와 마지막 성교를 한다. 그리고 수도부를 마른 늪에 지극정성으로 장사 지낸다(수도부의 죽음으로 주인공은 영적 교감을 체험한다).

⑨ 주인공은 유리의 판관인 촛불중에 의해 유리의 법률에 따라 살인죄 명목으로 처형된다. 주인공이 스승을 떠나 그의 죽음을 완성하기까지는 40일이 걸린다.

『죽음의 한 연구』는 이러한 서사적 얼개를 가지고 있지만 작품 외적 형이상학에 대한 배경지식의 도움 없이 작품 이해는 불가능하다고 해도 과언이 아니다. 하지만 문장을 반복해서 읽을 때의 미적 쾌감은 작품 외적 형이상학에 의존하지 않아도 충분하다는 것이 필자의 생각이다. 그 미적 쾌감의 정체를 밝히고 싶은 의욕으로 이 글을 시작했음도 밝히고 싶다.

먼저 작품에 대한 몇 가지 해설을 정리하고 다음 장으로 넘어가고자 한다.

주인공이 죽음을 완성하는 40일이라는 설정은 기독교의 '예수'를 연상시킨다. 주인공은 걸승의 신분이나 작품의 흐름은 기독교가 중심에 있다. 죽음과 관련한 다양한 신화와 밀교密敎가 등장한다. 주인공의 구도 행각과 구원의 문제가 작품의 중심 서사이다. 그리고 '유리'와 '읍내' 두 개의 공간이 등장하는데 이는 세속과 수도 공간의 이원론적 설정으로 볼 수 있다. 또한 창녀와 처녀라는 이미지를 중심으로 설정된 여성들의 등장은 주인공의 구도 과정에서 중요한 의미를 부여할 수 있다.

대략 이와 같은 흐름으로 이해되는 『죽음의 한 연구』가 주는 문학적 완성은 형이상학적 사유 그 자체를 해체하여 새롭게 풀어낸 문장에 있다. 그 문장에 담긴 '죽음'의 의미와 작가의식을 알아보도록 하겠다.

2. 통종교적通宗敎的 동서양의 사유를 담는 유장한 호흡의 문장

'죽음'을 화두로 삼고 있는 소설에서 종교 문제를 피해가기는 불가능하다. 그런데 작가는 왜 하필 삶의 문제가 아니라 죽음에 집착하는가? 이 문제의 답으로 우리는 죽음에 대한 사유가 곧 삶을 추동하는 힘이라는 것을 명확히 알고 있다. 죽음 이후를 대비하고 안정감 있게 삶에 임하기 위해 인류의 시작과 종교는 불가분의 관계로 얽혀 있다. 그래서 종교가 죽음이라는 문제를 삶 깊숙이 끌어안게 되는 것이다. 이러한 연유로 종교가 다루는 문제는 때로는 삶보다 죽음에 경도되기도 한다. 그렇다 할지라도 종교의 핵심은 '재생'이며 영원한 생명에 대한 희구이다. 사후 세계에 대한 보장과 죽어도 죽지 않는 '부활'이나 '피라미드'의 신비는 현재의 과학으로 해명할 수 있는 문제가 아니지만 특정 종교적 의식을 뛰어넘는 '영원불멸'과 '재생'의 문제는 육신과 영혼의 단계를 거쳐서 다양하게 진화하고 있다. 박상륭의 『죽음의 한 연구』는 이러한 영원성의 원형에 대한 글쓰기이다. 그의 발언을 참고해보자.

이 우주는 마음의 우주, 말씀의 우주, 몸의 우주로 이루어졌다고 봅니다. 신이 인간과 짐승의 아름다운 부분만 닮은 희랍 신화의 우주는 몸의 우주랄 수 있고 예수가 등장하면서 말씀의 우주가 도래했습니다. 그러나 인간이 최고로 도달해야 할 곳은 마음의 우주가 아닌가 하는 것이 제 소설이 던지는 질문입니다. (…) 저는 소설 쓰기를 통해 종교나 샤머니즘과는 다른 어떤 '원형'을 찾아가고 있습니다. 그것이 바로 생명이겠지요.[3)]

생명의 문제에 종교나 샤머니즘과는 다르게 '원형'을 찾아가고자 하는 형이상학적 사유를 담고 있다. 통종교적이고 신비적인 동서양의 철학이 그의 소설에서 뗏목이 되며 그는 이 뗏목을 타고 '원형'을 찾아 길을 떠난다. 다음 문장을 보자.

공문空門의 안뜰에 있는 것도 아니고 그렇다고 바깥뜰에 있는 것도 아니어서, 수도도 정도에 들어선 것도 아니고 그렇다고 세상살이의 정도에 들어선 것도 아니어서, 중도 아니고 그렇다고 속중俗衆도 아니어서, 그냥 걸사乞士라거나 돌팔이 중이라고 해야 할 것들 중의 어떤 것들은,

3) 박해현, "시 · 소설로 생명의 문학 제기", 『조선일보』, 1993년 5월 11일 자.

그 영봉을 구름에 머리 감기는 동녘 운산으로나, 사철 눈에 덮여 천년 동정童貞스러운 북녘 눈뫼로나, 미친년 오줌 누듯 여덟 달간이나 비가 내리지만 겨울 또한 혹독한 법 없는 서녘 비골로도 찾아가지만, 별로 찌는 듯한 더위는 아니라도 갈증이 계속되며 그늘도 또한 없고 해가 떠 있어도 그렇게 눈부신 법 없는 데다, 우계雨季에는 안개비나 조금 오다 그친다는 유리羑里로도 모인다.(상권, 11쪽)

첫 문장부터 만연체로 길게 이어진다. "아니고" "아니어서"를 네 번 반복하면서 "걸사라거나 돌팔이 중이라고 해야 할 어떤 것들"이라는 등장인물을 제시한다. 그리고 이들이 "동녘 운산" "북녘 눈뫼" "서녘 비골로도 찾아가지만" "유리羑里로도 모인다"며 공간적 배경을 드러낸다. 이곳은 어떤 곳인가. 제시한 바로는. "별로 찌는 듯한 더위는 아니라도 갈증이 계속되며 그늘도 또한 없고 해가 떠 있어도 그렇게 눈부신 법 없는 데다, 우계雨季에는 안개비나 조금 오다 그친다는" 곳이다.

반복해서 읽어보라. 한 편의 시를 읽는 것처럼 감칠맛 나면서 다양한 해석이 가능한 문장이 될 것이다. 이 문장을 범박하게 설명하자면 이러하다. 유리羑里는 비가 오다 그치는 갈증이 계속되는 열악한 공간이며 이곳에 오는 사람들은 걸사라거나 돌팔이 중 가운데 독특한 사람들이라는 것이다. "공문空門의 안뜰에 있는 것도 아니고, 그렇다고 바깥뜰에 있는 것도 아니어서"라는 구절을 해석하자면 결국 이 공간은 비현실적인 곳이다. 현세의 공간이 아니고 추상의 공간이며 결국 소설에서 다룰 형이상학적 사유의 출발점인 '유리羑里'로 안내하기 위한 문장이다. 주인공은 "중도 아니고 그렇다고 속중俗衆도 아니어서 그냥 걸사乞士라거나 돌팔이 중이라고 해야 할 것들 중의 어떤 것들"이다. 그들이 펼쳐나갈 이야기를 어떻게 짐작할 수 있을까? 우리가 흔히 떠올리는 수도승의 구도는 아니겠지만 그렇다고 구도가 아닌 이야기는 결코 아니다. 박상륭식의 구도 소설을 찬찬히 음미해보도록 하자.

3. 통과제의적 죽음과 구도적 살해

통종교적 사유가 지향하는 세계는 결국은 자기 구원을 위한 득도이다. 얼핏 주인공은 석가가 깨달음을 얻기 위한 고행의 시간, 그리고 예수가 40일의 방황 끝에 하나님의 뜻을 깨닫기까지의 행적을 답습하는 것처럼 보인다. 그렇지만 방법론은 전혀 다르다. 소설 속 주인공의 구도를 향한 행각은 살해 행위와 맞물려 있으니 자신의 스승과 존자라는 사내와 외눈중을 죽인다. 이 살해 행위가 왜 구도적 살해인지는 상징적으로 처리되어 있을 뿐이다. 임제록에 담긴 '부처를 만나면 부처를 죽이고'의 의미를 실천하는 자로서 니체의 초인이자 선각자로 부각된다.

'아니고(아니어서)'를 반복하는 어법이 결국 이중부정으로 긍정을 의미한다. 이분법적인 부정과 이중부정으로 통과제의적 죽음과 구도적 살해는 주체의 죽음과 타자의 죽음으로 이분화가 가능해진다. 주인공은 예수 탄생을 영아 살해와 연관하며 구도적 살해의 의미를 언급한다.

> 그 생명이 태어났으므로 다른 생명들이 학살당한 것은, 그리고 그러한 학살이 위정자에 의해 거국적으로 행해졌던 것은, 그 생명의 비범성을 단적으로 드러내 보여주는 것이라는 말씀입니다. 그러나 거기에서 끝나고 말았으면, 저 어린 예수는 피처럼 붉은 한 저주의 덩이, 죄악으로서 던져진 나쁜 씨앗에 불과했습니다만, 우리가 특히 관심해야 할 것은, 그러한 우주적 산고를 치르고 낳은 아이가 장차, 우주적 죄를 또한 한 몸에 지고 죽었다는 이 점일 것입니다.(하권, 42쪽)

구도적 살해는 다수의 입장에서 볼 때 엄밀하게 말하자면 주체를 위한 타자 살해에 불과하다. 결과적으로 타자 살해를 통하여 구도의 공간 유리에 오게 되어 자신의 근본을 부정하는 과정에서 깨달음의 결단을 감행하게 되는 것이다. 주인공의 입장에서는 구도적 살해이지만 죽임을 당한 자의 입장에서는 희생이 된다. 세속의 입장에서는 명백한 범죄 행위가 구도 행위가 되는 혼돈의 세계, 그곳이 유리라는 공간이다. 이 공간에서 주인공은 통과제의적 죽음을 맞이한다. 다음의 인용문을 참고하자.

> 작품의 이해를 돕기 위해 몇 가지를 더 정리하자면 주인공의 성격이 통

종교적通宗教的이라는 것이다. 그의 물리적인 삶은 신비주의에, 그가 사는 고장은 주술적인 것에, 그의 신체적 삶은 예수의 그것에, 그의 득도는 선적인 것에 각각 매달려 있다. 그래서 해탈 = 재생 = 득도 = 완성 = 정련의 기이한 도식이 그 소설을 덮는 순간 형성된다. 선불교禪佛敎의 견성見性 돈오頓悟, 기독교의 자기희생, 자기 구원, 연금술의 제금술, 신비주의의 집단 무의식, 『주역』의 세계 인식이 동일한 차원에서 같은 비중을 갖고 그 소설에서 합류하고 있는 것이다. 완전한 성교야말로 완전한 해탈이라는 작자의 신념은 바로 거기에서 연유하는 것이다.[4)]

4. 대상과의 합일—4.4조, 3.4조의 가락

죽음의 문제를 기독교적 형식의 틀로 풀이하자면 원죄 의식과 맞물리는데 그 해체는 구도적 살해라 말할 수 있겠다. 주인공이 감행하는 살해 행위는 예수의 영아 살해와 등치관계라는 내용의 설법을 통하여 스스로 통과제의적 과정으로서의 불가피성으로 공론화한다. 촛불중과의 언쟁이나 스스로의 방황과 혼란은 그 자체가 수도의 과정이라고 볼 수 있다. 그 과정 속에서 주인공이 대상과의 합

4) 김현, 「인신(人神)의 고뇌와 방황—이루어짐의 도식」, 『현대문학』, 1976년 4월호; 『박상륭 깊이 읽기』, 354쪽, 재인용.

일을 이루는 장면이 몇 가지 있는데 그중 하나는 거문고로 환유되는 장로의 손녀딸이고 또 하나는 성교이다.

인식과 윤리의 형식적 틀을 거부하는 주인공이 그 형식의 해체와 동시에 새로운 형식의 삶으로 재생을 희구하는 주제 의식을 일관성 있게 보여준다. 이러한 주제 의식은 작가 박상륭의 글쓰기 정신이며 혼돈을 거쳐 독자를 설득하는 과정이 된다.

장로의 손녀는 소설에서 중요하게 다루어지는 두 여인 중 한 명이며 이 여인은 읍내로 상징되는 속세의 욕망을 대변하는 것이다. 아름답고 현숙하며 적극적으로 주인공을 연모하는 여인이며 주인공 역시 깊이 매료된다. 주인공은 유리에 본처라고 할 수 있는 여인이 있다. 이 여인의 신분은 '수도부'로 표상되는데 비천한 방식으로 수도에 임하는 여성을 의미한다. 수도부와 장로의 손녀, 이 두 여인은 둘이면서 하나인 존재이며 주인공의 구도를 위해 동원된 여성의 원형적 의미를 탐색할 수 있다.

장로의 손녀는 빼어난 미모에 천재적인 예능에 재산과 권력을 지니고 있는 이상적 인물 유형이니 속계의 유혹으로서는 누구에게나 거부하기 힘든 존재이다. 원래 완벽한 인물형이 그렇듯이 입체적이라기보다는 평면적 인물로 선을 대변하는 천사와 같은 존재이다. 거문고 소리는 장로 손녀의 존재감을 형이상학적으로 끌어올리는 동시에 주인공과의 깊은 화합을 보여준다. 다음 문장은 그녀가 연주하는 거문고 소리의 오묘함이 삶과 죽음의 차원을 넘나드는 경지를 담고 있다.

하나의 죽음이, 처음에 아주 느리게 살아나고 있었는데, 그때는, 가얏고 위를 나르거나 춤추는 손은 손이 아니라 온역이었으며, 청황색 고름이었으며, 광풍이었고, 그것이 병독의 흰 비둘기들을 소금처럼 흩뿌리는 것이었다. 내가 흩뿌려지는 것이었다. 그러면, 내가 저 소리에 의해 병들고, 그 소리의 번열에 주리 틀려지며, 소리의 오한에 뼈가 얼고 있는 중에 저 새하얗게 나는 천의 비둘기들은 삼월도 도화촌에 에인 바람 람드린 날 날라라리 리루 루러 러르르흐 흩어지는 는 는 는느 느등 등드 드등 등 드 드도 도동 동 동도 도화 이파리 붉은 도화 이파리, 이파리로 흩날려 하늘을 덮고, 덮어 날을 가리고, 가려 날도 저문데, 저문 해 삼동 눈도 많은 강마을, 강마을 밤중에 물에 빠져 죽은 사내, 사내 떠 흐르는 강 흐름, 흐름을 따라 중모리의 소용돌이 자진모리의 회오리 휘몰아치는 휘모리, 휘몰려 스러진 사내, 사내 허기 남긴 한 알맹이의 흰 소금, 흰 소금 녹아져서, 서러이 봄꽃 질 때쯤이나 돼설랑가, 돼설랑가 모르지, ……계면界面하고 있음의 비통함, 계면하고 있음의 고통스러움, 계면하고 있음의 덧없음이, 그리하여 덧없음으로 끝나고, 한바탕 뒤집혔던 저승이 다시 소롯이 닫혀버렸다.(하권, 179~180쪽)

작품의 최고 명문장 중 하나이다.[5] 가야금 소리는 죽음과 삶이 흔들리고 뒤집혀지면서 병이 들고 육체가 뼈가 되어 흩날리다가 다시 죽은 사내가 되어 흐르다가 다시 흰 소금으로 녹아 흐르다가 봄꽃으로 피어나다가 지다가 아, 가야금 소리는 저승으로 갔다가 다시 돌아온 영혼을 불러내니 이 덧없음 앞에서 주인공은 장로 손녀와의 일장춘몽을 가슴에 품게 되는 것이다. 시적이고 환상적인 문장이 주는 힘이다. 죽음에 임박한 주인공에게 절대적인 위로이자 유혹의 순간이며 카타르시스이다.

> 그것은, 삶의 전 단계를, 생명이 당하는 괴로움의 온갖 맛을, 말세까지의 한바탕 흐름의 전 물굽이를 한마당 휘몰아친 가락에 담은 것이어서, 그것이 소롯이 잠들었을 때, 나를 울게 했다. 나는 아마 눈물을 흘려내고 있었다. 이것은 가공할 만한 하나의, 푸닥거리, 한 장면의 신굿처럼 내게는 여겨졌다. 나는 그래서, 가냘프게만 보아왔던 저 손을 무녀로서 존경하고, 소리의 백년잠을 일시에 깨어 흩뿌리는 그 손의 주술을 두려워하여 무릎을 꿇어, 떨림으로 그 손을 모두어 쥐고, 나도 모른 새 입을 맞추며, 내 가슴에 꼭 대고 있었을 것이다.(하권, 180쪽)

결국 주인공은 장로 손녀의 희망을 저버리고 읍내를 떠나 다시 유리로 돌아가면서 '마른 늪 물고기 낚기'의 깨달음에 자신을 바칠 결심을 확고히 세운다. 유리에서 기다리는 건 처벌이며 이는 곧 죽음이다. 스스로 죽음을 선택하는 주인공은 새로운 깨달음을 기대한

---

5) "가야금 소리가 문장으로의 화육(化肉)을 이루고, 다시 이 둘이 한데 어울려 물결치듯이 출렁이며 그 감동을 전해오고 있다. 가야금 소리는 읽는 이의 영혼을 공명시키고 있을 뿐만 아니라 소리의 흐름, 글의 유연한 흐름의 굽이굽이에 따라 흔들리며 함께 나부끼고 있다."(김사인, 「말씀의 우주에서 마음의 우주로의 편력」, 앞의 책, 67쪽.)

다. 죽음이 파국이 아닌 재생이며 구원이 되는 세계를 향한 도정이다. 그리고 가야금 소리는 장로 손녀딸을 향한 연모이자, 그 사랑을 승화하는 자신만의 죽음을 향한 확신의 일깨움이다.

> 수치와 독한 울음이, 내 목구멍에서 핏덩어리가 되어 토해져 넘어오려 했다. 그러나 나는, 울지는 않았다. 그 죽은 몸으로부터 내가 몸을 일으키자, 그녀의 몸은 허해지고, 비인 요니만 남는 것이었다. 탐욕스러이 쥐어짜갔던 정액까지도, 그 죽음 속에 머물려 하질 않고, 시간을 걸려 흘러나오고 있었다. 몸으로부터는 말言語이 떠나버렸고, 죽음은 그런 것이었다. 그러나 나는 울지는 않았다. 그 죽음에다 뭔지 수혈할 것이 있다면, 그리고 내것의 무엇인지를 줄 수 있는 것이 있다면, 그것은 하직의 말言語뿐이었고, 그래서 그 말이 그녀의 저승방에 울려가기를 바랄 뿐이었다. 그래서 나는, 내 혀끝을 이빨로 물어 끊어, 피와 함께 그 죽음의 깊은 목구멍에다, 깊이깊이 밀어 넣어주었다. 내가 애착하였던 것의 죽음에 바칠 산 희생, 산 제물이란 그것밖에 없던 것이다. 말을 나누는 것, 말을 저승 가운데로 울려 보내는 것, 그래서 이승에 앉아서도 그 혼령과 통화할 수 있는 것.
> 그것은 말뿐이었다.(하권, 213~214쪽)

세련된 기교와, 섬세한 감각과, 명석한 분석력과, 훌륭한 종합을 필요로 한다. 계집이라는 재료를 깎고, 다듬고 고르는 거장이기를 바라지 않으면 안 된다. 한 번의 다짐도 뜨거운 마음으로 존경하여 행하고, 한

> 부분, 가령 젖꼭지 하나를 두고라도, 대번에 덮어씌워 포획하기보다는 그것을 하나의 운봉의 크기는 되게 생각하여, 그 끝까지 기어 올라가는 어려운 과정을 인고치 않으면 안 되는 것이다. 한 번의 잠입을 위해, 전심전력으로 명심하여야 하며, 한 번의 사정을 하나의 죽음으로 치르지 않으면 안 되는 것이다. 하나의 자세에서 다음 자세로 바꿔나가는 것을, 한 번의 가사假死, 한 선에서 차선으로 넘어가는 것으로 어렵게 쳐, 어렵게 치러야 하며, 그러기 위해 단 한 순간 단 한 올의 스치는 아픔도 놓쳐서는 안 되는 것이다. 그 감촉의 색깔과, 소리와, 맛과, 냄새와, 그 느낌의 대소, 원근을 살피고 종합하여, 하나의 금金을 얻어내지 않으면 안 되는 것이다.(하권, 304~305쪽)

그는 명백한 금기를 아무렇지 않게, 당연하게, 그것도 아주 자주 파기해버리곤 함으로써 독자로 하여금 전율케 한다. 소설 미학의 그로테스크함은 인물들의 혈연성과 인물들의 파격적인 금기 파기, 죽음에 이르는 성교에 있다. 근친상간에 이은 두 번째의 금기 파기는 살해 행위에서 이뤄진다. 그것은 양심의 가책이나 죄의식을 유발하는 도덕 원리와는 전혀 무관한 살해다. 이들 인물에겐 원죄 의식이 부재한다.

죽음을 극복하는 과정은 존재의 변환과 동궤에 놓여 있다. 이 존재의 전환과 전이의 문제는 박상륭이 지속적 관심을 가져온 테마이다. 그래서 『죽음의 한 연구』의 살인이 구도적 살해이듯이 근친상간 모티프 역시 글쓰기의 구도적 성교에 해당한다.

5. 신인神人의 탄생을 위한 여성 인물의 도구화

소설에서는 33세 박상륭의 가부장 의식을 엿볼 수 있다. 작품 창작 시기인 1975년 시대적 한계와 남성 작가의 무의식에 담긴 여성 비하 의식이 고스란히 담겨 있다. 다음 글을 참고하여 한 연구자의 노력으로 충실하게 다루어진 텍스트 분석을 살펴보자.

> 결국 박상륭의 『죽음의 한 연구』는 실제적으로 여성을 살해할 뿐만 아니라, 부정적 여성상을 모두 그려내고 있으며, 관념적 작업으로 부조리하지만 페미니즘으로 작품의 한 부분에 관념적 여성 구현을 소설로 수용했다는 의의를 들 수 있다. 그러나 인류 사회 속에서 부조리한 남성을 통해 여성상과 모성상을 드러내는 과정에서 실제적 반페미니즘과 부분적 페미니즘의 극단적 대비를 드러내어 상극적 모순의 페미니즘 담론이 도출된다. 또한 이 소설에서는 영성 논리의 1인자로 남성을 절대화시키고 여성은 제외, 견제, 살해시키는 영혼의 폭행을 가하는데 영성을 다루면서 영혼을 구원한다는 어법은 역시 부조리함이 가득하다. 한 시대의 한계성인 男性 靈魂의 우월적이며 절대성 논리는 女性 靈魂의 전통적 반복 및 재생산 논리를 답습하며 드러낸 부조리한 인류의 삶보다 더욱 극단적인 '女性 靈魂의 죽음의 한 研究'는 확실히 될 것이다. 그래서 여성 인류에게는 작품에서 보여주고 있는 극단적 모순의 불행한 삶을 통해 역설적 가치를 제시하고 있다 하겠다.[6]

임금복의 "역설적 가치"는 "여성 인류"가 겪어낸 "작품에서 보여주고 있는 극단적 모순의 불행한 삶"을 읽어내는 건 독자의 몫이라는 주장이다. 그러니까 "여성女性 영혼靈魂의 죽음의 한 연구硏究"는 작가의 의도와 무관해도 상관없다. 텍스트는 다양한 방식으로 생존하는 것이며 그 죽음과 재생에 우리가 또 하나의 시선을 거들 뿐이다.

남성 작가가 여성 인물을 형상화함에 있어서 타성에 젖은 가부장제 무의식의 표상으로는 천사/악녀, 성녀/요부 이미지를 들 수 있다. 이들 인물 유형은 극단적, 비현실적, 이분법적 잣대가 작용한다는 점에서 작품의 깊이 있는 주제 의식을 훼손하는 문제점이 있다. 이 문제점을 작가 박상륭이 뛰어넘지 못했다는 건 작가의식의 한계로 탓할 수만은 없다. "여성 인류"가 겪어낸 "불행한 삶" 못지않게 "남성 인류"의 업보이기도 한 때문이다. 그 업보를 다소나마 덜기 위해서라도 박상륭 작품의 페미니즘 읽기는 필요불가결해 보인다.

『죽음의 한 연구』에 등장하는 여성 인물은 그 역할의 중요성이 보조자나 매개자, 희생양에 머무른다. 모든 여성 인물이 주인공을 만나자마자 흠모하며 정신적 육체적 사랑을 바친다는 설정은 남성/여

---

6) 임금복, 「페미니즘으로 읽는 『죽음의 한 연구』」, 『죽음의 한 연구 깊이 읽기』, 푸른사상, 2000, 288쪽.

성의 중심/주변의 도식적 관계를 떠나서 인간 구원의 심층적 주제에 몰입하는 독서를 방해한다. 남성 주인공 중심으로 몰입한다면 다양한 여성과의 교류나 사랑의 경험이 득도와 구원을 향한 고행과 성聖과 속俗의 방황을 보여주기에 효과적일 수 있다. 흥미를 유발하면서 풍부한 인생 경험을 쌓아가는 과정을 제시하는 것으로 여겨질 수 있다면 더욱 그렇다. 하지만 『죽음의 한 연구』에 "문학의 한계를 초극"하려는 작가의식을 담고자 한다면 역효과를 유발할 가능성이 크다고 보인다.

여성 인물 가운데 수도부와 장로의 딸은 주인공에게 헌신적 사랑을 바친다. 남성 중심의 사회 속에서 살해되는 여성, 또 초월적으로 이상화한 여성, 그 상극적 모순을 남성 상상력으로 펼쳐놓은 세계가 『죽음의 한 연구』이다.

수도부와 주인공이 죽음 직전에 마지막으로 나누는 성교 행위는 삶과 죽음의 분리 의식이다. 그러나 수도부는 사랑하는 사람에 대한 기약 없는 기다림 속에서 애를 태우다가 촛불중의 강간으로 생의 의욕을 꺾는 자기희생적이고 소극적인 여인의 면모를 보인다. 그렇게 수도부의 죽음은 비주체적이고 열등한 인물로 제시된다. 주인공이 그녀를 보살펴주었다면 죽지 않았을 것이고 촛불중이 강간하지 않았어도 비상을 먹지는 않았을 것이다. 사랑하는 사람을 기다리다가 실망과 배신감으로 죽음을 결단하는 행위는 백제시대 망부석설화의 여인처럼 애처롭다. 촛불중의 강간은 예견된 것이었고 주인공 또한 이를 막을 수 있었으나 방치했다. 촛불중은 주인공에 대한 열등감과 경쟁의식으로 강간을 시도한다는 설정이다. 이는 남성 주인공이 행하는 득도를 위한 고난 속에서 여성 인물이 수단으로 소모되는 전형적인 설정인 것이다.

수도부는 주인공의 혀 일부를 가지고 가기를 원하면서 두 사람의 생명은 한 사람으로 합체된다. 이 말을 바꾸면 수도부의 죽음으로 주인공은 생을 얻는 것이다. 삶과 죽음을 이어주는 것이 혀(언어)라는 설정은 흥미롭다.

수도부와 장로의 손녀는 의붓어머니와 딸 사이이면서 연적 관계이다. 수도부는 장로의 아들, 즉 손녀 아버지가 좋아하는 여인이며 가까운 사이였기 때문이다. 손녀의 아버지는 유리의 판관으로 설정된다. 유리의 법률은 주인공에게 사형을 내리고 촛불중은 이를 거행하는 자가 된다. 두 여인의 관계를 구도求道 과정으로 해석하면서 이명동인異名同人으로 풀어내기도 하는데 이런 다중자아의 관점으로 해석한다면 주인공과 촛불중도 이명동인으로 볼 수 있는 것이다. 그렇다면 수도부의 살해에 주인공이 관여하는 비중이 높아진다. 촛불중은 10년 전인 18세 때 결혼했는데, 신방에 친구를 대신 들여보낸 후에 두 남녀를 살해하고 떠돌다 유리로 들어와서 속계 승계를 왕래하는 관리인이다. 결국 주인공의 무의식과 촛불중의 의식이 수도부를 죽음으로 몰아간다는 해석이 가능해진다. "머리가 없는" 수도부와 "몸이 없는" 읍장의 손녀딸은 주인공과 인연을 맺는 인물로 속계와 승계를 왕래하는 징검다리와 같은 존재들이다. 수도부는 여러 남자를 상대하는 창녀처럼 설정되어 있으니 스스로 결함이 있는 인물로 생각한다. 읍장의 손녀딸은 신분이 높고 귀한 데다가 성품이 아름답고 행실이 깨끗한 천상의 여인처럼 등장하는데 이 또한 주인공의 고매함을 부각시키기 위한 의도로 여겨진다. 여성 인물이 독자적으로 자신의 삶을 설계하지 못하고 주인공에게 사랑을 바치는 인물로 설정된 것이다. 극단의 두 여성 인물을 설정하고 이들이 주인공에게 바치는 사랑을 득도의 과정으로 이상화하니 이 또한 작가의 여성 의식이 남성 중심에 머물러 있음을 말해준다.

여성 인물을 주체적으로 설정하는 부분은 주인공과 성교를 하는 경우뿐이다. 육체의 쾌락에 젖은 '20세가량의 창녀 계집'은 주인공에게 적극적으로 접근하는 등 추악하게 그려진다. 질투와 육체 보시普施 심리를 보여준다. 여성의 주체적 색녀성, 모성 인식의 극단성, 남성을 위한 수단적 설정, 부정적 여성 심리 등 여성 인식은 총체적으로 부정적이다. "계집이라는 재료를 깎고, 다듬고, 고르는 거장이기를 바라지 않으면 안 된다."(하권, 304~305쪽)처럼 여성을 사물화하여 수단시하는 표현은 소설 곳곳에서 보인다. 월경대와 거적문, 젖꼭지와 물 높이, 암퇘지와 수도부의 대가리, 계집과 물건, 이우는 달과 계집, 암고양이 꼴과 계집, 암노루와 계집, 암뱀과 얼굴, 계집과 시든 국화꽃, 갈보년과 상점들 등 헤아릴 수 없이 많다. 안타깝지만 소도구로 사용된 여성 인물들이 그의 죽음과 철학에서 어떻게 해소되는가를 고민해야 할 시점이다.

6.

소설은 아일랜드 극작가 베케트의 희곡 『고도를 기다리며』[7] (1952)를 생각나게 한다. 기다리던 '고도'가 끝내 나타나지 않듯 『죽음의 한 연구』 역시 그 결론은 끝없이 유예된다. 그들이 기다리던 '고도'가 무엇인지 아무것도 말해주지 않았지만 연극이 끝난 후 우리들 각자의 가슴속에 '고도'를 간직하게 된다. 마찬가지로 소설이 끝났지만 『죽음의 한 연구』는 저마다의 영혼에 '죽음'의 자리를 새롭게 만들어 제단으로 간직하게 된다.

마찬가지로 그의 소설도 죽음을 노래하고 죽음을 스스로 받아들이고 구도를 위한다는 명분으로 살해를 감행한다. 그 형이상학적이고 비현실적인 죽음의 도정에서 우리 가슴에 분명한 울림은 있

---

7) 어느 한적한 시골길, 앙상한 나무 한 그루만이 서 있는 언덕 밑에서 블라디미르와 에스트라공이라는 두 방랑자가 고도라는 인물이 나타나기를 기다린다. 그들의 기다림은 어제 오늘에 시작된 것이 아니다. 그들 자신도 헤아릴 수 없는 아주 오래전부터 기다리기 시작한 것이다. 그래서 지금은 고도라는 인물이 누구인지, 기다림의 장소와 시간이 확실한지조차 분명치 않다. 지칠 대로 지쳐 있는 그들은 이제는 습관이 되어버린, 지루한 기다림의 시간을 죽이기 위해 온갖 노력을 다해본다. 기다림을 포기하지 않기 위하여, 여전히 살아 있음을 실감하기 위하여 그들이 할 수 있는 일은 말을 하는 것이다. 서로 질문하기, 되받기, 욕하기, 운동하기, 장난과 춤추기…. 지루함과 초조, 낭패감을 극복하기 위해 끝없이 지껄이는 그들의 광대놀음, 그 모든 노력은 고도가 오면 기다림이 끝난다는 희망 속에 이루어진다. 그러나 하루해가 다 지날 무렵, 그들의 기다림에 한계가 왔을 때 나타난 것은 고도가 아니라 고도의 전갈을 알리는 소년이다. 그리고 그다음 날도 거의 같은 상황을 되풀이한다.

었다. 그 울림에 종교적 언어를 입힌다면 '재생'과 '영원한 생명'이 될 것이다. 박상륭에게 그것의 알맹이가 '구도적 글쓰기'였듯이 우리들 각자에게도 '죽음의 한 연구'가 남긴 울림이 있을 것이다. 연극이 끝난 후 쓸쓸함을 느껴보듯 소설 통독 후 다가온 '죽음'의 비의秘義는 각자의 몫이다. 박상륭은 '죽음'으로 소통하는 지금까지 존재하지 않았던 새로운 문 하나를 열어주었을 뿐이며 그 문을 여닫으며 먼 길을 떠나는 건 우리들의 삶에 달려 있다.

문학에 나타난 질병의 얼굴들

1. 연옥으로서의 질병

질병이 없는 세상은 인류의 오래된 숙원 중 하나이다. 당연하지만 질병이 사라지기 위해서는 특히 지구 생태계의 건강한 보존이 중요함을 자각하게 된다. 체르노빌 원전 사고는 물론이고, 베트남 전쟁에서 사용한 고엽제의 후유증이 오늘날까지도 현장에 있었던 생명들을 만성적 고통 속으로 몰아넣고 있다. 황사로 인한 호흡기 질환의 심각함을 우려했던 때만 해도 우리는 얼마나 행복했었나. 당시는 황사마스크를 쓰면서도 오늘날의 위기를 예감한 사람들은 극히 드물었다. 장차 인류의 잔혹했던 전쟁사가 마무리되더라도 생태계와의 공생이 오랜 과제로 남을 전망이다.

2021년 9월, 현재 인류는 정체불명의 코로나19와 20개월이 넘는 대치 상황이다. 1년 9개월 전 중국 우한을 기점으로 발생하여 한국과 일본 등으로 침투한 바이러스는 결국 전 세계로 확장했다. 바이러스 발생 시초에 가장 큰 견해 차이를 보인 건 '폐쇄'와 '격리'였다. 우리나라에서도 처음에는 확진자가 폭발적으로 늘어난 대구가 그 성토 대상이었다. 그러나 결국 현재의 시점에서는 감염 예방만으로 문제를 해결할 수 없었음을 인정할 수밖에 없다. '위드 코로나'로 방향 전환이 불가피하며 전 국민의 70퍼센트 이상이 이를 지지하는 실정이다. 생명의 박탈과 감염의 공포가 지속되는 생존 위협의 상황에서 인종차별과 혐오, 사회 경제적 불평등의 문제가 심화되었다. 백신 접종을 통하여 바이러스의 공포에서 벗어나고 있지만 변이 바이러스로 인하여 돌발 사태가 끊임없이 우리를 위협하고 있는 것이다. 황인종 테러가 확산되고 동양인을 바이러스 유포자로 비하하는 움직임이 포착되었다. 해외여행이 금지되었고 망명객들의 목숨을 건 탈출도 당연히 차단되니 코로나의 갈등은 꼬리를 물고 연계, 확산되는 중이다.

코로나19를 계기로 인류는 이전과 다른 깨달음으로 삶을 꾸려나갈 수 있을까? 성장 위주의 담론을 반성하고 생태계와 상생할 수 있는 겸허한 성숙의 화두를 떠올린다. 아직 장담할 수 없다. 다행이랄까, 바이러스는 홀로 생존할 수 없는 기생체의 일종이므로 점차 사람에게 가하는 위해도가 약해진다고 한다. 양적인 팽창을 통하여 기생할 수 있는 가능성을 높이면서 더 이상 생명의 위협을 느끼지 않게 함으로써 함께 살아갈 수 있는 여지를 만들어낸다는 것이다.

질병이 문학에서 중요하게 다루어지는 경우는 인간의 한계를 시험한다든지 또는 극한적인 상황에서의 소통 가능성에 대한 탐색으로 주제 의식이 진행된다. 극단적인 상황에서 인간은 어떻게 구원받을 수 있는가? 카뮈는 그 문제를 유럽에서 창궐했던 역병을 바탕으로 창작한 『페스트』로, 사라마구는 실명 전염병을 가상하여 『눈먼 자들의 도시』에서 다룬 바 있다. 역병에 걸린 자를 추방하고 살아남은 자를 위한 담론은 희생양을 필요로 한다. 도시 전체를 죽음으로 휘몰아치게 만드는 질병 앞에서 인간은 어떻게 존엄성을 유지할 수 있는가의 물음 자체는 현실에서도 유효하다.

인간에게 질병은 연옥처럼 삶과 죽음의 교차로이다. 극복하면 살고, 굴복하면 멸망하는 것이다. 그래서 질병을 천벌로 생각하는 사고방식은 질병의 원인을 설명하는 가장 오래된 방식으로 답습된다. 동시에 질병을 대하는 사람들의 태도에도 관심을 기울이게 만든다. 그 태도를 통해서 질병이 인간에게 의미하는 바를 좀 더 자세히 알 수 있기 때문이다. 질병이라는 삶과 죽음의 알레고리를 통하여 결국 인간이 유한한 존재라는 깨달음을 이해하게 된다.

수전 손택은 유방암을 겪으며 질병에 관한 편견과 맞서기 위해 『은유로서의 질병』을 집필하였다. 손택의 목적은 질병을 신비화하는 언어를 쫓아내 우리가 질병, 더 나아가서는 삶과 죽음을 바르게 대할 수 있도록 만드는 것이다. 문학작품을 예로 들어 암과 결핵을 대하는 상반되는 두 가지 태도 모두 환자의 치료에 도움이 되지 않는다는 것이다.[1] 에이즈와 관련해서도 많은 분량을 할애하여 소수자에 대한 차별이 어떻게 질병과 접합하는지를 다루고 있다. 오염과 타락, 죄에 대한 징벌로 여기는 도덕적 오명은 에이즈 감염자들에 대한 사회적 배제와 차별, 권리 박탈을 정당화하는 기제로 작동하는 것이다. 그의 문장은 질병에 달라붙어 환자의 재활 의지를 꺾는 낙인, 은유, 이미지와의 투쟁으로 이어진다.

서구 의학의 출발은 교회라고 볼 수 있다. 1215년에 열린 제4차 라테란공의회를 통해 "죄악을 저질렀기 때문에 육신에 질병이 드는 것"이라는 결론 이후 "먼저 영혼의 건강을 돌본 후에 육신을 치료하는 약을 처방하는 것이 더욱 효과적이다"라는 성명이 공식적으로 채택되었다. 요양원은 의료 행위보다 종교 행위가 중요시되었으며, 요양, 격리 보호 기관으로만 존재했다. 전염병을 신의 징벌로 여겨왔던 현상은 그 이전인 고대부터 이어져왔다.

자본주의경제의 바탕이 되는 능률과 분업의 기초를 다지면서 질병의 발생이 인종차별의 역사를 공고히 한 것이다. 환자가 피해자

---

1) 수전 손택, 『은유로서의 질병』, 이재원 옮김, 이후, 2002. 원제는 Illness as Metaphor . 수전 손택은 "어원학적으로 보자면, 환자는 고통 받는 사람을 뜻한다. 그러나 환자들이 가장 깊이 두려워하는 것은 이런 의미에서의 고통 자체가 아니라, 사람들이 자신의 고통을 비하한다는 고통이다"라는 사실을 지적한다. 즉, 질병을 둘러싼 은유는 환자들이 불필요한 고통을 겪게 만들며, 자신들의 질병에 혐오감을 내비치고 일종의 수치감을 느끼도록 만들 뿐만 아니라, 조기 치료 시기를 놓치거나 적절한 치료를 받지 못하도록 만든다는 것이다. 역사적 고찰과 문학작품에 나타난 예를 제시하면서 결핵은 고고한 정신적 열정으로 암은 실패자로서의 은유가 둘 다 치료를 위해 적절하지 않음을 논증한다.

가 아닌 가해자로 공격당하는 일은 당연시되었다. 코로나19의 초기 대응 역시 역병이 돌면 마을을 폐쇄하고 환자를 방치했던 원시적 발상에서 많이 진보했다고 여겨지지는 않는다. 정부 관계자나 의학계나 방역 담당관들의 대응이 일사불란하게 이루어진 몇몇 나라를 제외하면 시행착오, 폭동에 가까운 대혼동이 있기도 했었다. 14세기 흑사병이 창궐했을 때 유대인들이 고의로 마실 물에 독약을 넣어 페스트를 퍼뜨렸다는 낭설 속에서 유대인 약탈과 학살을 감행했었다. 1924년 관동대지진 당시 조선인 학살 사건 역시 비슷한 맥락에서 자행되었다. 내부의 폭력을 진정시키기 위한 희생자는 언제나 소수자나 주변인들 또는 외부자를 대상으로 해왔음을 우리는 안다. 전염병은 인류의 역사와 함께 문명의 전환에 개입해왔다.[2)]

문학작품 속의 질병에서 중요한 건 질병을 앓고 있는 인간의 진실을 왜곡하지 않아야 한다는 점이다. 질병은 흔히 악과 동일시되는 경향이 있었다. 고대의 역병부터 매독, 결핵과 암에 이르기까지, 당장의 코로나19를 대하는 우리들의 내면에서도 이러한 잠재된 의식이 표면화되는 현상을 종종 목격하곤 했다.

독자(또는 작가)는 잠재적 환자이자 현실적 치유자로서 존재한다. 진정한 환자만이 그 치유의 길을 가장 잘 안내할 수 있으리라, 우리

---

2) 헨리 지거리스트, 『질병은 문명을 만든다』, 이희원 옮김, 몸과마음, 2005.

는 미루어 짐작한다. 이 추론은 대부분 성공적이며 따라서 질병은 때로는 작가에게 창작 의욕으로 작용하고 직접적으로 작품에 깊이 관여하기까지 한다. 이 경우 작품에는 삶과 죽음을 초월한 작가의 세계가 투영된다. 권정생의 『강아지똥』(길벗어린이)의 탄생에 옷깃을 여미는 이유이다.

문학의 존재는 신적인 것과 인간적인 것의 중간 지점이다. 성聖과 속俗을 깊숙이 보여주되 그 하나에 천착하지 않는 세계에서 피어나는 꽃이 문학인 것이다. 그러니까 갑작스럽게 여생이 얼마 남지 않았다고 여겨졌을 때 인간은 신을 갈망하고 영원한 세계에 매달리고자 하는 나약한 존재이다. 불치병은 그렇게 인간의 심신을 헤집어놓으면서 나머지 인생을 가치 있는 일에 매진하도록 이끌어준다. 이전에 보지 못했던 일상의 가치를 일깨워주고 생명이 있는 것들의 아름다운 음률을 듣게 해준다. 이처럼 놀라운 변화와 기적의 에너지는 내 존재가 죽음을 향하고 있다는 처절한 인식 그리고 질병을 받아들인 이후 한결 성숙한 세계관으로부터 나온다.

2. 한센병 그리고 한하운의 삶

전라남도 고흥에는 두 개의 섬으로 통하는 도로가 있다. 젊은이들에게는 인공위성이 발사된 나로도가 마음을 사로잡겠지만 1970~1980년대 세대라면 소록도로 향하는 연민을 느낄 것이다. 사슴의 모양을 닮았다고 이름 지어진 그 '소록도'는 일제강점기부터 현재까지 한센병 환자의 애환이 구석구석 배어 있다. 그 섬에 한하운의 시비가 있다.

한센병은 노르웨이 의사 한센의 이름을 병명으로 사용한 것이다. 나병, 문둥병, 한센병은 한 가지 병을 이르는 말들이지만 그 어감이 전혀 다르다. '문둥병'은 인간의 무리에서 쫓겨난 자의 이미지를 지니며 '나병'은 한센병의 원인을 제공하는 '나균' 보유자라는 격리의 의미를 지닌다. 대한민국은 1992년 한센병 완치 국가로 등록되었으니 다행이다.

1919년생 한하운(본명 한태영), 그는 일제강점기와 해방 그리고 6·25를 한센병 환자로서 겪었다. 그의 산문 「나의 슬픈 반생기」[3]는 그의 삶과 시를 이해하는 초석이자, 불치병으로 버림받은 이에게 보내는 구원의 메시지이다. 발병 과정에서부터 치료와 재발 그리고 가족과 주변 사람들의 냉대를 객관적으로 기술하여 영화의 장면처럼 생생하게 전달되는 힘이 있다.

> 병의 근원을 치료하지 못하고 팔다리 같이 썩어가는 몸뚱아리 대부분에 다만 고약 치료를 한댔자 낫는 것도 아니요, 그렇다고 썩어가는 팔

---

3) 한하운, 「고고한 생명—나의 슬픈 반생기」, 『한하운전집』, 인천문화재단 한하운전집편집위원회 엮음, 문학과지성사, 2010, 11~12쪽.

다리를 그냥 내버려둘 수는 없는 일이었다. 어찌나 썩는 것이 심했든지 다리의 정강이뼈가 육안으로 보이는 것이었다. 문둥병보다도 다른 객병이 내 몸을 죽음으로 앗아갈 것 같은 촉박감과 오한과 두통이 오실오실 내 몸을 떨게 하여 참다못해서 이빨을 뽀도독 가는 것이었다.(『한하운전집』, 125쪽)

그 자체로 한센병의 개인적 기록이자 고통과 치유의 생생한 증언이다. 다만 그는 희생자로서의 지점에 머물지 않고 이후 한센병 치료센터와 고아원을 운영하며 봉사하는 삶으로 생애를 마감했다. 그의 시 한 편을 소개한다.

가도 가도 붉은 황톳길
숨 막히는 더위뿐이더라

낯선 친구 만나면
우리들 문둥이끼리 반갑다

천안天安 삼거리를 지나도
수세미 같은 해는 서산에 남는데

가도 가도 붉은 황톳길
숨 막히는 더위 속으로 절름거리며

가는 길

신을 벗으면
버드나무 밑에서 지까다비를 벗으면
발가락이 또 한 개 없어졌다

앞으로 남은 두 개의 발가락이 잘릴 때까지
가도 가도 천리, 먼 전라도 길

—「소록도 가는 길」 전문[4)]

이 시는 현재 소록도의 한하운 시비에 새겨 있는 「보리피리」와 더불어 대중적으로 많이 알려져 있다. "앞으로 남은 두 개의 발가락이 잘릴 때까지" 온몸으로 실현하는 삶의 의지와 고난이 "붉은 황톳길"의 전라도 정서를 시각적 이미지로 담아서 "우리들 문둥이끼리 반갑다"는 대목에서는 서러움의 정서로 설렘의 음률로 살아난다. 역설적으로 경상도에서는 친밀한 사람끼리 '이 문딩이 자슥'이라는 말이 사용되니 해석의 다양성도 요구된다. 그렇듯 이 시는 인간의 희로애락의 보편적 정서와 만나서 다양성의 의미로 한국문학의 수난과 빛을 대변하는 작품으로 기억될 것이다.

---

4) 한하운, 『나의 슬픈 반생기』, 문학예술, 1993, 367쪽.

그는 한때 '빨갱이' 누명을 쓰기도 했는데 이는 "붉은 황톳길"이라는 표현 때문이었다. 한국전쟁이 끝난 후 한하운은 부평에서 한센병 환자 자활 사업에 힘을 쏟는다. 그러나 1953년 8월 한 주간신문이 '문둥이 시인 한하운의 정체'라는 제목하에 그의 시를 '붉은 시집'으로 규정하고 한하운은 실존 인물이 아니라 '문화 빨치산'이라고 매도하면서 그가 계획하던 사업들이 타격을 받기도 했다. 하루아침에 빨갱이로 몰리며 국회에서까지 논의된 소위 '문화 빨치산 사건'은 그해 11월 '한하운은 공산주의자가 아니다'라는 치안국장의 발표가 있은 연후에야 비로소 잠잠해질 수 있었다. 희극을 보며 웃음이 터지는 해학적 페이소스를 보는 것 같다.

질병을 안고 시를 쓰던 한하운이 꿈꾸었던 자유는 과연 무엇이었을까? 그는 "죽어서"가 아니라 시를 쓰면서 자유에 도달했을 것이라 짐작해본다. 그래서 문학에서의 질병은 그 자체로 악도 아니고 선도 아니지만 삶에서 어떻게 받아들이느냐에 따라서 우리는 천국, 혹은 지옥의 문을 만나게 된다.

다음 시에서 "문둥이"를 한센병 환자로 해석하고 작가의 특정 질환에 대한 비하를 문제 삼는다면 어떨까.

해와 하늘빛이
문둥이는 서러워

보리밭에 달 뜨면

애기 하나 먹고

꽃처럼 붉은 울음을 밤새 울었다

—서정주, 「문둥이」 전문[5)]

서정주의 「문둥이」는 천형의 서러움을 표현하는 데 "애기 하나 먹고"라는 속설을 차용한다. 이 이야기는 어린 시절의 트라우마로 남아 어른이 되어서도 인간의 무의식까지 지배한다. 이는 환자 격리를 위한 다수의 담론으로도 작용하여 문학작품에 환자와 별개의 상징적 장치처럼 자리 잡는다.

병명과 담론의 내용이 달라졌지만 낯선 전염병이 발생하거나 새로운 위기 상황이 닥칠 때마다 소수자를 희생양으로 표적 삼아 몰아붙이곤 하였다. 결국 이 시는 유한성을 지닌 인간의 한을 애상적으로 형상화하는 성취를 이루었지만 소수자로서의 한센병 환자를 배제하는 결과를 초래하였다.

그래서 푸코는 권력의 강화를 위해 만들어진 담론의 방향을 소외된 타자들을 위해 다시 재배치해야 한다는 논리를 펼친다. 담론에서 배제되어 왔던 광인, 병인, 범법자, 여자와 어린아이[6)]에 대해

---

5) 서정주, 『미당 서정주』, 문학사상사, 2002.
6) 미셸 푸코, 『담론의 질서』, 이정우 옮김, 중원문화, 2012.

서 언급한 것이다. 특수성으로서의 서러움을 일반적 한의 정서로 이끌어 삶과 죽음 앞에 유한자로서의 사유를 열어놓았지만 이 시에서의 '문둥이'는 한센병 환자로서의 인격을 부여받을 수 없는 죄인일 뿐인 것이다. 질병 소수자를 향한 서정적 공격성으로 이해될 수도 있다.

3. '우리들의 천국'은 부재하나 사랑은 존재한다

김애란의 『두근두근 내 인생』(창비)의 주인공 소년은 '선천성 조로증'이라는 희귀병을 앓아서 17세 마음과 80세 신체를 지닌 존재로 등장한다. 소년과 노년을 한 몸으로 살아가는 질병을 중심으로 유한성을 지닌 인간에게 삶과 죽음은 어떤 의미를 지니는지 탐색하는 것이다. 결국 인간의 유한성을 보완하는 건 가족으로 이어지는 출생과 사랑임을 주인공 한아름이 쓰는 '소설 속의 소설'로 인간의 유한함과 내면세계의 면면한 이어짐을 연결하는 '사랑'이 기록을 만들고 생명체를 키워내는 것이다.

권여선의 「봄밤」(창비)은 알코올중독자 영경과 뼈가 무너져 내리는 수환의 사랑을 보여준다. 둘은 사랑하지만 죽음으로 내달리고 있다. 그들 모두 죽음이 예비된 장소인 요양원에 함께 입주한 후 죽음과 질병과 사랑이 합체하여 봄밤의 이미지로 다가온다. 병을 치유하고 사랑하는 사람과 조금이라도 더 많은 시간을 함께 보내려는 인지상정과는 다른 줄거리가 전개된다. 지독하게 불운한 상황이 이어지니 그 과정에서 영경은 술에 의지하지 않으면 안 되는 지경에까지 이르렀다. 수환은 치료 시기를 놓쳐 불치병을 안고 간신히 생명을 이어가는 중이다. 이미 무너진 영경과 수환의 만남과 사랑이 짧고 아름다운 '봄밤'처럼 사라지는 것처럼 보이지만 결코 사라지지 않는 삶의 비의秘義를 그려낸다. 술 때문에 만신창이가 되었지만 둘이 만난 계기 또한 술이었으니 삶은 늘 그렇듯 행운이 불행이 되고 불운이 빛이 되는 공회전의 연동일 수도 있다.

이청준의 작품에는 유독 질병의 문제, 의사와 환자들이 많이 등장한다. 그의 소설 「퇴원」「병신과 머저리」에는 6·25 관련 위생병이나 의사 캐릭터가 주요인물로 등장하여 인간 내면의 심리를 집요하게 드러낸다.

이청준의 또 다른 작품 『당신들의 천국』은 1974년 4월부터 1975년 12월까지 『신동아』에 연재되었다가 1976년 문학과지성사에서 단행본으로 출간한 장편소설이다.[7] 이 소설의 창작 계기는 본인이 밝힌 바와 같이 이규태 기자가 1966년 『사상계』에 기고했던 「소록도의 반란」을 접한 후 충격과 감동에서 비롯되었다고 한다. 실존 인물 조창원은 그의 소설에서 조백헌으로 등장한다.

소록도는 중증 환자와 완치자 그리고 병동의 직원들이 살아가는

---

7) 이청준, 『당신들의 천국』, 열림원, 2000. 이후 이 책의 인용은 괄호 안에 쪽수만 표기한다.

작은 세상이며 그들에게 육지는 갈 수 없는 곳, 자신들을 핍박하고 거주를 허용하지 않는 땅이다. 육지라는 큰 세상을 포기하고 이곳에서 만들어야 할 '천국'은 사실상 불가능한 것이다. 한센병 환자를 수용한 그 소록도에 원장으로 부임한 조백헌, 그는 의사 출신 대령의 신분으로 허리에 권총을 차고 등장한다. 소설은 아이러니하게도 조 원장이 이곳을 변화시키기 위해 헌신하는 내용을 담고 있다.

조 원장이 소록도에서 추진했던 간척 사업은 실제 바다를 메꾸는 작업에는 성공했으나 인근 주민의 반대에 부딪쳐 성과를 가시화하지는 못했다. 하지만 축구부를 창설하여 스포츠의 즐거움을 한마음으로 누리며 자신들의 존재를 세상에 드러낼 수 있었다. 건강인과 환자의 울타리를 없애고 부모와 자식이 만나는 일정을 자유롭게 조정할 수 있도록 섬마을의 관례 개선을 시도하였다. 감염 위험이 없음을 알면서도 핀셋으로 약을 집어주던 병원 실무자들의 태도도 변화시켰다. 물론 눈에 보이는 '울타리'를 없앴다고 '천국'이 가능한 것은 아니다.

> 탈출이 계속되는 한에서만 이 섬은 아직도 숨을 쉬는 인간들의 그것으로 살아남을 수 있었던 것입니다. 탈출은 이 섬에 관한 한 그처럼 지고한 미덕이었습니다. 한데 원장님이 오신 후로 이제 마침내 탈출극은 자취를 감추고 말았습니다. (408쪽)

조 원장이 깨달은 소록도의 문제 해결을 위한 화두는 '운명'과 '자유' 그리고 '믿음과 '사랑'으로 집약할 수 있다. 작가는 환자와 건강인의 교섭이 어떻게 이루어져야 할 것인가의 탐색을 넘어 이 화두를 끌어안는 실천적 의지를 보여주었다. '운명'을 평생 끌어안고 살아야 하는 이는 당연히 환자 자신이다. 한센병 환자의 금지된 사랑과 강제된 단종수술의 폭압 속에서도 몰래 태어나는 생명들, 그들을 부르는 다른 이름은 '미감아'이다. 이 운명공동체는 죽음을 두려워하지 않는 광기와 함께 태어나서 성장한다.

> 사람과 사람 사이의 절대의 믿음이란 궁극적으로 작자가 말한 그 운명을 같이할 수 있는 데서만 생길 수 있는 것이었단 말입니다. 작가가 즐겨 쓰는 그 천국이라는 것을 두고 생각하면 이해가 더욱 쉽겠지요. 내가 꾸민 천국을 믿지 않으려는 이유, 나의 동기나 천국을 허심탄회하게 받아들일 수 없었던 이유, 섬에 대한 내 나름대로의 성실한 봉사를, 내 선의와 노력을 자기도취적인 동정으로만 폄하하려는 이유, 그 모든 이유는 결국 내가 이 섬 원생들과 같은 운명을 살아갈 사람이 아니라는 것 때문이었지요.(420~421쪽)

『당신들의 천국』에서 한센병 환자의 투병 의지나 치료 상황은 상세하게 기술되지 않는다. 이 부분은 의학의 영역이니 문학작품에서 크게 다루지 않아도 되겠지만 장편소설 전체 분량에서 매우 적은 분량을 차지한 것은 아쉬움으로 남는다. 작품에서 중시하는 건 '탈출 사건'이며 이는 환자의 자유의지에 대한 시험으로 상징적 의미를 지닌다. 소록도에 강제 구금하고 단종수술을 강행하면서 채찍으로 건설하는 '당신들의 천국'에 저항하는 행위라는 데 초점이 맞춰진다.

소록도는 같은 질병으로 공동 운명을 감당해야 했던 사람들이 격리와 치료의 목적으로 자의 반 타의 반으로 모여 살던 공간이다. 작가는 환자와 건강인의 이중적 잣대를 통하여, 격리 수용의 문제점, 환자와 건강인의 관계에 대한 비장한 물음을 던진다. 한과 설움이 주렁주렁 맺혀 있는 이곳이 '천국'으로 탈바꿈하는 건 낙타가 바늘구멍으로 들어가는 것만큼 불가능한 꿈이다.

> 너희는 너희끼리 이 섬에서 살아야 한다. 섬을 나가려면 또다시 무서운 학대와 복수가 너희를 쓰러뜨리고 말 것이다. 탈출은 병원이 벌하기 전에 먼저 바깥세상 사람들이 그것을 용서하지 않을 것이다. 무서운 복수를 받을 것이다. 너희 같은 환자들에겐 건강한 사람들의 땅이 오히려 지옥이 될 수 있을 뿐이다. (…) 그리하여 바깥세상을 빌려 길러놓은 원망과 저주와 공포 때문에 이들이 감히 다시 섬을 빠져나갈 생각조차 해볼 수 없는 철저한 환자로 길들여져 버립니다.(406쪽)

마지막으로 사랑에 대한 이야기로 마무리할 수밖에 없다. '사랑'은 인간으로서 행할 수 있는 최고의 경지이지만 그 관념성과 추상적 가치를 언어로 창작하는 건 지난한 과제이다. 건강인과 환자가 함께 '천국'을 건설할 수 있는 가능성은 매우 희박하다. 환자를 대변하는 황 장로는 조 원장의 실천 행위를 공명심이나 우상 세우기가 아닌 사랑의 힘이었노라 인정한다. 그러면서도 자유의지와 사랑이 병행하지 못한 어려움이 있음을 간접적으로 표출한다.

> 그 양반은 그것을 사랑이라고 하더군요. 사랑은 자유처럼 뺏음이 아니라 베풂이라고, 사랑은 자유처럼 투쟁과 미움과 원망을 낳는 대신 용서를 가르친다고 말이야요. 그러면서 뭐 섬을 다스리는 내 쪽에선 그래도 그 사랑이라는 걸 하노라곤 했다나요. 사랑으로 행해야 할 자기들은 정작 자유로만 행하려 해왔던 데 비해 섬을 다스리는 내 쪽에선 그래도 그 사랑으로 행하려 한 흔적이 있었노라고 말야요. 하지만 그 양반 굳이 그 자유하고 사랑이라는 걸 따로따로 다른 것으로 나누어 생각하려고만 한 것 같지는 않았어요. 뭐라 할까, 사랑으로 해서나 자유로 해서나 그것들이 서로 상대편 쪽에 깃들여질 수가 없으면 소용이 없다고 했거든요.(417쪽)

환자를 위해서라는 명분하에 결국은 건강인을 보호하기 위한 격리의 공간에서 벌어지는 진정한 자유와 사랑의 문제를 거론한다. 작품의 구성 방식이 과거와 현재를 넘나드는 형식을 취함으로써 독자를 담론으로 끌어들이는 효과를 발휘한다. 편지와 토론과 연설을 넘나들면서 픽션과 논픽션의 절충으로 설득력과 흡입력을 보여준다.

이청준 소설의 화두를 '자기 구원'이라고 보는 것이 일반적인 견해이다. 이때의 '구원'은 신의 섭리에 포섭되지 않는 인간적 고뇌와 갈등을 향한다는 점에서 그의 소설은 6·25전쟁이나 4·19나 5·16과 같은 사회적 지각변동의 흐름을 주시한다. 그가 추구하는 '자기구원'의 문제는 집단이 추구하는 사회학적 상상력에서 미치지 못하는 내밀한 개인의 욕망과 갈등을 심도 있게 탐색한다. 그 문제가 형이상학적인 세계에 경도되지 않도록 무게중심을 잡아주는 의미에서 '질병' 모티프를 사용한다. 작가는 기독교적 구원의 문제도 다루고 있지만 신의 섭리와 인간의 자유의지 사이에서 충분한 탐색과 고뇌의 과정을 그려냄에 일정 부분 문학적 성취를 인정받을 수 있는 것이다. 물론 그 누구도 '구원'에 도달하지 못했다고 섣불리 판단할 수는 없다. '구원의 완성'은 신의 몫이지 인간의 몫, 더구나 문학의 몫은 결코 아니기 때문이다. 작품 속에서 한센병 환자와 완치자 그리고 병원 관리자의 다양한 목소리를 담아내려고 혼신의 힘을 기울였느냐의 판단은 독자의 몫이다. 코로나19 팬데믹 상황에서 '소록도'는 전 세계 지구촌에서 차별과 불평등을 당연시하는 의미로 확장 해석할 수 있는 여지가 있다.

4. 치유의 문학을 위하여

질병을 겪는 인간은 생사의 기로에서 신의 영역을 넘나드는 경지를 체험하는 게 다반사이다. 그 얼굴은 지옥과 천국이 양분되며 죽음과 삶이 음영으로 드리워 있으니 신적인 것과 인간적인 것 절반씩 섞여 있는 것이다. 질병 속에서 유한성을 절감하고 생사의 기로를 넘어설 때, 장애라는 또 하나의 벽을 만나게 된다. 어찌되었든 그 벽을 먼저 넘어야 할 것이다. 서양 의학의 명확한 한계를 인식한다 할지라도 환부의 전이나 급격한 악화를 막을 수 있는 인간의 힘은 문학이 아니라 의학에 집중되어 있다. 하지만 의학 자체가 절대적인 대응인 것은 아니다. 문학을 비롯한 예술이 지닌 치유의 힘 또한 이미 입증된 바가 있음을 우리는 가볍게 여길 수 없는 것이다. 질병과 죽음, 질병과 장애의 문제는 다음 기회에 논의하기로 한다.

푸코는 임상병리의 시작에 불순한 권력과의 결탁이나 종교의 폭력이 개입했음을 밝히면서 현대 의학의 한계를 지적한다. 물론 현대를 해부하고 이해하는 데 있어서 높은 영감을 제공하는 연구의 의의가 있다. 하지만 당장 눈앞에 닥친 암과 에이즈, 결핵과 한센병의 치료에 푸코의 진단이 큰 도움이 되지는 않을 수도 있다. 수전 손택의 메시지, 질병은 질병 그 자체로 받아들이고 희망을 잃지 않고 치료에 임하라는 메시지가 힘이 되는 것이다.

질병을 감당하는 인간을 환자가 아닌 생동하는 보편적 인물로 형상화하는 힘은 작가의 보다 큰 사랑을 향한 믿음에서 비롯한다. 따라서 문학이 치유의 힘으로 작용할 수 있다면 그건 질병을 타자로서가 아니라 처절하게 삶의 복판으로 끌어들이는 문학 내적인 사랑의 완성으로만 가능할 것이다. 동시에 문학이 치유를 향해 보여주는 다양한 노력들도 독자를 향하여 언어나 문장이 얼굴을 보여줄 때 가능하다. 그 얼굴의 표정에는 독자의 아픔이 고스란히 담겨

서 동병상련으로 다가올 것이다. 이제 그 믿음을 현실화하기 위한 다양한 시도와 노력은 작가의 몫으로 남는다. 우리 모두는 그 통증을 함께 나누는 것이 창작의 힘이 됨을 겸허하게 인정하고 묵묵히 길을 걸어가야 한다.

연민과 믿음에 대한 탐색

—정낙추의 『노을에 묻다』

1. 우리 시대의 이야기꾼

연민과 믿음은 정낙추의 소설 『노을에 묻다』[1]를 관통하는 주제이다. 세월호 참사가 소재로 등장하고, 진보 사기꾼으로 변질한 어용 언론인, 태극기와 촛불이 뒤섞인 광장의 가장자리 인물들을 소환하면서 따뜻함을 놓치지 않는다. 그렇게 시대의 민감한 사안을 다루면서도 사람의 결을 다독이는 정낙추를 특별한 이야기꾼이라 부르고 싶다. 그래서일까, 그가 창조한 캐릭터들은 특정한 사건이나 시대적 흐름을 대변하면서도 주변부 인물을 반영한다. 그의 '눈'

---

1) 정낙추, 『노을에 묻다』, 삶창, 2021. 이후 이 책에서의 인용은 괄호 안에 쪽수만 표기한다.

으로 새로운 각도에서 찾아낸 문제를 환기하는 것이다. 그 방식은 상투적이지 않으며 주변부 인물이 중심이 되어 사회적인 의미를 반추한다. 자칫 계몽이나 교훈으로 흐르게 되는 진부함을 방지하기 위한 장치이리라. 그래서 이 소설집에는 서해안 태안 지역의 갯바람이 짠 내를 풍기고, 뱃사람의 억센 웃음소리에 맞추어 장삼이사의 속내를 뒤집는 놀이판이 마련된다. 독자는 특유의 지역어 구사와 풍부한 속담이 담긴 웅숭깊은 문장에서 해학과 풍자의 진면목을 만나게 될 것이다.

작품의 인물이 우리 사회를 투사하는 존재라는 점을 화두로 정해보자. 동시에 사회적 담론을 재생산하는 설정이 그 담론의 확장과 심화를 겨냥하는 점도 논의하자. 정낙추 소설에서는 사회정의나 이념을 넘어 사람에 대한 믿음과 연민을 지향한다. 물론 이 문제는 '알이 먼저냐 닭이 먼저냐'처럼 동어반복의 함정에 빠질 우려가 크며 작가 또한 이를 충분히 인식했을 것이다. 그리하여 현장의 문제 재현보다는 상황을 받아들이는 과정에서 '사람과 사람의 만남'을 공들여 그려내고 있는 것이다.

예를 들자면, 「노란 종이배」는 세월호 참사에 대한 담론 확장이 내용이지만 그 중심에는 명재와 선재의 깊은 연민과 믿음이 결곡하게 흐른다. 「사람의 결」에서는 태극기집회와 촛불집회의 대립적 상황이 연출되지만 이념의 갈등 상황은 가급적 억제한다. 정치인의 밥그릇 싸움에 새우등 터질 것 없다고, 민초는 민초들끼리 반목하지 말자며 스스로를 반추하는 문장을 토로한다.

작가는 청년실업의 문제, 언론의 왜곡, 선거판의 타락상 등 민감한 현안을 측면적 시각에서 다룬다. 그러니까 작품의 인물들은 대개 우리 시대 선량한 이웃들의 그늘진 자화상이다. 물론 소설의 주인공들이 긍정적인 측면만 지니는 것은 아니다. 인간에 대한 풍자와 해학의 행간에 숨겨진 넉넉한 포용, 그것이 정낙추가 바라보는 연민의 이유이며 인간에 대한 믿음인 것이다. 지방선거에서 푼돈을 뜯는 「피어라 돈꽃」의 김봉수를 통하여 카타르시스를 극대화시키는 것처럼.

주목할 것은 그의 인물들이 사회적으로 열악한 위치에 있으면서도 끝내 존엄한 삶을 포기하지 않는다는 점이다. 물론 그 성과는 대중들에게 화려하게 내세울 업적과는 거리가 멀며 가까운 이웃이나 가족 정도가 알아줄 만한 소소한 것이기도 하다. 그 소소함의 사연이 소설의 흐름을 구성지게 하면서 개개인의 가슴에 스며드는 진정성이 되는 것이다. 작가가 보여주는 사람 살아가는 이야기가 그만큼 풍요롭게 펼쳐지면서 저마다 삶을 반추하게 만드는 것이다.

소설집에서 가장 생동감 있는 인물이 선거판 푼돈을 뜯어내는 「피어라 돈꽃」의 김봉수라면, 매력적으로 어필하는 인물은 말코 엄마가 아닐까 싶다. 「말코 엄마」는 불가촉천민 이미지로 등장하지만 서술자인 '나'에게 인간적 연민을 가르쳐준 유일한 인물이기도 하다. 이는 뒤에서 다시 거론하기로 한다.

심해어처럼 낮고 고요하게 묵직한 여운을 남기는 인물은 「노란 종이배」의 선재였다. 선재는 열한 살의 아이로 자폐증 때문에 세상과 담을 쌓은 채 살고 있다. 그럼에도 불구하고 작가는 그를 『화엄경』의 선재동자처럼 지혜로운 인물로 암시하는 것이다. 작가는 세월호 참사를 애도하며 두 명의 엄마를 먼저 보내고 자폐증 동생의 보호자 역할까지 수행하는 착한 소년 명재를 호명한다. 선재와 명재는 각기 엄마가 다르지만 특별한 만남으로 서로의 믿음을 나누며 살았으나 안타깝게도 명재가 세월호 참사의 희생자 명단에 포함된다. 그 이후의 스토리가 이 소설의 포인트가 된다. 선재의 자폐증은 일상생활에 무리가 없음을 보여주면서 특유의 손재주로 '노란 종이배'를 바다에 보내며 신화적 여운을 남긴다.

2. 환대의 인물들

사람은 누구나 존재 자체만으로 고귀한 가치가 있는가. 조건 없는 환대는 과연 가능한가. 정낙추 소설에서 인간에 대한 믿음과 연민을 구축하는 것으로 (작가의 의도와 별개로) '환대'의 의미가 중요한 자리를 차지한다. 환대란 타자에게 자리/장소를 주는 행위 혹은 사회 안에 있는 그의 자리를 인정하는 행위이다. '자리를 준다/인정한다'는 것은 그 자리에 딸린 '권리들을 준다/인정한다'는 뜻이기도 하다. 그것이 우리 사회의 구성원이 되고 권리와 의무를 갖을 수 있는 장치이다.[2)]

반면에 울타리 안으로 받아들여지지 못하여 구성원에 흡수되지 못하는 것, 자리를 차지하지 못하는 것을 '스티그마stigma, 烙印'라고 한다. 시각적 기호를 사용하는 데 탁월했던 그리스인들은 몸에 표시를 해서 그 표시를 지닌 사람이 뭔가 이상하거나 도덕적으로 문제가 있다는 것을 알렸으며, 이를 칭하기 위해 '스티그마'라는 용어를 만들어냈다. '낙인이 찍히다'라는 것은 신체적, 사회적, 정치적 등의 이유로 사회로부터 외면당하는 상황으로 그 범위가 넓다.[3)]

환대 문화는 손님에게 안방을 내주고 비축했던 곡식으로 정성껏 상을 차려 대접했던 오래된 전통이었다. 우리 사회에서 어떻게 조건 없는 환대가 가능한가에 대한 물음은 이 소설집에서 특별하게 빛나는 영역이다. 독자들은 소설 곳곳에서 환대를 실천하는 인물을 만나는 동시에 사각지대의 스티그마 인물에 주목하게 된다. 죽음을 선택했던 사람이 소생하거나 빚에 쫓기다가 스티그마를 극복하고 스스로 환대의 주체로 변신하는 인물도 있다. 「노란 종이배」의 자폐아 선재를 대하는 태도에도 마찬가지이다. 선재가 학교에 가지 못하는 이유는 바보라고 놀림을 당하기 때문이다. 선재에게 자리를 마련해주지 않는 것, 즉 스티그마가 되어 구성원으로 받아들이지 않는 사회 분위기를 고발하는 것이다. 소통의 불편함에도 귀하게 대하는 가족들과 그 이웃의 따뜻함이 때로는 의아할 수도 있는 그

---

2) 김현경, 『사람, 장소, 환대』, 문학과지성사, 2015, 207~208쪽.

3) 어빙 고프만, 『스티그마』, 윤선길·정기현 옮김, 한신대학교출판부, 2009, 15~21쪽.

자리에 환대라는 용어가 소환되는 것이다.

「말코 엄마」에 등장하는 모녀는 대표적인 스티그마 인물이다. 말코는 외모 때문에 차별을 당하면서 한곳에 자리를 잡지 못하지만 특유의 지혜로움으로 상황을 극복하는 매혹적인 인물이다. 그녀 역시 어린 시절, 자신의 딸처럼 외모를 탓하면서 낳아준 부모를 원망했을 것이다. 그러나 그가 주막을 운영하는 방식에서 알 수 있듯 당당하게 환대를 실천하면서 자본주의사회의 돌파구를 모색한다.

사람은 무엇으로 사는가의 물음을 긴밀하게 탐색한 작품으로 「노을에 묻다」를 들 수 있다. 신용불량자인 스티그마 인물이 환대의 주체로 변모해가는 과정이 시원한 문장으로 설득력 있게 전달된다. 특히 청년실업의 문제를 다루면서 어른의 역할을 그려내는 장면이 뭉클하게 울림을 준다. 청년 10명 중에 5명은 취준생, 2명은 대학원, 2명은 정규직, 나머지 하나는 비정규직이며 이 중에 7명은 아르바이트를 병행하는 현실은 이제 놀라운 일도 아니다. 이 그물망을 어떻게 풀어가야 하는지, 어른으로서 어떻게 힘을 실어주어야 하는지 진술한다.

소설은 현수의 입장에서 1인칭 시점으로 김 선생과 선장 부부의 만남을 그려나간다. 도시에서 쫓겨난, 스티그마 인물이 주인공이다. 서울에서 대학을 나왔지만 도시에 자신의 자리를 만들 수가 없어서 스스로 목숨을 포기하는 지경에 이른 것이다. 그가 마지막으로 찾아온 곳은 서해안 어느 바닷가이다. 이곳에서 신분증과 "천 원짜리 지폐 한 장과 동전 일곱 개"만 소유한 채 생의 마지막을 결단한다.

하필이면 왜 태안 앞바다에 와서 극단적인 선택을 시도한 것일까. 바다의 무한 생성의 위력은 생명을 키워내는 동시에 생명을 앗아가는 공간이다. 생의 마지막 결단에도 위로가 필요한 법. 현수는 노을의 힘을 빌려 세상을 떠나려고 했으나 오히려 그 "노을이 너를 살렸다"는 말을 듣는다. 다행히 현수는 이곳에서 김 씨와 선장 부부의 환대 속에서 소생한다. 타자, 이방인을 받아주기 위하여 김 씨가 먼저 자신의 좁은 터를 나누어주었고 선장 부부 역시 따뜻한 나눔을 준 것이다. 현수는 꽃게잡이 배를 타면서 뱃사람들이 자신을 받아준 만큼 생의 의지를 회복한다.

> 뱃사람들의 언어는 특별했다. 통발 건져 올리는 것을 '물 본다', 선원은 '뱃동서', 죽은 꽃게는 '아가리', 통발 입구는 '아구리', 미끼는 '이깝', 밥하는 선원은 '화장'이라고 자기들만의 말을 사용했다. 무전기에서 나누는 대화를 듣고 있으면 심심하지 않았다.
>
> (…)
>
> "현수야, 언제 죽을지 모르는 바다에서 혼자는 못 산다. 바다의 꽃게는 임자가 없으니 서로 나눠 잡으면 되고 이웃이 잘 살아야 내 마음도 편한 거란다."(69~73쪽)

선장이 뿌리쳤다면 신용불량자 김 씨도 3년 전에 죽었을 것이고 김 씨가 외면했다면 '나'도 당연히 살아 있지 못했을 터이다. 김 씨를 살린 것이 선장이었다면 '나'를 살린 자는 김 씨이다. 이렇게 죽어가는 누군가를 살려내고 세상을 바꾸는 힘이 될 수도 있음을 작가는 바다의 소생 능력과 연계한다. 주고받는 힘을 만들어줄 때 진정한 의미를 발휘하는 것이다. 아무튼 배에서 만난 세상의 이치는 달랐다. "선장은 매일 말 대신 몸으로 최고의 강연을 했다"는 진술에서 보이듯 살아가는 방식을 새롭게 배웠으니 현수는 스티그마 인생을 극복하며 김 씨처럼 또 다른 장소에서 환대를 실천하며 생명을 구하는 주체로 거듭날 수도 있을 것이다.

물론 청년실업의 문제를 환대와 육체노동으로 단순화하는 건 문제가 될 수 있지만 사회구조적 관점에서는 이러한 담론 자체도 흘리지 말아야 한다. 청년의 직업관이 아니라 직업교육과 교육제도가 문제인 것이다. 그래서 정낙추 소설이 기층 민중에 대한 믿음으로 그려내는 건강한 노동의 힘과 가능성은 우리 사회가 지향해야 할 노동관에 생기를 불어넣는 것이다.

「사람의 결」에서도 작가의 페르소나인 박동길을 내세워 성찰의 화두를 던지고 있다. 이념의 허상을 자각하고 사람 자체로 존중받아야 함을 광장 문화와 연계해서 다루는 것이다. 인간은 존재 자체로 존엄한 대우를 받아야 하지만 어떤 이유로든 스티그마의 위협에 시달리는 것이 우리의 현실이다. 과학기술이 발전하고 문화가 변화하면서 인간의 도덕적 행위나 본성은 퇴보하는 경향이 농후할 수밖에 없다. 자본 논리가 발현하면서 돈이 우선인 세상이 되었음을 개탄하지만 그 해결을 위한 실천에는 인색하지 않았던가.

서술자는 순박한 농민인 박동길인데, 한때 김 선생을 교주처럼 여겼었다. 박동길은 양돈과 소설 창작을 병행하는 김 선생의 박학다식한 언변에 매료당하여 주기적으로 어울리곤 했다. 주변 사람들에게 빨갱이라는 인신공격을 받을 만큼 열변을 토하는 김 선생의 특별한 매력에 빠진 것이다. 박동길은 그에게 큰 도움을 받기도 했는데, 복잡하게 얽힌 해당화 작목 비용을 '기자가 어쩌고' 하면서 단박에 해결해준 경우이다. 그런가 하면 곤란한 적도 있었다. 소설 취재를 하겠다며 다방 여자에게 무례하게 성교 체험의 질문을 던지다가 뺨을 맞는 엉뚱한 상황을 목격한 것이다.

이후에도 김 선생과의 관계는 중독처럼 이어졌는데 그가 갑작스럽게 서울로 이사를 하며 20여 년 동안 소식을 모르다가 우연히 광화문에서 조우한 것이다. '박근혜 퇴진' 촛불집회에 구경 삼아 어슬렁대다가 태극기로 온몸을 두른 김 선생을 만나 그의 달라진 근황을 확인하면서 소설은 끝을 맺는다. 김 선생이 20여 년 동안 어떤 세월을 보냈기에 태극기집회의 중심인물이 되었는지 어리둥절할 뿐이다.

이 대목에서 제목 「사람의 결」이 의미하는 바를 생각해볼 필요가 있겠다. 사전을 펼치니 '결'은 "나무, 돌, 살갗, 비단 따위의 조직이 굳고 무른 부분이 모여 일정하게 켜를 지으면서 짜인 바탕의 상태나 무늬" 또는 "성품의 바탕이나 상태"라고 풀어준다. '사람의 결'이 중요하다는 것은 사람 그 자체를 연민하고 믿어야 한다는 것이다. 추측이 가능하다면 박동길이 빈궁하게 살아가는 김 선생에게 느끼는 일말의 연민이 그 실마리가 되지 않을까 싶다.

'촛불과 태극기'로 대변되는 우리 시대 분열의 현장에서 박동길은 우연히 만난 김 선생이 건넨 태극기를 얼결에 받았고 변화된 그에게 실망하며 도망치듯 헤어진다. 태극기가 모여 있는 곳과 촛불이 있는 자리는 우리 시대 민초의 함성을 대변하는 분열의 현장이다. 당연히 선두에서 촛불을 들 것이라 믿었던 김 선생의 변절도 놀랍지만 정작 20년은 그만큼 질곡의 세월일 수도 있다. 김 선생처럼 정치적 성향이 극과 극으로 바뀐 경우는 수도 없이 많다.

> 가을이 가고 해당화 피는 봄이 오고, 또 가을이 가는 동안 김 선생은 박동길의 일상에서 점점 사라지고 기억 창고 속에 변하지 않는 시간으로만 남게 됐다. 그를 통해 역사를 알았고 세상사에 관심을 두게 된 박동길은 전화번호마저 사라진 김 선생이 생각날 때마다 읽어보라고 건네준 책을 뒤적거리는 버릇이 생겼다. 몇 권의 시집과 『해방 전후사의 인식』이라는 제목부터 낯선 책인데 여러 번 읽다 보니 남에게 설명은 못해도 무슨 뜻인지 알 것 같았다. 박동길은 그 책들을 김 선생이 주고 간 정표로 여기며 간직했다. 그렇게 흐른 세월이 20여 년이다.(171~172쪽)

세계 유일의 분단국가인 한반도의 남쪽에 존립 기반을 둔다는 건 사상과 이념에서 영원히 자유롭지 못하다는 것을 의미한다. 6·25나 격변의 시대인 1970~1980년대 민주화의 소용돌이를 벗어났다고는 하지만 여전히 보수와 진보 혹은 세대 간 대립의 골이 깊다. 그러나 작가는 촛불집회와 태극기집회를 소재로 이야기를 펼치면서 정작 이념 대립에 대해서는 가타부타 언급하지 않으니 그게 맞을 수도 있다. 보수와 진보의 대립 같은 편가르기식으로 결집되는 군중과 이를 이용하는 정치인들의 작태를 환기하는 것이 중요한 것이다. 현실 정치의 부조리, 그 권력투쟁의 현장이 더욱 문제인 것이다.

그런 의미에서 김 선생은 문제적 인물로서 주목할 만하다. 진보적 지식인들이 고결한 양심과 사회적 책무감을 역설하면서 지녔던 이념이 이제는 지나간 흔적이 된 것이다. 물론 민주화 투쟁에 대한 평가를 함부로 들이대면 안 된다. 문제는 그들 중 일부가 현실의 역학 관계에 의해 왜곡된 모습을 보이고 있으며, 또 다른 인물은 스티그마로 생존하면서 자신의 존재 기반과 모순된 '태극기부대'가 되었다는 것이다.

이기고 지는 결과론적 문제는 정치인들의 시소게임일 뿐이다. 태극기를 몸에 감고 애국 충절을 외치는 김 선생에게 연민의 시선을 보내는 이유는 그가 지닌 스티그마로서의 고충을 간파했기 때문이다. 그러면서 우리네 민초들은 정치판에 휘둘리지 않고 서로를 배려하는 말 한마디가 중요하다고 곁들일 뿐이다. 김 선생이 태안에 머물 수 있도록 도와주었다면 어땠을까. 박동길은 자신이 그에게 베풀지 못했던 환대를 자각하는 것이다.

> 아, 김 선생의 시간이 이렇게 고단하게 흘렀구나. 박동길은 비로소 김 선생의 삶을 어렴풋이 짐작했다. 가슴이 저렸다. 그런 삶을 살면서도

20여 년 동안 자기 근황을 알리지 않았고 이번 만남에서도 내색하지 않았다니… 촛불집회에서 몸에 태극기를 두르고 호기를 부리던 얼굴이 자꾸 떠올랐다. 마포의 여관방에 그를 놔두고 도망친 게 몹시 부끄럽고 후회스러웠다. 고달픈 삶이 김 선생의 신념을 비루하게 바꿨을 수 있겠다는 생각이 자꾸 들었다. 서울에서는 정치적 견해가 뒤바뀐 그를 보고 실망했는데 이젠 이해할 수 있었다. 딱 한 번만이라도 전화가 연결되면 지금 당장 달려가 다시 만나고 싶었지만, 박동길이 할 수 있는 건 아무것도 없었다. 그에게서 전화가 올까 전화기를 항상 들고 다니는 것뿐이다.(172~173쪽)

3. 연민과 믿음에 대한 탐색

읽는 재미가 가장 탁월한 작품은 단연 「말코 엄마」이다. 판소리처럼 '소리', '아니리', '발림', '추임새'가 어우러지는 이야기가 문장마다 걸판지게 흐른다. 명창은 말코이며 해설을 곁들이는 '아니리'는 나와 외삼촌이다. 말코의 딸은 '발림'이라 할 수 있으며 동네 사람들이나 아버지가 만난 여자들은 '추임새'다. '고수'는 당연히 화자의 아버지이다. 어깨춤의 흥겨움이 넘치면서도 그 바탕에는 묵직한 서러움이 깔려 있으며 내심 통쾌할 수만은 없는 생의 비의에 젖어야 한다. 그래서 그의 문장은 웃음과 한이 짙게 깔린 웅숭깊은 해학이 된다.

> 동네 사람들의 아버지에 대한 화제는 모두 음란한 성에 대한 것뿐이었다. 그들은 내가 듣거나 말거나 남자와 여자의 성기와 야한 성교 이야기에 꼭 아버지를 끼워 넣었다. 나는 그게 죽기보다 싫었다. 어느 때는 내가 어른이 되면 아버지처럼 될까 봐 겁이 나기까지 했다. 그래서 내가 크는 게 기쁘지 않았고 오줌을 눌 때도 일부러 눈을 감고 눴다. 그런 내게 말코는 떼어내고 싶은 혹이었다. 아이들의 놀림도 어른들과 별반 다르지 않았다.(107쪽)

'나'는 철저하게 아버지를 부정하는 인물이다. '나'를 낳던 엄마가 죽은 이후 아버지는 카사노바처럼 수많은 여자를 상대하면서 동네 사람들에게 손가락질을 받았다. 나 역시 그의 아들이라는 이유로 무시당하는 세월을 살았다. 술과 여자로 재산을 말아먹은 아버지의 마지막 여자가 말코이다. 외모가 기괴하나 재주가 많고 지혜로운 여인이었으며 '나'에게 처음으로 엄마 같은 속정을 내비쳐준 인물이다

"말의 형상을 한 괴이하게 생긴 여자", 주막을 경영하던 그 여인은 아버지와 사실혼 관계로 지내면서 나에게 속정을 보여준다. "선짓국을 설설 끓여 누린 것에 걸걸대는 동네 사람들에게 거저 비슷하게 퍼주었고, 대신 풍로에 숯불로 너비아니 굽는 냄새를 풍겨 돈푼이나 있는 소 장수나 건어물 장사치들을 홀렸다"는 진술처럼 말코가 무의식중에 행하는 환대의 이면에는 자본에 응대하는 지혜가 담겨 있다. 말코는 여자에 대한 무분별한 욕정으로 가산을 탕진한

나의 아버지와 살면서 자신의 이익을 챙긴 것 같지는 않다. 그보다는 나에게 엄마 노릇을 해준 유일한 여인이라는 점이 중요하다. 마지막 남은 집문서마저 남의 손에 넘어갈 상황임을 예견하고 나의 교육비를 빼돌려서 외삼촌에게 맡긴 것이다. 나는 말코와 피 한 방울 나누지 않은 사이로 냉정하기만 했건만 마지막까지 어른의 도리를 했던 것이다. 그 말코 덕분에 현재의 내가 존재하고 있음을 에둘러 표현하고 있다.

4. 사회학적 상상력의 진화

「유령」이 지니는 의미는 스펙트럼의 각별한 다중성이다. 경찰서에 찾아와서 "유령의 아가리를 찢었"으니 나를 수사하라면서 시작되는 이야기는 기상천외한 사건을 예고한다. 사건 속으로 들어갈수록 '결론은 언론 문제구나' 자각하지만 그 과정이 흥미롭다. 지역신문 발행과 관련된 인물들이 호명되면서 부패 언론을 다루는 주제로 확장되니 사회학적 상상력으로 빚어낸 재치가 빛나는 작품이다. 정권을 잡아도 언론을 바꾸지 못하면 어떻게 되는지 첩첩산중의 막막함을 겪고 있는 세태에 '유령'이라는 문제적 접근이 주목할 만하다. 보수와 진보가 서로 귀를 닫은 작금의 세태에서 언론의 문제를 환기한 소설로서 정낙추의 뚝심이 돋보이는 작품인 것이다.

'유령'은 정체를 드러내지 않으면서 영향력을 행사하는 존재를 빗대는 표현이다. 권력과 결탁한 언론에 대한 비판이 작가의 의도이리라. 작가는 '기레기'로 표현되는 무책임하고 부패한 언론의 실체를 밝히기 위하여 김경수와 김현중 두 인물을 등장시킨다. 김현중이라는 언론인을 직접 지목하면서 '유령의 아가리를 찢었다'며 도발하는 김경수는 우리 시대의 드러나지 못한 양심일 수도 있다.

> "박 형사님, 제가 말하는 인물이 누군지 짐작하시죠? 뜬금없게 들리시겠지만 조금만 더 들어보세요. 제 말속에 유령이 있습니다. 온 나라가 들썩이도록 정의와 공정에 대한 여론을 증폭시킨 건 언론이 크게 한몫했지요. 나는 검찰이 정의롭게 수사하고 언론이 공정하게 보도했다고 보지 않아요. 그렇지만 분명한 건 권력자들에게 정의와 공정을 잣대로 들이댔다는 것이죠. 박 형사님, 안 그래요? 중앙정부든 지방정부든 권력이 있는 곳엔 이와 유사한 일이 항상 존재하죠. 굳이 나눈다면 권력의 크기일 텐데 정의와 공정이 크고 작은 것으로 나눠집니까? 아니죠. 저는 작은 정의와 상식, 공정이 모여서 살맛 나는 세상이 된다고 봅니다." 그는 정의, 공정 상식을 언급하는 대목에서 중간중간 내 동의를 받으려는 듯 자꾸 반문했다.(187~188쪽)

작가는 '언론의 무책임'과 '진보팔이 사기꾼', 두 부류를 하나로 묶어 이야기를 풀어낸다. 한때 운동권의 전력이 있으나 지금은 입으로만 '정의와 공정'을 내세우는 사람 김현중, 그는 지역신문 발간을 매개로 주민들 주머닛돈을 털어 일을 벌여놓고도 정작 신문 발행 날짜를 미루기만 한다. 진보와 정의를 빙자해 살아가는 자들에게 과거 민주화운동의 투신이 그렇게 지나간 이력서의 훈장인 경우도 있다,

김경수는 어떤 인물인가. 그의 됨됨이는 욕 한마디 못 하는 순둥이다. 그가 지역신문 창간에 적극적일 수 있었던 건 김현중을 교주처럼 여기며 기대려는 존중감 때문이다. 그러나 편집장을 맡은 김현중은 기획과 의도대로 움직이지 않았고 권력을 상대로 비판의 붓도 휘두르지 않았다. 결국 정의와 공정을 말하면서 권력의 단물을 빨아먹고 살아가는 존재임을 확신했으나 증거를 찾아낼 수 없다는 자책감에 빠졌다.

김경수는 김현중의 사기에 맞서기 위해 10여 년 전에 기록해둔 비망록을 보여준다. 세상을 향해 미투를 폭로하거나 내부고발, 양심선언이 아닌 일개 비망록이 정낙추 소설에서 의미하는 것은 민초들의 드러나지 않는 저항 의지일 것이다. 물론 그 내용은 우리들이 일상의 실천으로 완성해야 할 몫이다. 그렇게 서술자인 내가 결국 김경수에게 설득당하는 것으로 소설은 끝을 맺는다.

다음은 선거판 이야기이다. 정낙추 작가 특유의 만담가적 기질이 해학과 풍자를 담아 뿜어내는 열기가 생동감 있게 다가온다. 다수결로 대표를 뽑는 대의민주주의가 아직도 합당한 것인가? 과연 "총알"로 표를 사는 세태는 지나간 과거일 뿐인가?

송은섭은 봉수를 은연중 하대했고 봉수는 그런 송은섭을 속으로 아니

꼽게 여겼다. 동네 사람들은 송은섭 말이라면 똥이 된장이라고 해도 서로 먼저 찍어 먹을 정도로 신뢰했으나 봉수가 된장을 된장이라고 말하면 똥 취급했다. 그는 봉수처럼 선거판에 기웃거리지 않을뿐더러 후보평을 하는 자리에서도 다 괜찮은 인물들이라는 투로 인심 얻을 말만 골라 했다. 그래도 누구 하나 토를 달지 않는 것은 그가 언행일치하고 득인심을 했기 때문이었다. 봉수는 그게 부러우면서도 밉살스러워 송은섭을 마주치면 속이 뒤틀렸다.

"어이, 친구. 요새넌 민 소재지서 얼굴 볼 수 읎데. 이장질 그만뒀능가."

"아이구, 슨거 때라 당분간은 발걸음을 삼가허구 사네. 괜스리 얼쩡거리다 후보덜한티 누구 편이라구 오해받넌 것두 싫구."

봉수는 윤종길 후보의 말이 언뜻 떠올랐다. 송화리 이장 송은섭이 동네에서 인심을 얻어 표를 많이 달고 다닌다며 모든 후보가 그를 탐낸다고 했다. 윤 후보가 10만 원짜리 총알을 쐈는데 제가 보태드리는 게 경우라며 한사코 거절했다는 것이다. 말로는 이번에 꼭 당선할 것이라고 했지만, 그가 총알을 피한 게 영 찝찝하고 아깝다며 윤 후보는 탄식했다.(237~238쪽)

선거는 무엇인가. '민주주의의 꽃'이라고 우리는 배웠다. 실제로 선거는 의회민주주의의 합리적 기반이다. 하지만 언젠가부터 우리는 수십 장 투표지에 나열된 인물들에 대한 정보를 구분할 수가 없다. 후보들의 선거공약 또한 차별화된 기준이나 질적 차이가 사라진 탓도 있다. 게다가 언론의 작태는 어떠한가. 여기에 '작가의 눈'

이 있으니 그게 정낙추의 웅숭깊은 문장이 된다. 「유령」의 김경수가 우리 시대의 숨겨진 양심이라면 「피어라 돈꽃」의 김봉수는 기껏 선거판에서 소소한 이익을 도모하는 장삼이사일 뿐이다.

「피어라 돈꽃」과 「피었다 돈꽃」은 제목처럼 선거의 부조리를 지역 축소판으로 하는 연작소설로 앞으로도 계속 생산될 것이다. '총알'로 표현되는 적나라한 금권선거의 실태를 현재로 읽어도 손색이 없는 건, 환유적 해석의 가능성과 해학의 위력이 작가의식을 통해 발현되기 때문이다. 이 부분 역시 다른 지면에서 진지하게 논의해야 할 내용이다.

5. 정낙추 소설을 응원하는 이유

소설집 『노을에 묻다』에 선보인 캐릭터들은 우리에게 사회를 성찰하는 계기를 마련해준다. 또한 저마다 발 딛고 살아가는 현장에서 과연 타자에 대한 조건 없는 환대가 가능한가의 물음으로 여운을 남긴다. 건강한 노동의 치유력을 보여주며 청년실업 문제에 접근한다거나 민초의 시각에서 부패 언론을 고발하는 등 그만의 방식으로 참신한 담론 형성에 기여하는 바가 크다.

「사람의 결」의 김 선생과 「유령」의 김현중, 두 명의 교주를 처단하는 작가의 필력은 또 어떠한가. 작가는 그들의 차이를 디테일하게 그려낸다. 곤궁하게 사는 김 선생에게 스티그마를 향한 연민과 믿음을 보내지만 권력의 대변인으로 전락한 김현중에게는 비수를 들이대는 것이다. 풍자와 해학을 곁들여 풀어내는 「피어라 돈꽃」과 「피었다 돈꽃」의 선거꾼들에게도 작가는 애잔한 연민을 보낸다.

정낙추는 태안에서 살아가는 농부 소설가이다. 절기에 맞추어 농작물을 가꾸면서 태안 지역 민초의 서사를 담은 대하역사소설을 준비하고 있다. 그가 복원한 자염煮鹽은 주민들이 주주인 주식회사로 자리를 잡았다고 한다. 시집 『그 남자의 손』(애지)과 『미움의 힘』(천년의시작)을 발간하고, 이미 소설집 『복자는 울지 않았다』(삶창)를 상재한 바 있다. 게다가 그는 태안문화원 대표를 맡고 있으면서 지역의 어업 역사를 복원하기 위해 주말마다 배낭을 챙겨 들고 떠나는 구술 채록사이기도 하다. 가히 초인적이다. 서해안이라는 장소와 그 터전에서 살아가는 사람들의 생업을 담은 진짜배기 애환이 문장으로 쏟아지는 건 지극히 당연한 일이다.

그의 소설에서 우리는 인간에 대한 믿음과 연민 그리고 농투성이의 뚝심을 확인하는 즐거움에 빠져든다. 정낙추의 소설은 지나치게 낙관적이지 않으면서도 비관론으로 흐르지 않는 절묘한 균형 감각 같은 '중심의 결'이 살아 있다. 그 섬세하고 따뜻한 결의 힘으로 만들어나가는 또 다른 세상, 그의 소설을 응원한다. 가끔은 인간에 대한 무조건적인 믿음도 필요하다. 요즘 같은 세태에는 더욱 그러하다.

2부

사진©신혜선

봄을 향한 시적 페이소스

—이문복

1.

이문복의 신작시를 읽는다.[1)] 오랜 시간 시 세계를 다져온 시인의 가라앉은 음색과 '서사적 자아'를 넘나드는 내공을 만나는 중이다. 그 안에는 모든 존재들의 상상적 기원인 봄을 향한 꿈이 가득 배어 있다. 5편의 작품을 편의상 둘로 나누어 전개하도록 하겠다. 「삭산 뜰 봄꽃 편지」 연작 세 편과 나머지 두 편을 별개로 감상하고 연결 지점을 찾아 다시 이야기를 묶어보는 순서이다.

우리는 이문복 시에 담긴 곱고 연약한 것에 대한 주체할 수 없는

1) 『작가마루』 32호, 심지, 2020. 이후 이 책에서 인용한 시는 제목만 표기한다.

애정과 모순된 사회제도와 정의롭지 못한 현상에 도발적으로 반응하는 에너지를 알고 있다. 그의 시는 날카롭고 적확하게 핵심을 겨냥하는 시대의 풍자가 되면서도 서정시의 기원인 자아의 탐색과 치유를 추구한다. 이 두 가지 기운은 실상 하나의 뿌리에서 갈라져 나온 이란성쌍생아일 뿐임을 '봄'으로 풀어낸 시문詩文에서 증명하고 있다. 그리고 다시 '봄'의 이미지를 중심으로 그의 시편을 새로운 시 형식의 탐색 과정과 이상을 꿈꾸는 실천 의지의 확장으로 읽는다.

그 흐름을 '봄의 미학'이라 명명해도 좋을 것이다. 봄을 기다리는 마음과 실체를 잡을 수 없는 안타까움까지 지금 시인에게 간절한 것은 '변화'와 '희망'이다. 그런 의미에서 시인이 보낸 「삭산뜰 봄꽃편지」 연작은 그 설렘과 활발발活潑潑의 기운을 연모하는 표상으로 읽을 수 있다. 그 또한 볼거리[示]에 한눈을 팔지 않을 수 없다. 여기에서 봄의 생명이 언젠가는 마주해야 할 이별의 원천임을 우리는 안다. 봄꽃이 아무리 화사할지언정 그것은 순식간에 소멸한다. 그래서 시인의 봄은 부재하지만 포기할 수 없는 열망이다. 봄[春]은 분명히 볼거리가 많다. 골똘히 바라보는[見] 자에게는 보이지 않는 것(부재)을 생각하게 하지만 당장 현상으로 드러나는 화려함과 소멸, 존재와 부재 그리고 만남과 이별이 공존하는 순간, 그것이 봄이다.

봄, 여름, 가을, 겨울의 경계는 칼로 자를 수 있는 게 아니다. 무릇 계절의 변화라는 게 쉼 없는 흐름 속에서 잉태하고 생산하고 성장하고 소멸하고 다시 재생과 분만의 과정이 반복되는 것이다. 그렇게 천지음양의 기운이 모아지고 흩어지는 가운데 봄은 그 신령한 기운의 시작이며 처음과 끝의 모든 것을 품고 있다. 다음 시편을 보자.

> 남녘에서 들려오는 봄꽃 소식 화사하건만 삭산뜰의 봄은 슬렁슬렁 더디기만 합니다. 생강나무, 진달래, 꽃 소식 궁금하여 뒷산 갔다가 꽃은 못 보고…… 봄바람 쐬러 나온 아기 노루, 가랑잎 소리에 화들짝 도망치는 아기 노루 엉덩이만 언뜻 보고 멋쩍게 내려왔지요. 봄 햇살에 부풀어 오른 버들개지 같은 꼬랑지, 고 녀석 엉덩이에 몽실몽실 피어 있었습니다.
>
> —「아기 노루」 전문

칸트는 '예술이란 아름다운 사물에 대한 표현이 아니라 흔한 사물에 대한 아름다운 표현'이라 정의했다. 그런 의미에서 "남녘에서 들려오는 봄꽃 소식"에 봄을 기대하지만 아직 "삭산뜰의 봄은 슬렁슬렁 더디기만" 한 순간의 설렘을 포착한 시인의 눈매는 집요하다. '봄'을 기대하는 자만이 진정한 '봄'을 만날 수 있다. 차분한 음색에 담긴 봄의 교향악이 애틋하면서도 기대감 슬렁거리는 리듬감으로 "몽실몽실 피어" 흐른다. 봄의 절정이자 화려함이 '꽃'이라면 '꽃'을 피워내는 대지의 기운을 감지하는 떨림은 온전히 시인의 몫이다. 시인이 만난 '삭산뜰'의 봄이 그의 시 해석에서 특히 중요한 이유이다. '봄꽃'을 찾아 뒷산을 슬렁거리는 시인의 눈에 "꽃은 못 보고……" "봄 햇살에 부풀어 오른 버들개지 같은 꼬랑지, 고 녀석 엉덩이에 몽실몽실 피어 있"는 '봄'이 자세히 볼수록 아름다운 이유이기도 하다. 이제 시인은 미학적 쾌감에서 벗어날 수 없다.

먼저 '삭산뜰'의 지명에 대해 생각해보자. 시인의 친절한 설명('삭산뜰'은 아산시 음봉면 송촌리의 자연부락 이름이라고 한다)에도 이름이 지닌 신비로움은 반감되지 않는다. 실명인가 상상의 공간인가는 전혀 중요하지 않다. '시적인 것'으로의 미적 쾌감만이 자산이 되는 것이다. 그래서 「삭산뜰 봄꽃 편지」 연작에서 유의미한 시적 공간은 '삭산뜰'과 '술병 인큐베이터'와 '찻잔'으로의 이동과 그 연관 지점이다. 삶의 공간이자 이상 세계와도 통하는 공간이 '삭산뜰'이라면, '인큐베이터 술병'은 인위적인 세계, 봄을 앞당기고 억지스럽게 만들어내는 공간이다. 그러니까 '찻잔'은 소멸하는 존재, 애도의 장치라 읽어도 무방할 것이다.

다음 시편은 '봄'의 이미지가 생성과 희망의 상승 이미지를 뒤집어 애상의 하강 이미지로 바뀌어 흐른다.

봄바람 따라 들길 걷다가
벚나무 부러진 가지 주웠습니다

빈 술병에 물 가득 채워
가망 없어 보이는 메마른 가지 꽂았지요
꽃은 피우지 못할지라도

물이라도 흠뻑 마셔보라고……

좁쌀만 하던 꽃눈, 사흘 만에
쥐눈이콩만큼 부풀더니
이레째 되던 날 연분홍 꽃봉오리,
열흘 만에 첫 꽃이 피었습니다.

빈 술병 인큐베이터 삼아
가까스로 피어난 창백한 꽃송이
꽃다운 나이에 세상 떠난
오래전 그 아이 닮은……

—「술병 인큐베이터」 전문

시의 표면에서는 얼핏 꽃을 피워내는 내용을 다루고 있다. "벚나무 부러진 가지"를 주워 빈 술병에 꽂았더니, 기다림 속에서 피워낸 창백한 꽃송이가 세상 떠난 오래전 그 아이를 닮아 마음이 시렸다는 이야기이다. 하지만 심층에서는 다른 차원의 발화를 거듭하고 있다. 인큐베이터로 키워내는 생명체는 자연의 섭리에 어긋난다. 현대인에게 문명과 의료시스템과 교육이라는 제도는 모두 자연의 섭리에서 벗어나는 일들이다. 따라서 '키운다'는 의미의 행간에는 '교육'이라는 의미와도 관련을 지을 수 있겠다. 한반도의 교육 현실에 대한 비판과 반성의 여운을 남긴다고 해도 지나친 비약은 아니다. 2연의 마지막 행 "꽃은 피우지 못할지라도/ 물이라도 흠뻑 마셔 보라고……"와 4연의 마지막 부분 "꽃다운 나이에 세상 떠난/ 오래전 그 아이 닮은……"이 대응을 이루어서 시적 긴장감과 비유적 이미저리imagery를 증폭시킨다.

그러면 "꽃은 피우지 못할지라도"에 담긴 선의는 무슨 의미가 있을까? 문득 자연은 자비가 없다는 『노자』의 구절이 떠오른다. 생명이 피어나고 활발발의 기운으로 성장하는 일에 인간의 몫은 극히 제한적이다. 봄은 인간에게 볼거리를 제공하면서 눈을 유혹하지만 한편 인간의 오만을 일깨워주니 그게 '시인의 눈'이다. 존재와 부재 사이에서 인간이 차지할 수 있는 몫을 찾아내는 새로운 시인의 눈인 것이다.

실제로 이런 상황이 벌어진다면 십중팔구 "연분홍 꽃봉오리", "창백한 꽃송이" 등을 대상으로 '봄 편지'나 '생명력' 운운하는 식으로 찬미의 대상이 되기 십상이다. 하지만 시인이 만들어낸 '시적인 것'은 부재의 생명으로 흐른다. 그렇게 살아 있다는 것, 존재한다는 것의 심층에는 '죽음'이 도사리고 있다. 인간의 몸에서 하루에 조 단위의 세포가 생겨나고 죽기를 반복하고 있는 것처럼 말이다.

메마른 가지가 "빈 술병을 인큐베이터 삼아" 꽃을 피웠다. "창백한 꽃송이"가 환기하는 정서는 생명을 키워내는 '봄'과 정반대를 향하고 있다. 그래서 "꽃다운 나이에 세상 떠난/ 오래전 그 아이 닮은……"의 마지막 이미지는 독자들에게 부재를 일깨운다. 여기에서 '봄에 피어나는 꽃'에 담긴 죽음의 이미지는 우주의 섭리와 연계

된다. 존재와 부재의 차이가 펼쳐지는 시간이다.

시에서 '봄'의 이미지가 역사적 상처와 그 극복으로 한정되던 시절이 있었다. '빼앗긴 들에도 봄은 오는가'가 그렇고 제주도 4·3의 영령이나 4·19혁명, 5·18민주화운동의 희생자가 만들어내는 역사의 슬픔도 그 대상이 된다. 진달래 꽃잎이 역사의 상흔으로 아픔을 자아내더니 이제 세월호의 아이들까지 벚꽃과 어우러진다. 그러나 시인이 담는 의미는 의외로 담담하다.

> 봄바람에 떨어지는 진달래꽃 거두어
> 찻잔에 띄웁니다.
>
> 붉고 달콤했던 꽃잎과는 사뭇 다른
> 두견줏빛 구수한 진달래꽃차
> 홀로 마시며
> 아직 돋지 않은 잎사귀의 초록빛,
> 땅속 깊은 곳 뿌리의 맛과 향
> 시나브로 느낍니다.
>
> —「꽃 한 송이에」 부분

삭산뜰에도 시인이 바라는 이상의 꽃이 필 것이다. 그 흐드러진 봄 풍경이 시인에게 닿지 않았을 뿐이다. 시인이 보내는 「삭산뜰 봄꽃 편지」에서의 '봄꽃'은 기다리는 것, 즉 부재로서의 무엇이다. 그래서 현상적으로 만나는 존재는 떨어지는 꽃잎이며 인큐베이터에서 피워낸 "창백한 꽃송이"가 된다. 여기에서 우리는 봄의 행간에 대해 새롭게 생각하게 된다.

'삭산뜰'의 봄은 아기 노루 꼬랑지에 붙어 왔고 부러진 가지를 꽃피우기도 했다. '삭산뜰'은 현실의 공간이자 이상적 공간이므로 실체(몸)를 확인해야 비로소 직성이 풀리는 것임에는 틀림이 없다. 그런데 왜 만개한 봄이 없는 걸까? 시인의 마음에 거처할 봄은 어디에 있는 걸까? 그러니까 진달래꽃차는 "봄바람에 떨어지는" 꽃잎의 마지막 환생이다. 봄은 도래했지만 존재하지 않았으므로 오히려 오지 않았던 "봄바람에 떨어지는" 시간이 될 수도 있는 것이다.

꽃잎 띄운 차를 마시는 시간은 어떤 의미에서는 '카니발'을 연상하게 한다. 'carnival(축제)'이자 'cannibal(동족끼리 잡아먹는)'의 시간. 봄에 동화되고 싶은 시인의, 마지막 봄을 삼키는 잔혹함과 황홀함이 어우러진 시간이다. 꽃의 운명, 그 봄은 여기까지이다. 생명의 시작이자 죽음의 씨앗을 잉태하는 시간. 사랑의 시간이 감내해야 할 참혹함을 아는 사람만이 "꽃 한 송이에"서 새로운 생명체의 시작과 끝, 그 한 점을 만날 수 있는 것이다.

2.

이문복 시인은 초등학교 교사로 재직 중 전교조 해직교사가 된다. 충남교사문학회에서 작품 활동을 시작하였으며 첫 시집 『사랑의 마키아벨리즘』(작은숲)을 상재한 바 있다. 마키아벨리의 『군주론』(1532)은 목적을 위해 수단을 가리지 않는 권모술수의 원전으로 통용된다. 그래서 시인이 가부장제가 지닌 폭력의 모순과 문제점을 마키아벨리즘으로 표상하고 있는 것이다. 「사랑의 마키아벨리즘」 연작과 「밥상」 등의 시편에서 사랑과 결혼 과정을 거친 부부의 풍속도에 대한 풍자와 해학이 유독 돋보인다. "아, 내가 말을 바꿀 게. 사랑, 그거 나도 인정해/ 영원한, 아름다운, 오로지 나만을, 따위의 수식어만 떼어낸다면"(「사랑의 마키아벨리즘 2」)처럼 날카롭게 벼린 비수를 능청스럽게 돌리기도 한다.

관습에 박힌 가부장제의 몰락 행태를 풍자하되 시인은 비장함과는 다소 비켜난 여유로움으로 노래한다. 그 여유로움은 형식 면에서도 판소리 사설 조의 시편들을 떠올리는 다양한 목소리의 조화로 공감대를 형성한다. 어쨌든 시인이 목소리를 빌린 화자는 대개 여성 캐릭터들이다. "내가 탕진해버린 모든 것들이 엄마에게서 훔쳐온 것임을"(「엄마의 창」) 깨달은 성숙함의 목소리이다. 그녀들의 공통점은 "묵은 슬픔으로 깊어진 영혼들"(「묵은 슬픔」)이라는 점에서 번득이는 영험함의 에너지가 살아 있다.

여기에서 가부장제에 대한 시인의 반감을 남녀 대결의 공식으로 치환하는 것은 아니다. '우렁각시'(「우렁각시 꿈」)를 꿈꾸는가 하면, 밥상을 받는 자와 바치는 자의 관계를 냉혹하게 비판하면서도(「우황청심환」) 끝내 자리를 박차고 나가지는 못한다. 어쩌면 그는 '혼자만의 성불을 무의미하게 생각'했던 지장보살의 깨달음과 통하는 '여성들의 묵은 슬픔과 함께' 상생과 희망을 꿈꾸는 것인지도 모른다.

물론 시인의 감성이 알을 품는 물새와 야산의 들풀과 꽃에만 머무르지 않는다. 사회의 부조리에 반응하는 날카로운 비수가 숨어 있다. 그 칼날을 남녀의 모순에는 다소 무디게 휘두를망정 사회 모순에는 자칫 스스로가 베일 만큼 서늘하다. 다음 시편에서 시인이 불러낸 목소리는 「노인정 난상토론」을 벌이던 그 할머니다.

> 아무렴, 또 올러가야지. 담에는 청와대까지 행진두 헐 작정이여. 테레비서 봤지? 출렁출렁 흘러가는 불꽃 강물 말이여. 나두 그러키 흘러갈 거구먼. 바람? 상관읎써! 꺼져두 옆 촛불이 얼릉 살려주닝께. 촛불이 워디 한두 개간디?
> 초 한 자루 챙겨갖구 내려오면서 곰곰 생각혀봉께 내 맘에 예전과 다른 게 들어 있더란 말이여. 다덜 요러코롬 맘속에다가 촛불 하나씩 품구 돌아덜 갔을 틴디 그 불이 쉬 꺼질 리가 있겄남?
> 잉? 아니여, 아니여. 데모는 무신…… 구경허러 간 거시여. 근디 데모가 아니더랑께. 잔치여, 잔치.
>
> —「데모가 아니여 잔치여 잔치」 부분

시인이 빙의한 목소리가 판소리 사설 조의 몸피를 빌려 충청도 할머니의 심장을 토로하는 것이다. 지식인이 아닌 할머니 화자를 내세워서 풀어가는 정세 분석이나 민심의 향방 읽기가 설득력 있다. '묵은 슬픔으로 깊어진' 힘이니 그게 민중의 힘이다. 그동안 언론의 먹잇감이 되거나 무식한 타자로만 여겼던 할머니의 발언이 그의 시문詩文에서 참신하게 빛나는 것이다. 할머니에 빙의한 목소리는 충청말의 의뭉스러우면서도 상대방을 존중하고 배려하는 대화체로 감칠맛 나게 이어진다. 그 맛깔스러움의 행간을 놓치지 말아야 하니 눈물겨운 해학의 정수를 겨냥한다. 「노인정 난상토론」에서 선보였던 판소리 사설 조가 서사적 자아의 시대 의식을 심지 삼아 은근하게 울려 퍼진다. 그 외에도 시인의 빙의된 목소리가 도처에서 다양한 여성 캐릭터를 불러내서 그 목소리의 근원은 시인의 모친 세대이며 단수가 아닌 복수이며 타자가 아닌 주체로 출현한다.

"어매 아배 다 총 맞어 죽은 게 짠허기두 허구", "충청도 촌 할매"가 촛불집회에 참석한 이유다. 이 마음은 오래된 민족사의 비극을 함축하면서 그 역사를 연장하고 있는 위정자들에 대한 비판과 부패한 시국에 대한 노여움으로 연결된다. 마지막으로 "데모는 무신…… 구경허러 간 거시여"에서 응어리를 발산하는 새로운 카타르시스를 예고하는 것이다. 그래서 화자의 충청말 화법 "근디 데모가 아니더랑께. 잔치여, 잔치"로 마무리 지으며 넉넉한 화합의 울타리를 축제판으로 만드는 것이다.

3.

이문복의 시에서 '서정적 자아'와 '서사적 자아'의 변곡점을 묻는 일은 그가 나아갈 앞으로의 도정과도 일치한다. 동시에 이 둘의 경계 지점에서 일어나는 긴장과 충돌로 표면적 의미를 넘어서는 시의 울림이 확장되는 지점을 읽어내야 한다. 그러다 보면 이문복의 시에서 '서정적 자아'와 '서사적 자아'의 심리적 거리는 비교적 짧음을 찾을 수 있다. 시인의 공감 능력이나 오랜 세월 쌓은 연민의 내공이 깊어서일 것이다.

시인이 추구하는 지향점은 이 두 개의 자아가 자유자재로 풀어내는 고해苦海의 세상사를 노래하는 어우러짐의 단계일 것이다. 그 두 개의 거리감은 인위적이거나 의도성을 넘어서는 미학적 표현 방법론이 아니라 시인 자신의 절실한 지향점이다. 또한 그 어우러짐이 긴 시와 짧은 시의 형식적 탐색의 다양함을 시도하게 만든다. 시인이 빙의하듯 터뜨릴 시편들이 아직도 무궁무진함이 예고된다.

시문詩文을 바꾸어서 이야기를 마치도록 하겠다. "내가 탕진해버릴 모든 것들이 엄마에게서 훔쳐온 것임을", 여기에서 시인이 탕진할 대상은 "묵은 슬픔으로 깊어진 영혼들"인 다양한 여성 캐릭터의 창출일 것이다. 서사적 자아를 불러들여 이어나갈 빙의된 목소리의 다음 이야기를 기대하는 이유이다.

신동엽을 다시 읽다

1.

81학번 신입생 시절에 만난 신동엽 시인은 격랑의 시국에서 표랑하는 젊은이에게 빛줄기처럼 선연한 길을 열어주는 등대 같은 존재였다. 그리하여 386세대에게 신동엽은 역사의식과 사회 진보를 실천하는 필독서였다. 물론 김지하도 있었고 김수영도 있었지만 신동엽의 감성 온도는 그들과 다른 각도에서 다가왔다. 가슴 깊숙하게 저격하는 변혁 의지의 칼날 끝이 그들보다 맵차면서도 따뜻한 것이다. 때로는 부드럽고 에로틱함까지 갖춘.

민족적 한의 정서가 분노가 되기도 하고 때로는 투쟁과 만남의 노래가 되기도 했지만 혼자 읊조릴 때는 가슴속 뜨거움과 서러움이 맑음으로 승화되기도 했다. 그랬다. 신동엽의 시는 연애와 혁명과 삶이 일체된 구원의 가능성을 한꺼번에 품어주며 심해를 유영하는 지느러미처럼 싱싱한 생명체 그 자체였다. 그의 글을 만나면서 사랑과 시와 혁명을 꿈꾸는 젊음만으로 세상이 충만했다. 민중과 가깝게 만날 수 있다는 가능성 때문에 가난조차 자랑스러웠던 시절이었다.

이후 필자가 한때 여성학과 사회과학 공부에 빠지면서 결국 그의 시도 한낱 문장일 뿐임을 절감한 적도 있었지만, 아직도 신동엽의 삶과 산문과 시에 깃들어 있는 총체성의 매력에서 벗어나는 것은 불가능하다. 세월이 흐를수록 돋보이는 빛바랜 초상화처럼 문장 자체를 넘어서는 주술 같은 힘을 더욱 절실히 느끼게 되는 것이다.

오늘날 그의 시는 참여시의 선구로서뿐만 아니라, 생태, 장자 철학, 동학과의 연관성, 아나키즘 등 다각적으로 연구되고 있다. 구체적인 사회문제 해결의 깃발이 될 수 없는 한계를 지닌 서정적 참여시이기에 그 생명력은 길고 강렬한 것이다. 필자 역시 그의 시가 지닌 반외세 반문명의 저항성과, 시원적 세계를 향한 그리움의 생명성을 증명할 필요조차 느끼지 않는다. 이미 기본 연구의 수준은 필요충분조건을 넘어섰다고 인정되기 때문이다. 그럼에도 불구하고 그의 시를 새롭게 읽는 작업은 매우 중요하다. 도식적 해석에 의존하지 않고 신동엽의 시를 읽는다면 2019년 현재적 시각에서 동어반복 없이 시에 몰입하는 기쁨을 누릴 수 있다. 그의 시를 다양하게 감상하기 위해 민족과 국가와 인류의 문제를 잠시 유보해도 좋다.[1)]

따라서 신동엽 시를 새롭게 읽는 작업은 그의 생애와 시에 담긴 철학을 종합하여 2019년 시점에서 재음미할 때 의미 있는 일이 될 것이다. 이 글은 신동엽 사후 50주년을 맞아 그의 시를 새롭게 읽는 자리에 동참하는 것에 의미를 둘 뿐이다.

그의 시에 대한 연구는 '저항'과 '반외세', '민족정신'과 '시원적 생명의 아름다움', '현대문명 비판'과 '인류 구원의 가능성', '아나키즘'과 '원수성, 차수성, 귀수성' 등 비교적 다양하게 다루어지고 있다. 인류가 처한 생태 위협과 '물질 만능이 빚어낸 비인간의 극대화'에 의하여 실락원의 그리움을 환기하는 그의 시정신이 더욱 빛나는 이유이다. 또한 그 역시 시 창작과 관련해서도 「시인정신론」 등 자신의 철학과 가치관을 담은 글을 풍요롭게 남겼다.

신동엽은 김지하, 김수영과 함께 1960~1970년대 저항문학의 흐름을 주도하였다. 김지하가 봉산탈춤의 민중정신을 풍자시의 맥락으로 이어받았다면 신동엽은 소월의 가락에 육사의 정신을 접맥하

---

1) 필자의 대학 시절 그의 시집 「금강」은 금서였고 '신동엽' 이름 석 자는 금단의 영역에 도전하는 모험과 저항의 아이콘이었다. 하지만 이러한 긴박감은 그의 시 「산에 언덕에」가 중학교 국정교과서에 수록되면서 막을 내렸다 해도 과언이 아니다. 이제 그의 시는 주변을 벗어나 중심으로 자리 잡았기에 권력 이데올로기에 직접적으로 가하는 공격적 의미는 줄었다. 민도의 수준은 높아졌기에 보수 정치인들조차 신동엽의 시를 활용하기도 한다. 그렇지만 신동엽 시에 나타난 저항의 강도를 정치권에서 감당할 수 있는 시대가 되었다고 해서 신동엽 시에 담긴 "모오든"으로 소박하게 포함된 차수성 세계의 흔적들인 "껍데기", "쇠붙이" 등에 대한 절대적 저항의 의미가 반감되는 건 결코 아니다. 중요한 것은 그의 시를 어떻게 해석하느냐이다.

여 민족정신과 서정성으로 잘 담아낸 시인으로 평가받는다. 그래서 그는 시의 경계를 탈주하여 구원의 세계로 비상하고자 꿈꾸었던 전인全人 지향의 구도자이기도 하다.

지금은 부여 산자락 낮은 곳에 자리 잡은 신동엽 시비를 찾는 중이다. 「산에 언덕에」를 떨리는 가슴으로 읽는다. 수많은 4·19 혁명의 영령들을 되살려내는 진혼곡에 분신 노동자 전태일, 노무현 대통령, 세월호 희생자들, 그리고 신동엽 시인을 떠올린다.

그리운 그의 얼굴 다시 찾을 수 없어도
화사한 그의 꽃
산에 언덕에 피어날지어이.

그리운 그의 노래 다시 들을 수 없어도
맑은 그 숨결
들에 숲속에 살아갈지어이.

쓸쓸한 마음으로 들길 더듬는 행인아.

눈길 비었거든 바람 담을지네
바람 비었거든 인정 담을지네.

그리운 그의 모습 다시 찾을 수 없어도

울고 간 그의 영혼

들에 언덕에 피어날지어이.

—「산에 언덕에」 전문[2)]

4·19로 희생된 영혼에게 바치는 작품으로 중학교 국정교과서에 실려 널리 알려진 시이기도 하다. 그의 시는 잃어버린 낙원, 이상 세계를 위하여 현실에 하염없이 저항한다. 그 저항은 50여 년 시간이 흐른 지금도 변함없이 울분을 토하게 만든다. "그리운 그의 얼굴"에서 표상하는 실체는 저마다 구체적이다. 한강의 『소년이 온다』(창비)처럼 역사적 현장을 담아내면서도 일상으로 파고든다. 분단의 문제, 빈부 격차와 소수자, 비정규직의 불평등에 맞서 투쟁의 선봉에 섰던 얼굴들 그리고 새롭게 솟아나는 깊은 산속의 옹달샘처럼 신동엽의 시에는 연민이 흘러넘친다. 그 연민의 서정정이 짙게 깔려 있기에 그의 시에 나타난 저항의 의미는 울림의 폭이 넓고 심도가 있다. 오늘은 "들길 더듬는 행인"이 되어 이 시를 "들에 언덕에 피어날" 신동엽의 영혼을 위해 낭송하고 싶다.

화자와 독자가 소통하는 장면인 3연 "쓸쓸한 마음으로 들길 더듬는 행인아"를 주목해야 한다. 그러니까 1연과 2연은 주인공을 불러들이기 위한 준비 작업으로서 화자와 독자가 제각기 풀어내는 독

2) 신동엽, 『신동엽 시전집』, 강형철 · 김윤태 엮음, 창비, 2013년, 41쪽. 이후 이 책에서 인용 시는 제목만 표기한다.

백이다. 독백과 독백이 만나서 대화의 물꼬를 트는 것이다. 5연 2행 "울고 간 그의 영혼"에서 들리는 울음소리는 비극적 정조가 승화되어 차라리 맑고 아름답다. 그리하여 마지막 행 "들에 언덕에 피어날 지어이"는 유장한 바람 소리가 되어 휘날린다. 그 소리에서 우리는 "눈길" "바람" "인정"이 피어나는 세상을 어렴풋이나마 체험한다. "비었거든"에서 환기하는 빈자리를 채우고 있는 자연의 이치와 현재의 세상이 담담하게 비친다. 그러다가 "인정 담을지네"에서 멈칫하며 강렬하게 독자를 흡입하는 순간이다.

그의 시에서 생명과 죽음은 손바닥과 손등처럼 맞물려 있다. 특히 죽음 이미지가 삶을 압도한다. 시에서 만나는 죽음의 의미는 좋은 세상을 만들기 위한 밀알이 된다. 이 시를 세월호의 억울한 영혼들에게 또는 5·18 희생자에게 바칠 때 2019년 5월 신동엽은 시를 통해 부활하는 영령들과 하나가 된다. 그들이 씨를 뿌리고 꽃피우지 못한 인본주의와 인간평등주의 사상은 나무와 나무가 만나 거대한 숲이 되기도 한다.

그가 일깨우는 그리움은 단순한 알몸의 외침을 넘어서 인류학적 영혼의 울림을 불러일으킨다. 물질주의의 허위와 자본주의적 안일에서 허우적대는 일상에서 개인의 구원과 민족적 이상을 실천하기 위한 그의 시인 정신은 시간의 흐름 속에서 더욱 빛나는 눈동자로 살아 있다. 시인이 찾아 헤맨 빛나는 눈동자를 내 안에서 탐색할 수 있는 가능성을 포기하지 않기 위하여 그를 다시 호명한다.

신동엽을 읽는 시간, 우리는 시의 저항정신을 그리고 분단 시대를 상기한다. 백제 정신을 떠올리며 "중립의 초례청"(「껍데기는 가라」)을 그려보고, 상고시대의 벌거벗은 원시적 순결함에 대한 그리움에 몸살을 앓는 중이다. 그렇다. 신동엽의 시 세계는 단순한 듯하지만 그 직설적 강렬함 속에 부드러운 "향그러운 흙가슴"(「껍데기는 가라」)의 속살을 품고 있는 것이다.

2.

신동엽은 역사적 현실성에 대한 인식을 구체화하기 위해 동학혁명의 방대한 역사적 도정을 수용하여 3부 26장 4673행의 「금강」을 발표한다. 학계에서는 서사시냐 장시냐의 형식상의 문제 제기가 거론되고 있지만 블록버스터급의 시집에 보내는 찬사는 대체로 일치한다. 하나의 역사적 사건을 총체적으로 파악하고 거기에 시적인 긴장과 균형을 부여하고 있는 상상력의 힘, 내용성을 높이 평가한 것이다. 소설로 비유하자면 역사대하소설에 비견되는 경외감이다.

그러니까 대하서사시 「금강」은 인내천 사상에 바탕을 두고 착취 구조에 대한 혁파를 시도했다는 점이 참신하다. 개인의 사상과 표현의 자유가 극도로 억압받던 시대, 그는 현실의 모순을 지적하기 위해서 동학사상을 적용하였던 것이다. 서정성에서 서사적 세계로의 전환을 모색하는 것이다. 「금강」에서 동학을 현실 극복의 한 대안으로 제시하고 있음은 놀라운 혜안이다. 두루 알려져 있듯이 동학사상은 외래 사상에 물들지 않은 민중들의 독자적인 사고를 바탕으로 한다. 신동엽은 민족 역사의 주체성을 인내천이라 표상하고, 인본주의 외래 사상에 물들지 않은 소박한 민중정신의 물줄기를 동학에서 찾아낸 것이다. "모오든 쇠붙이"(「껍데기는 가라」)로 표상되는 억압의 권력에 저항하고 개인 스스로를 구원하면서 민족을 넘어 인류를 구원할 수 있는 가능성을 찾아낸 것이다. 당연히 형식은 서사의 틀을 빌려야 한다.

「금강」을 통해 동학농민혁명에 담긴 민족사의 유장한 힘과 가락을 불러내었고, 과거의 역사를 통해 오늘의 대중을 깨우치고자 노래하였다. "이미 끝낸 사람은/ 행복한 사람이어라/ 이미 죽은 사람은/ 행복한 사람이어라"라고 노래하는 신동엽 시인에게 삶과 죽음을 초탈한 선지자의 목소리가 울린다.

앞마을 뒷동산 해만 뜨면
철없는 강아지처럼 뛰어다니는 기억 속에
그래서 그분들은 이따금
이야기의 씨를 심어주고 싶었던 것이리.

그 이야기의 씨들은
떡잎이 솟고 가지가 갈라져
어느 가을 무성하게 꽃피리라.

—「금강」 부분

그러니까 "기억 속에" "심어주고 싶은" "이야기"가 바로 금강의 중심 내용이 되는 동학농민혁명에 관한 것이다. "그 이야기의 씨들은/ 떡잎이 솟고 가지가 갈라져/ 어느 가을 무성하게 꽃피리라"는 믿음이다. 「금강」에 뿌린 "이야기의 씨"는 풋풋하게 "삼단계 혁명"으로 촉발하고 있음을 확신하는 근거가 동학정신이다.

석가 죽은 지 이미 삼천년
노자 죽은 지 이미 이천수백년

그분들은 하늘을 보았지만
그분들만 보았을 뿐

삼십억의 창생은
아직도 하늘을 보지 못한 게 아니오?
아직도 구제되지 못한 게 아니오?

동학은
현실개조의 종교요
자기혁명, 국가혁명, 인류혁명
이게 바로 동학의
삼단계 혁명 아니오?

—「금강」 부분

"삼십억의 창생"도 구제되어야 한다는 것, 구제될 수 있다는 가능성을 품는 것. "하늘"은 깨달음이다. 즉, 스스로가 '다시 개벽'하여 거듭 태어나야 함을 의미한다. 모순된 현실과의 대결을 위해서 신동엽은 용기 있게 직정直情의 언어를 사용했지만 발설할 수 없었던 용어가 더 많던 시절이었다. 동학농민혁명을 4·19혁명과 3·1운동을 추동하는 살아 있는 민족정신의 표본으로 삼은 것은 예지적 통찰이다. 시국의 어둠이 시인의 혜안을 밝힌 것이다.

> 시천주侍天主의 신관념은 한울님이 각 생명체의 개체마다 내재해 있다고 믿는 신관념이다. 이 내재적 신관념인 시천주 신관념은 인격신을 부정하는 범신관汎神觀으로 오해해서도 안된다. 범신관은 만물 자체를 신이라고 보기 때문에 인격적인 신을 부정하게 된다. 그런데 시천주 신관념은 신의 인격성을 인정한다. 시천주의 내재적 신관념은 앞서도 언급했듯이 이 세계를 보는 시점을 바꾸어 이중 세계를 부정하게 된다. 동시에 초감성계에 쌓았던 기존의 가치체계들을 이중 세계의 부정과 동시에 가치체계들도 전도시키게 된다.
>
> 그리고 시천주의 신관념은 실천적인 면에서 사인여천事人如天의 가치기준을 만들게 된다. 모든 사람은 몸 안에 한울님을 모시고 있으므로 "사람은 한울님처럼 존엄하게 보게 되며" 따라서 "사람 섬기기를 한울님 섬기듯이 해야 한다"는 것이다. 그리하여 모든 사람은 한울님처럼 대접받을 수 있어야 한다는 당위성을 도출한다. 수운이 한울님 관념을 새로운 생각하는 틀이라고 본 이유가 여기에 있다.[3)]

이상 세계, 절대자, 즉 한울님이 외부에 있거나, 또는 사후 세계에 존재하는 것이 아니라 철저히 현재 그리고 사람의 몸 안에 있다는 깨달음이다. "이중 세계의 부정"이란 영혼과 육체, 이승과 저승의 이원 체계를 부정하는 일원론적 사유이다. 즉, 현실의 실천과 자각이 중요한 것이다. 시인이 뿜어낸 직정의 언어는 살아 있는 생명체의 기운을 담겠다는 의지의 실천이다.

3.

그의 시는 잃어버린 낙원, 이상 세계를 위한 쟁기질이다. 주지하듯 신동엽에게 시인이란 후천개벽을 준비하는 선지자처럼 인류의 앞날에 희망의 철학을 품고 실천해야 하는 존재이다. 하지만 제목의 사제처럼 엄숙한 모습이 아닌 발랄한 알몸의 정신을 함께 지녀야 한다. 현대사회의 문제점을 몸과 마음으로 앓고 있는 중환자가 아니라 건강하게 대지를 일구는 전경인全耕人이 되어야 한다는 것. 그게 시와 생명의 바탕이 된다는 것이다.

「시인정신론」의 일부를 옮겨 적는다.

---

3) 표영삼, 『동학1 - 수운의 삶과 생각』, 통나무, 2004, 123~124쪽.

시란 바로 생명의 발현인 것이다. 시란 우리 인식의 전부이며, 세계 인식의 통일적 표현이며 생명의 침투며 생명의 파괴며 생명의 조직인 것이다. 하여 그것은 항시 보다 광범위한 정신의 집단과 호혜적 통로를 가지고 있어야 했다

그래서 하나의 시가 논의될 때 무엇보다도 먼저 그것을 이야기해놓은 그 시인의 인간정신도와 시인혼이 문제되어져야 하는 것이다. 철학, 과학, 종교, 예술, 정치, 농사 등 현대에 와서 극분업화된 이러한 인간이 가질 수 있는 모든 인식을 전체적으로 한 몸에 구현한 하나의 생명이 있어, 그의 생명으로 털어놓는 정신 어린 이야기가 있다면 그것은 가히 우리 시대 최고의 시가 될 수 있을 것이다. 시인이란 인간의 원초적, 귀수성적 바로 그것이다. 나는 생각한다. 시는 궁극에 가서 종교가 될 것이라고. 철학, 종교, 시는 궁극에 가서 하나가 되어 있을 것이다.[4)]

이 글에서 "시는 궁극에 가서 종교가 될 것"이라는 문장이 필자를 사로잡는다. 신동엽이 시를 대하는 절대적 자세가 새롭게 확인되는 것이다. 신동엽에게 시란 포교처럼 널리 퍼트려서 공명의 분위기를 확산해야 한다는 사명감이 투철했다. 그는 이렇게 발언한다.

하여 시인은 선지자여야 하며 우주지인이어야 하며 인류 발언의 선창

---

4) 신동엽, 「시인정신론」, 『신동엽 산문전집』, 강형철 · 김윤태 엮음, 창비, 2019, 102쪽.

자가 되어야 할 것이다.

여름철의 장구한 세월을 살아온 우리 인류, 차수성 세계 문명수 가지나무 위에 피어난 난만한 백화를 충분히 거름으로 썩히울 수 있는 우리 가을철의 지성은 우리대로의 인생 인식과 사회 인식과 우주 인식과 우리들의 정신과 우리들의 이야기를 우리스런 몸짓으로 창조해내야 할 것이다. 산간과 들녘과 도시와 중세와 고대와 문명과 연구실 속에 흩어져 저대로의 실험을 체득했던 뭇 기능, 정치, 과학, 철학, 예술, 전쟁 등이 인류의 손과 발들이었던 분과들을 우리들은 우리의 정신 속으로 불러들여 하나의 전경인적인 귀수적인 지성으로서 합일시켜야 한다.

거두어들일 사람이 따로 있을 것을 기다려, 거두어들여 하나의 열매로 뭉쳐놓을 사람이 따로 있을 것을 기다려 인류는 5천년간 99억의 인종들을 구사하고 시험하여 산간과 들녘에 백화만초로 피어 있게 흩어놓았던 것이다. 백화만곡의 흐드러지게 쏟아져 썩는 자리에서 유구하고 찬란한 내일의 꽃은 피어날 것이다.

전경인의 출현을 세기는 다만 대기하고 있다. 암흑, 절망, 심연을 외치고 있는 현대의 인류는 전경인 정신의 체득에 의해서만 비로소 구원받을 수 있을 것이다.[5)]

오늘날 시인이 끊임없이 문제 삼아야 하는 과제는 “전경인적인

---

5) 신동엽, 『신동엽 산문전집』, 위의 책, 103~104쪽.

귀수적인 지성으로서 합일"이며 "유구하고 찬란한 내일의 꽃"을 준비하는 자세이다. 결국 참된 생명을 지향하는 전경인을 신동엽은 시인의 현재적 실천적 표상으로 제시한 것이다. 신동엽이 추구했던 소통과 선지자로서의 역할을 다하기 위해 그는 문명 거부와 저항의 역사를 시적 장치로 도입했다. 이로써 그의 문학은 대중의 계몽과 자기 구원 실천의 현장이라는 이중성에서 길항하였으며 그 합일의 지점이 동학 정신과 백제 저항의 만남이라는 스토리텔링인 것이다.

4.

최고의 이상주의자는 현실주의자가 될 수밖에 없다. 이 말은 신동엽 시인에게서 그 위력을 실감한다. 그가 그려낸 이상 세계가 바로 시원적 그리움을 일깨우는 한 줄기 폭포이다. 때로는 신화처럼 멀게 느껴지기도 하지만 곱씹어볼수록 너무 가까이 닿아 있다. 시를 읽는 즐거움은 바로 여기에 있다. '하늘'로 표상되는 이상 세계를 포기하지 않으면서 현실에서 자신의 구원을 위해 무엇을 할 것인가에 대한 아포리즘이 번득이는 시를 읽는다.

누가 하늘을 보았다 하는가
누가 구름 한 송이 없이 맑은

하늘을 보았다 하는가.

네가 본 건, 먹구름
그걸 하늘로 알고
일생一生을 살아갔다.

네가 본 건, 지붕 덮은
쇠 항아리,
그걸 하늘로 알고
일생을 살아갔다.

닦아라, 사람들아
네 마음속 구름
찢어라, 사람들아
네 머리 덮은 쇠 항아리.

—「누가 하늘을 보았다 하는가」 부분

10년 남짓 짧은 활동 기간에 비하면 그가 남긴 시론 성격의 글들이 풍요로운 건 다행이고 축복이다. 시인의 작업은 개인의 구원이자 민족, 더 나아가서는 인류의 구원을 위한 뚜렷한 목적의식에 닿아 있었다. 「시인정신론」에서 확인할 수 있는 그의 철학은 이를 충분히 입증한다.

역사를 전공했다는 점도 사회를 폭넓게 볼 수 있는 안목을 제공했을 것이다. 개인사가 모두 역사가 된다. 그는 일제강점기에 소학교를 다녔으며 이후 광복과 좌우 대립의 혼란한 시대를 몸소 체험했다. 특히 22세에 겪은 6·25전쟁 와중에 인민군 완장을 찼던 이력이 평생 낙인이 되어 요주의 인물로 취급받았을 것이다. 그 가운데서도 시인에게 무한한 영감과 희망을 심어준 건 1960년 4·19혁명이다. 시인은 4·19혁명을 나당연합군에 대항한 백제 정신의 민족주의와 같은 맥락으로 바라보는 통찰력을 담아 시집 『아사녀』를 발간했다. 더 나아가 당시에 학문적으로 관심을 받지 못했던 동학사상에서 평등과 인간 존엄의 가치관을 찾아낸 것이다.

시집 「금강」은 오래도록 금서로 묶여 있었다. 신동엽을 '민족시인'으로 만들어준 것은 시 자체라기보다는 오히려 표현의 자유를 억압하고 인간 내면의 통제가 가능하다고 믿었던 무지한 독재정권과 관련이 깊다. 이 금서의 오랏줄이 시인의 민족·민중·민주의 불길에 기름을 들이붓는 역풍을 만들어주었다. 특히 4·19혁명 이후 그의 시는 소월의 서정성과 육사의 육성을 살려서 동학농민혁명과 백제의 저항정신의 맥을 잇는 민중정신을 담아내는 기폭제가 되었다.

> 술을 많이 마시고 잔
>
> 어젯밤은
>
> 자다가 재미난 꿈을 꾸었지

나비를 타고

하늘을 날아가다가

발 아래 아시아의 반도

삼면에 흰 물거품 철썩이는

아름다운 반도를 보았지.

(…)

그 평화지대 양쪽에서

총부리 마주 겨누고 있던

탱크들이 일백팔십도 뒤로 돌데.

하더니, 눈 깜박할 사이

물방개처럼

한 떼는 서귀포 밖

한 떼는 두만강 밖

거기서 제각기 바깥 하늘 향해

총칼들 내던져 버리데.

—「술을 많이 마시고 잔 어젯밤은」 부분

신동엽 시인의 체취가 술 익는 냄새처럼 가깝게 느껴진다. 그래서일까, 이 시를 읽을 때면 필자는 신동엽의 숭배자가 되는 듯 가슴이 뛴다. 동시에 동학농민혁명, 4·19, 3·1운동 정신, 통일에의 열망 등 한반도의 현실과 역사적 사건의 차용은 그의 시에 나부끼는 "영원한 노스탤지어의 손수건"(「깃발」, 유치환)처럼 때로는 공허하게 느껴지기도 한다.

하지만 이 시는 다르다. 겨울날 찬 새벽 얼음장처럼 맑게 술이 깨는 듯 쨍쨍하게 시인의 평등세상의 염원을 기원하게 된다. 한 사람의 시를 읽는다는 건 그런 것이다. 시 한 편에서 모든 것을 충족하려는 마음을 때로는 비우는 것도 좋다. 신동엽에게 "좋은 언어"는 "이 세상을 채워"(「좋은 언어」)주는 버팀목이자 최후의 보루이다.

5.

신동엽에게 시란 과연 무엇이었을까. 중요한 것은 신동엽이 시의 정의를 새롭게 내리고 싶다는 열망이 확고했다는 점이다. '시란 무엇인가'라는 정의를 위하여 그가 다양한 시도를 했다는 점이 중요한 것이다. 그 핵심 화두는 '세상의 변혁'과 '자기 구원'의 일체라고 추측해본다. 시인의 등단작인 「이야기하는 쟁기꾼의 대지」를 참조한다면 그에게 시는 세상을 갈아엎는 쟁기질이라 할 것이며 이는 평등세상을 실현하는 '세상의 변혁'과 관계된다. 그러기 위해 "좋은 언어로 이 세상을 채워야"(「좋은 언어」)한다는 '자기 구원'의 실천이다. 이 두 가지가 일체되는 순간은 맞서서 투쟁하는 순간, 순교하는 순간, 저항을 담아낸 '착한 언어'로 시를 쓰는 순간이 아닐까.

시인이 '전경인'이 되어야 한다는 그의 시인정신론은 선지자적 계시록으로 화석화되지 않고 흐르는 강물처럼 출렁인다. 그 일렁거림이 그의 시를 읽을 때마다 행간의 울림이 배경음악처럼 깔린다. 신동엽 시를 읽으면서 우리는 그의 시론과 동학 정신과 백제와 4·19를 기억하게 된다. 그의 시에서 알맹이와 껍데기의 미학은 사회학적 상상력이 일구어낸 역사의식으로 이어지는 게 당연한 것이다.

「껍데기는 가라」는 발표하자마자 찬반양론의 시각이 있었지만 참여시가 도달할 수 있는 최고의 시적 가능성을 보였다는 점에 동의한다. 등단작 「이야기하는 쟁기꾼의 대지」, 시론 「시인정신론」과 서사시 「금강」에 핵심 요소들이 응축되어 있음을 살펴야 한다. 잘 알려져 있듯이 신동엽은 시에 역사를 담아낸 실험 시인이다. 장시 「이야기하는 쟁기꾼의 대지」, 서사시로 기획한 「금강」, 시극 「그 입술에 파인 그늘」과 오페레타 「석가탑」에서 다양한 시 양식을 탐색한다.[6] 특히 동학혁명 정신을 시에 담아낸 건 최초의 시도라 할 수 있다. 박경리의 『토지』나 조정래의 『태백산맥』과 같은 역사소설에

6) 신동엽, 『신동엽 산문전집』, 앞의 책, 12쪽. 심야 라디오방송 대본을 신동엽이 직접 쓰고 프로그램을 진행한 적이 있었다는 것을 아는 이들은 매우 드물 것이다. 1967~1968년경 동양라디오를 통해 방송되었던 〈내 마음 끝까지〉라는 프로그램이 바로 그것이다. 이 방송 대본은 전통적인 문학 장르 바깥의 글쓰기라는 점에서도 흥미롭다.

서 저항 의식과 평등사상에 주목했던 것과 같은 맥락으로 보인다. 역사소설의 배경에는 정치적, 사회적으로 억압된 현실의 문제가 환유의 방식으로 담긴 것을 우리는 문학사를 통하여 충분히 경험했다. 1930년대 최고의 역사소설로 평가되는『임꺽정』이나 이후『장길산』과『태백산맥』등 작품 속 신분 차별에 대한 저항과 좌우익 투쟁 갈등과 질곡의 역사는 현재진행형이기에 독자는 충분히 현재의 문제와 연결점을 찾아낸다.

신동엽 시에 드러난 직설적인 격정과 역사의식의 협주는 그가 추구했던 시정신의 결과물인 셈이다. 이는 그가 이미 합격한 국문학과를 단념하고 단국대 사학과에 입학한 것과 무관하지 않아 보인다. 그가 살았던 시대와 그가 감내해야 했던 삶의 흔적 자체가 시 양식의 탐색 과정이라 해도 지나치지 않을 것이다. 그는 일제강점기 식민지 백성의 굶주림과 굴욕과 복종의 역사를 겪었다. 유달리 예민한 감성과 탁월한 두뇌의 소유자였기에 굴복하지 않고 맞서기 위해 문학청년의 정신세계를 치열하게 키워나갔을 것이다. 직접적인 체험을 바탕으로 독특한 시 세계를 만들어갈 수 있었던 건, 폭넓은 독서의 영향이 컸다. 서울에서 떨어진 지방 부여에서 역사학도로서의 정신을 체득하여 독특한 시 세계를 완성한 자생적 시인이라 말할 수 있는 것이다.

신동엽을 떠올리면 자동적으로 김수영이 겹친다. 각자 다른 색채로 한국문학사를 빛낸 시인들. 그렇다. 신동엽과 김수영이 시를 통해 저항하며 바라본 지향점은 같았겠지만 그 방법은 철저하게 달랐다. 김수영이 신동엽을 "모더니즘의 폐해를 가장 덜 받은 시인"이라 평한 것은 모더니즘의 대가로서, 신동엽 시의 단순함을 비판한 것이라 볼 수도 있다. 김수영의 입장에서 볼 때 신동엽이 껍데기, 쇠붙이, 무쇠 항아리처럼 관념성에서 맴돌고 있는 것이 아쉽게 느껴졌을 수도 있었을 것이다. 그러나 저항의 아이콘으로 같은 시대에 살았던 두 명의 시인이 있어서 한국문학은 풍요롭다.

어쨌든 신동엽의 시를 대하면 종교의식의 경건함처럼 하나로 모이는 영혼의 순수함을 맛볼 수 있어서 좋았고, 김수영의 시를 대하면 온몸의 터럭이 곤두서서 무한대로 흩어지는 육체의 언어가 좋았다. 그럼에도 불구하고 김수영 시의 자유로운 언어에 비하여 신동엽 시인이 주는 경건함의 무게는 부담스럽게 다가온다. 그 이유를 나는 시인이 추구하는 절대적 가치관 때문으로 본다.

신동엽의 세계에는 잘 갖추어진 각본처럼 체계적인 시스템이 있다. 그 시스템을 움직이는 동력은 '껍데기'와 '알맹이'이다. 그의 모든 시에는 이에 해당하는 비유들이 있다. 이분법적인 대립 이미지가 길항한다. 이는 세계나 역사를 바라보는 시각이라든지 현재의 문제에 저항하는 이미지로는 매우 효과적이다. 언어의 선택 역시 탁월하다. 하지만 방황하고 고뇌하는 자아의 입장에서는 간혹 곤혹스럽다. 스스로를 '껍데기인가 알맹이인가' 반성하고 다짐하는 시간을 가져야 할 때도 있지만 방황과 고뇌 자체의 의미도 소중하기 때문이다.

「껍데기는 가라」에서 '알맹이'의 핵심은 "향그러운 흙가슴", 그리고 그 반대의 자리에 "모오든 쇠붙이"가 있다. '알맹이'는 "동학년 곰나루"의 "아우성"처럼 민중의 저항과 항쟁의 몸짓이다. '알맹이'와 '껍데기'로 표상하는 인식 구조가 단순 소박하다는 느낌을 갖게 되는 건 어쩔 수 없다. 중요한 건 그 명료한 언어들이 "좋은 언어"로 변신하였다는 점이다. 시는 시인이 쓰지만 "좋은 언어"로 발효되어 향기와 맛을 음미하는 건 독자들의 몫이다. 시인은 할 수 있는 일을 하고 기다릴 뿐이다. 그래서 이렇게 노래했을 것이다. "때는 와요./ 우리들이 조용히 눈으로만/ 이야기할 때// 허지만/ 그때까진/ 좋은 언어로 이 세상을/ 채워야 해요."(「좋은 언어」)

"좋은 언어"라는 소박한 시정신의 소유자였기에 그는 외국 군대가 들어와 있는 상황을 사회학적으로 읽고 있으면서도 "왜 쏘아"라고 직정적으로 토로할 수 있었던 것이다. "왜 쏘아./ 그들이 설혹/ 철조망이 아니라/ 그대들의 침대 밑까지 기어들어갔었다 해도,/ 그들이 맨손인 이상/ 총은 못 쏜다", 단호하게 "쏘지 마라", "벌주기도 싫다"고 일갈한다. "너희 고향으로/ 그냥 돌아가 주는 것이 좋겠어"라며 솔직한 심정으로 꾸짖고 설득하면서 "아름다운 강산이다"고 선언하며 마무리한다.(「왜 쏘아」) 「껍데기는 가라」는 「왜 쏘아」를 비롯해 그의 많은 시들과 겹친다.

그리하여, 다시

껍데기는 가라.

이곳에선, 두 가슴과 그곳까지 내 논

아사달 아사녀가

중립中立의 초례청 앞에 서서

부끄럼 빛내며

맞절할지니

껍데기는 가라.

한라에서 백두까지

향그러운 흙가슴만 남고

그, 모오든 쇠붙이는 가라.

—「껍데기는 가라」 부분

그의 사후 50년 만에 다시 읽는 「껍데기는 가라」의 외침은 하염없이 서정적이다. 최루탄이나 수갑으로 위협했던 독재자 못지않게 실체가 불분명한 괴물들이 득세하고 있는 세상에서 '껍데기'와 '알맹이'의 이분법은 편가르기의 흑백논리에 역이용될 여지를 남긴다. '홍익인간'이나 '한국적 민주주의'라는 허울조차 필요 없이 '돈'으로 손익계산서를 만들어내는 괴물들의 담합이 두려운 게 아니다. 가짜 뉴스로 손톱 발톱 다 드러낸 그들에게 영혼을 팔아넘기듯 표를 던지는 사람들의 숫자가 무엇을 의미하는가. 야만성이란 용어조차 사용이 아깝다.

이명박 정권에 의해 4대강이 파헤쳐지면서 금강은 '보'라는 이름으로 갇혀 생태계의 흐름을 차단당했다. 미국에서는 부동산 재벌

트럼프가 정권을 잡고 자국민의 부를 창출하겠다며 다양한 쇼를 펼치면서 통일의 길을 혼란스럽게 만든다. 동시에, 여명이 밝기 전 어둠이라는 역설을 기대하기도 한다. 촛불탄핵을 이루어낼 수 있었던 건 5·18 광주의 희생을 헛되이 하지 않겠다는 민주화의 밑거름이 있었기 때문이다. 세월호의 진실규명을 위한 눈물이 있었기 때문이다. 그리고 마지막으로 그의 시에서 연상되는 또 하나의 사람 '노무현'이 있다. 신동엽의 「산문시 1」에 등장하는 대통령과 겹치는 사람. 자전거 타고 밀짚모자 쓰고 논두렁길을 오가던 '사람 사는 세상'을 꿈꾸었던 훗날의 대통령을 과거의 시인 신동엽이 어떻게 예언했을까.

신동엽을 새롭게 호명하고 그의 시를 재해석하는 작업은 이미 매너리즘이 되어버렸는지도 모른다. 민족문학, 민중문학, 혁명과 사랑의 시인이라는 테두리가 콘크리트보다 강한 고정관념이 되어 두르고 있다. 그의 시 해석이 매너리즘에서 벗어나야 한다는 문제의식에서 출발해야 함은 아무리 강조해도 지나치지 않다. 그의 시대, 군사독재, 매판자본의 문제가 발현된 계급 모순과 민족 모순의 양상은 2019년 현재, 그 층위가 두터워지고 교묘해졌다. 신동엽이 외쳤던 "껍데기는 가라"의 힘찬 목소리가 하염없이 그리워지는 이유이다.

경계를 사유하는 시 읽기

—이명재

이명재 시인의 시[1]를 읽으면서 죽음의 화두를 가슴에 품는다. 그의 시문詩文에는 죽음의 색채가 사유를 부여잡는 흐름으로 걸려 있다. 죽음 자체에 대한 사유보다 먼저 삶과 죽음의 경계가 어른거리기 때문이다. 삶과 죽음의 구분이 모호한 지점에서 시인의 사유는 '길'과 '귀신'과 '꽃 무덤'의 이미지를 변주한다. 죽음의 무게에 짓눌리지 않고 새로운 세계를 지향하는 시인의 목소리가 깊게 울린다. 그래서 죽음의 시적 지향은 사라짐이 아니라 새로운 길이며, 새봄에서 피어나는 꽃 무덤이며, 생명체의 문턱이다. 심지어 죽음과 삶의 경계에서 놀이판을 벌이듯 산 자와 죽은 자는 같은 공간에서 서

1) 『작가마루』 33호, 심지, 2021. 이후 이 책에서 인용한 시는 제목만 표기한다.

로 호명한다.

'연가시' '꼽등이'와 '구순 엄니', 제초제에 쓰러진 '강아지풀' 그리고 '낙타'와 '개나리' 등 시인이 호명하는 이들은 변방에 있다는 공통점을 지닌다. 또한 귀하고 화려하지 않은 불가촉천민 이미지의 존재들이다. 또한 시인이 주목하는 생명체는 인간중심주의를 벗어난 생태학적 상상력으로 그 지평이 확장된다. 사려 깊고 겸허하고 다정다감한, 시적 화자의 목소리가 죽음과 삶의 경계에서 발화한다. 살아 있다는 건 죽음과 사투를 벌이거나 공생 또는 기생의 관계가 된다. 삶과 죽음의 사유는 삶을 위한 집착에서 출발하며 '길'을 만드는 존재 전이를 가능하게 한다. 그 '길'은 역사가 되고, 시의 완성체로 탄생한다. 시인은 그 속에서 죽음과 삶의 경계와 끊임없이 대화를 시도한다. 그 지점은 눈물과 꽃 무덤 또는 사막에서 만들어내는 비단길의 상상력으로 피어난다. 그 여정을 따라가보도록 하겠다.

이명재 시인은 충청도 예산 토박이이다. 1988년 등단 이후 시인은 언어학자로서 사전 편찬(『충청남도예산말사전제』 1~4권, 이화)에 심혈을 기울인 바 있다. 끝이 보이지 않는 이 작업을 위하여 수십 년 동안 시골 구석구석을 누비는 열정을 쏟은 것이다. 『속 터지는 충청말』(작은숲)을 펼칠 때마다 사라지는 옛말, 토속어에 대한 지극한 애정을, 시인의 감성과 언어학자의 치밀함으로 기록하는 뜨거움을 만날 수 있다. 그의 지고지순함은 「낙타와 실크-로드」의 시적 화자와 겹친다. 낡은 것이 지닌 순결한 아름다움을 그만큼 처절하게 그려낼 수 있는 사람이 또 있을까. 그의 충청말에 대한 천착은 사제의 기도처럼 일상이 되었다.

이번 신작시 5편을 읽으며 혐오 생명체에까지 깊은 관심을 기울이는 그의 사랑 방식과 사유의 깊이가 그윽하게 다가왔다. 시인은 죽어가는 것들 그리고 이미 죽은 자를 향한 애도의 시선을 멈추지 않는다. 그렇다고 염세적이거나 절망과 비애에 빠져 있지는 않다. 삶과 죽음의 경계가 모호한 생명체의 운동, 생명의 흐름을 섬세하게 주시한다. 죽음도 생명의 한 과정이며 우리의 삶은 언젠가는 멈출 것이다. 그 움직임과 멈춤의 경계에서 익숙하면서도 다소 색다른 사유의 풍경을 만나는 시간, 우리는 한 걸음 느리게, 낮은 자세와 순도 높은 눈물방울을 준비해야 할지도 모른다.

그 연가시가 우리 몸속으로 들어온다면?
수 미터까지 자라 우리 몸속을 가득 채우거나
우리 뇌 속으로 파고든다면
우리의 몸과 혼은 연가시에 지배되는 거야
살인기생충, 숙주를 죽이고 자신도 죽는
자살기생충
(…)
그런데 우리는 몰라
꼽등이의 몸속에서
숙주가 죽지 않길 바라는 연가시의 두려움

내 몸은 자꾸 커져만 가는데

내 몸이 크면 숙주가 죽고 나도 죽어야 하는데

그래서 날마다 날마다 내 몸이 크지 않기를 기도하며

실낱같이 다이어트하는 연가시의 고통

끝내 엄마 같은 꼽등이의 몸을 다 채우고 함께 폭발해야 하는

연가시의 길고도 긴 눈물방울

—「연가시와 꼽등이」 부분

연가시는 꼽등이를 숙주로 기생하는 운명공동체이다. 그러니까 정확히는 기생 관계의 운명공동체이다. 시인은 무엇 때문에 이름만 들어도 끔찍스러운 꼽등이를 호명하는가. 필자의 기억으로 아마 2014년도였을 것이다. 그때는 교실에 쥐와 모기, 벌 등의 반갑지 않은 생명체가 시도 때도 없이 들락거렸다. 수업 중에 아이들이 꼽등이 소동을 벌인 적도 있었다. "2센티미터도 못 되는 몸속에/ 30센티미터가 넘는 연가시를 품은 꼽등이"가 그 "가늘고 긴 몸을 내장처럼 둘둘 말아/ 꼽등이의 배 속 가득 채운다는 연가시의 괴담"을 이야기하면서 여학생들이 으악, 으악 비명을 질렀다. 그때는 "연가시의 두려움"에 주목할 줄 몰랐다. 시인이 감지했던 "연가시의 길고도 긴 눈물방울"을 떠올릴 줄도 몰랐다. 죽고 싶지 않아서 "실낱같이 다이어트하는 연가시의 고통"을 연민할 수 있었다면 어땠을까.

무릇 살아 있는 모든 존재는 소중한가? 질문을 던져본다. 죽여야

한다고 믿어 의심치 않았던 해충과 기생충에게도 존중받아야 마땅한 신성함이 있는가? 생태학적 상상력을 폭넓게 가동한다면 인간 중심의 가치관에서 다소 자유로울 수 있을 것이다. 생태학적으로 접근하면 모든 생명체는 서로에게 존재 자체로 귀하다. 독초와 풀들의 존재 가치는 인간이 만든 식용이냐 아니냐, 상품 가치가 있느냐 없느냐로 함부로 판단해서는 안 될 것이다.

인간의 생명조차 가볍게 여기는 물질 만능의 풍조를 벗어나기 위해서 다양한 생명체의 존재에 관심을 갖는 것은 중요하다. 지금도 꼽등이는 종족 보존을 위해 목숨을 던지며 살고 있다. "연가시의 괴담"이나 "살인기생충, 숙주를 죽이고 자신도 죽는/ 자살기생충"의 두려움은 우리들의 관심사에서 멀어졌다. 코로나19 바이러스 또한 더 이상 우리를 위협하지 못하는 날이 올 것이다. 하지만 또 다른 바이러스 또 다른 "연가시의 괴담"은 반복해서 우리를 위협하고 불안에 떨게 하면서 터무니없는 망상과 보복 의지를 키우게 될지도 모른다. 인간만이 기생과 공생의 명확한 구분이 어려운 인과관계를 가지고 있는 것이 아닐까.

> 일사불란, 처절한 강아지풀들의 사열
> 잠시 넋 놓고 바라보는 사이 대궁에는
> 꽃잎이 돋고
> 꽃잎은 채 피기도 전에 이삭을 맺었다.
> 다시 물었다.

너희는 어디로 가느냐.

강아지풀들은 대답 대신 늘어진 잎을

땅에 눕혔다.

바람 불고

강아지풀의 이삭을 훑어

나는 하늘에 날렸다.

씨가 없는 나락들이 바람 따라 흘러가고

돌아서는 나에게 강아지풀이 물었다.

너는 어디로 가느냐

내 손바닥 사이에 걸린 강아지풀 빈 씨앗 하나가

빳빳이 고개를 쳐들고

나를 바라보고 있었다.

—「강아지풀」 부분

지금은 제초제를 뒤집어쓴 강아지풀과 대화를 나누는 중이다. 그 대화는 삶과 죽음이 주제가 될 수밖에 없을 것이다. 제초제를 뿌린 농부는 원하는 작물의 풍성한 수확을 위해 풀들을 죽여야 하기 때문이다. 밭에 태어난 강아지풀을 살리는 건 농부라고 할 수 없다. 시의 화자는 잡초와 함께 키우는 친환경농법을 할 수도 없고 그렇다고 농사를 포기할 수도 없으니까 제초제를 조금 뿌렸으리라. 그러고는 안쓰러운 마음으로 강아지풀을 집어 들었다. 죽어가는 강아지풀을 향한 연민의 정서가 시가 되는 것이다.

살랑살랑 부드럽게 유혹하는 그 율동감이라니. 강아지풀을 바라볼 때마다 미묘한 흔들림이 시심을 자극한다. 그 강아지풀이 제초제에 흠뻑 젖었다. 죽어가고 있는 그 강아지풀과 시의 화자가 나누는 대화는 생명체에 대한 평등심이 묻어난다. 쓰러진 강아지풀들에게 너희는 어디로 가느냐 묻는 시인의 표정은 깊고 천진스럽다. 삶과 죽음의 경계에서 물음은 부메랑으로 되돌아올 뿐이다. 강아지풀이 오히려 너는 어디로 가느냐고 묻는다.

삶과 죽음이 명료하지 않아서 시가 되는 것이다. 시인과 강아지풀이 서로에게 묻고 생태학적 상상력으로 물음은 증폭된다. 두 개의 물음이 하나가 되어 〈우리는 어디서 왔는가, 우리는 무엇이며, 어디로 가는가〉 고갱의 그림으로 물음을 던지면서 사유의 지평을 확장한다. 종교적 색채를 부여하면 명료해질 수 있으나 시적 긴장감과 설득력은 사라진다. 최대한 성聖과 속俗의 경계에서 흔들흔들 시소 타기를 멈추지 않은 채 삶과 죽음의 경계를 넓혀야 한다.

내가 살기 위해 다른 목숨을 섭취해야 하는 건 모든 생명체의 숙명이다. 그래서 필자 또한 채식주의를 시도해본 적이 있었다. 고기를 먹지 않으면서 거울을 볼 때마다 눈이 초식동물처럼 맑아지는 느낌을 받으며 한동안 만족스러웠다. 그러던 어느 날, 국물을 우려낸 멸치를 아무 생각 없이 건져내다가 소스라치게 놀랐다. 국자에 수북하게 담긴 생명들을 아무런 거리낌 없이 음식물 쓰레기로 처리하는 무관심이라니. 습이란 얼마나 무서운 것인가. 채식조차 떳떳하지 못함을, 당당한 먹거리는 부재한다는 그 당혹감을 한동안 떨치지 못했다.

4월 첫비가 쏟아놓은 꽃 무덤을 만났다
담장 아래 분이 다 지워지지 않은
개나리의 젖은 꽃잎 앞에 허리를 굽혔다
옛 제적등본에는
가지마다 흐드러진 꽃잎처럼
왜 그렇게 이쁜이가 많으냐
入粉이, 立芬이, 粒芬이
한자로만 이름을 등록하던 강점기의 서기는
잠깐 펜 머리를 갸웃거리다가
따님이 쌀가루처럼 뽀얗겠어요, 入粉이
따님은 꽃향기가 될 거예요, 立芬이, 粒芬이
한자는 달라도 이 땅의 싱그런 딸들은
모두 이쁜이다
그 많은 이쁜이들 가운데 내 이쁜이는 1953년 봄
스무 살의 남자를 만났다
노란 분이 다 지워지지 않은 신혼 한 달
전쟁터로 떠난 남자는
휴전 한 달을 못 기다려 6월 흙바람이 되었다

—「개나리」 부분

새봄이다. 꽃비가 내리고, 생명의 환희가 핑글핑글 터지는 봄날에 우리는 삶과 죽음의 동시적 환호작약을 만끽한다. '죽어야 산다'는 진리를 꽃잎 분분 날리며 잡아맨다. 그리고 "꽃 무덤", "제적등본", "흙바람이" 된 남자, 4월 첫비가 쏟아놓은 아픈 사연을 무더기로 끌어안는다. 꽃이 지는 아침은 슬픔을 아름다움으로 만드는 재주가 있다. 특히 개나리 꽃잎 그 환한 빛으로 슬픔의 정서를 활활 일깨운다. 시인은 여전히 지는 꽃잎, 떨어진 꽃잎에 눈길을 고정한다. 시인의 눈길은 어느새 이 땅의 수많은 이쁜이들이 거쳐 간 지난한 삶의 길을 더듬는 중이다. 제적등본에 기록된 "入粉이, 立芬이, 粒芬이", 이들은 강점기의 서기가 즉흥적으로 그려낸 한자어 이름이다. 그중 내 이쁜이의 사연을 소개하는 화자의 목소리는 그만큼 처연하다. 1953년 봄 신혼 한 달 만에, 전쟁터에 나가 6월에 흙바람이 되었고, 이듬해 4월 개나리가 피던 날 태어난 "새봄 같은 여자아이"는 어떤 삶을 살았을까. 시인과 나눌 수 있는 삶과 죽음의 경계는 어디까지인가.

다시 봄이 오고, '개나리'가 떨어진 자리에 머무는 눈길에서 "꽃무덤"은 삶과 죽음의 경계에서 아름다움으로 다시 피어난다. 새봄의 아픔을 아픔으로 어루만지면서 "누구도 기억하지 않는 꽃잎 한장"(「꽃무덤」)을 위해 시인은 애도의 시를 써야 하리라. 그리하여 삶과 죽음의 경계에서 피어난 '개나리'는 애절한 사연을 품은 시로 소생한 것이다.

사람들은 낙타의 몸이 길인 줄 알았다

사람들이 밟고 지날수록

낙타의 몸은 더 야위고 더 길어졌다

한무제의 말발굽이 지나고

페르샤의 붉은 신혼마차가 지날 즈음

낙타의 몸은 동으로 천산(天山)의 분지를 건너고

파미르의 서쪽 바빌론에 이르러

비단실이 되었다

드디어 낙타는

바늘구멍에 몸을 넣을 수 있었다

수만 리에 몸을 늘인 다음에야

수많은 사람들에게 등을 밟힌 뒤에야

가나안으로 가는

스스로 길이 되었다

—「낙타와 실크-로드」 부분

낙타가 쪼그리고 앉자 비로소 바늘귀가 보인다. 낙타는 그렇게 불가능에 도전하며 자기완성을 향해 스스로 길이 된다. 바늘귀에 자신의 몸을 통과해야 한다는 과제를 스스로 짊어지었다. 포기하지 않고 끝까지 나가는 것이 낙타의 선택인 것이다. "바늘귀를 가늠하며 낙타는 몸을 늘였다/ 혀를 길게 뽑아 늘이고/ 다리를 늘이고/ 혹을 눌러 배 속에 박아 넣었다./ 1년을 늘이고 10년을 늘이고/ 끝없이 길어지는 낙타의 몸 위로 사람들이 지났다", 포기하지 않은 것은 낙타였지만 그 몸을 비단실로 만든 것은 사람들이다. "스스로 길이 되었다"는 자기완성의 선언은 깊은 울림을 수반한다. 그것이 시인과 시인이 만든 낙타의 환유를 위한 장치이다.

우리들 역시 모두 죽게 되니, 그게 삶의 과정이자 완성이라고 말하는 이유이다. 죽음을 받아들일 수 없을 때 유한자 인간의 삶은 진시황처럼 욕망에 속수무책 갈팡질팡할 수밖에 없다. '영원한 삶'에 대한 갈망은 어리석음의 극치를 증명할 뿐이다. '어떻게 죽을 것인가'는 '현재의 삶'을 위한 질문일 때만 의미가 극대화된다.

실크로드! 얼마나 아름다운 말인가? 이 아름다움의 표상에 가려진 고통의 시간들이 낙타의 몸으로 빚어낸 '비단실' 이미지로 살아나는 것이다. 시의 화자와 낙타의 상관관계는 그 겹침에서 파생하는 수많은 잔물결들이 시적 긴장감이며 죽음과 삶의 경계에서 피어나는 사유가 된다. "끝없이 길어지는 낙타의 몸 위로 사람들이 지났다"는 시문에서 죽음은 통과의례를 넘어 자기완성의 표상이 된다.

그렇다면 낙타와 바늘구멍의 오래된 비유는 과연 무엇을 의미하는가. '부자가 천국에 들어가기는 낙타가 바늘구멍을 통과하는 것보다 어렵다'는 언술이 시적 발상과 무관하지는 않아 보인다. 그 불가능에 대한 비유적 표현을 가능한 이야기로 뒤집은 것이 「낙타와 실크-로드」이다. 이명재 시인이 사라지는 예산말을 살려내기 위해 수십 년 사전 편찬 작업을 위해 쏟아낸 피땀으로 얼룩진 지난한 과정 또한 낙타의 짐 위로 겹친다. 시인은 낙타가 바늘구멍에 들어가는 장면을 리얼한 드라마처럼 연출한다. 그 과정을 통하여 낙타의 몸은 비단실이 되고 다시 길이 되는 상상력이 시가 되는 것이다. 자기 구원과 삶의 완성 의지를 늘리고 늘려서 "스스로 길이 되었다"는 시인의 진술은 다름 아닌 시 창작법의 고백이다. 실크로드처럼 새로운 길이 열리면서 동서양의 문물을 교류하는 것처럼 한 편의 시가 새로운 세계를 확장할 수 있다고 믿는 시인의 의지와 마주치는 순간이다.

시 쓰기의 고행은 최초의 길을 열어 새로움을 찾는다는 책무감 때문일 것이다, 독창적이고 시대에 걸맞은 표현력을 넘어 저 깊은 곳에서 찾아낸 이치의 진정성을 담아야 한다. 그게 공유 가치의 창출이며 스스로 길이 될 수 있는 시를 쓰겠다는 의지의 표명이다.

홀로 사는 구순의 엄니와 귀신을 만나는 시간이다. 귀신은 영혼의 다른 이름이며 삶과 죽음의 경계에서 숨 고르기를 하는 문턱 같은 것이다. 이곳과 저곳의 경계에 문지방을 만들어 혼란스러움을 가다듬는 존재를 귀신이라 불러도 좋을 듯싶다.

필자는 어린 시절부터 죽음이 두렵지 않았으며 스스로 그렇게 여기면서 살아왔다. 오래된 것, 낡은 것에서 풍기는 친밀함이 좋았고 머무름보다는 떠남이 더 끌렸다. 살아간다는 것에 대한 비루함에 대해서도 일찍 눈을 떴다. 생명이 유지되기 위해서는 부지런히 움직여야 했고, 콩나물무침이 밥상에 나오기까지의 노동에 담긴 불편한 진실도 일찍 터득했다. 노동에 몸 바치는 사람이 대접받지 못한다는 진실 말이다. 담력 내기를 위해 밤에 공동묘지를 홀로 걸을 때도 전혀 무섭지 않았던 것은 죽음 너머의 세계에 늘 호기심을 품었기 때문이다. 그래서일까. 시가 반가운 손님처럼 다가온다.

> 미세먼지 같은 외로움이 캄캄하게 밀려오고
> 엄니는 미명의 얼굴들마다 갈퀴손을 얹었다.
> 그런 밤이면 마룻벽이 웅성거렸다.
> 칠흑 속에서 아버지가 총대를 내밀었다.
> 손각시 된 청상의 할머니가 소복의 머리칼을 세웠다.
> 잠 못 든 엄니의 꿈속에서
> 벽에 박힌 먼먼 날의 소리들이
> 쿵쿵쿵 가슴을 때렸다.
> 구순의 엄니 집에는 귀신들이 산다.
> 먼저 간 귀신들의 자리를 넘보며 엄니는
> 오늘도 손톱을 간다.
> 머잖아 돌아갈 자신의 자리를 고르며
> 그리운 이름들 마룻벽에 쓴다.
>
> —「귀신의 집」 부분

'귀신의 집'은 산 자와 죽은 자가 서로를 호명하는 공간이다. 죽음의 상상력이 "한 땀 한 땀" 세운 그곳에서 죽음은 "도깨비 뿔"이 되고 "그림자"가 되면서 "소복의 머리칼을" 날리거나 "총대를" 들이밀기도 한다. 꿈인지 생시인지 구분도 모호하니, 어쩌면 삶과 죽음의 경계 지점일지도 모른다.

"홀로 사는 구순의 엄니는 혼자 살지 않는다"에서 '구순'과 '귀신'의 발음은 흡사하다. '구순九旬'과 '귀신鬼神'이 만나 '구신舊神'이 되는 것이다. 아침저녁 정화수 떠놓고 불러들였던 신령스러운 기운들이 구수하고 친숙하게 다가온다. 엄니의 집은 "손각시 된 청상의 할머니"가 살았고 "6·25 참전 용사 젊은 아버지"도 함께했다. 최근까지 들락거렸을 6남매의 흔적은 어디로 갔을까. 이제 엄니는 산 사람에 대한 상념보다 더 많은 시간 "마룻벽의 어둠", "미세먼지 같은 외로움" 속에서 "미명의 얼굴들"을 그리워한다. 엄니 집에서 함께 사는 귀신들처럼 엄니도 이 집 어딘가에 머물 "자리를 고르며" 터를 닦고 있는 중이다. '귀신의 집'인데 왜 무섭지 않은 걸까? 가슴에 박힌 못이 귀곡성으로 울리는 그 집에서 "쿵쿵쿵 가슴을 때"리는 "먼먼 날의 소리들이" 불러들이는 "그리운 이름들"을 만날 수 있기 때문이다.

이명재 시인의 신작시 5편을 '죽음'과 마주하는 시간으로 마련했다. 경계에서 사유하는 시적 흐름이 살아 있음의 각성을 촉구하는 듯 생명의 고동 소리가 빨라진다. 사라질 것이기 때문에 현재의 몸짓이 더욱 아프고 사랑스럽고 소중한 것이다. 그의 시에서 삶과 죽음의 경계 지점은 새로운 '길'이 되어 시적 확장을 도모하고, 대화를 마련하기도 하면서 죽음 깊숙이 다가선다. '연가시와 꼽등이'처럼 죽음과 삶은 공생이자 기생 관계일지도 모른다. "연가시의 길고도 긴 눈물방울"을 따듯하게 응시하는 이유이다. 깊은 연민이 삶과 죽음의 경계에서 천천히 방울진다. 언젠가는 현재 살아 있는 모든 생명체는 물이 되어 바다로 향할 것이다. 이명재 시가 그려내는 세계는 과거와 미래가 응집된 생명의 사유와 맞닿아 있다. 삶과 죽음의 경계 지점 그곳에서, 우리가 자각하는 현존재의 의미를 사랑과 연민을 담아 묻는다.

수묵화와 풍속화로 만나는 두 개의 자화상

—정완희와 진영대

1.

정완희와 진영대, 두 시인의 신작시[1)]를 만난다.

그 설렘은 해마다 피어나는 목련의 개화를 보는 듯한 떨림이다. 인간이 피었다 지는 세월을 당기거나 늦출 수는 없지만 순간을 영원히 화인火印처럼 기억하는 것은 지성과 감성의 최대치 역량이다. 그리하여 봄은 창조한 자의 것이 아니라 느끼고 즐기는 인간만의 것이다.

봄에 만나는 두 시인의 신작시가 시간의 유한성을 뛰어넘어 유

1) 『세종시마루』 4호, 심지, 2019, 이후 이 책에서 인용한 시는 제목만 표기한다.

장한 파장을 창조한다. 무한대로 뻗어가는 스펙트럼이 있다면, 인간에게 그러한 가능성이 허락된다면 그것은 '사랑과 생명'의 생성과 소멸의 과정을 밟아야 하되 그 결과물은 결코 아니다. 다만 그 과정 속에서 만난 기억의 흔적들일 것이다. 작품을 바라보는 관점 또한 잉태와 성장과 탄생에 녹아 있는 과정의 흐름을 볼 수 있어야 하리라. 그래야만 작품의 깊이와 확장 가능성의 시야를 확보할 수 있을 것이기 때문이다.

시간이란 과거와 현재, 미래의 연속적 흐름과 비연속적 흐름을 겹쳐놓아야 유한성과 무한성의 스펙트럼이 펼쳐진다. 시 제목부터 그랬다. 정완희의 「부활」이나 진영대의 「황태덕장」은 존재의 무한과 유한의 틈새를 오려내듯 구분한다. 그 틈새의 가장 비좁은 자리, 위태위태한 가장자리에 시가 존재할 때, 시는 텅 빈 틈새의 침묵을 잡아채는 무게감과 깊이를 가져온다. 그리하여 지금까지 산출해내지 않은 새로운 언어와 가락이 흘러넘침을 기대할 수 있다. 그 넘침 속에서 우리는 시가 무엇인지를 새롭게 묻게 된다. 그리고 시가 노래해야 할 사랑의 의미와 깊이를 물을 수 있다. 현재 내가 서 있는 자리에서 그 물음이 가끔은 믿음이 된다. 물음과 믿음의 씨앗이 자라서 시가 태어난다면 시는 생명체이다. 그 경이감에 젖은 채 정완희와 진영대의 시를 마주한다.

2.

먼저 정완희의 「부활」을 만난다.

정완희의 시 「부활」은 제목이 주는 종교적 세계관이나 영적인 가치관의 분위기와 달리 기계와 인간의 허물어진 육체가 중심이다. 사십 년 만에 새 생명을 얻은 기계와, 생명을 부여한 엔지니어가 등장한다. 시인의 직업은 엔지니어이므로 문맥 그대로만 해석해도 무리가 없다. 기계를 새로 고쳐서 사십 년이라는 생명의 가치를 창조했다는 뿌듯함은 단순한 노동의 기쁨에 불과한 것이 아닌 삶의 절정과도 같은 것이다. 그리하여 "감히 신의 영역"에 도전하는 것, "고철 덩어리에게 새 생명을 만들어주는" 자신의 행위가 인간으로서는 최고의 업일 수도 있다는 시인의 자부심이다. 제목 '부활'의 의미가 풍자에 있음은 시의 후반부를 통하여 명확해진다. 고철을 기계로 만드는 것과 인간의 생명 연장이 같을 수 없기 때문이다. 엔지니어인 그는 생명의 유한성을 움직이는 힘이 없음을 절감하며 결국 그가 한 인간에 불과한 유한자임을 풍자하고 있다.

나도 이같이 뱃살도 빼고

물렁뼈 마모된 무릎관절을 바꾸고

총기 떨어진 머리와

파워가 떨어진 심장과 물총도 바꾸고

바꾸고 또 바꾸어서

—「부활」 부분

정완희는 기계와 친하다. 그의 시에 등장하는 기계는 긴 세월 그의 몸의 일부인 유기체다. 그의 시 「폐자전거를 보다」[2)]의 "트럭에 실어 하늘나라로 올려 보낸다"는 구절을 보면 더욱 그렇다. 시인은 폐자전거를 처리한다는 말 대신 하늘나라로 보낸다고 소망하는 발상을 보여준다. 기계가 일상을 지탱하는 심장이자 손과 발이 된 지 오래이며 우리 몸속 곳곳에도 자리 잡고 있음을 깨닫게 되는 것이다. 그는 기계의 성능을 좌지우지하는 입장이지만 수단으로서가 아닌 존재로서 생명을 아끼듯 사랑을 품는다. 고철 덩어리가 새 생명으로 부활하는 순간 엔지니어의 창조적 노동으로 꽃을 피운다. 노동의 창조성을 생명이라는 이미지로 구현하는 것이다. 고철을 작동하는 기계로 탄생시킨 화자는 인간의 떨어진 성능도 바꾸고 싶어 한다. 인공지능을 만들어내는 무소불위의 절대자인 것 같은 인간이지만 그 발명품에 의해 무력해진 존재임을 풍자한다. 기계와 소통하는 직업인으로서 자신만만한 화자가 막상 생명체로서 자신의 몸을 만나는 순간, 시를 읽는 다양한 질감이 인간의 유한성으로 집중된다. 80년대 노동시의 영역을 새롭게 확장하는 순간이다. 노동자의 대결 상대가 자본이 아닌 신이 되었다는 것, 노동과 과학이 만나

---

2) 정완희, 『장항선 열차를 타고』, 시선사, 2015.

는 지점을 그의 눈으로 그리는 것이다. 이 시는 노동의 의미가 다원화되고 생명체를 조작하는 현시대의 세태를 풍속적으로 그려냄과 동시에 제목 '부활'은 기계만능주의에 대한 풍자이자, 무력한 화자의 자기 풍자이기도 하다.

진영대의 「황태덕장」에는 황태의 탄생 비화悲話가 담겨 있는 만큼 풍자에는 대상에 대한 비판과 거리감이 있다. 정완희가 「부활」에서 보여준, 기계를 만드는 창조자로서의 나와 피조물로서 마모된 상태를 복원하지 못하는 유한자로서 시인의 거리감은 결코 좁혀질 수 없으니 만날 수 없는 평행선이 된다. 이와 달리 「황태덕장」에서 황태와 나는 끝내 겹치고야 만다. 황태가 되어가는 과정에서 "덕목에 걸어 놓"은 누군가는 중요하지 않다. "억지로 입을 벌리고 있"지만 그 동작으로 생명수처럼 "물을 받아먹고" 새롭게 태어나기 위해 스스로를 죽인다. "할복의 상처 사이로/ 눈 녹은 물/ 줄줄 흐른다"는 대목에서 화자와 독자는 "눈 녹은 물"과 "눈물"이 뒤범벅되는 일체감을 확보하게 된다. 물론 "할복의 상처"가 공유되어야 한다. 독자의 상처와 화자의 상처가 만나서 "눈 녹은 물"이 "눈물"이 되어 줄줄 흐르는 현장인 황태덕장은 곧 부활의 공간으로 탄생하는 것이다. 얼었다 녹았다 반복하는 시간의 유한성 속에서 새롭게 태어나기를 갈구하는 시인의 자기 다짐은 울림을 남긴다.

> 몇 번은 더 까무러쳐야 하리라
>
> 비린내 다 빠지려면

얼었다 녹기를

몇 번은 더 반복하리라

알을 품었던 흔적

지워가고 있었다

—「황태덕장」 부분

시인의 처절한 자기부정이 새로운 존재로의 열망으로 타오르는 순간이다.

「황태덕장」은 자기 변신을 위해 고행을 자초하는 공간, 시인의 내면세계를 환유한다. 이 시의 알레고리를 읽어보면 시인은 문자 그대로 환골탈태換骨奪胎를 열망한다. 환골탈태란 뼈대를 바꾸고 태를 바꾸어 쓴다는 의미로, 선인의 시문을 본떠서 더욱 아름답고 새로운 글로 만들어냄을 이르는 말이다. 실제의 황태덕장은 얼었다 녹았다를 반복하며 황태가 만들어지는 공간이다. 시인은 이곳에서 자신의 틀을 벗어던지고 새롭게 태어나기를 갈망하는 스스로를 투사시킨다. 즉 새로운 글을 쓰고 싶다는 열망으로 황태와 교감을 시도한다. 스스로 황태로 변신하는 공간, 즉 시인의 정신세계는 고행의 과정을 경건하고 엄숙하게 수행한다. 지금까지의 존재를 지워버리고 "알을 품었던 흔적 다 지워지기"까지 반복해야 하는 과정이다. "알을 품었던 흔적"이란 무엇인가. 시 창작 작업의 세월들이다. 1997년부터 현재까지 과작으로 활동했던 시인의 시집 『술병처럼

서 있다』(문학아카데미), 『길고양이도 집이 있다』(시와에세이) 이외 창작 노트, 시를 출산하기까지의 잉태와 더불어 생명처럼 키워냈던 세월들이라면 진영대 시인을 형성했던 모든 정신적, 육체적 이력을 포함해야 할 것이다.

「황태덕장」을 심리적, 정신적 공간으로 받아들일 때 비로소 삶의 현장이며 시 창작의 산실로 공간적 심리적 의미가 확장된다. "알을 품었던 흔적"조차 사라지기까지 "얼었다 녹기를" 반복하리라 다짐하는 화자의 비장함조차 일상이 된다. 새로운 작품 세계의 문을 연다는 일은 얼마나 황홀한 작업인가. 이는 새롭게 태어나는 일이며 문자 그대로 부활이다. "비린내 다 빠지고", 그 문이 열리는 순간까지 얼마나 많은 '얼었다 녹기'를 반복해야 하는지 시인의 의지는 결연하나 목소리는 하염없이 낮아진다. 시가 지닌 공감대의 폭이 넓고 깊어지는 연유이다.

3.

진영대와 정완희의 신작시에는 공통적으로 사랑을 묻고 사랑을 믿는 동시에 사랑을 배우는 화자의 목소리가 담겨 있다. 다만 그 사랑 이야기의 시간성이 '지금 여기'와 '부재하는 그곳'이라는 의미에서 다르다. 정완희의 사랑은 '지금 여기'의 사랑 노래이다. 반면 진영대의 노래는 과거이면서 미래인 무시간성의 '부재하는 그곳'을 향한다. 이것이 두 시인의 공통점이자 차이점이다.

정완희에게 사랑은 실천이며 일상이다. 실천하는 사랑, 그것은 노동이며 사람이며, 가정이다. 당연히 현재에 집중한다. 그곳은 소중한 삶터로서 최선을 다해 사랑해야 할 성소이다. 화자는 때로는 그곳에서 창조자로서의 희열을 느끼기도 하고, 때로는 담담하게 기록자로서 사랑을 배우며 기다릴 줄 안다.

「착과」「생존」「약점」을 보면 일기장처럼 빼곡하게 사실적인 일상이 담겨 있다. 일중독자처럼 치밀하게 텃밭을 가꾸고 사과나무를 관리한다. 시인의 텃밭 가꾸기는 전업 농부의 수준을 보여준다. 오이와 토마토, 사과나무를 가꾸며 연못에 연꽃을 키우기도 한다. 삶을 사랑한다는 말의 의미가 실감 나는 건 무심한 듯 세심하게 보살피는 마음 때문이다.

> 사과가 익어가니 달콤한 냄새를 맡고
> 동네의 까치들 수십 마리가 모두 모였다
> 올해에도
> 내 사과는 한 개도 없다
>
> —「착과」 부분

삶에서 소중한 것들은 결코 단번에 완성되는 일은 없다. 마찬가지이다. 사랑도 그렇게 빼앗김의 상처 속에서 한걸음씩 다가가는 것이다. 오늘 할 수 있는 만큼만 하는 것이다. "올해에도/ 내 사과는 한 개도 없다"고 담담하게 노래하는 사람, 삶을 사랑하는 사람의 무심함은 주변을(동네의 까치 수십 마리까지) 챙겨주는 넉넉함으로 버틴다.

> 한 평도 안 되는 연못에 연꽃 심었다
> 지나가던 참새들 몇 목을 축이고
> 모기들이 먼저 알을 낳았다
> 수천 마리 장구벌레가 그득하다
>
> —「생존」 부분

연못에 연꽃들만 살면 평화롭겠지만 모기는 알을 낳을 곳이 필요하다. 게다가 번식력이 높아서 제어해주지 않으면 인간의 삶이 불편해지니, 평화롭던 연못의 생존이 위태로워지는 이유이다. 인위적으로 장구벌레의 포식자인 미꾸라지를 다섯 마리 넣어주니 이번에는 미꾸라지의 생존이 문제가 된다. 결국 장구벌레도 미꾸라지도 생존할 수 없게 되어버리는 모순의 공간이 되었으니 시인은 무슨 이야기를 하고 싶은 것인가. 이것이 의미 부여나 깨달음을 넘어 시인의 숙명처럼 철저하게 기록하는 역할을 자처할 수밖에 없는 이유이다.

> 텃밭에 고추와 토마토를 심었다
> 어린 모종일 때부터 그들은

진딧물에 약한 약점이 있었다

세상 누구에게나 약점이 있다
서로 좋은 날은 미소의 가면을 쓰고
힘들면 등 돌려 칼을 물고
빈틈으로 갑자기 달려드는 세상사
약점을 꼭 찌르는 일들이 뜨겁다

—「약점」 부분

"약점을 꼭 찌르는 일들이 뜨겁다"고 고백하는 화자는 자연의 생존경쟁에 순응해야 함을 아프게 인정한다. "세상 누구에게나 약점이 있다/ 서로 좋은 날은 미소의 가면을 쓰고" 있다가 "힘들면 등 돌려 칼을 물고" 달려들어야 하는 세상사를 관조하는 것이다. 빈틈을 노리는 생존은 자연의 논리인가. 화자는 스스로의 존재가 살아남기를 소망한다. 결국 텃밭의 채소류를 살리기 위해 또 다른 생명체를 죽여야 하는 것처럼 누군가의 "약점을 꼭 찌르는 일들이" 생존의 숙명이다. 그래서 "뜨겁"게 고백하는 화자에게 삶은 여전히 뜨겁기만 하다. 삶을 사랑하는 방식이 현재의 자신에게 충실하는 것, 열심히 살아가는 것, 생존하는 것임을 고백하는 것이다. 그 삶이 그대로 시가 되므로 시는 기록이자 증언이다. 일상을 담고, 그것이 세태의 풍속화가 된다. 그게 자화상이다.

반면에 진영대의 사랑은 현재에 머무르지 않는다. 시인의 시선이 믿음보다는 탐색과 물음에 열려 있기 때문이다. 시인은 간곡하게 사랑을 묻는다. 그러나 시인의 시야가 과거와 미래를 향하여 열려 있으므로 현재는 시인의 몫이 아닐지도 모른다. 그래서 시인은 현재의 일상을 벗어나려 애쓰면서도 여전히 족쇄를 벗지 못하는 것이다. 진정한 사랑을 찾기 위한 물음의 치열함 때문인지 현재는 실루엣만으로 존재한다. 사랑에 대하여 물음이 중요한가, 믿음이 중요한가. 양자택일을 할 수 없으니 묻는 그 자체가 사랑일 뿐이다. 때로는 물음에 집중해야 할 때가 있다면 가슴 한구석 믿음의 자리를 비워놓아야 한다. 세상의 더욱 많은 사람들이 사랑을 믿고 품을 수 있도록 시인은 자신의 그릇과 역량을 키워야 한다고 다짐한다.

진영대의 「첫사랑」「편지」「등 굽은 소나무」와 「향나무」는 근원을 묻는 사랑 노래이다. 이 시들에 담긴 사랑 노래는 화자가 타자와 상처를 공유하고 치유하는 순간의 울림이 담겨 있다. 그만큼 자신의 오래된 상처를 상기한다. 그 상처는 사랑으로 포개져 꽃을 피우고 향내를 품지만 구체적인 대상이 없고 사랑의 깊이와 진폭만이 형상화된다. 낯선 방식의 병치와 시의 구성이 독특하다. 진영대의 시에서 이미지가 강렬하게 작용한다는 것은 익히 알려진 특징이다. 「술병처럼 서 있다」에서 보여준 술병의 이미지는 제자리를 위태롭게 지키는 소외된 현대인의 독특한 상징으로 자리 잡았으며 「빈집」의 '내 그림자'와 '물'과 '버들붕어'의 이미지는 존재와 부재의 철학적 사유를 보여준다.

「첫사랑」에는 잘 익은 포도주와 두 개의 잔이 보인다. 그리고 아내를 부르려는 화자, 일시 정지의 순간 클로즈업되는 활짝 핀 수선화와 금잔 하나가 화면에 남는다. 결국 두 개의 잔과 금잔 하나는 부재의 의미가 빚어내는 탄생의 이미지로 이어진다. 그 영상 속에서 부재의 이미지는 여백의 아름다움을 남긴다. 첫사랑의 대상과 사연을 떠올리는 건 각자의 몫이다. 눈에 보이지 않게 되었고 이미 사라진 과거에 불과하지만 현재의 우리를 강렬하게 추동하는 첫사랑의 힘을 분명히 견인하는 것이다. 근원적인 사랑, 영원한 사랑이 무엇인지 묻는다.

「편지」는 고무나무에 연애편지의 이미지가 병치된다. 고무나무 이파리를 하나하나 닦아내던 아내의 손길에서 사랑을 주고받던 연애편지의 감정을 일깨우는 것이다. 사랑의 힘으로 피어나는 새로운 이파리는 누군가 사랑의 소통 공간이다. 독자는 자신의 누군가를 떠올리며 흔들리는 마음으로 과거와 현재와 미래의 연애편지를 만난다. 80년대의 시가 저항이었다면 2000년대 초로의 시인들은 사랑의 반추가 될 것이다.

「향나무」와 「등 굽은 소나무」가 사랑하는 방법을 서로에게 묻는다. 「향나무」는 "너, 누구지?" 묻는 형식을 취하며 이 물음이 자신을 향해 경탄과 선망으로 부풀어 오른다. "저를 베어낸 톱에게/ 향내를 묻혀주다니,/ 제 몸을 태워서/ 진한 향내를 피워내다니!" 하며 절대적이고 아가페적인 사랑을 마주하며 튀어 오르는 이 질문은 선문답처럼 격조가 있다. 화자는 향나무를 베면서 톱에 묻어나는 향에 놀라면서 제 몸을 태워야 피어나는 향내의 주체를 탐색하고 있다. 향나무는 침엽수이다. 바늘쌈 몇 뭉치를 촘촘 박아놓고 범접을 허락하지 않는 건 제 몸을 태워서 진한 향내를 피워내기 위함이다. 베어낸 톱에 묻은 향내는 베인 향나무의 살점이다. 저를 베어낸 톱에게도 나누어 주기 위해 살점조차 향내를 묻혀야 한다. 그래서 때로는 인간적인 사랑의 언어보다는 관념적 사랑이 더 진하고 아프다. 사랑의 본질에 대한 물음이기 때문이다.

"나무 하나 베었는데/ 집 한 채/ 다 들어낸 것 같았다"는 화자의 탄식은 "너 누구지"의 질문으로 순환된다. 이 시를 평이하게 해석하자면 화자가 집 마당에 있는 향나무를 베고 있었던 듯하다. 아마 집을 돋보이게 하려니 나무가 거추장스럽게 여겨지지 않았을까 짐작할 수 있다. 하지만 결과는 정반대가 된다. 나무를 벤 것이 아니라 집을 들어냈다는 탄식이다. "나무 하나"가 "집 한 채"와 동등한 비중을 지니는 의미에 대한 해석은 독자로 하여금 보이는 것과 보이지 않는 것에 대한 사유를 이끌어낸다. 존재하는 "집 한 채"의 의미는 부재하는 "나무 하나"를 통해 깊어지는 이치이다.

「등 굽은 소나무」는 사랑하는 방법에 대한 노래이니 소나무의 형상에서 사랑을 품는 이미지로 치환한다. 사랑의 행위는 언제나 자발성과 적극적 의지를 동반한다. "등이 굽은 이유가/ 바람 때문이 아니라는 것/ 상처가 많은 쪽으로 굽는다는 것"이라 토로하면서 화자는 스스로 상처를 감싸 안는다. "상처 하나 오므려두는 것"이란 상처를 품는 사랑을 의미하는 것이다. 소나무의 상처를 자신이 스스로 품는 형상일 수도 있고 사랑하는 사람의 상처를 끌어안는 형상일 수도 있다. 사랑이 우선이므로 누구의 상처인가는 중요하지 않다. 그리하여 화자는 "등 굽은 소나무"이기를 다짐한다. 화자의 자화상에 "등 굽은 소나무"가 그려지고 이 얼굴은 시인의 표상이 된다. "사랑하는 방법 그것밖에 없기 때문이다. 상처 하나 오므려두는 것". 그렇게 시인은 상처를 사랑으로 환치한다.

4.

두 시인의 노래에서 각자의 자화상을 펼쳐본다. 진영대의 자화상은 담백한 수묵화로 "고로쇠나무를 닮은 남자"(「고로쇠나무 수액」)로 누워 있다. 정완희의 자화상은 극사실적인 풍속화로 "해결사"가 되어 동분서주 달리거나(「해결사」), "스파크"에 시달리면서도(「스파크」), 전원일기를 꿈꾸며 텃밭을 가꾸며 충실하게 자신의 삶을 기록하는 형상이다.

진영대의 자화상 "고로쇠나무를 닮은 남자"를 만나는 시간이다. 어느 날 시인은 풀밭에 구두 한 짝이 뒤집어져 있는 풍경을 발견한다. 민들레가 구두를 모자처럼 쓰고 있다고 해석한다. 그러다가, 그 구두는 어느 날 민들레를 밟고 간 것이 미안해서 비 맞지 마라며 구두 한 짝 엎어놓고 간 것이라고 시인은 터무니없는 소망을 품는다. 하지만 "고로쇠나무를 닮은 남자"라면 얼마든지 그런 마음을 품음직하다. 세차게 비가 내리는 풀밭에서 만난 민들레라면 더욱 가능하다. 민들레는 시멘트 틈바구니, 돌 틈에서도 뿌리를 내리며 꽃을 피우는 강인한 식물이다. 그렇다 할지라도 구두 한 짝 뒤집어쓰고 꽃을 피우는 형상은 안쓰럽고 미안하다. 풀밭에 놓인 흉물스러운 구두 한 짝에 미안한 마음을 담아내는 건 "고로쇠나무를 닮은 남자"의 몫이다.

「고로쇠나무 수액」은 헌혈 장면을 배경으로 한다. 고로쇠수액과 헌혈에서 연상되는 액체들이 '피' 이미지로 병치되어 시의 분위기를 순교적 경건함으로 승화시키고 있다. 성직자보다는 영화 〈허삼관〉에 나오는 인물들을 연상시키는 "고로쇠나무를 닮은 남자"는 아무래도 빵과 우유를 위해 헌혈을 할 만큼 빈곤한 처지에 놓여 있는 것처럼 보인다. "그게 전부다/ 피 판 값". 고로쇠수액을 탐하는 사람들이 한 번쯤은 생각해보았을까. 고로쇠나무의 피를 빨아먹으면서 차마 미안한 마음을 품어보았을까. 고로쇠수액과 헌혈의 이미지는 "고로쇠나무를 닮은 남자"와 만나서 "찌그러진 우유와 빵 하나"를 남긴다. 헌혈이란 대가 없이 자신의 피를 누군가에게 나누어 주는 고귀한 선택이지만 고로쇠나무의 경우는 헌혈이 아니라 흡혈을 당하는 상황이다. "고로쇠나무를 닮은 남자" 역시 우유와 빵을 위해 흡혈을 당하는 건 아닐까. "고로쇠나무를 닮은 남자"는 가난한 시인의 이미지와 중첩된다.

이 땅에서 시를 써서 먹고산다는 건 자발적 빈민 행위라는 말에 우리는 공감한다. 그러함에도 1년 수입이 100만 원 미만인 대부분의 가난한 시인들은 호들갑 떨지 않고 생업을 겸하며, 고혈을 짜내어 쓴 시를 팔아 우유와 빵을 마련한다. "그게 전부다/ 피 판 값"처럼 과작의 시인에게 시 한 편을 쓴다는 건 오랜 기다림의 정직한 결과물이다. 그러니까 "피 판 값"이 "원고료"라는 알레고리로 읽히는 건 안타깝게도 자연스럽다. 결국 고로쇠 남자는 세속의 탐욕적 욕망에 수액을 갈취당하는 것처럼 시인의 정직한 시심과 창의력을 말려 죽이는 문단과 세파에 맞서는 가난한 시인이다. 우유와 빵으로 표현된 최소한의 생활고에 주눅 들지 않고 고로쇠 남자가 쓰러지지 않고 당당하게 세상과 맞서기를 시인은 예언한다. "고로쇠나무를 닮은 남자"는 수묵화로 그려진 진영대의 자화상이자 이 땅의 순결한 시인을 담은 초상화이다.

정완희의 자화상은 삶의 현장에 있다. 특히 「해결사」 「구인 유감」 「약점」 「생존」은 제목에서부터 생존경쟁의 절박함이 드러난다. 생활시, 현장시라고 할까. 시인의 직장 생활과 텃밭 가꾸기의 면면이 상세하게 드러난다. 시인은 두 개의 일터에 충실하다. 기계를 고치기도 하고 직원을 채용하는 일을 하면서도 맡은 일에 최선을 다하고자 한다. 주어진 일의 충실에서 받는 스트레스를 시 「스파크」를 통하여 호소한다. 하지만 시인에게는 또 하나의 일터가 있다. 「생존」 「착과」에서처럼 시골 생활에 뿌리를 내리는 중이다. 사과나무를 키우고, 연못을 파 연꽃을 심었다.

그래서 정완희의 시가 그리는 노동의 세계는 강한 자의식의 눈빛보다는 시대의 풍속화라고 해야 마땅하다. 그림 속 화자의 시선을 들여다보자면 두 개의 시선이 있다. 기계를 다루는 엔지니어의 시선과 흙을 마주하는 농부의 시선이다. 그 두 개의 시선이 충돌하거나 교차하지 않고 평행선처럼 펼쳐지는데도 그게 자연스럽다. 엔지니어의 생활에 충실한 동시에 텃밭을 가꾸는 또 다른 삶을 묵묵히 키워나가고 있는 것이다. "집돌이가 될 수 없어서" "스파크"에 시달리며 "누구 도와주세요"라고 호소하는 일상을 살아가는 것이다(「스파크」).

「해결사」는 1인칭주인공시점으로 써내려간 한 편의 콩트처럼 읽히는 시이다. 수십 년 기계를 조립하고 기계를 작동해왔던 시인의 이력이 고스란히 담겨 있다. 지금까지 정완희는 노동 현장의 문제점을 고발하고 노동자 정신을 일깨우는 시를 담담하게 써왔다. 그리고 이제는 직원을 채용하거나 해고하는 위치에 있다. 노동 현장에서 중간관리인으로서의 역할에 충실하고자 머리를 싸매는 것이다.

먼저 「해결사」를 보면, "타이밍벨트를 잘라서" "나사못으로 징을 박는" 일은 쉬운 일이 아니다. 숙련된 기술과 구두를 오래 신겠다는 다짐이자, 생활의 달인만이 할 수 있는 일이다. 지금 화자에게는 더 이상 미룰 수 없는 절실한 문제가 있다. 몇 달씩 "미뤄온 거래처"와의 "얽힌 실타래 같은 난제"가 바로 그것이다. 그 "난제의 매듭을 무뎌진 칼날로 잘라"야만 "어긋났던 감정의 나사"가 풀어진다. 비록 "억지로 웃으며 마무리 악수"를 했지만 "남겨진 일들과 어깨의 먼지를 털어낼 만큼 깐깐한 해결사"가 될 수 있었던 것, 그것은 구두에 징을 박아 아스팔트와 타일과 맞붙어 쇠 맛을 낼 수 있는 노동의 이력이 있었기 때문이다. 일상에서 얽힌 문제는 일상의 힘으로 해결해야 한다. 「해결사」는 생활의 달인이 되어가는 화자가 쇳소리를 내야만 할 때 망설임 없이 낼 수 있도록 스스로를 키워내는 단단한 일상을 노래한다. 그의 노래는 하루하루를 전투적으로 살아야 하는 소시민의 긴장된 일상과 애환을 대변하며 "또각또각" "징소리"가 되어 울린다.

화자는 관리직으로서 '구인 유감'의 시대를 살고 있다. 시에는 실업자 삼백만 시대를 살아가는 대한민국의 세태가 담겨 있다. 즉 이 시의 인물은 구직자이자 구인의 당사자인 대다수 대한민국 국민이다. 구직의 어려움이 있으면 구인의 어려움이 있다는 걸 보여준다. 취업의 힘겨움과 구인의 어려움을 공평하게 대비시킨다. "삼십 년 넘게 엔지니어로 일하면서 가장 어려운 일이 사람 내보내는 일과 사람 뽑는 일"이라고 고백하는 화자는 관리직을 대변한다. 시인도 한때 그들과 같이 구직활동을 한 적이 있기에 많은 사람들이 '구직 유감'을 말하는 것을 안다. 그래도 시인에게는 '구인 유감'인 것이다. 오늘도 떨리는 손으로 검색을 하는 사람 정완희의 자화상은 시대의 풍속화를 담아내는 밑그림이다.

「스파크」는 직장 생활의 스트레스로 머리와 목이 경직되는 증상을 다룬다. "이십일 간격으로 뒷머리에서/ 지지직 번쩍거리며 스파크가 터집니다", 아내의 편두통은 "집순이가 된 지 몇 달" 후 슬며시 사라졌다는 것으로 보면 문제는 직장 생활의 힘겨움, 직장 생활이 주는 스트레스이다. 답답한 순간들이 "혈류 순환 문제로/ 산소

부족이라는 의사의 진단이 아무런 도움이 되지 않는 상황, 그 순간 "누구 좀 도와주세요"라는 단말마의 외침이 날카롭게 울려 퍼진다. 정완희의 자화상에는 얼굴이 없다. 아스팔트와 기계와 '워크넷', 그리고 사과밭과 텃밭의 풍경이 두 갈래로 펼쳐질 뿐이다. 두 갈래의 길을 바라보는 시인의 눈만이 반짝 빛을 뿜는다

현재를 산다는 건 과거와 현재와 미래가 중첩된 시간을 펼치는 것이다.

2019년 봄, 자연은 변함없이 꽃을 피우고 신록이 아름답다. 하지만 인간의 삶은 어떠한가, 특히 세월호 참사 5주기의 시선에서 보면 그 진폭의 차이는 가늠하기 어렵게 크고 깊다. 5년의 시간은 동일하나 그 시간을 보낸 양상은 천차만별이기 때문이다. '죽음' '실종' '대책' '기억' '연대' '유가족' 등 인간의 의지와 노력으로 가능한 것과 그렇지 못한 것 사이에서 던지는 물음의 깊이와 연관이 그렇다. 그리하여 문학은 집요하게 물을 수밖에 없다. 탐색의 주체가 '나'를 중심으로 수많은 파문을 만들어낼 때 설핏 그 물방울이 튀어 올라 누군가의 몸을 적시는 교감으로 새로운 흔들림이 가능하기 때문이다. 그러므로 '시란 무엇인가'라는 질문은 작가와 독자와 시대정신에 대한 질문으로 반복되면서 역류해야 한다. 그 물음 속에서 탄생하는 '오래된 미래'의 시가 기다려진다.

지상의 별을 노래하는 '시의 길'

—이은봉

1.

이은봉의 최근 시편[1]을 펼치는 시간이다. 그 안에 희미하게 때로는 또렷하게 보이는 '별, 시, 길', 이 세 단어는 한때 정언명제처럼 우리를 이끌었던 강력한 흐름이었다. 이들이 이은봉의 체취를 머금어 탄생한 시편을 읽으며 과거와 미래를 동시적으로 오가는 감회가 새롭다. 그렇다. 별은 만인의 것이지만 누구의 것도 아니다. 별은 윤동주의 별도, 루카치의 별도 아니지만 동시에 이들의 별이요, 우리들의 희망이다. 우리는 안다. 별만 의지하며 살았던 시대는 이

1) 『세종시마루』 5호, 심지, 2020. 이후 이 책에서 인용한 시는 제목만 표기한다.

미 지나갔음에도 아직 우리 모두의 가슴 한구석은 별을 의지하며 살아왔음을 말이다.

천상의 별빛은 방향을 가리키는 절대 존재는 아니지만 지상에서 만드는 별빛은 의미가 다르다. 시인이 노래하는 별은 곧 '시의 길' 이다. 그래서 그를 떠올리며 함께 걷는 시의 길에는 따뜻한 마음이 담겨 있다. 시인은 구부러진 산모롱이를 지나 지상에서 만난 '별'과 함께 걷기로 마음먹은 듯 손길을 내밀고 있다. 시를 읽는 우리에게 그리고 시를 쓰는 '각자 선생'들은 그가 내미는 손길을 잡을 것인가? 그것은 결단과 의지의 문제가 아니다.

이 글은 '별'이 '시'를 만나 함께 걷는 '시의 길'로 이어질 것이다. 그런 의미에서 시인의 새로운 비유가 응축된 의미로 자성과 상생의 세계로 이끄는 주문呪文이 된다. 동시에 시를 쓰는 따뜻한 시선이 향하는 '시의 길'을 함께 걸을 수 있다는 믿음이 된다. 이은봉의 시에는 '한 사람의 백 걸음'이 아닌, '백 사람의 한 걸음'을 동반자 삼아 세상을 움직일 수 있다는 '오래된 미래'가 된 믿음의 체취가 있다.

2.

우리는 '별을 노래하는 마음'을 무의식적으로 지우고 살아왔다. 무엇 때문이었을까? 표면적 이유는 절대성에 대한 회의와 사유의 해체와 확장 때문일 것이며 '새로운 길'에 대한 갈구 같은 것이었을지도 모른다. 하지만 그 이면에는 절대적 세계에 대한 두려움, 절대순수에 대한 거부감과 과잉된 자의식이 똬리를 틀고 있는지도 모르겠다. 이번 「별을 노래하는 마음」이 반가운 건 오마주로 소환한 윤동주의 절대 순수 정신을 시의 소통으로 치환하고 있기 때문이다. 그리고 윤동주 시인의 "높고 외롭고 쓸쓸한" 독백적 정서가 "함께 손을 잡는" 지상의 대화로 다가오기 때문이다.

이은봉은 스스로 밝히고 있듯이 시를 "깨달음이며 지혜, 발견의 존재"로 받아들인다. 그에게 시는 구도 과정이면서 생활의 체취와 같다. 물론 시를 통하여 세상을 계도하거나 깃발을 높이는 것은 그의 시정신과 일맥상통하는 것은 아니다. 그가 추구하는 실천적 삶의 한 부분일 수는 있지만 그는 시 자체의 절대적 세계를 존중한다. 그 몸짓은 세상의 다양한 현상과 생명체의 존재까지 범위가 넓다. 그의 관심은 무생물체인 바위나 책, 광속의 세계까지 연결된 삼라만상의 지도를 그려낸다.

"시는 사회 현실의 생활 형태에 대한 형상적 인식의 한 방법"이라는 그의 언급을 떠올리며 "생활 형태"와 시적 형상화의 등가적 고민을 가늠한다. 그는 지금까지 이 문제를 해결하기 위하여 다양한 노력을 기울였다. 특별히 흥미로운 점은 '각자 선생'이라는 화자이자 등장인물의 표정이다. 필자는 '각자 선생'이라는 시인의 별호이자 시의 화자가 지닌 의미가 소통의 지향점으로 보여서 특별히 관심이 간다. 그러니까 '각자 선생'은 자신의 얼굴을 뒤로 숨기면서 전면에 내세우는 페르소나이면서 제3의 인물이다. 자신을 개별적 객체로 한정 짓지 않고 역사적, 사회적 존재로 규정하는 것이다.

그의 시는 잘 읽힌다. 익숙한 풍경처럼 평이한 분위기로 스며들게 만든다. 그에게 시는 숨쉬기만큼이나 절대적이면서 자연스럽다. 어떤 시를 써야 하는가의 물음 또한 그는 정확하게 인지하고 있다. 그가 지금까지 써왔던 시의 세계는 역사의식과 고고학적 지혜의 탐구와 화엄을 향한 보살행과 생명 탐구에서, 마침내 '생활'로 귀의했다. 이렇듯 다양한 관심과 스펙트럼의 변모 속에서 이은봉의 시 세계를 아우를 수 있는 특정한 단어를 찾는다는 건 불가능해 보인다. 시의 광맥이 깊고 탄탄하기에 그 연원을 들여다볼 수는 없다. 다만 음유시인의 노랫소리처럼 때로는 목소리가 급박하고 때로는 여유롭지만 확고한 지향점이 있다. 그 지향점은 '별을 노래하는 마음'이라는 절대적이고 순수한 시의 세계와 닿아 있다. 그래서 그가 탐험하는 '시의 길'은 이전에 누구도 닿지 못한 새로운 길을 향한다. 변화하는 세상 속 추락하는 문학의 위상을 딛고 살아가는 시인의 변모하는 삶의 길을 제시하기 때문이다.

이은봉은 그렇게 평생 '시의 길'을 더듬어왔다. 그가 써 내려온 모든 글들이 이제 평평한 도로가 되고 신작로가 되어 많은 사람들과 함께할 수 있을까. 단언할 수는 없지만 많은 사람들이 몰리는 넓고 평평한 길을 마다한 채 개척해온 길이다. 찾는 자에게만 그 길이 보인다 할지라도 용기 있는 자만이 그 길을 걸을 수 있을 것이다. 진짜 시인, 묵묵히 그 길을 걸을 수 있는 사람들. 그렇다. 결국은 단수가 아닌 복수가 디디고 이루어낸 것만이 길이 된다. 마르크스는 자본가와 투쟁하여 이길 수 있는 힘은 연대라고 하였다. 한줌의 자본가를 다수의 노동자가 이기는 건 시간문제라고 보았다. 이제는 반대이다. 소수의 진짜 시인들이 손에 손을 잡아야 하는 것이다.

이은봉은 1984년 1월 창작과비평사가 펴낸 17인 신작 시집 『마침내 시인이여』에 「좋은 세상」 외 6편의 시를 발표하면서 시인으로 활동하기 시작했다. 『삶의문학』(동녘), 『민중교육』(실천문학사)을 기획하면서 문학을 통하여 좋은 세상 만들기의 도정에 참여하는 적극적 몸짓을 보태기도 했었다. 80년대부터 불온한 시국을 벗어나고자 몸으로, 대자보로, 리얼리즘 논쟁에 참여하면서 목소리를 높이기도 했었다. 그렇게 평생 가르치며 쓰고 연구하면서 시의 길을 걸어왔다. 열한 권의 시집, 세 권의 평론집을 간행했으며, 기타 문학 서적을 십여 권 넘게 발간하였다. 그러고도 그는 시 전문지나 문예 단체에서 중책을 맡아서 일을 했고 퇴직 이후에도 새로운 작업을 계속 만들어가고 있다. 하지만 세상이 변했다. 운동권 출신들이 여야 불문 정권을 잡았고 보수와 진보로 대립하고 있다. 똑같은 민주화와 민생을 말하지만 정반대의 밑그림에서부터 권력이라는 같은 목표를 가지고 육탄전을 벌이고 있다. 이른바 '조국 사태'를 겪으면서 우리 사회는 돌아갈 수 없는 강을 건넜다. 한반도는 코로나의 위험보다 더 큰 수렁에 빠져들었다. 정의와 진리는 당파 싸움의 방패막이 이상의 의미를 상실한 것처럼 보인다.

그래서 「별을 노래하는 마음으로」에 맞춰지는 '시의 길'이 특별하다. 윤동주의 시 「하늘과 바람과 별과 시」를 오마주한 그의 시 전문을 인용한다.

오래전부터 알고 지내던 친구가
새로 출간된 별 하나를 보내왔다

두 손으로 별을 받들자
금세 방 안이 환해졌다

소리 내어 읽고 쓰고 듣고
어루만지고 쓰다듬었다
두 손으로 받든 별을

순간, 어둡던 가슴이 밝아졌다
캄캄하던 눈앞이 툭, 터졌다

가야 할 길이 꽃처럼 웃으며
내 곁으로 다가왔다
하늘도 머리 위까지 내려와 있었다

살을 에는 바람이 몰아쳐도
별을 노래하는 마음으로

시의 길을 가기로 했다

사람들의 손을 꼭 잡은 채

—「별을 노래하는 마음으로」 전문

그렇다고 지난했던 도정을 부정하는 건 결코 아니다. 그에게 '시의 길'이란 방향 전환과는 무관하게 새로운 세상을 기획하는 도정이다. 주목할 점은 "사람들의 손을 꼭 잡은 채"라는 부분이다. 노동자, 농민과 연대하고 사회적 이슈를 위해 촛불을 드는 것과는 다른 의미이다.

'별'은 무엇인가? 절대 순수의 힘을 지닌 관념어이자, 인간의 힘으로 닿을 수 없는 멀고 먼 광물체이자 새로운 희망의 공간이 아닌가. 시인은 이에 시집의 의미를 '별'에 비유하여 시 쓰기의 작업을 절대 경지에 올려놓았다. 물론 윤동주는 굳이 부연 설명이 필요하지 않은 시의 상징적 존재 그 자체이다. "별을 노래하는 마음으로// 시의 길을 가기로 했다"는 시인의 준엄한 자기 선언은 "사람들의 손을 꼭 잡은 채"의 장면을 담아 100년의 시공을 연결하는 친밀한 숨결을 부여한다. 윤동주의 '별'과 '시'가 소통하는 독자와 시인이 되어 가슴으로 스며든다.

이은봉 시의 서정성은 소박한 낱말과 따뜻한 일상을 품고 있지만 역사와 생명력으로 완성된다. 이러한 서정성의 힘은 시인에게 만물에 깃든 생명의 아름다움을 발견하게 한다. 아름다움은 아름다움을 볼 수 있는 영혼의 힘으로 꽃을 피운다. 그의 시에서 중요한 것은 거대서사를 외면하지 않는 진정성임을 우리는 안다. 그는 이미 진실을 접한 사람은 그 자장에서 벗어날 수 없음을 깊이 자각하고 있다. 이은봉에게 그 길은 시의 길이며 광주를 향하는 길이다. 다음의 시에는 광주와 시인의 귀한 인연을 짐작할 수 있게 한다.

여름비가, 여름 장맛비가
서울에서 광주까지
걸어 내려오면
터벅터벅 걸어 내려오면

여기 망월동에 이르러
시가 되어 펑펑 쏟아져 내렸지

주둥이 꽉 다물고 있다가
툭툭, 내뱉으면
그때마다 검붉은 시가
해맑은 시가 활짝 피어올랐지

오월의 장미꽃처럼 검붉은
유월의 백합꽃처럼 해맑은

—「툭툭, 내뱉을 때마다」 전문

"망월동에 이르러"의 대목까지 가지 않더라도 그 이미지는 확신으로 굳어진다. 이제 그날을 떠올리지 않을 수 없다. "툭툭, 내뱉으면"에 함축된 의미는 "검붉은"과 "해맑은"으로 연결된다. 나머지는 생략되어 있다. 민주화 세상에 대한 염원은 현재형이기에 더 타오를 수도 있고 시들어 죽을 수도 있다. 그 대동세상은 민주화, 평등세상이라는 구호와 관념이 아니라 우리들 기억 속에서 '소리 없는 아우성'처럼 몸의 일부로 굳어진 광주의 힘이 될 것이다.

> 여기 목백합나무 길에는 무엇이 있나
> 어제와 오늘을 돌아보는 내가 있지
> 소용돌이치는 마음 가라앉히는 내가 있지
>
> 아니지 5·18광주민중항쟁탑이 있지
> 김준배 열사의 동상과 기념비가 있지
> 그렇지 나보다 먼저 남을 생각하는 곳
>
> —「목백합나무 길」 부분

마음을 다독이고 싶을 때마다 찾는 목백합나무 그 길이다. 그가 추구하는 이상적 세계는 목백합나무 길로 표상된 자족의 세계 곧 무위자연의 길을 넘어야 한다. 자성의 시간에 거하되 안주하지 않는 것이다. 그러니까 시인은 구도자이되, 도를 깨친 자는 아니며 단지 "소용돌이치는 마음" 속에서 시를 구하고 시를 쓰는 자이다. 화자는 소용돌이치는 마음을 가라앉히며 "어제와 오늘을 돌아"본다. 내가 깨달은 것은 무엇인가. "나보다 먼저 남을 생각하는" 실천적 길을 탐색하기 위함이다. 결국 '시의 길'이란 나를 찾기 위한 것이 아니라 나보다 우리를 먼저 생각하는 길을 위함이다. 김준배 열사의 동상과 기념비가 시가 되는 까닭이다.

이은봉 시인에게 시 쓰기는 곧 구체적인 삶의 현장과 동격이다. 그렇기 때문에 그의 시 쓰기는 삶의 체험과 지적 사유 사이에서 갈등과 화해의 탑을 올리는 발굴 현장이 된다. 향토적 서정과 자본주의적 경제 논리의 모순이 부대끼고 생명 친화적 자연과 범상한 사물들이 병치되는 것이 자연스럽다. 그 연장선에서 시에 등장하는 정치인의 이름은 삶의 현장이자 비장한 문제적 인물로 파고든다. 시인이 그려내는 애도의 영상은 비켜 갈 수 없는 우리 시대의 산 증언이 된다.

> 하늘도 그만 염치가 없어
> 땡볕의 낯짝, 찡그리고 있군요
> 세상에나 이런 일이 또다시 일어나다니
> 노무현에 이어 노회찬이라니
> 가슴이 미어집니다
> (…)
> 그렇지요 이승에 남아
> 정의를 지켜야 하는 사람들

정의를 지켜야겠지요

그래도 안타까운 마음 너무 크네요

안쓰러운 마음 너무 크네요

길가의 배롱나무들도

더는 설움 참지 못하고

가지가지 꽃망울 밀어 올리고 있군요

붉게붉게 울고 있군요.

—「붉게붉게 울고 있군요」 부분

광주가 세월호로 그리고 노무현에서 노회찬으로 이어지면서 시인이 터트리는 슬픔은 외침이 되고 절규가 된다. 억울하고 안쓰러운 마음은 무엇보다 "정의를 지켜야" 하기 때문이다. 사회적 사건을 개인적인 아픔으로 터트리되 독자의 시선과 조심조심 마주해야 한다. 한 발 빠르면 긴장감이 떨어지고 한 발 느리면 감정의 고양이 살아나지 않는다. 시인의 격정은 빠르거나 느리지 않게 "붉게붉게 울고" 있는 "길가의 배롱나무"가 되어야 한다.

때로는 시에서 서정성의 획득이 무엇보다 조심스러울 때가 있다. 서정성이란 자아와 세계 사이의 간극을 기본축으로 삼는데 다양한 자아의 간절함을 모을 수 있는 힘은 단지 언어만으로 가능한 건 아니다. 개인의 체험이나 내밀한 고백이 아닌 사회적 가치 실현을 위한 목소리에 진정성을 담아야 하는 경우는 더욱 그러하다. 슬픔을 터트릴 수 있었던 시대가 있었다. 슬픔이 힘이 되었던 시대였기에 슬픔의 서정성이 가능했던 것이 아닐까. '죽은 공명이 산 중달을 이긴다'는 말을 실감했던 노무현 대통령의 마지막을 기억하고 있는 이들에게 노회찬의 죽음은 같은 길로 받아들이게 된다.

우리가 꿈꾸는 세상을 위하여 무엇을 바칠 수 있을까. 완벽한 사랑을 꿈꿀 수는 없지만 그래도 무엇인가를 바쳐야 한다. 불완전하고 부족한 중생일수록 결핍의 자각으로 새로운 세상을 향해 정진하는 몸짓을 보일 수 있는 것이다.

어떤 홍매화가 흑매화가 되는지
물어보지 않아도 다 잘 알고 있지
이 땅에 봄빛 불러오는 것 가운데
흰빛과 붉은빛만 있는 것 아니지
검은 봄빛도 좀 있지 저 그림자 좀 봐
검은 봄빛 중에는 흑매화만 한 것 없잖아

—「화엄사 흑매화」 부분

「화엄사 흑매화」는 상징과 비유의 의미를 통하여 이해하자면 선문답처럼 그 해석이 오묘하다. 중의적 해석을 통하여 흑백논리나 이분법적인 사고에 대한 경계로 이해할 수도 있다. "이 땅에 봄빛 불러오는 것"들 속에서 유독 "흑매화"를 호명하는 시인을 따라 "검은 봄빛"과 "흰빛과 붉은빛"을 함께 만나본다. "흑매화"는 모든 빛을 감싸 안아 피어난 꽃이리라. 화엄사 흑매화는 곧 이 시를 읽고 있는 우리들 자신이다. 우리들 중에는 "흰빛"도 있고 "붉은빛"도 존재하지만 이 모든 것들은 곧 사라질 존재들이다. '색즉시공色卽是空 공즉시색空卽是色'을 깨닫기 위해 불태워야 할 젊음의 색을 우리는 무엇이라고 부르는가. 이 모든 간절함을 닮은 "봄빛"의 의미는 살아있는 존재, 즉 중생을 위한 것이다.

'인생은 고해'라고 흔히 말한다. 영원성, 절대적 가치를 위해 생로병사에 시달리면서 몸과 마음을 불태우는 것이 삶이다. '화엄사 흑매화'는 한 편의 시를 위해서, 깨달음의 도정을 위해서 정진하는 그 순간의 표상이다.

> 누구는 스마트폰 이후
> 세상이 바뀌었다고 한다
> 누구는 세월호 이후
> 세상이 바뀌었다고 한다
> 그러는 사이 촛불시위가 일어났다
> 그러는 사이 미투운동이 일어났다
> 이것들 다 보이지 않는 혁명
> 지금 나는, 우리 세대는
> 혁명의 시대를 살고 있는 거다
> 어지럽다 새로운 시대는 새로운 세대가 만든다
> 이미 나는, 우리 세대는 늙고 낡은 지 오래다
> 그만 뒷방으로 물러나야 한다.

뒷방에 앉아 우두커니 바라보아야 한다

그러는 사이 AI세상이 온다고 한다

그러는 사이 기계세상이 온다고 한다

이것들의 세상이 오는 것

멀찍이 구경이라도 해야 한다

나는, 우리 세대는

기껏 구경이라도 하며 살아야 한다

그것은 그렇다 치고

하느님 세상은 언제 오나

—「하느님 세상」 전문

맞다. "세상이 바뀌었다". 운동권 출신들이 권력의 중심이 된 세상이지만, 우리가 바라는 세상과는 많이 다르다. 모순과 풀어야 할 과제는 첩첩산중으로 막막하다. "미투운동" 또는 "촛불시위"가 만들어낸 "보이지 않는 혁명"이 일상 곳곳을 파고든다. "AI세상이 온다고" 이전과 전혀 다른 세상이 펼쳐지고 있다는 건 누구나 안다. 그렇다면 "새로운 시대는 새로운 세대가 만든다"는 발화의 주체는 누구인가. "뒷방으로 물러나야 한다"거나, "기껏 구경이라도" 해야 한다며 신구 세대를 이간질하는 목소리를 향해 시인은 긍정과 부정의 경계를 넘어서 슬그머니 속삭인다. "그것은 그렇다 치고/ 하느님 세상은 언제 오나"라는 이 마지막 한 방, 터져 나오는 웃음은 해학이다. 우리 시대를 "깊은 밤"으로 진단하는 시인은 "멀고나 아침까지는/ 아득하고나 상쾌한 몸 되찾기까지는”(「깊은 밤」)이라고 근심을 감추지 않는다. 하지만 이 시에서처럼 해학과 반전의 카타르시스를 발휘하는 저력이 자연스럽다.

변화하는 세상에 맞서 일일이 응수할 수는 없지만 단순화하는 논리를 무화시키는 “하느님 세상”의 발화가 든든하다. 그래서 눈에 보이는 것, 변화하는 외피에 현혹되지 않을 수 있는 내공을 키워내서 맞설 수 있어야 한다. 시인의 눈으로 끝까지 흔들림 없이 지켜내야 하는 간절함이 전달되는 힘은 “하느님 세상은 언제 오나”의 언중유골言中有骨처럼 가벼움 속에 무거움이 담긴 시의 구조적 전략에서 비롯한다.

4.

다리가 아파 그만 걷기로 하고
계룡산 쪽을 바라보다가
나무 벤치 위 덜썩 주저앉는다
길옆 포장도로를 따라
허리 굽은 노인 하나
자전거를 타고 바쁘게 달려간다
바쁘게 달려갔다가
바쁘게 달려오겠지

도로를 이쪽저쪽으로 나누는
삐죽삐죽한 물버드나무들
살랑살랑 손 흔들어댄다
저녁 어스름이 몰려오는데도
다정하게 손 꼭 잡고
길 걷는 사람 있다
나처럼 털썩 주저앉는 사람도 있고
털썩 주저앉는 사람
떠났다가 돌아오는 일
그만하고 싶다
떠나는 일도 돌아오는 일도
이제는 좀 지친다
더는 떠나고 싶지 않다
떠나면 돌아와야 하니까
힘들게 돌아온 이곳 마을 마루
오래오래 머물러 살고 싶다 그냥.

—「모듬내 둑길에서」 전문

멈춰야 할 때가 언제일까. 돌아와서 다시 떠나지 않아도 되는 때는 과연 언제일까. 시인의 행보는 그렇듯 고단했다. 격동의 시국을 보냈던 지난날을 끄집어내는 것은 아니지만 이 시에는 시인의 행보가 담겨 있다. 과거와 미래는 생략되어 있지만 현재의 멈춤이 지닌 의미가 돌아옴이고 힘들게 돌아온 그 자리의 소중함을 알고 있다. 부지런하고 일복이 많았던 시인의 한 순간이다.

시인은 고단한 행보 속에서 어떤 결론을 내리지 못한 채 그저 멈추지 않고 고단하게 살았을 뿐이다. 그 삶의 속도를 더 내야 하는 것도 아니다. 더 이상은 불가능한 건지도 모른다. 시인이 도달한 현재의 단계 그게 솔직한 심경이다. 우리의 삶이라는 것이 그렇지 않은가? 물불 가리지 않고 미친 듯이 질주했지만, 득도도 아니고 권력이나 명예를 차지하는 것도 아니다. 아니, 차지한다는 것 자체가 부질없는 것 아니겠는가. 그러면서 그는 "힘들게 돌아온 이곳 마을 마루/ 오래오래 머물러 살고 싶다"고 토로한다. 그게 스스로를 어루만지는 따스함이다. 멈춘 그 자리가 누군가에게는 넉넉한 느티나무 그늘이 되어 위안이 되고 응원이 되기를 감히 희망할 뿐이다.

이별에 무슨 형식이 필요하랴
생각하면 나날의 삶이 다 이별이거늘

아니지 아니지 뒤꼍의 대나무도
좀 더 굵어지려면 매듭이 필요하지

그렇지 그렇지 길가의 미루나무도
좀 더 잎 피우려면 곁가지가 필요하지

형식은 대나무가 매듭을 만드는 일
형식은 미루나무가 곁가지를 키우는 일

그렇지 그렇지 형식은 여럿이 함께
오늘 하루를 따듯하게 지켜내는 일

그렇지 그렇지 형식은 노래를 나누는 일
넉넉하게 밥과 술과 떡을 나누는 일

이별에는 아무래도 형식이 필요하지
즐겁게 손 흔드는 슬픔이 필요하지

—「이별의 형식」 전문

제목부터 묘한 끌림이 가는 시다. 그의 시가 대체로 그러하듯이 이 시를 평이하게 해석하자면 아무런 군말이 필요 없다. 저절로 이해가 되고 스며들듯 공감대가 형성된다. 하루에도 서너 번씩 흥얼거리던 그런 노래 가사의 사연으로 다가온다. 그러나 반복해서 읽어보라. "이별"과 "형식"의 의미는 삶의 균형 감각을 세우는 저울과 추처럼 팽팽하지 않은가.

형식이란 내용을 돋보이게 하거나 아니면 제대로 만들어내기 위한 그릇이다. 하지만 내용과 형식의 본질적 문제는 '닭이 먼저냐 알이 먼저냐'의 문제처럼 복잡하다. 형식이 매듭이 되고 곁가지가 되는 시인의 통찰력을 되새긴다. 대나무가 더 굵어지기 위하여 매듭이 필요한 것처럼 우리들 삶에도 변화의 순간마다 이별의 매듭이 온다. 더 많은 잎을 키우기 위한 곁가지처럼 형식의 필요성을 노래할 수 있음이 특별하다. 이별의 형식이 "노래를 나누는 일"이며, "넉넉하게 밥과 술과 떡을 나누는 일"이라는 대목은 쓸쓸함을 자아낸다. "여럿이 함께/ 오늘 하루를 따듯하게 지켜내는 일"조차 쉽지 않은 세상이기 때문이다. "즐겁게 손 흔드는 슬픔"의 대목에 이르면 이별의 형식에 담긴 철학의 깊이가 묵직하게 다가온다. 시인은 "나날의 삶이 다 이별이거늘"이라고 토로한다. 저마다 삶과 사유의 상황에 따라서 "이별"의 사연이 천차만별일 것이다. 사람도 매듭을 지을 줄 아는 사람만이 폭풍 속에서 쓰러지지 않고 굳게 설 수 있다. 그 이별이 '죽음'을 끌어안을 수도 있음을 우리는 항상 예견해야 할 것이다.

5.

이은봉의 시집을 주마간산으로 일별하였다. 다양한 스펙트럼으로 확장과 심화를 시도하고, 전통적 서정성을 사회학적 상상력의 변주를 통하여 일구어내는 시인의 지난한 이력에 경의를 표한다. 그의 시는 씹을수록 배어 나오는 구수한 누룽지 맛의 체취를 담고 있다. 생명체만이 체취를 지닌다. 시에서 '사람 냄새가 난다'고 할 때는 그냥 '개성이 강하다'는 말과는 결코 그 언어의 결이 같지 않다. 생명체로서의 존재감을 담고 있기 때문이다.

"별을 노래하는 마음으로" 걷는 길은 "가야 할 길"이며 손을 꼭 잡"고 갈 때 더욱 빛나는 길이다. 그 길에서 "홍매화가 흑매화가 되"어 흐르는 시간을 체험할 수 있어서 발걸음이 유연해졌다. 우리들의 자성自省이 바탕을 이룬 시정신의 상생相生이 함께 흐르는 '시의 길' 그 시작점에 이은봉의 시가 있다. 그의 시가 그려갈 풍광을 기대한다.

기억, 성찰, 치유, 그리고 정체성 찾기의 도정

—이은숙

1.

시를 통한 세상의 변혁은 과연 어디까지 가능한가. 질문조차 두려운 화두이다. 하지만 참된 것을 찾는 마음이 시의 본질이라면 최소한 시의 존재만으로 세상을 아름답고 순수하게 가꿀 수는 있지 않겠는가. 비록 내가 쓴 시가 누군가의 생의 의지를 키워주고 아픔을 완전히 치유할 수는 없다 할지라도 최소한 나를 변화시킬 수 있다는 염원을 포기할 수 없는 이유이다. 하여, 나다움을 가꾸고 최소한 스스로 존재 의미를 심도 있게 탐색할 수 있다면 만해의 시구처럼 "슬픔의 힘을 옮겨서 새 희망의/ 정수박이에"(「님의 침묵」)라도 담을 수 있지 않겠는가.

물론 시만의 문제가 아니라 글쓰기를 포함한 모든 예술과 문화 활동을 망라하는 문장이다. 마찬가지이다. 직접적인 생계와 관련된 일일지라도 노동하는 자신을 수단시하지 않고 혼신의 정성을 기울인다면 모든 생산 행위에 예외는 없다. 노동과 시 쓰기를 구분 짓자는 의미는 아니기 때문이다.

장일순 선생님이 '잘 쓴 글씨'에 대해 언급한 대목을 생각한다. "추운 겨울날 저잣거리에서 군고구마를 파는 사람이 써 붙인 서툴지만 정성이 가득한 '군고구마'라는 글씨를 보게 되잖아. 그게 진짜야. 그 절박함에 비하면 내 글씨는 장난이지."(『좁쌀 한 알』)

시를 떠올리는 마음이 그의 마음에 합체된다. 격식이나 틀보다는 "서툴지만 정성이 가득한" 삶의 체취와 간절함이 중요한 것이다. 삶을 대하는 그 절실함이 내용의 충만함은 물론 새로운 형식으로까지 차고 넘칠 수 있다는 믿음이다. 우리는 한 편의 글이 밤하늘의 풍광이나, 으슥한 산길의 반딧불이 하나가 주는 신비로움에 미칠 수 없음을 알면서도 여전히 시를 읽고 시를 쓴다. 그마저 하지 않으면 삶이 더욱 누추하고 더 불행해질지도 모른다는 위태로움 때문이다. 시를 쓰는 자체만으로도 나와 세상의 연결고리가 그악스러움과 반대되는, 풀잎처럼 싱싱하고 꽃처럼 아름다운 향내를 풍기게 되기 때문이다.

이은숙의 시를 읽는다. 이 글에 담은 다섯 편의 시[1]는 특히 자기

---

1) 『세종문학』 24호, 2020. 이후 이 책에서 인용한 시는 제목만 표기한다.

고백조가 강하다. 다소 거칠고 산만하지만 세상을 향한 목소리에는 힘이 넘친다. 기억과 성찰로 그려낸 이미지는 과거와 현재와 미래로 이어지는 곡진함이 엿보인다. 어머니를 생각하는 과거의 기억들도 가난과 외로움과 아픔으로 그려진다. 화자는 그렇게 반백 년의 삶을 이고지고 여기까지 왔다. 그리고 이제 어머니는 병마에 시달리는 몸이 되었다. 누구나 세월의 흐름을 비켜날 수가 없으니 당연히 생로병사의 과정을 견뎌내야 한다. 태어나서 고해의 삶을 부둥켜안고 그 안에서 소중한 것들에 공들이며 살아온 시간만이 삶의 모든 것일 뿐이다. 우열을 나누거나 자신만을 내세우는 건 아둔함의 소치일 뿐이다. 그러니까 시인은 형벌과 축복을 동시에 걸머지는 운명을 감당할 수밖에 없다. 시를 사랑하는 사람들 또한 축복과 형벌의 무게에서 자유롭지 못하다는 점에서 동지적 연대 의식을 갖게 된다.

모든 문학 행위는 자기 치유에서 출발하며 그 종착점 또한 세상에 공명共鳴하는 치유의 힘이라는 점을 시인은 분명히 자각하고 있다. 시인의 현실이 위태로울지라도 그만큼 성찰의 공명이 웅숭깊을 수 있다는 점은 얼마나 다행스러운가. 그래서 나만의 두레박으로 길어 올리는 시 창작 작업은 시작도 끝도 없이 지난하며 오롯이 그 안에 자신을 바칠 수 있어야 한다. 여기에서 이은숙의 시는 두려움의 정서조차 소중한 기억의 자산으로 치환시키는 성장의 가능성을 보인다. 특히 어머니와 사춘기적 소녀와 뭉크의 만남은 고백을 치유로 이끄는 힘이 절묘하게 느껴진다. 세상을 향한 '자각의 눈'이 내 삶을 당당하게 이끄는 힘이 된다.

시인의 기억과 성찰의 이미지는 정체성 찾기의 길로 향한다. 이번 신작시에서 정체성을 찾아가는 중요한 결절점은 '엄마와 사춘기와 운명 철학'이다. 그 세 가지 명제가 사이좋게 서로를 격려하다가 때로는 혼란과 부조화의 갈등으로 빠져들기도 한다. 시인이 호명한 엄마와 어린 시절의 분리 체험은 상처를 넘어 삶의 에너지로 전환된다. 여고 시절, 수치스럽던 체험 역시 뭉크의 〈사춘기〉를 바라보는 비판적 사고의 역량으로 성장했다.

이번 신작시에서 이룬 정체성 찾기의 시도가 확정적이지 않은 막연함의 이미지에서 머무르고 있음에 주목해야 한다. 그 막연한 '무엇'과 이미지의 만남에서 생성과 깨어짐이 나타나는 것이다. 자신의 정체성 찾기의 간절함만큼 이은숙은 표층에서의 삶에 머물지 않고 무의식의 심층으로 시선을 키우고 있기 때문이다.

다시 이은숙의 시에서 자아의 길 찾기를 본다. 그 이미지는 어린 시절 '어머니의 삶'을 소환하는 '슬픈 달빛'으로 표상된다. 성에 눈뜨는 시기의 불안을 뭉크의 그림 〈사춘기〉와 오버랩하는 솜씨가 절묘하다. 스스로의 비전이 열정적이면서도 핵심 포인트는 명료하지 않음에 대한 무한한 가능성이다. 찬찬히 이은숙의 시를 음미하며 이야기를 이어나가도록 하겠다.

2.

작가에게 어머니의 삶이란 직접적인 문학적 보고(寶庫)일 뿐만 아니라 무의식의 심층적 봇물과 같다. 이은숙 시인에게도 어머니의 존재는 과거를 호명하는 주체이면서도 현재에 강조점이 찍히는 '집'의 이미지로 존재한다. 즉 어머니가 나의 원형이면서 현재와 미래를 키우는 특별한 의미를 지니는 것이다. 물론 어머니의 존재가 작가에게만 특별한 것은 아니다. 모든 만상의 피붙이의 유산으로 삶의 어려움을 헤쳐 나가며 풍성한 현실을 가꾸기도 한다. 특히 작가에게 어머니의 유산은 마르지 않는 샘물처럼 영감의 원천이 되는 경우는 수도 없이 많다.

그렇다면 시인에게 어머니의 유산은 무엇인가? 안타깝게도 풍부한 얘깃거리가 쏟아질 듯하다가 '탁' 빗장을 거는 소리가 들리는 듯 답답하다. 어머니에게 받은 유산을 충분히 풀어내지 못하고 있다는 아쉬움을 고백할 수밖에. '슬픔'과 '외로움'과 '그리움'의 긴 얘기가 행간에 생략되어 있다. 이야기를 풀어놓거나 이미지로 재현하지 못한 생략된 유산들이 시인의 "상처의 구멍 속"에서 "슬픈 달빛"과 "캄캄한 달빛"으로 희미하게 새어 나온다. 다음 시를 보자.

> 어린 소녀가 외갓집의 벽장에 쌓였던 쥐똥을 세어보던 슬픔도
>
> 어린 소녀가 그날 걸어가다가 만난 구름이 별들을 모두 가린 하늘 아래의 외로움도

어린 소녀가 그날 걸어가다가 만난 새벽노을의 붉은 그리움도
이제는 스스로 아문 상처의 구멍 속에서 사라지고 없지만

그 옛날, 어린 소녀의 가난한 어머니를 생각하면 가슴속 찬 바람이
지나간 기억의 구멍들이 열리고 슬픈 달빛이 강물처럼 흘러간다
그 옛날, 어린 소녀가 외가의 어두운 지붕에서 필사적으로 기어 나와
가난한 집으로 돌아가고자 했던 그날 그때의 캄캄한 달빛이

—「가난한 집으로 가는 길에는 캄캄한 달빛이 있다」 부분

시인은 "이제는 스스로 아문 상처의 구멍 속에서 사라지고 없"다고 말하고 있다. 그러나 '어린 소녀'에게 '가난한 어머니'는 "가슴속 찬 바람이 지나간 기억의 구멍들이 열리고 슬픈 달빛"의 이미지로 표상된다. 그러니까 "강물처럼 흘러간" 세월들이지만 "그 때의 캄캄한 달빛이" 영원히 잊히지 않는 것이다.

시를 쓴다는 게 그렇다. 기억의 보존이며, 기억에 이름표를 붙이고 진한 스토리와 영상을 만들어 간직하는 곡진한 행위이다. 이런 의미에서 이은숙 시의 어머니는 생명력의 모태이며, 사랑과 죽음의 원형 물줄기이다. 그러니까 지금 병상에 누운 현재 어머니의 모습은 지난한 과거로부터 지금까지의 총체적 이력이다. 그래서 나이 50이 넘은 딸의 기억 속에서 "불꽃같았던 엄마의 처녀 시절 얘기"가 살아나는 것이다.

엄마와 나란히 누워 과거로 회귀 여행을 떠나
불꽃같았던 엄마의 처녀 시절 얘기
푸르고 붉은 비단 스카프를 팔던 생활력으로
우리 5남매 호사스럽게 키우던 얘기
아빠가 한창 바람피울 때, 언니를 들쳐 업고 뒤를 밟아
현장을 덮쳤던 산전수전으로 얽힌 얘기

저녁마다 추억 속을 들락거리며 인생에서 가장 슬프고 아픈 시간
짧지만 엄마와의 마지막을 함께하며 행복하기도 했던 시간을 보내고
엄마는 다시 쓰러져 호스피스 병동에 입원하신다

—「사랑도 죽음처럼 강하다」 부분

엄마의 병상에는 5남매의 사연이 있다. 그 사연은 "아빠가 한창 바람피울 때, 언니를 들쳐 업고 뒤를 밟아/ 현장을 덮쳤던 산전수전으로 얽힌 얘기"만으로도 신산고초의 깊이를 짐작할 수 있다. "5남매 호사스럽게 키우던 얘기"에 엄마에 대한 고마움과 미안함이 담겨 있다. "푸르고 붉은 비단 스카프를 팔던 생활력"을 지닌 엄마의 사연이 시인의 아픈 기억과 이미지로 표출되는 것이다. 시가 된 엄마는 사랑이 되고 죽음이 되어 영원히 시인을 지켜줄 것이다. 모녀는 공동운명체이다.

누구나 늙은 부모와의 생로병사를 거쳐 마지막을 겪어내야 한다. 시인은 "인생에서 가장 슬프고 아픈 시간"이지만 "엄마와의 마지막

을 함께하며 행복하기도 했던 시간"이라고 두 가지 감상을 동시에 성찰한다. 내용의 진정성이 돋보이지만 시로서는 평면적 밋밋함이 아쉽게 여겨진다. 뒷부분의 사랑 이야기도 연결 부분이 어색하다. 차라리 두 개의 시로 나누어야 하지 않을까, 조심스럽게 시인의 의견을 묻는다.

3.

뭉크는 우리를 인간의 어두운 세계와 혼란의 소용돌이로 이끌어 간다. 벗어날 수 없는 절망과 죽음의 세계를 동시에 보여주는 것이다. 그런데 왜 우리는 아름다움과는 거리가 전혀 먼 곳으로 불려가면서도 뭉크에게 열광하는 것일까. 그게 무의식의 세계이다. 무의식은 누구나 지닌 깊은 어둠과 불안의 공포가 도사리는 그 지점이다. '내 안의 우는 아이'인 무의식의 어둠을 다스리는 방법은 무조건 외면하거나 은폐하지 않으면서 다독이는 것이다.

이은숙의 시에서 뭉크라는 이름은 사춘기를 호명하는 객관적 상관물로 작용한다. 그의 그림 〈사춘기〉는 우리들의 무의식에 남아 있는 질풍노도 사춘기의 '불안감'을 소환한다. 사람들은 내면세계의 갈등과 사춘기에 담긴 나의 불안에 떠는 심리를 객관화해서 바라봄으로써 누구나 겪고 넘어야 했던 삶의 도정이었음을 인정하면서 그대로 받아들이게 된다. 시에 담긴 시인의 '사춘기' 체험은 뭉크의 그림을 중심에 두고 두 개의 희미한 영상으로 겹친다. 정확하게는 세 개의 영상이 시에 중첩되는 것이다.

> 입에 겨우 풀칠만 하는 화가 뭉크는
> 그중 눈에 띄는 성숙한 소녀를 데려와
> 빵 조각이나 약간의 먹을 것으로 옷을 다 벗기고
> 밀로의 비너스상을 그리듯
> 음모도 풍성하지 않고 가슴도 덜 발달된
> 설익은 봉숭아빛 소녀의 누드를 그려
> 돈 많은 자본가 집단에게 넘긴다
>
> 아, 이 그림은 내 여고 시절 책상에 앉은 나의 초상
> 그 시절 선생님의 모습이 선명하다
> 어엿한 소녀의 가슴과 겨드랑이 사이를 아무렇지 않게 터치하고
> "너는 엉덩이가 커서 애도 쑥쑥 잘 낳겠네!"
> 은근슬쩍 엉덩이를 툭툭 치고
> 무방비 상태로 저항도 못 하고
> 쭈뼛 솟은 머리카락의 심지 발끝까지 뿌리내려
> 심연의 깊은 수치심과 섹슈얼한 불안이 뒤섞이던 때
>
> —「뭉크의 '사춘기'를 바라보다」 부분

두 가지 연결 고리가 사연의 의미를 새롭게 증폭시킨다. 전반부

의 하나는 예술 작품에 관련된 이야기이고 후반부 다른 하나는 화자의 사춘기 시절 "심연의 깊은 수치심과 섹슈얼한 불안이 뒤섞이던 때"이다. 그리고 화가가 작품을 그리는 과정에서 만난 소녀의 상황이다. 뭉크의 스크린에서 '소녀의 불안과 긴장감'으로 급박하게 가해자와 피해자를 호명한다. 그림과 시인의 체험, 두 영상 속 목소리들이 파문을 그리면서 만드는 다양한 울림이 예사롭지 않다.

이 시를 통하여 예술가 뭉크와 '사춘기'의 소녀를 새로운 관점에서 만나게 된다. 미성년자에게 "빵 조각이나 약간의 먹을 것으로 옷을 다 벗기"는 행위와 "음모도 풍성하지 않고 가슴도 덜 발달된" "봉숭아빛 소녀"를 그려 "자본가 집단에게 넘긴다"는 불편한 진실에 동조할 수밖에 없다. 화자의 사춘기 감정은 뭉크의 그림 〈사춘기〉에 파고들면서 "섹슈얼의 쑥스러움 호기심 우울을 투영"한다.

두루 알려져 있듯이 뭉크는 불안과 죽음의 무의식을 표현주의 기법으로 형상화해 우리에게 무의식을 치유토록 영감을 제공하는 화가이다. 많은 사람들이 그의 그림에 열광하는 이유는 불안과 어두운 심연을 수용함으로써 치유하는 힘을 얻기 때문이다.

시인은 뭉크의 〈사춘기〉 제작 과정에 눈을 돌릴 필요가 있음을 자신의 체험을 반추하며 말한다. 유명 작품을 몽타주 기법으로 활용하기도 하는데 여기에서는 작품 창작 과정을 추리하는 연상 기법이 이야깃거리를 제공하고 있다. 아, 그랬구나. 강렬한 동일시 작용이 일어나는 게 이 시가 지닌 진실의 힘이다. 담임선생님, 교회 선배, 동네 아저씨 등 참으로 점잖은 사람들이 아무렇지 않게 "은근슬쩍 엉덩이를 툭툭 치"던 기억들을 불러내는 시선이 아프고도 날카롭다. '미투'(Me too, 나도 고발한다) 시절 이전의 오래된 기억이지만 또 다른 여성 젠더들의 숨겨둔 의식을 흔드는 상처들이다. 그때는 누구나 그랬다. 피해자가 수치심을 숨기려 했던 치부들을 생생하게 불러낸다. "심연의 깊은 수치심과 섹슈얼한 불안이 뒤섞이던 때" 기억들을 현재의 이미지 뭉크의 그림 속 '사춘기 소녀'로 호명하는 것이다. 시인이 이렇게 제시한 이미지만으로도 많은 이야기가 호소력 있게 전달되지 않았을까 싶다. "성을 상품화하는 추악한 상업주의"에 할 말이 봇물처럼 터질 것이다.

그러나 디테일한 문장에 빠진 채 토로에만 집중하면 자칫 시의 생명력은 약해진다. 강렬한 충격을 가할 수 있는 화가의 작품과 화자의 사춘기를 펼쳐주는 것만으로 충분할 수 있지 않았을까. 이어지는 언어들은 행간으로 남기는 것이 좋아 보일 수도 있겠다. 아무튼 감추는 것과 내보이는 것, 두 가지에서 시인의 고민은 발설하는 것을 선택했다.

"지구의 안과 밖이 다 뒤집힌 지금/ 천만년의 시간이 지나 강산이 천만번 변하고/ 검붉은 회색빛 절망의 나라가 푸른 5월 청자빛 희망의/ 하늘로 바뀌어도// 변하지 않는 것/ 성을 상품화하는 현존하는 추악한 상업주의"를 시인은 토해낼 수밖에 없었던 것이다.

극도의 긴장감 속에서 살고 있던 화가는 사춘기의 소녀가 느끼는 벗은 몸에 대한 부끄러움과 당당함에서 연민을 느낀다. 가난한 화가와 가난한 모델의 만남이 수렁처럼 드러난다. 우리는 작품 속에서 뭉크의 시선과 소녀의 애절함을 함께 읽으면서 내 안으로 향하는 또 다른 시선을 만나야 한다. 시인이 상상하는 작품의 탄생 비화 속에서 '거래'라는 현실적인 상황을 고발한다. 따라서 작품의 소통은 세계적인 화가로 명성을 떨치게 된 화가와 비싼 그림값을 지불하는 자본가의 거래 속에서 이루어진다. 누군가는 그림에서 무의식을 읽고 누군가는 불안과 긴장감의 정체를 찾으면서 위로를 받는다. 덮인 어둠을 인정하면서도 빛나게 솟아오르는 기쁨과 아름다움도 상상할 수 있다. 아직 어리고, 미숙함에도 한창 성장기를 향하는 과정 속의 소녀이기 때문이다. 우리 시대 미투의 문제 제기가 갖는 고발과 상투성의 한계가 시를 통하여 또 다른 지평을 여는 순간을 만나는 것이다. 시인의 성찰이 정체성 찾기를 향한 연마가 되는 의미 있는 결과물로 보인다. 다음 시 역시 세태 풍자를 향한다.

> 바람 든 연인들이 사랑하는 장소라 바람아래 무인텔인지
> 산을 등지고 지어 바람 소리를 음악 삼으라고 바람아래 무인텔인지
> 알 수 없으나
> 바람아래 무인텔이란 이름이 철학적이다
> 바람아래 불꽃이 타는 장소니 풍화가인風火家人이네
>
> —「바람아래 무인텔」 부분

그러니까 '시인의 눈'은 시대의 풍속을 포착하는 언어가 된다. 스

치는 이름만으로 철학과 사랑의 풍속을 기록할 수 있으니 무인텔도 예외가 아니다. 그 풍속에서 찾아낸 철학은 "풍화가인風火家人"으로 이어진다. 주역 37번째 괘 풍화가인은 바람 아래 불꽃들이 번져 번영하는 형상. 즉 올바른 마음과 한결같은 행동으로 집안이 번성하는 길괘라고 한다.

현대인에게 '무인텔'이란 숙박의 장소를 떠나 사랑과 성을 나누는 공간이기도 하다. 물론 시인이 자본주의의 성 상품화를 비판하지만 몸을 통한 사랑 자체를 부정하는 건 아니다. 따라서 우리 시대 사랑의 철학을 획일적으로 도식화할 수는 없다. 사랑은 '병원'이라는 공간 그리고 "바람아래 무인텔"로 명명되는 장소 외에도 다양한 모습으로 생성, 성장, 사멸하며 존재할 것이다.

'사랑도 죽음처럼 강하다'고 노래한 시인에게 사랑의 의미는 무엇일까? "바람아래 무인텔"을 바라보는 시선은 풍속화를 그리는 담담함이다. 그 이상의 의미는 독자의 몫이리라. 다음 시를 보자.

나는 누구인가 나를 알기 위해 사주팔자 명리를 펼쳐
대운과 세운의 흐름으로 과거의 미래, 미래의 미래를 가늠한다
남은 반백 년의 삶도 운명과 같은 파란, 거칠고 험한 기운 돌지만
그늘진 삶으로부터 끝없이 작별하고 구불구불 굽어진
명리의 운명을 넘고 넘어라

가슴속 불꽃같은 열정으로 잠자는 영혼의 시를 깨워

찬란한 태양의 시인으로 부상浮桑하리

—「내 안의 시인이 태양으로 부상浮桑하는 때는 언제인가」 부분

다음은 운명이다. '학문', '천재'와 '둔재', '끼와 인기', '재물'을 본다. 스스로의 운명을 선언하는 이 시는 자칫 위태롭다. 동시에 정체성 찾기의 유연함이 넘실거리지 않고 단단한 자기 확신이 지나치게 견고해 보인다. 나를 알기 위해 "가슴속 불꽃같은 열정으로 잠자는 영혼의 시를 깨워/ 찬란한 태양의 시인으로 부상浮桑하리"의 문장을 촘촘히 살펴보라. "사주팔자를 조합"하여 자신의 운명을 노래하는 장면이 보일 것이다. "명리의 운명을 넘고 넘어라"처럼 시원스럽게 일갈하니 삶의 질곡을 넘어서는 힘이 엿보이는 시이다. 하지만 삶의 무게가 곧 시의 무게가 될 수 없듯, 시는 날카롭게 갈등하고 흔들리는 과정의 순간을 포착하는 인식의 계발을 늦추어서는 안 된다. 관념적 언어가 주는 무게가 삶의 구체성을 만나는 이미지로 이어지지 못하는 것이 이 때문이다. 나의 삶을 규정하는 예언자적 서정성이 관념어에 머무르지 않고 구체성의 이미지와 만나는 지점이 중요한 것이 아닐지.

4.

이 글은 이은숙의 신작시를 통해 기억과 성찰의 이미지를 정체

성의 길 찾기로 정리해본 셈이다. 시는 누구의 것인가? 혹자는 '시는 시를 짓는 자의 것이 아니라 읽는 자의 것'이라고 하였다. 그만큼의 열린 해석이 가능하고 새로운 창조와 연결되는 것이다.

"운명은 가상 세계이며/ 환상이 운명의 가상 세계에 입성하"는 시인의 도발적 상상력은 간절함이 분명히 보인다. 시인은 운명을 믿는 것도 아니고, 무시하는 것도 아니다. 명리학의 본질이 그런 것이다. "오십이 넘은 여자"가 중심 화자로 등장하는 시편에서 시인의 길 찾기는 방향을 매듭지은 것처럼 보이기도 한다. 하지만 새로운 방향은 늘 열려 있는 것이며 그곳으로 발길을 돌리는 것은 시인의 몫이다. 부디 시적 자아의 정체성 찾기가 쉽고 빠른 길이 아닌, 힘겹지만 새로운 길을 향해 심원해지기를 빈다.

대화와 독백으로 치유하고 상생하는 시인의 꿈

—박용주와 장인무

1. 좋은 세상 만들기의 도정, 열려 있는 '마을로'

박용주 시인의 세 번째 시집 『마을로』[1)]에는 삶의 무게가 담담하게 담겨 있다. 이미 상재된 두 권의 시집 『별들은 모두 떠났다』(교단문학출판부)와 『가브리엘의 오보에』(한국문연)에서 선보인 성찰의 언어가 업그레이드된 발효로 구체성을 지향한다. 이제 시인은 당당하게 '공주놈'으로 돌아와서 좋은 세상 만들기의 도정을 수행하고 있는 중이다. 그의 시는 초심을 놓치지 않고 변하지 않아야 하는 것들에 대하여 무심하게 그러나 보이지 않는 집요함으로 묻는다. 그게 행간이다. 겹겹

1) 박용주, 『마을로』, 작은숲, 2019. 이후 이 책에서 인용한 시는 제목만 표기한다.

의 물음 형식인데 그중 하나는 등장인물들의 대화로 드러난다.

자유에 대하여
정의에 대하여
진리에 대하여
하느님의 방관에 대하여

열변을 토했다
잠자코 듣던 아내는 이쁘게 말했다

여보, 쓰레기나 좀 버려줄래요
음식물은 꼭 짜서 분리하고
비닐은 깨끗한 것만 재활용으로 넣고요

—「너무나 가벼운」 전문

부부의 대화가 얼핏 일방적인 듯 보이는 행간마다 다양한 해석의 여지가 열려 있다는 점에서 대화적 상상력이 풍요롭다. 그렇듯 연상되는 장면들이 편안하고 자연스럽게 읽힌다는 건 그의 시집이 지닌 특장이라 말할 수 있겠다. 물론 난해한지 쉽게 읽히는지가 좋은 시를 판가름하는 기준은 아니다. 다만 박용주 시인의 지향점이 '좋은 세상 만들기'에 있다면 쉽게 읽히는 시가 다른 시에 비해 설득력이 있다는 점을 말하고 싶은 것이다. 시집 전체를 아우르는 대화적 흐름은 그 자체만으로도 '좋은 세상 만들기'의 도정이다. 독자들이 은연중에 '마을로' 가는 시인의 잿기질에 시원한 물 한 바가지를 슬쩍 내밀고 싶어지는 여유를 찾을 수 있으니 말이다.

누구에게나 연륜만으로 삶의 지혜가 선물처럼 주어지는 것은 아니다. 하지만 오랜 세월 변함없이 사랑을 실천하고 진정한 자유를 탐색하는 자세를 멈추지 않는다면 그 세월만큼 쌓이는 삶의 무게가 분명히 보인다. 그 연륜을 시인은 「결」이라 노래한다.

인사동 가구박물관에 있는
감나무 반닫이 결이 얼마나 곱고 깊던지
그 까닭이 궁금하지 않았겠나

상처지요
안내자는 한마디 하고
싱겁게 웃었다

벌써 오래전 일인데
살면서 몸에 생채기가 날 때마다

내 영혼에 늘어가는, 결
결 고운 소리를 듣는다

—「결」 전문

"감나무 반닫이 결"의 아름다움에 무심히 심취하는 장면들이 물음이 되면서 살아 있는 존재들의 "상처"가 영혼의 "결 고운 소리"로 스며든다. 언어의 진술성으로 이어지는 대화체와 독백이 시종일관 어우러진다.

1연은 사물을 바라보고 관찰하며 아름다움을 발견하는 데서 멈추지 않고 "까닭이 궁금해" 묻는 과정이다. 의문에서 시작하는 자신과의 대화인 것이다. 성찰의 시간은 2연 제3자(안내자)와의 대화에서 "상처지요"라는 답변을 받는다. 평범하게 전개되는 시상은 결국 3행을 위한 것이다. 시인과 어우러지는 제3자의 목소리로 들려오는 "곱고 깊"은 "결"의 의미는 무수히 많은 존재들의 "상처"를 치유하는 희망이자 주문呪文이다. 시인의 독백을 듣는 자, 이 대화에 참여하는 자들은 모두 상처를 지닌 존재들이다. 아니, 잊었던 상처를 덧내거나 되살리게 되는 상황을 마련한다. 그래서 이 시의 장점은 무수히 많은 대화의 결을 생산해내는 구조를 지녔다는 점이다. 우리 모두(독자)는 "생채기"가 아름다운 "결"이 되기를 소망하고 있음을 일깨우기 때문이다. 박용주 시인이 시를 쓰는 이유는 아마도 이 '결 고운 소리를 듣기 위함'일 것이다. 시의 첫 번째 조건이 '좋은 세상 만들기'인 시인의 결의이다.

「요로법」은 산문성이 두드러진 대화 형식의 시이다. 시가 간결함을 지향해야 한다는 의견이 대중성의 측면에서 분분하지만, 반면 이야기와 토론을 시와 매치하는 실험 또한 의미가 있다. 시인에게 무엇보다 중요한 건 스스로 발견해낸 문학적인 관찰을 시로 엮어내는 과정이다. 그런 의미에서 이 시는 박용주 시인이 '마을로' 향하는 몸과 마음의 소통 과정으로서 의미심장하게 읽힌다. 전편을 인용한다.

언젠가 자기 오줌으로 몹쓸 병을 고쳤다는 사람의 말을 듣고 의사 친구에게 오줌이 어떻게 몸에 이로울 수 있는지 물었다 친구는 똑똑한 의학적 해석을 내렸다

노폐물인 오줌은 자기 몸에 관한 정보를 모두 담고 있지 그리고 우리의 목과 코의 막다른 부분에는 미지의 감각 장치와 센서 세포가 있어 우리 자신의 오줌에 담긴 정보를 해독하고 그 정보는 시상하부에서 뇌하수체로 전달되어 결국 질병의 원인을 고치는 신비한 메커니즘을 동원하는 거야

나는 해석을 해석하여 보냈다

오줌은 자기 주인에게만 충신이다
그는 몸 밖으로 버려진 자신을 천사처럼 받들어
다시 몸 안으로 초대한 주인에게 기적을 선물하기로
문득 결심을 한 것이다
오줌은 처음 들어왔던 입을 통하여 식도와 위를 거쳐 장으로 천천히 내려간다

내려가면서 생채기 난 주인의 몸을 따뜻하게 어루만진다

어루만지며 그는 신神이 된다

그리고 자신을 노폐물이 아닌 영험靈驗한 존재로 받아준

주인을 위하여 굉장한 일을 한다

눈물을 흘리며 망가진 주인의 몸을 수리한다

몸의 구석구석을 말끔하게 부활시키는 것이다

답장이 왔다

성수聖水를 마시는 이의 마음은 얼마나 비장하고

그 마음을 읽은 몸의 결행決行은 얼마나 준엄하겠나

허허

—「요로법」 전문

민간요법을 소개하기 위함과는 무관하게 자기 치유를 위한 상생의 이치를 친밀하게 제시한 시작법이다. "성수聖水를 마시는 이의 마음은 얼마나 비장하고/ 그 마음을 읽은 몸의 결행決行은 얼마나 준엄하겠나"의 시문詩文이 자연스럽다. 자신의 "노폐물"로 병을 고치는 이치를 의사와 시인이 주고받는 과정에서 깨달음과 성찰의 내공이 깊어진 까닭이다. 놓치지 말아야 할 건 이미 모든 세인들에게 '병이 깊다'는 비장함이다. 현대인이 처한 죽음에 이르는 병, 특히 마음의 병은 각성의 순간을 필요로 한다. "몸의 결행"이 준엄해지는 순간 우리는 "마을로" 가는 길을 발견할지도 모른다.

박용주 시인이 꿈꾸는 '마을로'에는 어떤 사람이 모여 살아가고 있을까? 그러한 물음의 반복은 "영혼에 늘어가는, 결/ 결 고운 소리를" 들을 줄 아는 사람이 하나의 열쇠가 될 것이다. "따뜻함 장관, 신남 장관, 설레임 장관, 황홀함 장관"을 뽑는 곳이다. "얼굴 번지르르하게 가꾸며 기고만장하지" 않도록 '밑'과 '발'을 잊지 않는 사람들, 그들은 "구두의 꿈"을 소중히 여기며 "오르다 만 오름", "솟다가 꺼지고 또 다시 솟는 오름"들이며, "지 혼자 움켜쥐면 못써/ 꼭대기 잘 익은 걸로 남겨"두는 "감 따는" 마음이다. 시인이 부사를 덜 쓰려고 노력하는 것은 군더더기 허세를 최대한 덜어내는 작업이다. 그 메스에 담긴 치유와 상생의 철학으로 몸을 낮추는 존재들이 서로 감싸 안으며 '감자 싹'의 생명력을 키워야 한다. 시인이 꿈꾸는 유토피아는 그의 철학과 생애와 실천을 바탕으로 한다.

그러나 그 누구보다 유토피아에 집착하는 것이 시인인지도 모른다. 시를 피워내는 분위기, 시가 창조물인지 제작물인지의 의견은 분분하지만 '혼魂'이나 '마魔'의 존재를 시와 연결하는 건 흔한 일이다. 그만큼 시의 탄생 과정에 특별한 영혼의 울림을 인정하고 있는 셈이다. 중요한 건 시인의 유토피아가 갖는 파급력이다. 시인이 꿈꾸는 유토피아는 시로써 지상에서 그 소명을 발휘했기 때문이다. 시를 읽는 자, 시인이 꿈꾸는 유토피아를 함께 만드는 자이다. 모든 사람이 시를 읽고 쓴다면 유토피아는 그 자체로 실현될 것이다. 허나 그것이 가능하지 않기에 시인은 저마다의 소명으로 유토피아를 노래할 수밖에 없는 것이다.

그런 의미에서 시집 『마을로』는 도시의 피로와 허위의식에 찌든 현대인을 치유하는 이상적 공간을 향한 열망이 담겨 있다. 그것은 사라진 옛 고향에 대한 복고 취향도 아니고 불가능한 상상의 공간도 아니다. 내가 서 있는 공간에서 결코 멀지 않다. 한번도 본 적 없는 '밑'을 향한 미안함과 "발의 꿈"을 소중히 여기는 마음이 중요하리라. 그러니까 저마다 스스로를 치유하고 상생하는 '마을로'는 이곳에 있으나, 없다. 염원하는 자에게, 간절하게 갈망하는 자에게만 보이는 길이다. 그 염원이 당연하지만 상투적이지 않은 것은 시가 지닌 주술적인 힘이 작용하기 때문이다. 물론 시가 지닌 주술성은 시인의 언어만으로 완성되지는 않는다. 시인과 소통하는 독자의 간절함으로 가능한 것이리라.

'마을'이라는 상상의 공동체 공간도 아니고 '마을로 가는(또는 가는 길)'이라는 독특한 시공간의 이미지가 상상력을 풍요롭게 자극한다. 여기에서 '마을로'는 '길'이라는 공간과 "결 고운 소리를 듣는" 시간의 이미지가 합체하는 시공간이다. 노래(시)가 노동의 능률을 키워줄 것이며 폐기물조차도 생명을 살리는 존재로 "부활"하는 공간이 될 것이다.

> 늦기 전에 가야 해
>
> 오랜 시간 보지 못했으나
>
> 처음부터 우리 곁에 있어온 마을로

이제 돌아가야 해

황급히 떠나온 우리 마을로

—「마을로 1」 부분

“마을로 돌아가는 길”의 마음 자체가 결코 수월하지 않음을 시인은 안다. 불가능을 꿈꾸는 자가 있기에 세상은 새로운 가능성이 열려 있는 것이다. 「요로법」에서 시인이 말하고자 하는 바는 몸과 마음의 소통만이 아니다. 육체와 영혼의 대화는 거대한 땅덩어리 지구와 그곳에서 터전을 마련하여 거주하는 인간에게 삶의 공간으로 의미의 확대가 가능하다. 그 공간의 의미를 시인이 ‘마을로’라고 명명한 것이다. 스스로의 노폐물로 자기 치유를 하는 “비장”함이 있어야 “결행”할 수 있는 일은 무엇인가. 개인적인 성찰과 사회적인 실천을 아우르는 무수한 질문이 가능하다. 모두에게 ‘나의 마을로’를 묻는 시간에 동심의 결이 톡톡 튀어나오기를. 치유와 상생의 가능성은 내 안에 있음을 깊이 체험할 수 있을 것이다.

시를 쓰는 행위와 읽어내는 일의 가장 본질적인 출발점은 자기 치유이다. 그 치유가 이루어지면서 묻어 나온 문학적인 물음과 언어의 결을 따라가다 보면 또 하나의 문이 열린다. 그 공간은 나를 구원하고 더 나은 세상으로 향하는 가능성을 든든하게 키워줄 것이다. 『마을로』는 그곳으로 다가가는 시인의 도정이 담겨 있는 시집이다. 시인의 다음 행보가 기대되는 이유이다.

2. 물듦과 비움 사이, 촘촘하고 간결한 독백

누구에게나 첫 시집이 그렇겠지만 특히 장인무의 시집 『물들다』[2]는 시에 바치는 경건한 사랑이 옷깃을 여미게 한다. 참으로 오랜만에 '시가 무엇을 할 수 있는가?'에 대하여 긍정적인 고민의 시간을 가져보았음을 고백한다. 장인무의 시 세계는 개화 직전의 청순함과, 투박하지만 진솔한 언어로 담아낸 '물듦'과 '비움'의 이미지가 건강한 생명력으로 회귀한다. 그 둘의 관계가 촘촘하고 간결한 독백의 날줄과 씨줄로 대면하는 일, 그것이 바로 장인무의 시로 들어가는 문이 될 것이다.

장인무 시의 텃밭은 어린 시절의 아픈 가족사와 현재의 시 쓰기 그리고 생로병사와 씨름하는 현실이다. 그러나 엄살이 없다. 어둡고 슬픈 정서조차 추억이라는 '꽃물'로 물들어 있는데, 그런 가운데 '서리꽃'처럼 피어나는 아름다움의 세계가 있다. 그에게 따라붙는 구구절절한 신산고초의 아픔은 치유와 상생의 시 쓰기로 스며들며 삶의 아름다움을 길어 올리는 두레박으로 극복되는 듯하다. 그의 시는 '눈물'이나 '핏물'조차 '꽃물'로 수용하는 간절함과 치유에 도달하는 황홀한 저력이 있다. 또한 생의 거품을 자각하고 성찰하는 자세는 사무사思無邪의 경지를 떠올리게 하는 담담함이 있다. 자신

---

2) 장인무, 『물들다』, 지혜, 2019. 이후 이 책에서 인용한 시는 제목만 표기한다.

의 체험을 객관화하면서 대상과 합일하는 지극한 태도가 뽑아 올리는 감정은 그윽하고 아름답다. 이 시집은 장인무의 이러한 시 쓰기를 통한 자기 치유의 세계 인식이 개진되면서 아픈 사연의 긴 독백과 짧은 시 등 다양한 실험이 돋보인다.

장인무의 첫 시집 『물들다』는 4부로 이루어져 있으며 시인이 사물을 대하는 여백의 기운들로 넘쳐난다. 그 기운은 주변을 물들이는 예사롭지 않은 아름다움이라 말할 수 있다. 먼저 1부 「불꽃놀이」에서는 자신의 심경을 감정이입 하는 방식으로 이미지를 활용하는 기법이 돋보이는 시편을 엮고 있다. 2부 「서리꽃」은 객관적 상관물로서의 감정이입보다 깨달음의 언어들을 곡진하게 다룬다. 3부 「쌀밥 꽃 지던 날」에서 다루는 시들은 진한 인간적 냄새를 담아내는데 그 사연들이 "슬픔의 강에 풍덩 빠졌다가 환생한 누이의 눈빛"처럼 가슴을 후벼 스민다. 4부는 「넉 줄 시—긴 울림」이라는 제목 아래 20편의 시가 수록되어 있는데 이 자리를 특별히 눈여겨볼 만하다. 형식의 새로움에 도전하는 언어 감각의 발칙한 상상력이 돋보인다. 시집에 담긴 다양한 형식 실험과 고백의 언어들이 시의 텃밭에서 만개할 수 있도록 시에 바친 시인의 공력도 정성스럽다. 시를 통한, 시에 의한 치유와 상생의 씨앗이 발아한 시편 전체가 소우주를 이루며 살아 있는 맥박이 느껴질 만큼 생생하다. 표제작 「물들다」를 소개한다.

말갛게 웃던 푸른 하늘

감나무 이파리 나폴거리던

돌담가 외할머니 댁

애야 오늘은

감나무 아래 가지 마라

치맛자락 감물 들라

첫 달거리

달무리 닮은 뽀얀 속살

붉게 붉게 번지던

감나무 아래 볼그레

타오르던 첫사랑

수줍어 눈망울 적시던

홍시빛 추억

—「물들다」 전문

"감물"과 "첫 달거리"는 "달무리 닮은 뽀얀 속살"로 '물들다'의 상상력을 "첫사랑"의 시공간으로 확장한다. "감나무 아래"는 금지의 영역이며 유혹의 공간이다. 따라서 제목인 '물들다'는 시간성이 부여하는 흐름이자 통과제의적 존재의 변이다. 감물은 풋감의 푸른색에서 우러나는 것이며 염색된 옷감의 경우 홍시의 빛깔과는 다르다. '물들다'의 의미는 풋감이 홍시가 되는 시간인 동시에 첫 달거리와 첫사랑이 이루어지기까지의 시간이다. 시를 읽으며 과거와 현재가 오버랩되는 장면 속에 붉음의 다양한 영상들이 시간의 발효 과정 속에서 "홍시빛 추억"이 된다.

시집에서 배어 나오는 사랑의 시편들은 그 대상이 '시'와 '시 쓰는 자아'의 간절함으로 한정된다. 시상의 전개는 원초적인 강렬함의 이미지가 빈번하게 등장하지만 시인 특유의 균형 감각이 갖추어져 있다. 동시에 시적 대상마다 성찰의 과정으로 정리가 되거나 관조적 깨달음으로 치환된다. 성장 과정이나 가족, 병마와 씨름하는 몸 등 삶의 전부가 시로 만들어지는 계기를 보여준다. 다음의 시는 시인이 합체하고 싶은 갈망을 '나무 한 그루'로 표상한 시 쓰기의 시, '메타시metapoem'라 할 수 있다.

단단한 고독에 부딪친다
질척한 외로움, 단내 나는 마른 설움이다
덜그럭거리며 끌려가는 무기력, 빈곤한 핑계, 토해내듯 다독인다
견딜 만큼 서성인 나, 저만큼의 거리에서 손짓하는데
눈길 한 번 제대로 못 주고 외면하는 언어들의 술래잡기

머뭇머뭇 뒤척이다 오갈 데 없어 끝내 지친 살갗 부비며
빛나는 시어들 묶고 묶어 단단한 옹이만큼 열반할 수 있다면

호탕하게 껄껄 웃으며 돌아설 수 있겠는데
빈 하늘 어깨에 메고 훨훨 떠날 수 있겠는데

태풍이 쓸고 간 들녘에 나무 한 그루 심고 싶다
뒤척인 시간만큼, 해바라기 씨앗만큼
촘촘하고 간결하게 독백 한 구절 남기고 싶다

—「나를 심다」 부분

결국 자기 고백이다. "나무 한 그루"는 "촘촘하고 간결하게 독백 한 구절"과 대응을 이룬다. "나를 심다"의 의미는 "태풍이 쓸고 간 들녘에 나무 한 그루"를 심듯 "시어들"과 함께 "열반할 수" 있기를 바라는 마음이다. 그러니까 시인에게 시를 쓰는 행위는 자신을 "씨앗"처럼 증명하는 도정이니만큼 그 과정이 만만치 않은 것이다. 그만큼 "단단한 고독"을 즐기는 시간과 "질척한 외로움"을 견디면서 "단내 나는 마른 설움"을 겪어내야 한다. "덜그럭거리며 끌려가는 무기력"을 보듬어서 "빛나는 시어들"로 묶어 "단단한 옹이만큼 열반할 수 있다"는 믿음이 있다면 그 시도만으로도 시인의 경지가 열린다. 목숨을 바칠 만큼의 절실함이 있을 때 비로소 고혈을 짜낸 "태풍이 쓸고 간 들녘"은 생명의 터전으로서 손색이 없을 것이다. 시 쓰기 작업의 섬뜩한 열정이 어디까지 치솟을 것인가.

예리한 메스가 지나간 가슴에

서른아홉 개의 바늘땀이 생겼어

뱃속 열어 미세균 파충류 제거하고

덕지덕지 자생하는 곰팡이를 제거했대

새파랗게 물든 비장은 내버려두래, 대신

조심조심 만져도 온몸 새파랗게 멍들 거래

새까맣게 물든 폐에도 물이 고였대

가슴이 너무 뜨거워, 눈물이 너무 많아서

폐까지 물이 찼대나

모른대, 의사도, 그러니 마음 놓고 살라하네

큰마음 도려내고 물처럼 바람처럼 해처럼 살라하네

병원 문을 나서는데 일곱 살짜리 아들이 윤나게 닦아준

하얀 구두 콧날에 주르륵 코피 흘러 핏물 들었어

비릿한 누런 나비 발끝에 앉아 얼쩡거리더니

오 헨리의 '마지막 잎새'처럼 핏물 삼킨 붉은 꽃물 들었어

아직 살아 있으므로 가슴에 진한 꽃물 보관 중이야

—「꽃물」 전문

그의 시집을 읽으면서 유언처럼, 생의 마지막 독백처럼 비장함이 느껴지는 건 시 「꽃물」과 관련이 깊다. "핏물"과 "꽃물"의 붉은 이미지는 강렬한 생의 에너지를 시사한다. 시집의 많은 분량을 차지하는 가족사의 사연이 깃든 문장들은 애환의 흔적이지만 절제된 언어와 균형 감각을 지닌 성찰에 힘입어 삶의 비의秘義를 부르면서

문학적 물음을 이끌어낸다. “촘촘하고 간결”한 “독백”으로 읽히는 것이다. 대부분의 문학적 형상화에 있어서 “핏물”이 “꽃물”로 치환되는 것은 피의 숭고함이나 헌신적 사랑과 맞물릴 경우이다. “아직 살아 있으므로” “핏물”의 고통과 “눈물”을 “꽃물”로 만드는 시는 아름답다. 그것은 장인무의 시가 지닌 황홀한 아름다움이 그 안에 핏물과 눈물로 녹아 있기 때문이다.

3.

시인은 불가능한 꿈의 씨앗으로 열매를 분만하기 위해 쟁기질을 멈추지 않는 자이다. 사실은 시인이 아닐지라도 누구나 한 번쯤은 그 씨앗을 품어본 적이 있다. 그 씨앗의 핵을 ‘동심’ 또는 ‘사랑’이라고 명명한다면 모든 사람의 가슴속에 영원히 심어 있는 것일 수도 있다. 하지만 현실에 메말라 가물가물하거나, 지나치게 깊이 파묻혀서 흔적조차 찾을 수 없게 된 사람들이 많아졌다. 자신에게 ‘동심’이나 ‘사랑’이 자랄 여지가 없다고 포기한 사람들도 수두룩하다. 그러니까 시를 쓴다는 것, 시를 읽는다는 것이 자기 치유가 되고 상생의 가능성을 꽃 피우는 작은 씨앗이 되어야 할 것이다.

박용주 시인의 유토피아 공간도 지상에서 텃밭을 마련하였으니 그는 부지런히 쟁기질을 멈추지 않을 것이다. 고향 마을 공주 수촌리에 세운 ‘해밝은작은도서관’과 스치는 인연 속에서 과연 그의 시가 얼마나 깊어질 것인가? 시인의 가슴이 풍요로워질 것인가? 그의 '마을로'는 이미 우리의 '마을로'가 되어 함께하는 도정이 되었으니 희망의 씨앗은 이미 뿌려졌다. 질라라비 훨훨, 그가 이루어낸 삶의 '결'이 만들어갈 다음 행보가 궁금하다.

장인무 시에서 '물듦'은 사랑의 이미지이자 시작詩作 행위 자체이다. 사랑하는 사람과 닮아가는 것, 사랑에 빠지는 순간의 열정이 봇물처럼 넘친다. 사랑의 상흔조차 아름답기를 열망하는 꿈이다. 이야기가 많은 시인이 "촘촘하고 간결하게 독백 한 구절"로 직조한 이미지의 시 그 자체이다. 시인의 시를 향한 사랑, 그 열망이 자기 치유를 이루어낸 깊이만큼, 아니 그 이상으로 활발발活潑潑하고 심원한 '물듦'의 세계로 번져가기를 소망해본다.

애도哀悼의 언어, 소생蘇生의 힘

—박형권

1.

박형권 시인, 그는 동화작가로 활동했으며, 『우두커니』(실천문학사) 『전당포는 항구다』(창비) 『가덕도 탕수구미 시거리 상향』(모악) 『도축사 수첩』(시산맥사) 등의 시집을 상재했다. 최근 두 권의 시집은 새로운 방향 모색을 보여준다. 『중랑악부』(시산맥사)와 『새로움에 보내는 헌시』(달샘시와표현)가 그것이다.

"시는 언어의 반대편과 치르는 성전"(『중랑악부』)이라 한 시인의 최근 발언을 떠올린다. 신작시 다섯 편[1]에 담긴 흔적들은 특히 코

1) 『시와문화』 57호, 시와문화사, 2021. 이후 이 책에서 인용한 시는 제목만 표기한다.

로나19로 고통받는 도시 변두리의 아픔을 골고다의 언덕 위에 펼쳐놓는다. 또한 도시 빈민의 생채기를 "할로겐 히터"나, "빨대"와 같은 무생물의 존재로 시상을 확장한다. 그의 모든 언어는 회생과 소생을 향한 간절함에서 기인한다. 물질문명의 급류 그리고 자본주의하에 편의주의와 일회용 소비와 자본 증식, 개발의 결과로 서서히 죽어가는 것들은 어디까지인가. 알바트로스의 사진에 머무는 시인의 시선은 태초의 바닷물 소리에 담긴 생명체를 부르는 애도의 몸짓으로 흐른다. 그 애도의 언어는 소생의 힘이 되는 가능성을 펼치고 있다. 하여, 그의 언어는 고발의 차원을 지양하고 공감대를 키워내고 해결 방법을 위한 가능성을 탐색하며 이 땅의 슬픈 생명체, 무생물의 존재에까지 파고든다.

우리 시대의 시는 과연 무엇을 할 수 있는가. 가시면류관을 택할 것인가, 아니면 운명처럼 골고다의 언덕을 오를 것인가. 우리는 최소의 질문이나마 포기하지 않아야 할 것이다. 호주의 산불이 속수무책 6개월 이상 불타오를 때, 인류의 미래와 또 스스로의 존재 이유에 대한 희망이 함께 타버리는 통증을 우리는 이미 앓았다. 마비된 감각으로 앎과 실천의 엇놀림을 확대 재생산하는 나날을 살아왔다는 회한과 반성조차 무기력함으로 묻어버렸던 6개월이었다. 100여 년의 세월이 흘러도 원상회복이 불가능하다고 전문가들은 입을 모은다. 코로나19보다 더 큰 재앙의 징후를 잊으면 안 된다. 그 위험을 읽어낼 예지叡智를 상실한 시대, 인류의 오만은 어디까지 치솟을 것인가. 그래서 시인은 시대의 몫으로 인류의 몫으로 짊어진 통증으로 고통스럽다.

우리는 시인의 통증에 동참할 수 있을까? 그가 아픔으로 노래하는 언어를 되새김하여 일상의 작은 변화를 시도할 의지의 싹을 틔우고 가꾸어나갈 수 있을까? 박형권의 시를 음미하면서 '고독과 죽음에 대한 애도哀悼'가 결국은 '소생蘇生을 위한 기도祈禱'임을 목도하는 순간을 과연 감지할 수 있을까?

2.

「할로겐 히터 씨의 고독」에서 "폐기 처분"과 "고독"은 상호 구원과 대결의 언어로 팽팽한 긴장감으로 맞붙었다. 다음 시를 보자.

스탠드형 할로겐 히터 씨 무탈하신가요
당신은 당신 사용법을 숙지하셨나요
당신이 교류 220볼트 전용임을 모르는 사람이 아무도 없어요
그만큼 당신은 들키며 살았지요
(…)
어느 해인가, 당신이라는 이름을 내밀고
애프터서비스를 기다렸지만 아무도 오지 않았어요
당신은 고독으로 바로 서야 하고 달구어져야 해요
당신은 폐기 처분 해야 할 나이가 지났으니까요

커피를 한 잔 들고 스탠드형 할로겐 히터 씨 창밖을 봐요

사부작사부작 밖에서

고양이 한 마리가 들여다보고 있어요

—「할로겐 히터 씨의 고독」 부분

시인과 "스탠드형 할로겐 히터 씨"와의 관계는 주체와 객체의 거리가 없다. 서사가 적절한 간극을 최대한 활용한다면 서정은 대개 그것의 무화無化를 시도한다. "스탠드형 할로겐 히터 씨"가 "커피를 한 잔 들고" "창밖을" 보는 주체가 되는 순간 "고양이 한 마리"의 시선과 마주한다. "폐기 처분 해야 할 나이가 지난" 것들에 보내는 시인의 애도가 소생의 언어로 변신하는 이 마주침이 시로 탄생한다. 필자는 "스탠드형 할로겐 히터"를 눈여겨본 적도 없었지만 시인에게는 분명 자신의 분신 같은 목록 중 하나임에 틀림없다. 그렇게 스쳤던 인연 속에서 사라지는 모든 것들은 아프고 아름답고 진실한 체취를 담고 있다.

시인은 사물이나 공간조차도 '씨'를 붙여서 공대하며 생명의 숨결을 불어넣는다. 시인이 호명하는 대상은 사라지기 직전의 존재들과 관계가 있을 것이다. "폐기 처분 해야 할 나이가 지났"다고 단언하는 목소리에서는 냉혹함과 정겨움이 동등하게 전달된다. 오래된 것, 사라지는 것에 대한 어찌할 수 없는 연민 때문일 것이다.

할로겐 히터를 오랜 지인처럼 대하는 시인에게 그 사연을 굳이 물을 필요는 없다. 반백 년 이상의 세월을 떠돌다보면 유목민처럼

지나온 시간에 과묵해지는 법이다. 저마다 견뎌내야 할 고독과 달구어져야 할 당위성만이 남는다. "당신은 고독으로 바로서야 하고 달구어져야 해요/ 당신은 폐기 처분 해야 할 나이가 지났으니까요" 이 시문詩文에서 우리는 낡은 사물에 대한 연민으로 아릿해진다. 세월의 흐름을 거스를 자는 아무도 없다. 그러함에도 순응보다는 반발의 에너지가 필요할 때가 있는 법, 지금 이 순간 당신은 그 선택의 기로에 서 있다.

폐기 처분이라는 말은 원래 기물器物에만 사용하는 용어였다. 언제부터인가, 우리 사회에서는 이 용어를 생명체에도 붙이는 데 익숙해졌다. 시인이 "할로겐 히터"에게 느끼는 연민은 그래서 더욱 특별하게 여겨진다. 일회용품이 넘쳐나는 시대에 아끼고 보듬으며 정성을 나누는 관계가 단지 불편함이라는 이유로 외면당한다. 쉽게 편하게 '대체 가능한' 존재물로 세상이 넘쳐난다. 그 범람의 물결이 바다로 이어져서 시나브로 지구를 오염시키면서 우리는 이상기후에 직면해 있으며 바이러스에도 취약할 수밖에 없다.

폐기 처분이라는 용어에 담긴 잔혹성은 결국 그 대상에 '나와 가족, 사랑하는 이웃'도 예외가 될 수 없다는 엄연한 객관적 진리 때문이다. 손때가 묻었거나 함께 나눈 시간들이 주는 연륜 속에는 폐기할 수 없는, 폐기해서는 안 되는 삶의 흔적들이 존재한다. 폐기와 동시에 기억조차 위태로워질 수 있기 때문이다. 다음 시의 현장은 더욱 시리고 아픈 만남을 예고한다.

검정 크레파스로 골고다의 언덕을 그릴 때

동태찌개가 끓고 있었다

그분은 벌써 다녀갔지만 아직 도착하지 않았고

가시를 밟으며 오고 계시는 중이었다

어떤 사람은 식은 밥을 물에 말아 먹었고

또 어떤 사람은 친구가 보내온 어리굴젓으로

아침을 때웠다

(…)

KF94 방역 마스크를 쓰는 서울 변두리

안전안내문자가 허를 찌르듯 잊을 만하면 떠올랐다

그러나 누구도 쉽게 포기할 수 없는

여기는 항바이러스 지대

가야 할 곳이 있다면 한사코 가야 했다

동태찌개가 끓는 사이

그분은 단지 오고 계시는 중이고

칙칙한 겨울 외투에 기어이 눈이 내렸다

—「골고다」 부분

"여기는 항바이러스 지대"의 그 현장성을 성찰해본다. 이곳은 시인의 최근 삶터이자 시인의 시선이 머무르는 곳, 골고다의 언덕이다. 박형권 시인은 가덕도에서 보낸 유년을 이런 식으로 품고 있다. 이후 서울 변두리 도시빈민의 삶을 살았고 그 공간을 살아가는 사람들에 대한 진정성을 시로 표상한 바 있다. 그가 독특한 이력으로 지닌 삶의 흔적은 민중의 수난사이자, 고향 상실의 아픔과 생채기를 대변하는 언어가 된다. 그는 떠도는 자이며, 영원한 안식처를 그리워하는 자이다. 그렇기 때문에 그는 머무르는 공간 그곳에서 안식하지 못하는 자들의 아픔을 함께 앓는다. 그에게는 떠도는 공간이 머무르는 공간이며 그곳에서 그는 상실한 자들만이 누릴 수 있는 기다림의 기쁨을 향유한다. 점유하지 못한 자들에게만 허여된 넉넉한 마음이 있기 때문이다. 욕심을 부리는 것조차 사치가 되는 삶이 있음을 알기 때문이다.

"그러나 누구도 쉽게 포기할 수 없는/ 여기는 항바이러스 지대/ 가야 할 곳이 있다면 한사코 가야 했다"에서의 현장성은 사뭇 비장하다. 골고다의 언덕은 알다시피 예수가 최후를 맞이한 곳이다.

"골고다의 언덕" "그분은 단지 오고 계시는 중"이지만 지금은 코로나19로 엄중한 시국이다. 마스크를 썼다는 것만으로는 안전이 보장될 수 없지만 무엇보다 중요한 건 일자리를 얻어 먹거리를 장만하는 일이다. 일자리를 기다리는 현장에서 흩날리는 눈은 가혹한 형벌이라고 보고 싶지는 않다. 골고다의 언덕은 도시빈민이 하루를 시작하기 위해 사투를 벌이는 서울 변두리 이곳이다. 시인이 골고다의 언덕을 호명하는 이유는 이천 년 전의 그분보다 지금도 오고 계시는 그분과 더 긴밀하게 연결되었기 때문일 것이다. 시인은 이곳에서 최후의 삶, 생존의 미덕을 반추한다. 낮은 자리에서 사랑을 실천하는 그분의 존재 의미를 "검정 크레파스로" 그려보는 것이다.

다음 시에 등장하는 여인과 화가의 만남에는 “시린 풍경”을 “뜯어내”는 사랑이 담겨 있다.

> 불법 부착물을 떼어낸 자리에
> 청 테이프가 남았다
> 오십 대 중반의 그 여인은 코로나발 희망일자리로
> 청 테이프를 떼어내는 일을 맡았다
> 누군가가 인생을 걸고 사랑했을
> 누에 손으로
> 서울의 시린 풍경을 뜯어내고 있었다
> —뭐 하세요?
> —예, 풀 뜯고 있어요
> 풀은 전봇대에도 있었고
> 버스 정류장의 유리벽에도 있었고
> 플라타너스 가로수에도 있었다
> 초원에서 양 떼들이 풀을 뜯는 것처럼
> 키 작은 여인은 까치발로 높이 붙은 하루치 생존을 뜯었다
> 이른 겨울이 여인의 손끝에 부착되어 있었다
> 손끝이 시리고 귀가 아린 것 같았다
> 여인이 입김을 불 때마다 희끗희끗 눈발이 날렸다
> 여인이 전철역 공원 쪽으로 가고 있었다
> 전철역 공원에서 인생의 빛나는 부위를 파는

늙은 화가에게로 가고 있었다

그가 호주머니에 묻어두었던 두 손으로

여인의 귀를 감싸주고 있었다

손 위를 다시 여인이 손을 포갰다

손들이 그 지점에서 오래 머물렀다

—「풀 뜯는 여인」 전문

노동을 마친 후의 평화와 안식이 훈훈하다. 때로는 우리에게 '자그마한'이라는 수식어를 필요로 하는 해피엔딩이 그나마 축복일 수 있다. 가난한 늙은 부부에게도 다정하게 내밀고 서로 포개는 손길이 있다. 여인의 손은 "불법 부착물"을 수거하는 임시직 일거리를 찾아 "하루치 생존을 뜯"는 중이다. "초원에서 양 떼들이 풀을 뜯는 것처럼" 그 행위는 간결하고 생명력 있게 다가온다.

"손끝이 시리고 귀가 아린" 어느 날 그리고 "희끗희끗 눈발이 날"리는 배경이다. "여인이 입김을 불 때마다 희끗희끗 눈발이 날렸다". 언 손과 "늙은 화가"가 "호주머니에 묻어두었던 두 손으로" "여인의 귀를 감싸주"는 장면을 시인은 응시한다. "손 위를 다시 여인이 손을 포갰다". 이 지점에서 우리는 기도하는 시심詩心을 만나게 된다. "손들이 그 지점에서 오래 머물렀다"에서의 "손들"에는 당연히 연대하며 공감하는 수많은 "손들"을 떠올리게 된다.

그러니까 '오십 대 중반의 여인과 늙은 화가'의 마주침은 "손"과 "손"의 포갬과 오랜 머무름이요 감싸주는 행위이다. 속俗의 만남이라기보다는 성聖스러운 분위기를 연출하는 아름다운 삶(사랑)의 풍경처럼 여겨지기도 한다.

시인에게 낭만이라는 단어를 슬쩍 들이댄다면 이런 경우일 것이다. 그의 시를 읽다 보면 팍팍한 세월을 견뎌내는 주인공들이 대책 없이 해맑다는 생각이 드는 것이다. "사람보다 흙이 더 아플 때가 있다"(「흙의 이민」), "새들이 나를 나무로 볼 때에 이르러서야 한 아이의 겨드랑이에서 날개가 돋았다"(「새들이 나를 나무로 볼 때」) 그리고 「등줄쥐」「장모님 앞에서 젖꼭지를 빨았다」 또는 「이사의 달인」「낭만 도배사」 등 그뿐만이 아니다. 「가덕도 탕수구미 시거리 상향」은 어떠한가. 그의 시에 담긴 고단하고 지친 가난한 사람들의 맑은 눈빛을 단순하게 낭만이라는 말만으로는 부족하지만 시인이 호기를 부릴 수 있는 씩씩한 삶의 태도에 낭만이 한몫을 차지하는 것은 분명하다. 그의 시에서 펄럭이는 낭만의 물결이 깊은 내공과 단련된 노동의 힘 이면에서 작용하는 본능적인 생의 활력임을 발언하고 싶은 것이다.

청둥오리가 무리 지어 물가를 노니는 모습을 본 적이 있을 것이다. 멀리서 바라보는 자에게 그 풍경은 아름답기만 하다. 하지만 수면 아래를 살피면 어떠한가. 오리는 수면 위로 우아하게 노니는 장면을 위해 쉴 틈 없는 발길질이 받쳐주어야 한다. 그뿐이 아니다. 물의 표면은 매끄럽고 평화롭게 여겨질 수도 있지만 물속에 얼마나 많은 생명체들이 삶과 죽음의 집을 짓고 있는지 잊으면 안 되는 것이다. 내 눈으로 보는 세상, 나의 학식과 견문으로 만나는 삶의 한계는 과연 어디까지인가.

풀 뜯는 여인과 늙은 화가의 만남을 그리면서 시인이 담아낸 행간의 언어를 생각해본다. 시인이 숨겨놓은 건 늙은 화가의 그림일지도 모른다. "전철역 공원에서 인생의 빛나는 부위를 파는" 그림을 상상하는 즐거움은 오롯이 독자의 몫이다.

「풀 뜯는 여인」은 "코로나발 희망일자리"로 "불법 부착물을 떼어낸 자리"를 찾아 "청 테이프 떼는 일"을 한다. "청 테이프 떼는 일을" "풀을 뜯는" 것으로 치환하여 여인은 초식 이미지로 "초원에서 양떼들이 풀을 뜯는 것처럼/ 키 작은 여인은 까치발로 높이 붙은 하루치 생존을 뜯었다". 양 떼들이 풀을 뜯는 것처럼 여인의 손과 늙은 화가의 손이 포개어 머무르는 지점, 잠시나마 우리는 아릿한 통증에 젖는다. 고달픈 삶일지라도 당당하고 정직하다. 밑바닥을 살아가는 자에게 허용되는 설렘과 아름다움의 선물을 주고받는 손에 우리들의 손도 살포시 포개고 싶어지는 순간이다.

다음 시에서 라테와 빨대의 만남은 지극히 현실적인 언어로 제시되지만 어쩐지 엽기적 영화를 보는 것처럼 공포감을 조성한다.

> 그가 라테 씨를 만난 것은
> 도시의 허공을 타워크레인이 점령하고
> 고공에서 몽키스패너 같은 것이 떨어질까 봐
> 시선을 허공에 둘 때였다

(…)

허적허적 일을 찾아다녔다

그가 라테 씨를 만난 것은

도시의 허공을 타워크레인이 점령하고

고공에서 몽키스패너 같은 것이 떨어질까 봐

시선을 허공에 둘 때였다

(…)

허적허적 일을 찾아다녔다

생수 이 리터짜리 여섯 병에 사천 원

담배연기로 향하는 차비 사천오백 원

추억처럼 기록할 때 라테 씨를 만났다

피 흘린 선지해장국이 육천 원일 때였다

자기 피는 비려서 남의 피로 장기를 해방시켰다

그는 자신의 소임이 지구를 몽땅 흡입하는 것임을

뒤늦게 깨달았다

그는 마침내 선지에 빨대를 꽂았다

라테 씨는 회상하고 있다

'그때 그 빨대와 그렇게도 죽이 맞았다'고

—「빨대」 부분

"라테 씨"는 외국인 노동자의 이름을 연상시키는 동시에 카페라테의 명칭과 겹친다. 하나의 이름으로 사물과 사람을 합체하거나 둘 이상의 존재를 호명하는 시작법은 박형권 시에 드물지 않게 등장한다. 「파상 씨의 전파상」 「육점 여사의 고기천국」 「지물포 씨의 항구에서」 「백설기 씨」 등등. 시인은 일터와 노동을 새롭게 태어나는 생명체처럼 다루기도 하는 것이다.

"라테 씨"가 "선지에 빨대에 꽂"는다. 아닌가? 선지에 빨대를 꽂은 이는 시인이었던가? 아무려면 어떠냐. 빨대는 흡입하는 것이 자신의 소임일 뿐이다. 지구를 흡입하든지 라테를 흡입하든지 말이다. "그렇게도 죽이 맞았다"는 "그 빨대"는 선지를 흡입했던 빨대인가. 시인은 결국 빨대를 통하여 스스로를 자학하는 것인가? "라테"와 "빨대"는 그렇게 서로의 애증을 소통하는 존재이다. 그 소통이 순탄하게 이루어지는 것은 아니지만 결국에는 해내고야 만다. "라테 씨는 회상하고 있다/ '그때 그 빨대와 그렇게도 죽이 맞았다'고".

빨대를 사전에서 찾아보았다. '물이나 음료를 빨아올려 마시는 데 쓰는 길고 가는 대롱'이라는 해석이 나온다. 그래서 빨대의 용도는 흡입을 도와주는 것이다. "남의 피로 장기를 해방시켰다"는 결국 빨대의 시적 의미가 부정적 흡입자로 연결된다. 그러나 빨대를 사용하지 않을 수 없는 삶의 현장에서 우리는 존재한다. 그러므로 노동의 의미, 하루하루 힘겹게 살아가는 흔적들이 결국 지구의 종말을 막을 수 없다는 위기감으로 비유된다. 결국 누구를 탓할 수 없다. 나와 너와 그대는 한 몸이자 공모자이며 피해자이자 가해자일 뿐. 마지막까지 남는 여운은 "그는 자신의 소임이 지구를 몽땅 흡입하는 것임을/ 뒤늦게 깨달았다" 이 문장 때문인 듯하다. 경고이자, 고백이며, 반성이자, 존재자의 슬픔이 배어 있다.

때로는 시를 해석하는 일이 부질없이 느껴질 때가 있다. 「그 사진 속의 알바트로스」도 그랬다. 시에 등장하는 상황이 현실을 압도하는 경우, 엽기적 판타지, 공상과학SF이 아닌데도 그 이상의 극단적 비현실감으로 이끌리는 현장이다. 여기에서는 「빨대」와 같은 맥락으로 시를 호흡할 수 있다.

시의 공간은 사진 전시회장, 식탁, 바다, 그리고 우리가 살고 있는 지구 전체로 확장된다. 시에서 '알바트로스'의 엄마는 우리가 먹는 물이 되고 우리에게 음식을 제공하는 모태가 된다. 그래서 시는 사진이자 영상을 품고 있으며 그 안에서 우리는 현실의 문제를 외면할 수 없다는 스스로의 목소리에 깊이 귀를 기울이게 된다. 그 목소리를 만나보도록 하자.

> 언제부터인가 그 언제부터인가 엄마가 페트병을 먹기 시작했어요 바퀴약을 먹은 바퀴벌레처럼 페트병을 위장에 담아 와 우리의 접시에 쏟아놓아요 그리고 빙그레 웃어요 우리더러 먹으라는 거죠 엄마가 꺼내놓은 엄마를 무시할 수 없어요 엄마는 가끔 직사광선을 피하여 서늘한 곳에 보관되어 있어요 엄마를 한 번 개봉한 후에는 냉장 보관 하여 될 수 있으면 빨리 먹어야 해요 굽거나 삶았을 때 갑작스러운 온도변화가 있으면 엄마의 미네랄 성분이 종잡을 수 없는 물질로 바뀔 수도 있어요

그렇지만 엄마는 자기의 요리 솜씨에 이상이 없다고 주장하죠 멀리 날려면 충분히 먹어두어야 하는 것이 엄마의 철학이죠 엄마의 음식이 의심스러워도 우리는 교환하거나 보상받을 수 없어요 엄마의 제조처는 어디인가요 유통기한은 언제까지인가요 엄마를 담는 용기 재질은 폴리에틸렌 무엇 무엇이라고 외우기도 복잡해요 그래요, 엄마는 외우기 정말 복잡해요 줘놓고 잊어버리는 것, 아낌없이 주는 것은 그런 건가 봐요 엄마가 먼저 먹고 반쯤 소화시켰다고 해서 우리는 페트병을 꿀꺽 꿀꺽 삼켰어요

—「그 사진 속의 알바트로스」 전문

액자소설의 이중적 구조는 액자의 속과 겉, 그것을 외화外話와 내화內話라 부른다. 이 시를 설명하기에 적절한 구조를 소설 이론에서 차용해도 무리가 없을 듯하다. 제목 「그 사진 속의 알바트로스」는 크리스 조던의 사진과 오버랩된다. 크리스 조던은 사진작가이며 환경 지킴을 실천한다. 사진집 『크리스 조던—아름다움의 눈을 통해 절망의 바다 그 너머로』(인디고 서원), 전시회 〈크리스 조던—아름다움 너머〉, 다큐 영상 등 바다에서 죽어가는 생명들과 인간의 문명이 자행한 생태계 오염을 보여준다. 최초의 목격이 지닌 '낯설게 하기'의 충격이 아름다움을 사랑하고 지켜낼 수 있는 힘이 되리라 믿는 것이다.

익히 알려진 것처럼 보들레르의 시에서 알바트로스는 절대적 생명체로서의 존재로 우리를 위압한다. 『장자』 「소요유」 편에 등장하

는 전설의 새인 붕새를 만난 듯한 경외감도 알바트로스의 몫이다. 그러나 알바트로스는 거대한 날개와 오랜 비행으로 하늘에서는 위용을 떨치지만 막상 지상에서는 큰 날개를 감당하지 못하는 걸음을 지닌 독특한 존재로서 사랑받아왔다. 문제는 크리스 조던의 사진에서 알바트로스는 뱃속에 쓰레기가 가득 찬 채 죽은 모습이라는 점이다. 물고기와 바다에 떠다니는 해상 쓰레기를 구분하지 못한 채 먹이를 취한 결과이다. 이 거대한 새의 죽음의 원인과 결과를 담은 한 장의 사진에서 시인은 엄마와 아기로 빙의하여 과거의 한 순간을 불러낸다.

시의 외화는 지구 생태계의 위기를 직시하며 새로운 세상을 꿈꾸는 움직임을 담고 있다. 사진을 통해 알바트로스의 죽음을 목도하는 사건을 일으키며, 기후변화와 미세플라스틱의 문제점을 제기하고, 환경을 살리기 위해 우리가 지향해야 할 생태적 의무를 일깨운다. 사진 속 알바트로스는 죽음으로 우리를 부른다. 우리가 여기에 호응한다면 그 언어는 애도에서 멈추지 않고 생태계의 소중함을 자각하여 실천할 수 있는 힘을 부여할 것이다.

모든 생명체는 언젠가는 죽어야 한다. 한 알의 밀알이 썩어서 생명을 만들듯 죽음이 생태계에 보이지 않는 균형을 준다. 문제는 무지막지한 생태계의 교란이다. 시인은 알바트로스의 죽음이 곧 인간의 죽음이자, 지구의 종말이라는 예지叡智를 자각한다. 결국 알바트로스 가족의 죽음을 애도함은 인간에 대한 최후통첩의 깨달음이 되는 것이다.

시의 내화는 알바트로스 가족의 식사 장면이다. 알바트로스는 바다 위를 날면서 물 위로 뛰어오르는 오징어와 새우들을 순식간에 포획하여 돌아온다. 식탁에 포획물을 게워내서 새끼에게 먹이기 위함이다. 그런데 이게 웬일인가. 엄마는 "페트병을 위장에 담아 와 우리의 접시에 쏟아놓아요 그리고 빙그레 웃어요 우리더러 먹으라는 거죠", 논에 물 들어가는 모습과 자식 입에 밥 들어가는 모습이 제일 큰 즐거움이라는 말을 떠올리며 죽음과 웃음이 오버랩된다.

알바트로스의 가족은 결국 미세플라스틱 물고기를 섭취하는 인간의 모습으로 자연스레 치환된다. 쉽게 잊고 살아가는 바다 오염의 진실, 지구 생태계의 교란이 위급하게 다가오는 순간, 우리는 비통함으로 알바트로스를 애도하며 끌어안는다. 미안함과 안타까움으로 그의 죽음에 입을 맞추는 애도 행위는 앞으로의 더 많은 살상을 막아내기를 갈구하는 참회와 사랑의 기도가 된다.

우리는 이 시에서 외화와 내화를 둘러싼 삶의 비의秘義를 만날 수 있다. 가해자와 피해자라는 이분법 논리의 이성적 차원을 넘어서는 지구 생태계의 위기감에 대한 통증의 감성을 실감한다. 그것이 가능한 것은 시인이 사진 한 장을 통하여 불러낸 '낯설게 하기'의 시적 장치와 관련이 크다. 시와 사진과 관객이 공간을 초월한 목격자로서 공감의 현장을 살려내는 것이다. 시의 힘이란 이렇듯 언어를 뛰어넘는 삶의 현장으로 이어지는 확장성을 불러오는데 이는 단순히 시적 장치의 위력 때문이라고만 말할 수는 없다. 그보다는 시인이 가덕도에서부터 오랜 시간' 바다와 호흡하며 키워온 생명에 대한 외경畏敬이 불어넣은 힘에서 비롯된다 할 수 있을 것이다.

3.

문학이란 무엇인가. 작가는 과연 어떤 글을 써서 세상에 좋은 영향을 미칠 것인가. 이 질문은 현 시국에 더욱 절박하게 다가온다. 박형권 시인은 이 문제를 본질에 충실하게 끌어안는 누구도 흉내 낼 수 없는 심리적 물리적 넉넉한 품이 있다. 마음속의 고향 가덕도를 그리워하며 실제 거주 공간인 도시 변두리를 속속들이 시에 담았다. 그 공간은 우리들조차 마음 깊이 간직해온 고향을 돌아보게 한다. 내가 몸담고 있는 공간에 대한 사랑이란 결국 숨 쉬는 존재들에 대한 지극한 연민이 아니겠는가. 그만큼 그의 시에는 언어가 존재를 성장하게 하고 결국 생명체로 춤추고 노래하며 인간과 합체하는 힘이 있다. 그에게 달라붙는 혼들이 빙의하는 언어들을 만나는 순간 나도 모르게 손을 포개야 할 것이다. 그 순간 손과 손이 포개지면서 전달되는 따스한 온기가 살려낼 수 있는 무수한 가능성을 생각해본다. 소생의 힘은 간절한 애도와 기도에서 이미 실현되고 있다고 우리는 감히 믿고 싶은 것이다.

'새로움'이 지닌 매혹이 시인이 추구했던 이전까지의 흐름에 촉진제가 될 것인가, 아니면 기름과 물처럼 따로 놀 것인가. 시인에게 '오래된 미래', '공동체적 원형'의 길을 당부하고 싶다. 그 요구가 시인의 가능성을 가로막지 않으면서 새로움으로 거듭나기를 바란다. 그의 길은 아직 충분히 열려 있다. 늘 그랬듯이 그가 품은 공간이 새로운 아름다움과 생명의 힘으로 빛날 것이다. 그의 시를 응원한다.

원심력과 구심력의 언어 미학

―박설희

1.

박설희의 신작 다섯 시편詩篇[1])에서 각기 다른 이야기를 읽는다. 그 이야기마다 시인의 자기 정체성에 대한 고민과, 타자와의 소통을 향한 시적 지향성의 이미지가 강렬하다. 시인은 그렇게 현상 너머 본질을 향한 갈망의 언어를 채굴하는 중이다. 그 언어는 시인의 몸 구석구석에 근육으로 각인된 살점처럼 현실감으로 무장되어 있어서 든든하다. 이 글에서는 박설희 시인의 시적 지향성이 구체적인 이미지로 진화하고 있음을 보여주는 시편詩篇들을 풀어보도록

1) 『시와문화』 56호, 시와문화사, 2020년. 이후 이 책에서 인용한 시는 제목만 표기한다.

하겠다. 그 이야기는 원심력과 구심력의 언어 미학이 빚어낸 서정성을 품는다. 자기 정체성에 대한 고민은 구심력의 언어로, 타자와의 소통을 향한 시적 지향성은 원심력의 언어로 발화하는 것이다.

인생 최초 딜레마의 사연을 표상한 「황구와 눈깔사탕」의 동심은 구심력의 언어로 자기 정체성을 묻고 있으며, 강제징용 희생자 사할린 광부를 추모하는 민족의 아픈 서사는 원심력의 언어로 새롭게 되살아난다. 그런가 하면 「애완돌」에는 명작 소설의 인물을 등장시켜 작품의 서사를 호명하는 원심력의 언어와 구심력의 언어가 혼종성을 보이기도 한다. 「사회적 거리두기」는 한 편의 연극처럼 무대가 펼쳐지면서 인물의 대화가 진행되는데 우리는 그 안에 몰입하여 자기만의 사연을 오버랩하면서 관객의 역할을 맡기도 한다. 「스위치」를 같은 맥락에서 서사를 재구성하여 읽는다면 시적 지향과의 만남이 멀어질지도 모르겠다. 하지만 시가 세상과 만나기까지의 신호체계로 '스위치'를 이해하는 건 아마도 함의된 해석과 맥락이 통할 것이다.

두루 알다시피 서정의 축이 개인의 내면을 향하는 구심력으로 작용한다면 서사의 중심축은 원심력으로 외부를 지향하는 속성이 있다. 하지만 이 둘은 따로 그리고 함께 강약을 조절한다. 시에서나 소설에서나 그러한 넘나듦은 이미 자연스러운 현상이 되었다.

서사가 서정시의 영역에 그 뿌리를 내리고 있는 양상은 어제오늘의 일이 아니다. 서정시가 맞닥뜨린 불협화음의 지평을 넓히고자 다양하면서도 구체적인 현장성을 감당하기 위한 모색의 결과이기도 하다. 그래서 서사가 곁들인 시를 읽으면 공감대의 폭이 넓어진다. 개인의 자전적 이야기에서부터 신화나 역사에서 가져올 수 있는 무궁무진한 세계가 펼쳐질 수 있는 것이다.

시에서 서정과 서사가 만나는 최고의 접합점을 수치로 환산할 수는 없지만 측정 가능한 황금비율이 있을 것이다. 그리고 그 비율을 조절하는 시인의 잣대는 이미저리나 비유의 재기 발랄보다는 진정성 있는 앎, 삶의 흔적일 것이다. 그 성취 여부는 시인이 끊임없이 고민해야 할 지점이며 우리가 함께 논의할 수 있는 건 시적 지향의 윤리의식과 미의식의 연결에 불과하다.

박설희 시인이 시심을 이끌어가는 뒷심이 탄탄한 이유는 사물에 조응하되 화자와의 거리를 유지하는 균형 감각에 있다. 『꽃은 바퀴다』(실천문학사) 『쪽문으로 드나드는 구름』(실천문학사) 두 권의 시집에서 보여준 그의 시편들을 우리는 이미 만난 적이 있다. 그 안에 녹아 있는 일상 이미저리의 참신함이 어떻게 삶의 비의秘義로 거듭나는지 놀랍도록 신비로우면서 현실에 깊이 뿌리내린 시문詩文을 기억한다. 그의 언어는 내면으로 날카롭게 파고들면서 동시에 외부성을 지향하는 촉수가 발달되어 있는 것처럼 보인다. 안과 밖을 끊임없이 담금질하여 빚어낸 시인의 언어에 담긴 세상의 질감을 만나는 일은 불화의 감각과 시의 윤리를 고통스럽게 대면해야 하는 수고로움을 감수할 수밖에 없다.

2.

학교 파하고 집에 오자

애지중지 기르던 황구가 보이지 않는다

오늘은 장날, 황구를 내다 팔았구나

장마에 둑 무너지듯 눈물이 흘러내리고

엉엉 울다가 생각난 듯이 또 우는데

입안에 '쏙'

아버지가 넣어준 눈깔사탕

엉겁결에 물고

눈물 그렁그렁 괸 채

악을 쓰며 더 울까 말까 망설이는 사이

달달한 침이 목구멍을 넘어가고

황구 내다 판 돈으로 샀음에 틀림없는

눈깔사탕,

머리로는 내뱉으라 하는데

달디 단 침 꼴깍꼴깍 삼키던 입

인생 최초의 딜레마

—「눈깔사탕 딜레마」 전문

시인의 딜레마는 단순한 과거의 기억일 수도 있지만, '딜레마의 기원'에 대한 탐색일 수도 있다. 이 두 가지는 읽는 이에 따라서 하나가 된다. 눈물범벅으로 울고 있는 입안에 아버지가 넣어준 눈깔사탕의 "달디 단" 맛의 이중성을 떠올려보자. 이 시의 묘미는 그렇게 동심과 시심이 어우러지는 장면에서 포착된다. "애지중지 기르던 황구"와의 이별을 눈물로 애도하는 어린아이와 "황구"를 팔아야 하는 생활인 아버지의 갈등 해소 도구가 된다.

"황구 내다 판 돈으로 샀음에 틀림없는/ 눈깔사탕"임을 이미 아는 나이의 화자이다. 황구를 애도하기 위해 눈깔사탕을 거부할 수도 있는 자각이 싹트고 있었지만 미각의 유혹을 뿌리칠 의지를 기대하기에는 아직 연륜이 약하다. "악을 쓰며 더 울까 말까 망설이는 사이/ 달달한 침이 목구멍을 넘어가고" 있었다. 시인이 굳이 "내 인생 최초의 딜레마"를 호명한 이유는 무엇일까, 결국 이것이 이 시의 관전 포인트다.

문득 영화 〈태양은 가득히〉의 음악과 마지막 장면이 떠오른다. 자신을 무시하는 언행에 분노하여 일말의 자존심으로 어렵게 최초의 살인을 저지른 이후, 더 많은 것들을 갖기 위해 더욱 쉽게 온갖 악행을 저지르는 주인공의 최후의 웃음을 떠올린다.

"머리로는 내뱉으라 하는데/ 달디 단 침 꼴깍꼴깍 삼키던 입", 누구나 그런 유년의 딜레마를 겪으면서 성장하는 것이다. 그런 경험들이 성장통일 수도 있지만 누군가에게는 쉽게 사회악과 자신의 한계가 타협하는 경력이 된다.

동심과 시심의 연결 고리는 냉철하게 자신을 바라보는 관점이다. 최초의 기억은 환상과 사실을 넘나드는 경우가 많은데 이 시는 환상적 요소가 없이 서사를 담고 있다. 시인의 현실 인식은 자신을 향하는 중심이 매우 뚜렷하다. 우리는 이 시에서 머리로는 동심의 딜레마를 읽으면서 가슴으로 내 안의 수많은 딜레마의 사연을 기억한다. 반복하여 읽으면서 그 원초적 경험에 도달할 즈음 우리는 어쩌면 미래의 딜레마로부터 조금 자유로울 수 있지 않을까.

다음 시는 시공간을 뛰어넘는 상상력으로 사할린 강제징용 광부들의 넋을 위로한다. 1938년부터 1945년 당시 일본은 사할린에서 천연자원 개발을 진행 중이었는데 전시 상황과 더불어 노동력 부족을 겪고 있었다. 이에 대한 해결책으로 일본은 한반도의 민초들을 강제로 연행하여 필요한 노동력을 충당하기 시작했다.

2차 세계대전 말기에 일본은 징병이 한계에 달하면서 성인 남성 노동력이 바닥남에 따라 1944년 9월 '국민징용령'을 내려 법적 강제에 의한 징용을 개시하였다. 이 징용령이 시행된 후 종전까지 약 1년 사이에 40만 명 이상의 조선인이 강제연행 되었고 그중 약 20만 명 가까이 사할린으로 보내졌다. 이후 1946년 12월, 패전국 일본과 점령군 미국이 소련과 '소련 점령지구 송환에 관한 미소 간 협정'을 체결한다. 이후 사할린섬의 대다수 일본인들은 본국으로 송환됐지만, 당시 조선인들은 일본인이 아니라는 이유로 무국적 상태로 사할린에 잔류하게 되었다. 일본군 '위안부' 피해 어르신들의 문제가 국내에서 동의를 얻고, 국제적으로 이슈가 되기까지 많은 시간이 흘렀다. 하지만 사할린 강제징용 희생자들의 문제는 채 걸음마도 떼지 못한 채 비틀거리는 상황이다. 시를 소개한다.

아버지, 조선인, 남편, 사람, 민중, 광부, 아들
무어라 불리었건
검은 하늘에 더 껌껌한 것이
붉은 심장에 더 붉은 것이 지나가고

지금도 하늘에서 어둠을 캐고 있는 별들
일부는 땅에 내려와
가도 가도 끝없는 노란 들판

어둠의 힘으로 환히 빛나는
땅의 광부, 땅의 별들
아득한 그리움은 꽃으로 피어나고

—「사할린 강제징용 광부들을 추모하며」 부분

박설희 시인의 시적 지향은 축축하게 젖어 있는 온기, 부당하게 소외받고 억압된 표정들을 향한다. 시심詩心이 향하는 원심력의 울림이 진정성으로 발화하는 지점이다. 시인이 직시하는 "시대의 어둠"은 여전히 지나간 과거가 아닌 현재진행형이다. 한일 관계의 냉각 기류와 기 싸움으로 과거사 청산은 흐지부지 상태이다. 그러니까 더 늦기 전에 시인이 호명하는 "아버지, 조선인, 남편, 사람, 민중, 광부, 아들"에 담긴 본래의 의미를 회복할 수 있도록 마음을 모아야 한다. "아득한 그리움"이 "꽃으로 피어"날 수 있도록 "어둠의 힘으로 환히 빛"날 수 있도록 "땅의 광부, 땅의 별들"을 만나야 한다는 시인의 바람이 천상과 지상을 뒤흔드는 울림이 될 수 있기를 빌어본다.

다음 시에서 우리는 '돌멩이'를 품는 상상력을 만난다. '돌멩이'는 주변에서 가장 흔한 만큼 귀한 대접을 받지 못하고 굴러다니는 광물이다. 특별한 무늬나 모양과 기이함으로 선택받아서 모셔지게 되면 '돌멩이' 대신 '수석水石'이라 불리긴 한다. 그러나 방치된 '돌멩이'는 그냥 원석原石일 뿐 보석寶石이나 광석鑛石이 되지 못한 존재물이다.

돌멩이를 길들이려면
특수한 명령어를 사용해야 한다
앉아
기다려

굴러가

그리고 잘했다고 쓰다듬어줄 것

여행 갈 때마다 주워온 돌멩이들에 이름을 붙여준다

보봐리, 개츠비, 라스콜리니코프……

항아리 속 오이지를 라스콜리니코프로 지그시 누른다

사랑에 눈이 먼 개츠비는 장식장 위에 얹어둔다

목마른 보봐리는 어항 속 열대어의 쉼터가 되라고

반항을 꿈꾸는 돌멩이

꿈까지 통제할 수는 없는 일

—「애완돌」 부분

요즘 '애완' 대신 사용하는 언어가 '반려'이다. '애완동물'을 '반려동물'로 명칭을 바꾸는 순간 존재감이 탈바꿈하는 이유를 떠올려보라. 시인이 굳이 '애완돌'이라 이름을 붙여서 그 수동적이고 표층적인 이야기에 담긴 이면의 이야기를 풍자를 곁들여 해석할 수 있는 여지를 남긴다.

시를 읽으면서 맞닥뜨리는 문제는 '돌멩이'의 정체성이다. 1연에서는 명령어 사용과 길들임의 준비이고, 2연에서 구체적으로 돌멩이의 존재가 거명된다. "보봐리, 개츠비, 라스콜리니코프". 이들 이름들은 세계 명작에서 거론되는 불후의 존재들이다. 이들 이름을 돌멩이에 붙여서 함께한다. 그러나 '반려돌'이 아니라 '애완돌'이므로 3연에서는 이들의 이름을 어떤 실용성(생활의 장)으로 들여온다. "항아리 속 오이지를 라스콜리니코프로 지그시 누른다/ 사랑에 눈이 먼 개츠비는 장식장 위에 얹어둔다/ 목마른 보봐리는 어항 속 열대어의 쉼터가 되라고". 여기까지가 전반부이다. 후반부에서는 독립된 시편이라고 해도 될 만큼 완결된 형식으로 기승전결의 전개가 이어진다. 다시 말하자면 후반부의 '돌멩이'는 시인 자신과 보다 가까워진다. "반항을 꿈꾸는 돌멩이"는 문학 세계의 견고함을 벗어나려는 시인의 열망으로 읽히기 때문이다. 또한 시의 울림은 다양한 화음으로 변주되는 느낌을 준다. 그리하여 우리는 작품 속 인물의 도식화된 해석에 반항을 꿈꾸는 주체가 누구인가 묻는다. 읽고 쓰는 행위 자체가 오독誤讀과 정독精讀과 정독正讀의 경계에 있음을 환기하는 시인의 목소리가 다성多聲으로 울려 퍼지는 순간을 경험할 수 있겠다.

다음 시 역시 평이한 해석을 거부한다. 시인이 「스위치」라는 제목을 붙여놓고 "별, 반딧불, 빛, 불꽃, 점화"의 이미저리를 흩어놓는다.

별이라도 반딧불이라도

빛이란 빛은 다 켜두고 싶은 저녁

발걸음은 오고 또 오고

흘러와서 흘러간 것들에 대해
나는 아는 바가 없다
몸을 통로 삼아
잠속의 비는 어디론가 스며들고

공중에 매달린 것들이 소리를 내고 있다
끊어진 전선이 창문을 후려친다
내달려온 불꽃이 접점을 찾듯
이리저리 허리를 뒤튼다

어떤 점화의 순간들은 비끄러져 가고
끝 간 데 없이 호흡은 떨리고 뜨거웠지만
겹겹의 피복被覆 속에서
우물쭈물거리며 지나가버린 순간들

—「스위치」 부분

두루 알다시피 스위치는 전기회로를 개폐하는 장치이다. '스위치'가 된 화자에게 "빛이란 빛은 다 켜두고 싶은 저녁"이 온다. 그게 '스위치'의 역할이기 때문이다. '별'과 '반딧불'을 켜고 싶은 이 '스위치'는 기계장치의 존재에 머무르지 않는다. 이 '스위치'는 세상에 빛을 밝히고 싶고, 켤 수 있다고 믿는 자, 창조자와 동급의 존재가 된다. 하지만 '스위치'가 제대로 작동하지 않아 소통과 불통 사이에서 "비끄러져 가고" 있다. 우리는 '스위치'를 시인의 신호체계, 곧 시의 언어로 읽어도 무관할 것 같다.

시인은 "흘러와서 흘러간 것들에 대해" 말을 아끼는 방식을 택하고 있다. 스위치가 작동하지 않는 불통不通의 시간들을 견뎌야 하기 때문이다. 이 불통의 이미지는 "점화의 순간들은 비끄러져 가고"처럼 직접적으로 드러나기도 하고, "공중에 매달린 것들이 소리를 내고"처럼 미세한 가능성에 민감하게 반응하지만 결국은 "우물쭈물 거리며 지나가버린 순간들"로 아쉬움을 토로한다. 이 작은 움직임들 그리고 불통의 순간에도 포기할 수 없는 간절함 끝에 "지금 이곳이 아니어도/ 등은 어딘가에서 켜지고 있을 것"이라는 체념과 희망의 전언을 남긴다. 그렇게 우리가 보내는 지상의 "반딧불"에서 천상의 "별"에 이르기까지 "빛이란 빛은 다 켜두고 싶은 저녁"의 갈망이 있어서 마침내 "푸른 어둠 속/ 별, 하나 둘 돋아난다"고 시인은 강변하고 있는 것이다. 시를 쓴다는 것, 시인의 신호를 읽는다는 것, 신호체계는 끝없이 "비끄러져" 갈 수밖에 없다는 것을 우리는 이미 너무도 잘 알고 있다,

문득 「사회적 거리두기」의 한 장면이 펼쳐진다.

> 돗자리와 간식 들고 뒷산 자락에 자리를 잡는다 수개월간 자가격리 했던 몸들을 나무 그늘에 부린다

뻐꾸기가 우네요. 우는 게 아니라 웃는 거지요, 남의 집 빼앗고 알을 낳았으니 좋아서요.

기상천외한 대답에 마스크 속에서 다들 뻐꾹뻐꾹 웃는데

선생님, 이 산에는 노루가 뛰어다녀요. 고라니가 아닐까요? 고라니와 노루는 어떻게 구별하나요? 히프가 하얀 게 노루지요, 노루궁뎅이 버섯이 딱 그렇게 생겼잖아요. 궁뎅이를 보셨나요? 아니오, 그렇게 자세히는……. 사슴은 분명 아니었지요? 사슴? 선생님, 노루, 고라니, 사슴, 다 그놈이 그놈 아닌가요?

노루를 봤다는 수강생의 '그놈이 그놈' 발언에 한바탕 난리법석,

―「사회적 거리두기」 부분

지금 우리는 전대미문의 코로나19 팬데믹 상황을 겪고 있다. 마스크와 사회적 거리두기를 필수적인 생활양식으로 받아들이며 일상생활을 감당하는 중이다. 눈빛에 익숙해진 코로나 시대의 풍속화는 저마다 다르면서 또한 비슷한 모습으로 세상을 수놓고 있다. 컴퓨터로 진행하는 온라인 수업이 대부분이지만 "돗자리와 간식 들고 뒷산 자락에 자리를 잡는" 수업도 있다. '사회적 거리두기'가 '자연과 가까이하기'로 거듭나는 순간이다.

그렇게 시 창작을 배우고 가르치는 장면이다. "마스크 속에서 다들 뻐꾹뻐꾹 웃는" 선생님과 수강생들은 노루와 고라니를 구분하면

서 시심詩心의 언저리에 닿을 수도 있을 것이다. 아름다운 '사회적 거리두기'의 수업 장면이 결국 자연에게는 피해가 될 수도 있을까? "허리 펴지지 않는 구름"과 "관절 앓는 고라니" 그리고 "성대결절 앓는 뻐꾸기"를 표상하면서 시인은 인간이 저지른 자연 훼손의 비극을 감지하고 처방을 떠올린다. 생태계 속에서 "다 함께 나눠 갖고" 살아야 하는 것을 깨닫지 못한 인간들이 감수해야 하는 업보이다.

우리는 이 시대의 풍속도를 일시적 해프닝으로 기억하게 될까, 아니면 인류 대재앙의 서막으로 기록될까. 일 년도 채 안 되는 시간이었지만 참으로 많은 풍경이 변했다. 풍경의 변모 이외 사회의 구석구석까지 침투한 일상의 멈춤 속에서 인간의 존재가 조금은 겸허해질 수 있을까?

3.

박설희 시인의 신작시에서 원심력과 구심력의 언어미학이 발화하는 지점을 중심으로 시적 주체의 정체성 탐색과 타자와의 소통과 불화의 서정성을 읽었다. 그의 시를 읽는다는 것은 무엇을 의미하는 것일까. 시인이 기대하는 소통 지점에서 우리는 부드럽게 작동하는 스위치의 마술을 맛볼 수 있을까. 우리는 그의 시가 "인생 최초의 딜레마"를 목도目睹하는 순간처럼 흔들리는 동심童心이 남긴 여진餘震을 느낀다는 것을 말할 수 있을 뿐이다. 또한 "내달려온 불꽃이 접점을 찾듯/ 이리저리 허리를 뒤"트는 '비끄러짐'의 순간들을 맛보게 함을 안다. 시인은 결코 닿을 수 없는 것들에 대한 열망을 노래할 뿐이며 우리는 시인의 언어를 '비끄러짐'을 통하여 해석할 뿐이다. 모든 진정성 있는 시인과의 만남이 그러할 것이며, 박설희 시인 또한 새로운 만남을 기대해도 좋을 듯하다.

사진©신혜선

시를 통한 연대의 가능성

1.

'변혁하기'가 하루 세끼 밥상처럼 당연한 명제로 받아들이며 살았던 시국이 있었다. 그랬다. 한번 운동권은 영원한 운동권인 것인 양 이들에게는 혁명가와 예술가와 직업인의 구분이 모호했다. '혁명의 시대'라는 의식 하나로 일상을 보류하면서, 혼신으로 밀어붙였던 저항 의지는 광주민주화항쟁을 기점으로 장렬하게 산화했다. 그러니까 광주민주화항쟁의 그 정점에서 시대를 견인하고 통일을 주도하던 적극적인 지향점을 상실했다는 이야기이다. 저력으로 문민정부를 수립하고 혼백들의 한풀이에 크고 작은 기여를 했다는 점에서 의미를 찾을 수 있겠지만 아직도 가야 할 길이 멀고 아득한 현실을 떠올릴 때 그렇다는 말이다.

수많은 시대적 변곡점을 넘겼고 그때마다 '희망'을 품을 수 있었던 건 '분단과 독재'를 향해 분출할 수 있는 통일과 민주주의에 대한 순수의지가 주는 젊은 에너지의 역량이 비례했기 때문이었다. 그러나 지금 우리에게 빛을 밝혀줄 예지자도 절대적 가치관도 보이지 않는다고 말하면 방관자적 태도라 비판받아 마땅할 것이다. 그만큼 '세계를 변혁하기'에서 멀찌감치 떨어져서 사유하기 때문일 수도 있다.

1980년대 접했던 '노동해방, 민중, 민주, 인간화'는 우리 시대 양심이 당연히 품어야 하는 지상 과제였으며 구원의 통로였다. 그 벅차오르는 역사적 사명감과 실천 의지를 확인할 수 있는 건 구호와 노래였다. 노동, 농민 현장 담론과 옥중 서신과 금서 목록들이었다. 그리고 시詩는 급박한 상황에서 노랫말로 살아남았고 구호의 강렬한 여운을 보충하고 알맹이를 채워주는 구실을 했다.

그러나 또 절망한다. 여차여차 문민정부의 뒤를 이은 '자수성가형 자본가'와 '독재자의 딸'에 대중은 환호한 것이다. 민주화운동의 경력이 정치권력의 그늘에서 사회정의 실현에 역부족인 현실에 비통함과 책임감을 느낀다. 작금의 상황에서 '이웃과 세계에 참여하는 시'를 떠올린다.

시의 현실 참여에 대한 이론적 배경을 문제 삼게 된 것은 1950년대 이후이다. 일제강점기까지는 친일이냐 저항이냐의 문제가 워낙에 엄중하고 위급했기 때문에 다양성이나 섬세한 시 해석의 잣대 자체를 무의미하게 여겼다. 해방공간에서 피어난 자유로운 시 창작

행위에 대한 잣대가 6·25와 남북 대립 상황에서 사상 검증으로 탈바꿈했고 이는 문학인들의 행동과 의지를 극단적으로 위축시킨다.

민주화와 통일의 열망을 분출했던 4·19 정신이 5·16군사정변으로 무너지고 박정희가 18년 장기집권을 하면서 한반도의 작가들은 '참여와 순수'의 올가미에서 그 누구도 자유롭지 못한 세월을 보내야 했다. 저항과 친일의 이분법에 가리어졌던 개인의 욕망과 내밀한 다양성의 감정들이 '순수'라는 이론으로 합리화할 수 있는 것처럼 보이기도 했다.

1990년대 사회주의권의 몰락 이후 거대 담론이 차지하는 위상이 많이 약해졌다. '참여'라는 이름으로 개인의 행복권이나 다양한 감정의 색채들이 싸잡아 비난받고 '민족 민주 인간화 만세'의 구호 속에서 살피지 못했던 소수자들, 가령 성, 장애, 다문화 등의 목소리를 살펴야 한다는 담론이 다양한 방식으로 튀어나온 건 다행스러운 일이다.

이웃과 세계에 참여하는 문학은 범위가 넓다. 문학 정신의 본질과 깊이 닿아 있다고 여겨지기에 더욱 그러하다. 필자는 이 주제를 위해서 시와 삶의 일치를 보여준 이연주, 신동문을 호명한다. 그리고 미얀마의 민주화를 지지하는 시를 함께 녹여보고자 한다.

2.

「오멜라스를 떠나는 사람들The Ones Who Walk Away from Omelas」(1973년)[1]이라는 단편소설로 문을 연다. 어슐러 K. 르 귄의 작품은 가상의 행복 도시 오멜라스, 그 이면에 존재하는 어둠에 대한 이야기를 다루고 있는데 인간 내면의 선과 악의 문제를 섬세하게 형상화한다. 오멜라스가 지상낙원으로 존재하기 위해서는 한 어린아이가 지하실에서 고통받고 있어야 하며 누구라도 그 아이를 도와줄 경우 행복과 번영은 자취를 감추게 된다는 것이다. 오멜라스 주민들은 8~12세쯤 그 사실을 듣기 때문에 자신들이 누리는 행복, 주민들 사이의 정겨움 등이 그 아이의 비참한 처지 덕분임을 알고 있다. 주민 대부분은 그 진실을 대면한 이후에도 아이의 희생을 결국 받아들이고 심지어 더 선하고, 더 열심히 살아가게 되지만 몇몇은 어디론가 떠나고 다시는 돌아오지 않으니, 그들이 소설의 주인공이 된다. 어쩌면 이연주 시인이 그 행복 도시를 떠나 돌아오지 않는 사람 중 한 명인 것 같다. 그의 시를 읽으면서 우리는 떠날 것인가, 남을 것인가, 선택해야 할 것이다.

시인을 언급하면서 소설을 예로 들 수밖에 없는 심경을 이해해주기 바란다. 이연주는 생전에 『매음녀가 있는 밤의 시장』[2], 사후

---

1) 어슐러 K. 르 귄, 『바람의 열두 방향』, 최용준 옮김, 시공사, 2014.

에 『속죄양, 유다』[3] 단 두 권의 시집을 남겼다. 그가 남긴 시집의 주인공은 제목처럼 '매음녀'와 시장자본주의이다. 이연주는 소수자 문학에서 반드시 다루어야 할 시인이지만 아직까지 그의 시가 제대로 된 평가를 받지는 못하고 있다. 가장 큰 이유는 시 세계나 시인의 삶이 주류에서 크게 벗어나 있기 때문이라고 보인다. 게다가 이연주의 삶과 시를 논한다는 것 자체가 불편하다는 것 또한 이유가 될 수 있겠다. 임태우는 「위악의 詩學」이라는 해설 제목으로 시의 분위기를 '시대의 어두운 초상'이라 말한다.

> 그녀의 시를 펼쳐 들면 썩은 피와 고름이 주르르 흘러내린다. 시편들의 곳곳에서 살점이 튀고 행간마다 시체 썩는 냄새가 진동을 한다. 짓물러 터진 언어들이 일그러진 표정으로 낄낄거리며 저주를 흘리고 다닌다. 감미로운 당의를 덧씌운 언어들이 추방당한 이 세계를 독자들이 어떻게 감당할 수 있을까. 이 세계를 엿보는 사람은 그 모든 역겨움을 감내해야만 한다. 부패와 악취, 인간의 어두운 욕망을 응시함으로써 이 시대의 어두운 초상을 그려내고자 하는 시인의 집요한 눈길에서 번득이는 광기의 흡인력을 벗어날 수 없기 때문이다.[4]

---

2) 이연주, 『매음녀가 있는 밤의 시장』, 세계사, 1991. 이후 이 책에서 인용한 시는 제목만 표기한다.

3) 이연주, 『속죄양, 유다』, 세계사, 1993.

4) 임태우, 「위악의 詩學」, 『매음녀가 있는 밤의 시장』, 129쪽.

이연주의 시에는 집창촌의 여인들과 그의 가족이 주인공으로 등장한다. 「가족사진」이 보여주는 음울한 사연이 대물림되는 인물들이다. 이연주는 그곳의 병원에서 환자와 간호사로 20여 년 만남을 통하여 그들과 한 몸이 되고 공동운명체가 되었다. 그 인연으로 그들과 가족이 되고 사랑하는 관계가 되어 고통받다가 스스로 죽음으로 이어지는 삶을 마무리한다.

시가 시인의 생을 결박하고 해방하면서 마침내 하나가 되는 경우가 있는가? 이연주는 그렇게 시와 시인의 삶을 구분하기 어려운 관계에까지 이르렀다. 그리하여 그의 시를 읽는 작업은 고통이 될 뿐 시인 자신에게나 독자에게 자기 치유의 여지를 남기지 않는다. 대신 고통의 현장을 외면하지 않는 것만으로도 시는 증언이며 힘이 된다는 것을 일깨운다. 이연주는 그 믿음으로 시를 썼으며 연대를 통하여 고통을 나누는 가능성을 포기하지 않았다.

팔을 저어 허공을 후벼 판다

온몸으로 벽을 쳐댄다

퉁, 퉁

반응하는 모질은 소리

사방 벽 철근 뒤에 숨어

날짐승이 낄낄거리며 웃는다

그녀의 허벅지 밑으로 벌건 눈물이 고인다

한 번의 잠자리 끝에

이렇게 살 바엔, 너는 왜 사느냐고 물었던
사내가 있었다
이렇게 살 바엔……
왜 살아야 하는지 그녀도 모른다
쥐새끼들이 천장을 갉아댄다
바퀴벌레와 옴벌레들이 옷가지들 속에서
자유롭게 죽어가거나 알을 깐다
흐트러진 이부자리를 들추고 그녀는 매일 아침
자신의 시신을 내다 버린다 무서울 것이 없어져버린 세상,
철근 뒤에 숨어 사는 날짐승이
그 시신을 먹는다
정신병자가 되어 감금되는 일이 구원이라면
시궁창을 저벅거리는 다 떨어진 누더기의 삶은……
아으, 모질은 바람.

—「매음녀 1」 전문

「매음녀」는 1에서 7편까지 이어지는 연작시인데 2편은 없다. 음습한 분위기에 숨 쉬기도 곤란한 불편한 시 읽기에 독자를 초청하는 무례함을 용서하기 바란다. 하지만 그 시의 배경들이 지금 이 순간에도 자행되는 지극히 현실적인 상황임을 우리는 인정해야만 한다. 아주 오랜 시간 불편한 진실들을 외면하며 살아온 우리는 오멜라스의 행복한 주민들과 무엇이 다른가를 일깨워주는 것만으로 충

분하다고 본다. "이렇게 살 바엔……/ 너는 왜 사느냐고 물었던/ 사내가" 우리 모두일 수 있다는 자각이 연대의 출발이 될 것이다. 생로병사의 고통을 인류의 근원적 아픔으로 공유하면서도 가난이나 장애를 대하는 아픔의 강도는 저마다 다르다. 인간의 평등이라는 보편적 가치에는 동의하면서도 구체적인 성차별이나 인권에 있어서 저마다의 감수성이 다르니 그가 처해 있는 환경과 실천적 의지와 직접적인 관련이 있는 것이다.

'성매매'라는 구체적 사안으로 들어가면 대다수의 인간들은 무지와 무명 안에서 어리석음의 극치를 보여주는 경우가 많다. 자세히 알고 싶지 않아 하면서, 특히 진실을 두려워하는 공포 증세까지 보인다. 피해자와 가해자라는 이분법의 한계에서 각자 방어의 논리에 충실한 모습을 드러내는 것이다. 치부를 감추기 위해 합리화의 이론을 펴는가 하면, 금기이면서 허용되는 공간, 불법이면서 공개적인 상행위가 되는 특별한 영역이다. 이것과 관련하여 생계가 달려 있는 사람들이나 그 주변에서 떡고물을 주워 먹는 사람들을 합치면 전체 인구의 30프로에 가깝다는 연구도 있었다.

달아오른 한 대의 석유난로를 지나
진찰대 옆에서 익숙하게 아랫도리를 벗는다
양다리가 벌려지고
고름 섞인 누런 체액이 면봉에 둘둘 감겨
유리관 속에 담아진다

꽝꽝 얼어붙은 창 바깥에서

흠뻑 눈을 뒤집어쓴 나무 잔가지들이 키들키들

그녀를 웃는다.

반쯤 부서진 문짝을 박살 내고 아버지가 집을 나가던 날

그날도 함박눈 내렸다

—「매음녀 4」 부분

함박눈의 이미지는 푸근하고 순결하다. 그 이미지와 대조적으로 진찰대에 누운 그녀를 보며 "키들키들/ 그녀를 웃는" 배경은 얼핏 평화로운 것처럼 느껴진다. "흠뻑 눈을 뒤집어쓴 나무 잔가지들"의 실체를 떠올리며 상흔으로 한없이 움츠러든다. 버림받았다는 피해의식으로 마음을 열기란 불가능하다. 사랑을 품어야 할 사람들에게 버림받은 아픔은 공유와 연대의 가능성을 단칼에 차단한다. 그녀에게 가족은 애초부터 푸근한 울타리가 아니었다. 그 이해의 가능성을 이연주의 시가 대변하는 것이다. 시는 그녀의 목소리를 날것 그대로 재현한다. 그녀의 성장사와 미래 없는 삶에 다양한 사회학적 상상력을 동원하는 여지를 남긴다. "반쯤 부서진 문짝을 박살 내고 아버지가 집을 나가던 날" 이후 그녀의 가족은 희망차게 삶을 꾸려 내지 못했을 것이라 아픈 가슴을 쓸어내린다. 아무도 그녀를 돌보지 않고 짓밟았다면 그렇게 짓밟히며 살아남았다면 우리는 그 누구라도 그녀를 비난할 자격이 없다. 그녀를 품지 못한 무관심과 편

협한 가치관을 성찰해야만 한다. "그날도 함박눈 내렸다"는 시문이 그녀의 시린 삶을 온몸으로 느끼게 하면서도 내일의 함박눈을 기약하는 여지를 남기고 있는 것이 아닐까. '매음녀'라는 표현이 마음에 걸리지만 그녀의 삶의 터전이자 유일한 존재였던 육신으로 대체할 수 있는 다른 식의 방법은 없었을 것이리라.

> 하나의 몫을 치르기 위해 삶이 있다면
> 맨몸으로 던지는 돌 앞에 서서 사는
> 이 몫의 삶은……
> 희미한 전등불 꺼질 듯 끄물거린다
>
> —「매음녀 6」 부분

> 벌써 날이 밝았어, 벌써 날이 밝았어, 한숨 섞어 중얼거리던 에미는 신문지에 둘둘 말아 싼 애비 모르는 죽은 것을 쓰레기통에 쿡, 처박았네 아아, 나일론 실에 붙어 타는 냄새.
>
> —「매음녀 7」 부분

집창촌 근처 병원의 수간호사로 근무하던 시인은 불가촉천민 대접을 받는 여인들을 아프게 접했다. 남자들에게 돈을 받고 육체를 파는 환자와 치유하는 간호사의 관계로 만났으리라. 그 만남을 계기로 시인은 '매음녀'와 자신을 동일시하면서 '네 이웃을 사랑하라'는 성인의 말씀을 실천하는 방식으로 시를 썼을 것이다.

엄격한 의미에서 타인의 고통을 내 것으로 하는 건 불가능하다. 그 고통을 다소 줄여줄 수는 있을 것이나 근본적으로 해결해주는 일 또한 인간의 능력 밖의 일이다. 하지만 그들과 아픔을 함께하며, 그들이 받은 고통을 우리 시대의 질병이나 인간존재의 미미함으로 인식하는 일은 귀하다. 비천함과 고귀함을 넘어 인간으로서의 속됨과 성스러움의 실체를 증명하는 시편들을 통해 우리에게 전달되는 음률의 강렬함을 외면할 수 없는 이유이다. 이연주의 시에는 그 성과 속의 경계가 질펀함으로 담겨 있다. 간호사로서 그들 여인의 육체를 직접 보았고 치료했으며 끔찍한 상황을 목도했으리라. 슬픔과 절망의 언어는 승화와 산화의 출구조차 없다.

> 굳게 잠긴 창틈으로 간혹 불빛은 새어 나오지만
>
> 어느 불빛도 그를 위해 따스하지는 않다
>
> —「어떤 행려병자」 부분

그렇다고 시인이 버림받은 존재를 위해 분노의 언어로 목소리를 드높이는 건 아니다. 세상의 '불빛'이 온기를 보태주지 않는 현실이 부당하다고 평이한 언어로 담담하게 말할 뿐이다. 동시에 그 목소리가 이연주의 것이 아닌 매음녀의 분신으로 투영되니 시인의 시선이 더 낮은 곳으로 향하는 것이다. 그곳에 몸과 시선이 합체하는 순간, 타자의 목소리가 시인의 육성으로 재현된다. 이연주의 시에서 우리는 연대의 시선이 어떻게 품을 넓혀야 하는가에 대하여 실존적인 고민을 배운다.

성의 문제는 삶의 문제와 동격의 지위를 지닌다 해도 과언이 아니다. 하지만 그 특성상 음지에서 성장하기 때문에 구원과 죄악의 문제로 비약되는가 하면 단일화된 매뉴얼이나 명명백백한 사유의 이론화도 불가능하다. 고은 시인과 박원순 시장과 관련된 입장을 표명하기가 어려운 것도 이 때문이다. 피해자와 가해자의 법해석 논리만으로 단순화할 수 없는 다양한 담론이 펼쳐질 수 있는 토양이 중요하다는 것으로 우리는 연대의 가능성을 말할 수도 있겠다. 과연 그 가능성을 문학이 감당해낼 수 있을까? 감히 단언하건대 문학 이외 희망이 없다.

3.

신동문은 그 이력이 특이한 시인이다. 그가 박봉우와 같은 해에 등단하면서 시인으로 활동한 시기는 1950년대 후반에서 1960년대 후반까지 10여 년 안팎이다. 시작詩作활동은 짧았지만 그를 주목하는 이유는 최인훈의 『광장』을 게재했던 편집인으로서의 안목과, 민감한 시대정신, 지행일치의 삶이다. 그의 산문집 『행동한다, 그러므로 존재한다』(솔)를 참조한다면 그는 충북 청주 출생이며 바둑, 수영 실력이 출중했으며 10여 년 가깝게 결핵과 늑막염으로 투병 생활을 했다. 1956년 『조선일보』 신춘문예에 「풍선기風船期」가 당선되며 문단에 등장했는데, 군대 생활을 통하여 '개인과 조직의 필연적 엮임'에 눈을 뜬다. 사회 현실에 대한 저항과 참여 정신을 담은 시집 『풍선과 제3포복』(1956)으로 문단의 관심을 모았다. 그는 예민한 감성과 순수한 낭만, 타협하지 않는 반항적 기질을 지닌 것으로 보인다. 4·19 정신이 훼손되고 군사정권이 휘두르는 사회 분위기 속에서 「내 노동으로」를 마지막으로 시를 발표하지 않았다. 박봉우의 「휴전선」과 신동문의 「풍선기」는 등단작이자 대표작으로 언급되는데 시의 지평을 확대했으며, 참여시의 전범을 제시했다는 평가를 받는다.

1호

초원처럼 넓은 비행장에 선 채 나는 아침부터 기진맥진한다. 하루 종일 수없이 비행기를 날리고 몇 차례인가 풍선을 하늘로 띄웠으나 인간이라는 나는 끝내 외로웠고 지탱할 수 없이 푸르른 하늘 밑에서 당황했다. 그래도 나는 까닭을 알 수 없는, 내일을 위하여 신열身熱을 위생衛生하며 끝내 기다리던, 그러나 歸處란 애초부터 알 수 없던 풍선들 대신 머언 山嶺 위로 떠가는 솜덩이 같은 구름 쪽만을 지킨다.

—「風船期」 부분[5]

5) 신동문, 『신동문전집 詩 내 노동으로』, 솔출판사, 2004, 79쪽.

이 시 또한 6·25전쟁을 담은 작품 중 하나이다. 신동문의 작품에서 전쟁 관련 작품은 중요하다. 우리 시대 수많은 문제들 가운데 단 하나를 들라면 어찌 되었든 '분단과 통일' 그리고 '전쟁의 위협'을 생각하지 않을 수 없다. 전쟁은 시작과 동시에 절대적 힘을 발휘한다. 전쟁은 하늘과 땅, 바다와 산, 전방과 후방의 정치와 경제라는 사회 흐름을 지배하고 일상의 소소한 평화를 파괴하며 개인의 내밀한 핏속까지 쥐어흔든다. 아래의 글은 신동문이 전투병이 아닌 공군 병사로 전쟁에 참여했을 때 쓴 내용이다.

> 당시 나의 임무는 지휘탑 근무였다. 비행장 한가운데 우뚝 솟아 있는 콘트롤 타워에서 뜨고 내리는 비행기에 각종 지시를 하는 것이었다. 이 근무를 잠시라도 소홀히 하면 비행기끼리 충돌, 추락의 사고는 물론 작전 수행의 지연을 초래하는 중대 사건이 발생하는 것이다.
> 다분히 현대 기계문명의 첨단적인 작업을 조작하는 근무였다. 여기서는 1분이라는 시간 차가 얼마나 크고 무서운 현실적 사건을 좌우하느냐는 것을 통감할 수가 있다. 그리하여 현대문명의 조직과 구조가 인간의 개인감정과 신념과 개성과 자각을 초월한 폭력으로 군림한다는 것을 알게 된다.[6)]

6) 신동문, 「풍선의 계절」, 『행동한다, 그러므로 존재한다』, 솔, 2004년, 305쪽.

기진맥진한 시적 화자의 심경은 전쟁을 대하는 의식이다 '풍선'은 하늘의 기류를 파악하는 일이며 반전의식이라는 어휘를 사용하기에도 적절하지 않은 나른하고 외롭고 당황스러움의 정서가 도드라진다. 그는 전쟁터에서 마지막까지 「풍선기」 시편들을 움켜쥐고 버텼다고 한다. 그랬음에도 불구하고 대부분의 종이 뭉치들을 소실하고 남겨진 몇 편의 시를 세상에 선보였다.

"하루 종일 수없이 비행기를 날리"며 "풍선을 띄"우는 일을 반복하는 지금은 전쟁터에서 작전 수행 중이다. 1956년에 발표한 작품이었음을 감안한다면 직접적으로 표현할 수 없는 자기검열의 한계도 보인다. 남과 북의 전쟁 상황을 지상이 아닌 상공을 향한 시선으로 대체하는 시인은 "인간이라는 나는 끝내 외로웠고 지탱할 수 없이 푸르른 하늘 밑에서 당황했다"고 토로한다.

민중시, 참여시, 노동시의 분류는 명확하지 않다. 1960년대는 순수시에 대한 대항으로 참여시, 1970년대는 민중시로 불리었다. 1980년대 이후는 노동자들을 주체로 내세우며 노동시라 명명하는 등 시대적 흐름을 민감하게 보여주었다. 이들 시의 공통점이라면 형식적 참신함이나 엄격함을 넘어 내용의 진정성이나 시의성을 추구한 것으로, 독립적이고 절대적인 것이 아니라 시대와 사회 상황에 영향을 받고 또 영향을 끼친 것이다. 시 자체의 가치보다는 상황을 타개하는 힘이 되거나, 다수에게 설득력을 주는 것이 중요한 것이다.

빗살치는

총알 총알

총알 총알 총알 앞에

돌 돌

돌 돌 돌

주먹 맨주먹 주먹으로

피비린 정오의

포도에 포복하며

아! 신화같이

육박하는 다비데群들

제마다의

가슴

젊은 염통을

전체의 방패 삼아

貫革으로 내밀며

쓰러지고

쌓이면서

한 발씩 다가가는

아! 신화같이

용맹한 다비데群들

충천하는

아우성

혀를 깨문

안간힘의

요동치는 근육

뒤틀리는 사지

약동하는 육체

조형의 극치를 이루며

아! 신화같이

싸우는 다비데群들

—「아! 신화같이 다비데群들」 부분[7)]

신동문은 4·19혁명 관련 시들, 「아, 신화같이 다비데군群들」 「비닐우산」 「아니다의 주정酒酊」 등을 발표해 현실을 고발하고 시대를 풍자하는 시풍을 개척했다는 평가를 받는다. 그는 4·19 직후에 진보적 종합 월간지 『새벽』의 주간을 맡아 최인훈의 소설 『광장』을 연재하기도 했으며, 『사상계』의 편집장과 『창작과비평』의 편집인을 역임하기도 했다. 우여곡절 끝에 그는 군사정권과 타협할 수 없는 고지식함으로 세상과 거리를 두고 살았다. 단양에서 농사를 지

7) 신동문, 『신동문전집 詩 내 노동으로』, 솔출판사, 2004, 29~30쪽.

으면서 간간이 산문을 발표했지만 시는 쓰지 않았다. 신동문은 침술로 주민의 병을 무료로 치료해주어, '단양의 신辛바이처'로 불리기도 했는데, 그가 젊은 시절 결핵으로 투병했을 때 만났던 헌신적인 의사에게 배운 인술을 실천하였던 것으로 보인다. 그는 66세에 담도암으로 세상을 떠났다.

4.

2021년 지금 이 시각 미얀마에서는 〈임을 위한 행진곡〉이 울려 퍼지고 있다. 그렇게 흘리는 피와 눈물을 멈추게 할 힘이 우리에게 없으니 그나마 상황을 직시하고, 외면하지 않으려는 노력이 요구될 뿐이다. 1980년 우리가 겪었던 광주항쟁에서 당시 외국의 관심과 지지가 얼마나 큰 힘이었는지를 잘 알고 있다면 응당 연대의 손길을 뻗어야 한다. 자유와 민주주의의 가치를 떠올리게 하는 그렇듯 급박한 상황에서 문학은 무엇이어야 하는가?

코로나19의 엄혹한 상황에서도 각계각층에서 뜻을 모아 미얀만 민주항쟁을 지지하는 성금마련이나 성명서를 발표한 작가들의 행동이 미얀마 응원의 폭넓은 연대를 보여주었다. 광주시민들은 냄비 등을 두드려 악귀를 쫓는 미얀마의 전통 풍습인 '딴봉띠'를 재현하는 집회를 열었으며, 여성의 치마, 속옷 등을 내걸고 악귀를 쫓는 '터메인' 시위도 펼쳤다. 시인들은 다양하게 미얀마를 응원하고 지지하는 시를 발표했다. 특히 광주전남작가회의의 활약이 적극적이었다. 고재종의 시를 옮겨본다.

오 척을 갓 넘은 미얀마 시인 팃 샤니 씨는
한마디 질문에 열 마디 대답을 했다
미얀마 국민시인이라 해도
장가도 갈 수 없었던 가난한 조국에 대해
식민지 지배와 군부 지배의 부당성에 대해

거미 꽁무니에서 흘러나오는 실처럼 끊임없었다
돈도 없이 스님처럼 살 수밖에 없었던 조국,
그러나 아웅산 수치가 이끈 민주화에 대해
식민통치 관리를 위해 영국이 데려왔던 로힝야족에 대해

어디서 그런 힘이 나오는지 열변을 토했다
2018년 아시아문학페스티벌 때 초대 손님으로 온
오 척 단구 미얀마 시인 팃 샤니 씨는
오로지 시 하나로 세우는 조국의 미래에 대해
이제 아름다운 서정시를 쓰고 싶다는 꿈에 대해

지금도 그는 미얀마 어디에선가 부단히 외치리라
선거를 통해 단 한 줌의 악의 세력으로 판명 난

실권과 이권을 모두 잃게 된 군부 쿠데타의 반동에 대해
또다시 사라지게 된 미얀마의 봄과
봄 햇살 같은 국민의 희망과 생명, 자유에 대해

무엇보다도 장가도 못 갈 정도로 가난했던
조국을 찬양하던 시에 총알이 박힐 것을 기도하리라
정의가 살아 있는 한 조국은 안녕할 거라고
아름다운 시 하나가 결국은 세상을 구원하리라고

—「미얀마 시인 팃 샤니 씨와 그의 조국의 안녕을 기원함」 전문[8)]

4.

영원히 사랑만 받는 좋은 시는 없다지만 이 말은 수정되어야 한다. 세상의 모든 것이 변하듯 좋은 시의 기준도 변한다. 그런 의미에서 '절대적으로 좋은 시는 없다', 시인은 자신의 삶을 녹여 시를 쓸 뿐이다. 그것이 최선이며 전부이다. 시인이 삶에 녹여 쓴 시가 「님을 위한 행진곡」이 되고, 「손무덤」이 되어 광주항쟁을 지지하거

8) "광주전남작가회의, 미얀마 응원 릴레이 연대시—미얀마 시인 탓 샤니 씨와 그의 조국의 안녕을 기원함", 『광주일보』, 2021. 3. 19.

나, 노동자의 아픔과 연대하는 계기를 만들었듯이 우리는 「매음녀」의 시인을 기억해도 좋지 않을까. 「풍선기」 「아, 신화같이 다비데군群들」도 미약하나마 연대의 시발점을 만들었음을 떠올려본다. 시대가 다르고, 상황이 다르지만 현재 자신의 삶과 노동에서 촉발하는 진정성이 이웃과 세계를 향한 변화의 가능성을 호소하는 힘이 되는 것이다.

'광주민주화항쟁', '세월호', '박근혜 퇴진 촛불집회'를 겪으면서 우리는 연대와 지지의 중요성을 체험한다. 지금은 미얀마가 광주이며 세월호이고 박근혜 퇴진 촛불집회 현장과 같은 상황이다. 많은 시인들이 미얀마와 연대하는 순간, 그 현장에서 우리는 새로운 가능성을 본다. 희미하게 새어 나오는 희망의 빛을 감지한다.

정약전을 조명한 이준익 감독의 영화 〈자산어보〉에 "친구를 깊이 이해하면 내가 더 깊어진다"는 대사가 나온다. 지금 이 순간, 내가 만난 상황은 시인마다 다르다. 그 다양성을 감안하여, 나의 이웃을, 미얀마를 응원하는 나의 삶이, 나의 시가 깊어지기 위하여 무엇을 해야 할 것인가. 우선적으로는 창작자의 품을 넓힐 필요가 있음은 두말할 나위가 없다.

생명력 있는 시를 위한 요건

1. 시의 생명력이란

필자는 시가 노래가 되고 연극이 되고 민주주의의 불꽃이 되어 화려하게 산화하는 순간들을 가장 적나라하게 체험한 세대이다. 시는, 문학은 혁명의 세상을 위해 존재해야 한다고 당연히 받아들였다.

그리고 세월이 빛의 속도로 흘렀다. 이제 세상을 바꾸는 중요한 힘이 혁명으로 가능한 것이 아니라는 걸 인정할 수밖에 없다. 자본가와 무산자의 투쟁으로 쟁취되는 혁명의 비전은 자칫 박물관에 묻혀버릴 상황이다. 대신 변혁을 위해 휘두르는 칼날에는 저마다의 다양한 목소리가 주문呪文처럼 달라붙어 있다. 민주화와 통일에 집중하던 화두에서 새롭고 다양한 담론들이 왕성해지고 있는 것이다.

그 가운데 유독 생태환경이나 성 담론의 성장은 불안할 만큼 빠르게 일상으로 파고들고 있다. '세상의 모든 것은 변한다'는 명제가 여전히 변하지 않는 세상에 살고 있음이 실감 나는 나날들이다. 바야흐로 2020년, 세계는 팬데믹에 직면하여 민낯을 드러내고 있다. 다양한 통로로 경고받았던 상황이었음에도 미사일의 폭격을 맨몸으로 감당하듯 경황을 차리지 못하고 있다.

이러한 시점에서 시의 생명력을 논하는 것보다 차라리 시의 실존을 논하는 것이 어울릴지도 모르겠다. 그러함에도 '생명력 있는 시의 요건'을 다루려는 시도는 시의 본질에 대한 집착 때문이다. 먼저 '생명력 있는 시'의 정의를 어떻게 내려야 할 것인가가 관건이다. 시의 탄생과 성장 과정에서 쉽게 잊히지 않는 생장점의 힘을 우리는 생명력이라 말할 수 있을 것이다. 탄생과 성장에 맡기지 않고, 재생과 부활을 통하여 살아 있는 힘을 끈질기게 입증하는 시의 생태를 가능하게 하는 건 문학의 자생력을 건실하게 하는 문화 현상이다. 작가와 독자의 몫은 줄어들고 자본의 힘이 막강해지는 현실의 문제는 굳이 다루지 않겠다.

그러니까 '생명력 있는 시'란 사각지대에 빛을 이끌어서 죽어가는 생명에 온기를 넣어주는 시라 표현할 수 있을 것이다. 사회적 약자에게 힘을 실어준다거나 어려운 삶에 희망과 용기를 준다거나 할 수 있다면 말이다. 그 가능성을 꿈꾸는 게 시인의 특권이요, 그 가능성을 포기하는 것 또한 시인의 결단이다. 함부로 쏜 화살처럼 꿈을 꾸는 것이 시인의 진정성일 수도 있고, 거짓 희망을 버리는 것에서 출발하는 결단이 참된 지향성일 수 있음은 각자의 몫이다.

그렇다면 우리 시대에서 시가 과연 무엇을 할 수 있는가. 시의 효용과 시의 생명력은 다른 표현이 될 수 없다. 많은 사람들에게 오래도록 영향력을 발휘할 수 있는 것을 시의 생명력이라 말하는 이유이다. 이 글에서는 일제강점기의 시인 한용운, 윤동주, 이육사, 임화, 백석, 이상과 1960년대 시인 신동엽과 김수영 그리고 1980년대 시인 신경림, 최승자, 박노해의 시에 한정하여 생명력 있는 시가 갖춘 요건을 살펴보도록 하겠다. 굳이 이들을 선택한 이유는 시대 의식의 형상화에 시인 개인의 삶에 대한 중요함을 강조하고 싶기 때문이다.

결국 생명력 있는 시란 베스트셀러가 되는 것이 아니라 진정성에 대한 문제이며 학자나 평론가에게 인정받는 것보다 독자의 가슴에 남는 것이라 말하고 싶다. 양식 있는 시인들조차도 베스트셀러에 대한 갈망이 무의식의 영역까지 침투하여 언행으로 스멀스멀 올라오는 세상이 되었다. 그 원인을 단순하게 획일화하여 자본주의적 노예근성으로 매도할 수는 없다. 오로지 시인으로서의 사명감과 자존감을 화폐와 교환하지 않아도 될 만큼의 줏대가 있다면 상황은 달라질 수 있다고 믿어야 한다.

2. 시에 생명력을 불어넣는 힘

시의 생명력은 단순히 시 자체에서만 생성되는 게 아니다. 시가 지닌 환원불가능의 고유성을 인정한다 하여도 시의 생명력 논제의 화두는 사회와 역사적 맥락을 염두에 두지 않을 수 없었다. 시가 발생하는 곳은 사회적·역사적 맥락이 소거된 진공관이 아니다. 시의 내밀한 울림은 지극히 개인적인 영역에서 수용되지만 현대사회에서 시의 유통을 지배하는 커다란 흐름의 존재를 부정할 수는 없다. 그 흐름은 자본의 논리로 진행되는 측면이 강하지만 일방향으로만 움직이는 건 아니다. 하여, '시에 생명력을 불어넣은 가장 큰 힘이 무엇인가'는 시인의 삶이 시대정신에 어떻게 발현되느냐에 대한 주제가 될 것이다.

흘러간 시대의 시가 현대인의 가슴을 파고드는 강도는 어디까지가 한계인가. 과연 김소월, 한용운, 윤동주, 백석, 김수영, 신동엽의 시가 오늘날 신세대의 마음을 사로잡을 수 있는가? '그렇다'는 대답은 어렵다 할지라도 좋아하는 시인을 꼽을 때면 이들 이름이 절대다수를 차지하는 건 무엇 때문인가. 물론 10대 독자들은 시를 단행본이 아니라 교과서를 통하여 체험한다. 그런데 주입식 입시 교육에 찌든 공교육 현장에서 시는 즐거움과는 거리가 멀다. 당연히 진정한 독자로 이어지지 못한다. 시의 생명력은 시 교육과 시를 즐겨 읽을 수 있는 문화적 풍토가 필요충분조건으로 존재해야 한다.

1930년대 일제강점기 시인들에게 현실은 민족 모순과 계급 모순의 충돌 그리고 구질서와 새로운 삶의 양식이 소용돌이치는 시대였다. 시는 인간의 근원적인 문제들, 가령 구원이라든가 죽음이라든가 또는 인간관계를 지탱하는 사랑이나, 자연과 인간의 관계를 다루었다. 그 속에서 시대의 예민한 문제를 감지하는 건 시인의 역량이자 성실함의 척도라고 아니할 수 없다.

안타깝지만 작금의 시 역시 자체만으로 생명력을 지니기는 어려운 세상이다. 거대 출판사에서 죽기 살기로 마케팅을 하는 것은 이러한 연유 때문이다. 마케팅이 작품에 스토리를 만들 수 있는 계기를 마련하는 것이다. '팬 사인회'를 열고, '작가와의 만남'을 진행하고 다양한 리뷰를 만들고 영향력 있는 유명 인물의 추천사를 만들어서 영화관이나 서점에서 다양한 미디어를 통하여 홍보에 열과 성을 바치는 것이다. 출판사 역시 충실히 자본의 논리를 따른다면 굳이 다양한 작품과 다수의 작가를 발굴하는 수고로움을 하지 않아도 된다. 최소의 노력으로 최대의 효과를 노린다면 소수의 작가와 작품만으로도 상품성의 효과를 극대화시켜 대중에게 어필이 가능한 것이다.

자본의 논리를 넘어서는 시대적 화두를 외면하지 않는 시인들이 없지 않지만 그들은 외롭게 가난하게 소수자로 존재할 뿐이다. 시에 생명력을 부여하는 힘은 사회의 건강함과 밀접한 관계가 있다. 시의 상품화에 맞서 현장성과 시대적 문제의식에 보다 깊이 있게 접근해야 한다.

3. 생명력 있는 시—종자種子처럼 부활 재생하는

윤동주의 시가 다양한 계층에게 사랑받는 건 시가 지닌 진정성과 이를 뒷받침하는 삶의 스토리 때문이다. 그는 투옥 이전까지는 적극적인 독립운동의 길을 결단하거나 운동 단체와 긴밀한 연락조차 취한 흔적이 없다. 윤동주의 시에 등장하는 창백한 이미지는 사춘기 청년의 '자화상'이나 순결한 서정의 자기 고백 정도로 평가될 수도 있다. 그러다가 송몽규가 주도하는 독서회 활동을 하다가 일본 경찰의 무차별 단속에 걸려 투옥된다. 하지만 투옥 이후 윤동주가 보여준 순교자적 이미지는 상상을 뛰어넘는 정신적 경지라 할 수 있다. 아직까지도 실체를 규명할 수 없는 생체 실험의 희생자로 광복 직전 옥중 사망한 것까지 그의 삶은 순교자적 이상주의자로 이미지 메이킹이 완성되는 것이다. 그의 극적인 삶의 행적이 시에 부여하는 효과는 가히 폭발적이다.

> 죽는 날까지 하늘을 우러러
> 한 점 부끄럼이 없기를,
> 잎새에 이는 바람에도
> 나는 괴로워했다.
> 별을 노래하는 마음으로
> 모든 죽어가는 것을 사랑해야지
> 그리고 나한테 주어진 길을

걸어가야겠다.

오늘 밤에도 별이 바람에 스치운다.

—「서시」 전문[1)]

시의 생명력은 결코 시의 완성도나 형식미학에 의해서 좌우되지 않음을 우리는 익히 알고 있다. 어디 윤동주뿐인가? 한용운의 「님의 침묵」이나 「알 수 없어요」의 시문時文도 같은 경우로 설명할 수 있다.

같은 이유로 이육사나 임화를 지지하는 마니아 또한 다양한 계층에 광범위하게 존재한다. 이육사의 독립운동 투쟁은 그의 호를 죄수 번호 264에서 가져왔다는 신화 창조의 스토리가 있으리만치 구체적인 물증이 확실하다. 항일 무장투쟁으로 의열단에 가입하여 총을 들고 노래했던 '광야'의 초인과 일체감을 주기에 부족함이 없다. 하지만 그의 시 중에서 가장 대중적으로 사랑받는 시는 「청포도」이다. "내가 바라는 손님은/ 흰 돛단배를 타고/ 청포를 입고 찾아온다고 했으니// 아이야 우리 식탁엔 은쟁반에 모시수건을 마련해두렴". "백마 타고 오는 초인"(「광야」)의 강렬한 영웅적 스토리보다는 청포도를 수확하는 기쁨에 젖어 아직 오지 않은 "손님"을 기

2) 윤동주, 『하늘과 바람과 별과 시』, 열린책들, 2004.

다리는 서정적 자아에 더 강렬하게 공명共鳴하기 때문일 것이다.

이상의 시가 현대인의 불안과 공포를 새로운 형식으로 구상하여 한국문학사를 풍요롭게 수놓은 건 부인할 수 없는 사실이다. 불안과 공포는 과연 무엇인가? 인간의 무의식적 흐름을 흔들어놓을 수 있는 중요한 영역이지만 존경과 사랑의 감정으로 이끌리지는 않는다. 뭉크의 그림이 비싼 값에 거래되고 있는 현실과는 그 포인트가 다른 문제이다. 뭉크의 〈절규〉에 담긴 현대인의 정서 속에는 자기치유를 완성하고 재생에너지를 복원하는 학습된 기제가 작동한다. 뭉크에게 부여된 것은 입증된 화폐가치의 힘 앞에 무력해진 현대인의 자기 굴복일 수도 있고, 그림의 힘에 스스로를 맡길 수 있는 '즐김'의 상황일 수도 있다. 문제는 이상의 시가 소수의 문학도를 넘어서는 힘이 약하다는 점이다. 이상의 시가 뭉크의 그림만큼 화폐가치가 입증된다면(불가능한 가상이지만) 물론 이야기가 180도 달라질 것이다.

백석의 시는 어떠한가? 시를 사랑하는 사람(일반 독자)이라면 우리나라의 근현대시 가운데 유독 백석을 향한 지고지순한 연정을 느끼지 않는 독자가 거의 없다. 물론 백석의 시에는 지사, 순교자, 종교인의 열정이나 숭고함은 없다. 그의 시에는 따뜻하고 뭉클뭉클하면서도 거리감을 유지하는 격조 있는 서정적 '향토애'가 곳곳에 배어 있을 뿐이다. 그 사랑의 구체성은 음식과 평안도 사투리와 장인의 솜씨로 빚어낸 세련된 언어 감각으로 독자를 매료시킨다. 그의 시가 표현하는 사랑은 늘 구체성을 지향한다. 백석을 향한 독자들의 사랑은 마찬가지로 시에 담긴 그 사랑의 이미지로 치환된다. 필자는 그의 시 「국수」를 특별히 사랑한다.

> 아, 이 반가운 것은 무엇인가
>
> 이 히수무레하고 부드럽고 수수하고 슴슴한 것은 무엇인가
>
> 겨울밤 쩡하니 닉은 동티미국을 좋아하고 얼얼한 댕추가루를 좋아하고 싱싱한 산꿩의 고기를 좋아하고
>
> 그리고 담배 내음새 탄수 내음새 또 수육을 삶는 육수국 내음새 자욱한 더북한 삿방 쩔쩔 끓는 아루굳을 좋아하는 이것은 무엇인가
>
> 이 조용한 마을과 이 마을의 으젓한 사람들과 살틀하니 친한 것은 무엇인가
>
> 이 그지없이 고담枯淡하고 소박한 것은 무엇인가
>
> —「국수」 부분[2)]

백석의 시에 대한 대중적 갈망은 자야 여사가 이룬 세속적 성공과 전혀 무관할 수는 없을 것이다. 그의 시에 담긴 다양한 정서 가운데 흐릿하면서도 구체적인 키워드 하나를 '사랑'이라고 한다면 그것에 뚜렷한 방점을 찍은 시와 현실의 연결 지점을 만들어낸 인

---

2) 백석, 「국수」, 『文章』, 文章社, 1941. 4., 164.. 세로쓰기를 가로쓰기로 바꾸었음을 밝힌다.

물이기 때문이다. 그리고 분단 시대 우리 사회는 그에게 진 빚과 짐을 벗어나지 못한다. 그는 연애지상주의자에 모더니스트 시인일 뿐인데 분단 시대의 희생자로 생애를 마친 역사적 배경으로 그의 시에 시대적 그림자를 걸쳐놓는 것이다. 민중적 영웅과는 거리가 먼 이미지이지만 백석은 한반도에 태어났다는 것만으로 부당한 대접을 받았다는 동정심을 불러일으킨다.

그 후 백석은 협동농장에서 노동자로 새로운 가정을 꾸려서 살았다는 설이 있다. 북쪽에서 요구한 프롤레타리아 혁명시나 당이 지시하는 시 창작에 무능(거부한 것이 아닐 것이다)하여 살아남았을 수도 있을 것이다. 북한 체제에서 숙청을 당하거나 버림받은 것도 아니고 그쪽에서 성공한 인사로 정착한 것도 아니므로 더 많은 사람들에게 부담 없이 다가올 수 있었을 것이다.

북한 사회에 대한 기대를 갖고 있는 자나, 강력한 거부감을 지닌 사람들 모두에게 백석은 침묵으로 응대한다. 우리가 할 수 있는 건 그의 1930년대 시를 만나는 것밖에 없다. 그 시에는 시인의 순수한 열정과 당시 시단의 논쟁과 일정한 거리감을 지닌 모더니스트의 체취가 진하게 남아 있다.

4. 생명력 있는 시—분단과 독재시대를 증언하는 노래

1960년대의 시대정신을 '저항과 자유'라고 한다면 신동엽과 김수영의 시에는 힘 있는 저항 그리고 자유의 외침은 불어넣는 정신적 깊이가 있다.

김수영 시가 지닌 생명력은 형식적 새로움에 담아낸 시대정신에서 비롯되며 그의 시정신은 한마디로 '자유'라고 표현할 수 있다. 그는 「실험적인 문학과 정치적인 자유」라는 글을 기고하며, 참여문학은 곧 전위문학이며 모든 전위문학은 불온한 것이라는 주장을 펼쳤다. 자신이 하나의 정치 이데올로기를 옹호하는 것이 아니라, 기존의 권력에 대항하는 '불온성'을 높게 평가한다는 뜻으로 참여문학이 문학의 본질이며 작가의 의무임을 강조했다.

신동엽은 반문명의 사상을 바탕으로 반전사상과 공동체정신을 지향했으며 전경인 의식으로 귀수성의 세계를 추구했다. 반공이 지배이데올로기의 기본 축을 이루던 1950~1960년의 분단 문제를 과감하게 문학적 이슈로 끌어들였던 것이다. 분단 상황이 미소 냉전체제와 외세의 문제와 연결되어 있음을 직시했던 역사 인식을 문학적 행위로 표출한 것이다. 그런 의미에서 「금강」은 역사와 민족을 아우르는 민족문학의 지평을 확대했다는 점에서 의의가 크다. 신동엽은 모더니즘의 해악을 받지 않았다는 장점으로 새로운 시의 영역을 동학정신과 이야기시의 형식으로 개척했다. 그의 삶과 시는 분단 시대의 벽을 허무는 주춧돌로 존재한다.

김수영은 1960년대 순수 참여 논쟁 상황에서 문학의 현실 참여에 대한 대변인 입장에 섰지만 문학의 예술성 또한 적극 옹호하였다. 이것은 시대정신 못지않게 예술정신의 중요성을 인식한 결과이다. 김수영에게 시는 윤리적 실존, 정신적 모더니즘, 기교에 흐르지 않는 강인한 정신세계가 바탕을 이루고 있기 때문이다. 그의 정신적 지주는 올곧음과 정직, 대담한 실험정신, 전위성, 모더니즘의 실천과 극복이다. 시인의 양심과 타락한 현실의 갈등에서 오는 자책과 상소리 및 욕설을 포함한 삶의 시화詩化이다. 따라서 김수영은 양심, 자유, 정직의 표상인 동시에 절망의 시인으로 불린다.

시인의 삶은 당연히 시 탄생의 결정적 요인이 된다. 시인의 삶이 시대를 대변하는 역사이자 산증인으로서의 의미를 갖기 때문이다. 시대를 대변한다는 건 시대를 느끼고 시대의 고민을 껴안고 살았다는 흔적을 증명하는 것이다. 특히 시의 생명력과 관련하여 작가의 삶이 중요한 이유는 작품이 얻는 큰 공명共鳴 때문이다. 이육사의 지사적 삶이나 신동엽의 삶은 작품을 돋보이는 후광이 아니라 몸을 담보로 한 마르지 않는 생명수와도 같은 것이다.

김수영의 삶에는 1950년대의 한국전쟁이 남긴 상처의 흔적이 있다. 시에 담긴 현대적 감수성과 파편화된 자아의 흔들림에는 현대인의 불안한 정서와 교감하는 내밀한 연대 의식이 성장한다. 우리는 김수영을 통하여 부정의 정신이 살아 있는 시를 만난다. 현실이란 모순과 불합리의 집합체일 수밖에 없다. 인간이 만든 이론이나 감정의 주고받음조차 불완전과 혼란 속에 놓여 있다.

시란 순간의 기억과 정서의 극적인 지점을 포착한다. 버지니아 울프의 소설 『댈러웨이 부인』이 하루 속에 여자의 인생을 담아내듯이 시는 한순간의 강렬한 감정 속에 시인의 철학과 정서를 녹여내는 것이다. 강렬한 감정이란 지혜와 대오각성의 순간일 수도 있으며 희로애락의 보편적 정서의 연장일 수도 있다.

그 강렬함이 부정과 저항의 정신으로 연결되어 시 쓰기가 "온몸으로 밀고 나가는 것"(「시여, 침을 뱉어라」, 김수영)이어야 한다는 점이 가장 중요하다. 과거와 미래가 연결되는 시인의 삶에서 부정의 정신이 살아 있지 않으면 자칫 현실 순응의 오류에 빠지게 된다. 서정주의 독재정권 미화나 친일 전력의 시가 탄생하는 과정이 이러한 함정 때문임을 우리는 익히 알고 있지 않은가.

부정의 정신이 살아 있지 않은 시 가운데 친일 세력이었거나 독재정권에 동조한 시인 이외 카프 활동가에 대하여 조심스레 언급할 수 있다. 1920년대 카프 초기 활동가들 가운데 시인과 소설가들이 발표했던 작품들은 졸작들이 많았다. 계급문학의 필요성 각성이나 새로운 작법을 시도한 것은 충분히 의미 있는 작업이었으나 무비판적 수용이 주는 성급함 때문에 작품으로 영글 숙성의 과정이 부족했다. 계급문학과 계급 사상의 경계가 불철저했던 것이다. 또한 사회변혁에 대한 열기 속에 파묻혀 모순 구조를 파헤칠 수 있는 부정의 정신이 작동하지 못했다. 대표적으로 거론되는 박영희의 참회 "얻은 것은 이데올로기요, 잃은 것은 예술"(「최근 문예이론의 신전개와 그 경향」, 『동아일보』)이라는 고백은 문학적 역량 부족의 고백이자, 부정 정신을 견지하지 못한 작가의 자업자득이라 할 것이다.

이제 친일 행적의 작품은 민족적, 역사적 사명감이라는 대의 앞에서 살아남을 수 없다. 2020년 현재까지 친일 세력의 뿌리를 뽑지는 못했으며 그들이 조상의 과거를 숨기고 부귀영화를 누릴 수는 있겠지만 공개적으로 당당함을 주장할 수는 없다. 문학상으로 위세를 떨치고 있는 미당과 동인, 팔봉의 행적을 문제 삼는 건 당연한 의무이다.

이육사와 동시대의 시인으로 백석이 있다. 한 명은 의열단에 가담하여 일본에 저항했으며 다른 한 명은 '개인'의 젊음과 사랑을 즐기면서 민족적 공동체에 대한 그리움을 담았다. 전혀 다른 방향의 삶이었으나 흑백논리를 떠나 동시대를 살았던 삶의 흔적이 우리의 마음을 감동시키는 힘이 있다. 어차피 시는 한 인간의 태생과 환경을 모두 담아내는 것에 한계가 있다. 따라서 시는 읽는 자의 시대적 욕망과 개인적 불합리하고 모순적인 정서의 귀퉁이를 파고들어야 한다. 개인의 다양한 욕구가 넘쳐나는 시대적 변화 속에서도 100년이 지난 시인의 시에서 자신의 욕망과 동일시를 찾아낼 수 있도록 말이다. 이육사와 백석의 시는 그러한 힘을 기반으로 한다.

일제강점기와 분단 그리고 6·25전쟁을 거치면서 대한민국의 근현대사는 고난과 질곡이 중첩되었다. 죽음의 의미가 삶의 소중함을 일깨우는 데 있듯이 그 질곡이 주는 메시지가 문학에 있어서 평화와 구원을 향한 울림이 되었는지 모르겠다. 4·19가 이승만 독재정권을 심판하는 기폭제가 되었듯이 광주항쟁에서 1987년의 함성과 촛불항쟁이 이어졌다. 하지만 반대급부적인 세력이 급부상하는 계기가 마련되었으니, 보수와 진보가 서로를 겨누는 칼날은 더욱 날카로워지면서 스스로를 향하는 반성적 성찰은 오히려 무뎌지는 형국이다. 그 간극에서 생산적인 토론의 장은 닫힌 채, 상대방을 향한 '비난을 위한 비난'만 난무했다. 그 절정의 순간이 2019년 '조국 사태'가 아니었을까 싶다. 국민여론 50 대 50의 찬반 여론을 조성했던 상황에서 작가의 자리는 중요함이 더 커졌으나 정작 상황은 성명서 한 장조차 어려웠다.

시의 윤리적 영역에 대한 언급이 충분하지 않은 것 같아서 부연한다. 그 전에 고은을 위시한 미투 사건을 언급하지 않을 수 없다. 시의 윤리와 시인의 윤리는 구분해야 하지만 일반 독자에게 이 둘의 구분은 무의미하다. 노시인을 옹호하는, 작가의 괴벽이나 기행에 대한 관대함의 논리는 부평초처럼 떠돌다 침몰할 지경이었다. 작가 이전에 평범한 생활인으로서의 도덕적 잣대가 더 중요하다는 논리가 힘을 얻게 된 시대의 변화가 놀랍지 않을 수 없다.

시는 세상의 여느 존재처럼 태어나서 어차피 성장과 소멸의 유한성을 지닌다. 시의 생명력을 논의하는 건 시의 구실을 제대로 해내자는 의미이다. 시적인 것과 윤리적인 것과 정치적인 것이 일치된 지점을 지향하는 것이다. 그 지점에서 평등정신과 소수자를 위한 철학이 담긴 시가 생명력으로 직접 연결될 것이다. 영화의 고전이던 〈바람과 함께 사라지다〉조차 잠정 퇴출되기도 하는 세상이다. 흑인 차별 문화와 철학은 차치하고라도 시대의 윤리를 뛰어넘지 못한 예술의 생명력이 어디까지인가를 보여주는 예가 될 수 있을 것이다.

5. 생명력 있는 시의 요건

생명력 있는 시의 요건은 크게 세 가지로 구분된다. 생명력 있는 시란 윤리적, 심미적, 작가적, 이 세 측면에서 살펴보아야 하는데 이 세 가지는 불가항력적으로 서로에게 얽혀 있음은 앞에서 강조한 바와 같다. 심미적 측면은 작품 자체의 미학을 다루는 것인데 문학성이라 말할 수 있으나 시 자체가 주는 즐거움이자 치유와 감동의 영역으로 확장할 수 있다. 시의 효용은 노래를 통해 극대화되는데 그 노래가 삶과 슬픔을 위무하면서 시의 생명력이 개인의 삶에 뿌리를 내리게 되는 것이다. 그러자면 쉽고 진솔한 언어와 그에 어울리는 가락이 중요하다.

최근 우리 사회를 강타한 위계에 의한 성폭력 문제는 문단 권력의 위상을 흩트려놓을 만큼 커다란 울림을 남겼다. 고은 시인에 대한 폭격기 수준의 비판은 개인이 감당하기에는 가혹할 정도였고, 다른 미투 가해자 몇몇은 수감 생활이나 극단적 선택으로 사건을 마감하였다. 이는 우리 사회의 억눌린 잠재적 또는 과거에 당했던 성폭력 피해자들의 반향을 보여주는 지표로서는 정당한 결과였다.

통일 담론과 민주화 담론에서조차 성평등 이슈는 거대 담론을 위해서 부차적인 것으로 치부되었다. 한국 사회의 가부장제는 건강성을 상실한 지 이미 오래되었지만 여성을 희생자로 보는 시각은 부분은 맞고 부분은 틀리다. 이는 전체를 보는 시각을 갖추기가 어려운 이유이다. 1920년대 김명순이나 나혜석은 가부장제와 싸우다

자존감마저 상실하고 산산조각 부서진 희생자였다.

그러나 2020년 현재 여성의 위치는 분명 달라졌다. 견고한 가부장제의 틀은 존재하지만 그 안을 일상으로 거닐고 있는 남녀의 삶은 변화를 몸으로 실감한다. '미투' 이후 극약 처방으로 어색한 거리두기가 일상이 되는가 하면 한쪽에서는 남녀가 서로 피해자 의식으로 공격성을 표출하는 양상이 극단으로 치닫기도 한다. 성인지 감수성이 풍부해지면서 아름다운 세상을 지향하며 넘어야 할 산이 1920년대에 비해 어디까지 왔는지 혼란스럽다.

> 일찌기 나는 아무것도 아니었다.
> 마른 빵에 핀 곰팡이
> 벽에다 누고 또 눈 지린 오줌 자국
> 아직도 구더기에 뒤덮인 천년 전에 죽은 시체.
>
> 아무 부모도 나를 키워 주지 않았다
> 쥐구멍에서 잠들고 벼룩의 간을 내먹고
> 아무 데서나 하염없이 죽어 가면서
> 일찌기 나는 아무것도 아니었다.
>
> 떨어지는 유성처럼 우리가
> 잠시 스쳐갈 때 그러므로,
> 나를 안다고 말하지 말라.

나는너를모른다 나는너를모른다.

너당신그대, 행복

너, 당신, 그대, 사랑

내가 살아 있다는 것,

그것은 영원한 루머에 지나지 않는다.

—최승자, 「일찌기 나는」 전문[3)]

최승자의 시가 보여준 시대 절망과 죽음 의식으로 담아낸 시 창작이 하나의 사례가 될 것이다. 현상의 허상에 머무르지 않는 안목이 만나는 지점은 결론이 아닌 탐색이며, 해답이 아닌 물음이어야 한다. 무릇 여성성은 피해자의식을 넘어서야 하는 과제를 안고 있다. 시가 살아 있는 세상, 시를 필요로 하는 세상을 위하여 노래하는, 힘이 있는 시를 위하여 부정의 정신과 현실 인식과 실험 정신에 충실해야 한다.

생명력 있는 시란 살아서 효용을 발휘하는 문장을 말한다. 껍데기만 남은 박제된 존재가 아니라 꾸준히 성장하면서 변화하는 사회에서 다양한 해석으로 새로운 가치와 호흡할 수 있는 시라고 단언한다. 시장성이 아닌 현장성이 새롭게 실현되면서 시대를 담아내

---

3) 최승자, 『이 時代의 사랑』, 문학과 지성사, 2004.

고 민족, 민중을 외면하지 않으면서 개개인의 주체적 욕망이 살아 있는 시를 의미한다. 바야흐로 우리는 문학의 상품화 시대에 살고 있다. 문학이 마케팅 전략에 의해 제작되는 상품화 속에서 우리는 진정한 작가와 참된 작품을 제대로 만날 수 있을 것인가에 대한 고민이 깊어야 한다. 많이 알려진 시가 반드시 훌륭한 시가 아니라는 진실을 입증할 수 있는 시정신을 키워내야 한다.

생명력이 끈끈한 시를 쓰기 위해서는 온몸으로 세상과 맞서는 의기가 함께해야 한다. 그 의기는 오체투지의 수도적 자세이면서 자신만의 방식으로 세상을 사랑하는 일상의 형식으로 맞붙어야 할 것이다. 그렇다고 독특하게 살아가는 삶의 방식이 새로운 시의 형식으로 자동 발현되는 것은 아니지만 그 밑거름이 됨을 우리는 믿는다. 자본주의적 삶에 끊임없이 저항하고, 부당함을 부정할 수 있는 철학적 바탕을 쌓아야 하는 것이다. 그 안에서 시인의 삶과 시 창작의 만남이 진행되는 것이다. 물론 인식의 세계와 시 창작의 세계는 일원론적으로 이어지지 않음도 우리는 안다.

시 창작의 순간은 어떤 논리나 법칙으로 설명할 수 없다. 시간의 흐름 속에서 녹아들었던 세상을 이해하고 수용하고 거부하며 쌓았던 인식의 틈새에서 피어나는 언어들의 춤이다. 결국 우리에게 보여지는 건 언어들, 그들의 조합과 오라aura일 것이다.

6. 우리 시대 시의 운명을 물으며

1980년대를 대변하는 〈임을 위한 행진곡〉을 생명력 있는 문장의 예로 말하고 싶다. 5·18과 운명을 함께했기 때문이며 아직도 의식요로서 완전하게 자리를 잡지 못했지만 부활의 힘이 작동하기 때문이다. 1980년대를 기억하면서 신경림의 「가난한 사랑노래」(『가난한 사랑노래』, 실천문학사)나 최승자의 「일찌기 나는」(『이 時代의 사랑』, 문학과지성사) 박노해의 「노동의 새벽」(『노동의 새벽』, 풀빛)을 떠올릴 수 있지만 〈임을 위한 행진곡〉처럼 한 시대를 상징적으로 대변하기에는 울림의 대중화가 부족하다.

신경림의 「가난한 사랑노래」를 음미하며 글을 마치도록 하겠다. 다양성의 아우성이 '사랑'의 깃발로 휘날리는 시대에서 '가난'이라는 소박한 언어는 우리가 끌어안아야 하는 저항과 부정의 가치일지도 모른다. 김종철의 '자발적 가난'을 연상시키는 그 자체가 '사랑'으로 표상된 이 노래에는 쉬운 언어로, 아프지만 애수에 머무르지 않는 질곡한 민중의 서정이, 철학으로 지향하는 순정이 담겨 있다.

> 가난하다고 해서 외로움을 모르겠는가
>
> 너와 헤어져 돌아오는
>
> 눈 쌓인 골목길에 새파랗게 달빛이 쏟아지는데.
>
> 가난하다고 해서 두려움이 없겠는가
>
> 두 점을 치는 소리

방범대원의 호각소리 메밀묵 사려 소리에
눈을 뜨면 멀리 육중한 기계 굴러가는 소리.
가난하다고 해서 그리움을 버렸겠는가
어머님 보고 싶소 수없이 뇌어보지만
집 뒤 감나무에 까치밥으로 하나 남았을
새빨간 감 바람소리도 그려보지만.
가난하다고 해서 사랑을 모르겠는가
내 볼에 와 닿던 네 입술의 뜨거움
사랑한다고 사랑한다고 속삭이던 네 숨결
돌아서는 내 등 뒤에 터지던 네 울음.
가난하다고 해서 왜 모르겠는가
가난하기 때문에 이것들을
이 모든 것들을 버려야 한다는 것을.

—「가난한 사랑노래」, 전문[4)]

4) 신경림, 『가난한 사랑노래』, 실천문학사, 1988.

한국 시의 미래를 묻다

1. 시의 위기인가 시인의 위기인가

우리들 대부분은 위기의 시대라는 자각은 있으나 일상을 바꿀 만큼은 아니라며 여유를 둔다. 이는 잔소리처럼 떠드는 소리에 반응하는 흔들림에 불과할 뿐 진정한 깨달음이 아니기 때문이다. 세상을 혼란에 빠뜨린 코로나19 팬데믹조차도 '위드 코로나'의 해법에 익숙해지면서 늘상 들어왔던 기후위기, 생태계의 파괴와 지구온난화에 뭉뚱그려서 넘어가는 중이다. 여전히 일회용품의 사용이 증가하고 빈익빈 부익부의 사회현상이 아파트와 주식, 비트코인처럼 다각적으로 진행된다. 웰빙의 시대, 자본에 취해 심각하게 예고되는 재난의 징후를 일상으로 연결하지 못하는 것이다.

그 불안 의식은 두 가지의 상반된 대책을 강구하기 마련이다. 소소하나마 공동체 울타리에 보탬이 되겠다며 희망을 키우는가 하면, 반대로 나만의 성안에 갇힌 채 더 많은 물리적 이득과 족벌의 생존 가치를 높여줄 것으로 기대하는 방식이다. 두 사례 모두 본능의 발현이며 자신의 철학과 가치관에 따라 선택하고 책임져야 할 것이다. 그러나 후자의 경우 공동체 전체의 위기와 연결된다는 점인데, 이는 문학도 마찬가지이다.

옛날이야기나, 고대 신화 그리고 재난을 다룬 문학이나 영화까지 공동체를 버린 채 나 홀로 생존하는 경우는 없다. 나의 생존은 누군가의 죽음을 넘은 것이므로 또 다른 생명을 키우면서 자신은 희생하는 것이 세상의 원리이며 법도이다. 지금이 바로 그 시점이다.

그렇다면 시는 어떻게 대응해야 하는가? 이 물음이 '칼로 물 베기'처럼 수없이 반복되었으나 뾰족한 대안은 어차피 없다. '모든 것을 바꿔야 한다'는 결기는 대개 정치적 슬로건처럼 공허한 관념이 되는 경우가 많다. 결론부터 말하자면 혼란한 사회에서 시의 존재 의의를 고민하는 것, 그 자체가 시의 역할이며 의무이니 이 화두는 오랜 세월이 흘러도 생물生物로서 파닥이는 것 자체로만 유용하다. 그러니까 시는 해결책이 아니라 물음의 문장인 셈이다.

시는 시대의 거울이다. 한국 시 역시 근현대사의 질곡을 거치면서 다양한 모습으로 그 알몸을 송두리째 던졌다. 1960~1970년대 '참여와 순수' 논쟁을 거친 그 파장의 기운이 지금까지도 남아 있지 않은가. 변화도 있다. 광주항쟁과 세월호를 겪으면서 적어도 문학에서는 좌우 대립으로 일방적으로 몰아가는 분위기는 사라진 감이 없지 않다. 다행스러운 일이다. 문제는 젊은 세대들이 사회문제에 대한 진지한 관심이 잦아지는 현상이다. 지금은 'MZ세대'의 의식 정립에 초점을 맞추는 것도 선배 세대의 책무가 되었다.

그렇다고 당장 문학의 위기를 운운할 건 아니다. 종이책의 위기에 호들갑을 떨고 있지만 문학의 종말처럼 우려할 일이 아니라는 점이다. 더구나 시의 위기는 결코 아니다. 시인의 숫자가 늘어나고, 시집 발간이 쉬워짐을 걱정하는 것도 자칫 엘리트의식의 발로일 수가 있다. 자본주의의 세상 자체가 변화한 것이다. 어느 시대나 시는 밤하늘의 별빛처럼 그만큼의 기운을 내뿜으며 존재를 지켜왔으니 특별대우를 주장해서도 안 될 것 같다. 예전에는 가난한 시인이 자부심으로 영적인 충만함을 누린다는 전설이 있었다. 그 당당함마저 사라졌다면 그건 시의 자본화가 초래한 면이니 이는 시의 위기가 아니라, 자본주의 시스템에 제대로 대항하지 못하는 시인의 위기라고 할 수 있을 것이다. 즉 자본주의 변화에 맞춰 시의 생산 시스템이 변화되어야 한다는 생각에 말려들면 안 되는 것이다. 이런 시점에서 시인의 존귀함은 스스로의 존재감과 시적 영감을 증명해야 할 뿐, 사회적 기준을 기대할 수는 없는 일이다.

난세일수록 시는 불화의 언어를 창조하여 대응할 수 있는 가능성이 높아진다. 위기의 시대일수록 잃어버린 시간을 진단하고, 회복해야 할 신화가 필요한 것이다. 물론 그 진단과 회복의 형상화가 과거형으로 빠지는 오류를 반복해서는 안 된다. 오래된 미래를 현재의 문장과 어떻게 결합할 수 있는냐가 관건이다.

그리하여 한국 시의 미래는 분단 사회 그리고 노동과 생태를 사회학적 상상력으로 전환시켜 언어적 현재화의 장면을 만들어내야 할 것이다. 고루해 보일 수 있으나 이것이 한국 시단의 사명이요, 목표가 될 수밖에 없다. 그렇게 우리는 회복해야 할 신화를 바탕으로 시적 상상력에 기반한 신화를 만들어내야 하는 책무가 있다.

2. 공동체적인 노력

당장 시급한 것은 시대 진단에 대한 공동체적인 노력이다. 나 혼자만의 고립적 방식을 벗어나 눈앞에 닥친 전 지구적 재난 상황을 공유하는 각성을 만들어내야 한다. 이를 입증하기 위한 공동체적인 노력이 다층적으로 수행되기 이전에 시인의 자각이 우선되어야 한다. 동시에 개인적 감동과 공동체적 설득이 일치되는 지점을 찾아야 한다. 사회변혁과 무관함을 주장하는 서정시 역시 시인이 세상과 하나가 되는 순간에 탄생함을 주지시켜야 한다. 그것이 현재와 미래 시의 역할이 되어야 할 것이다.

문학 단체나 문예지가 문학의 흐름을 주도했던 시대가 있었으나 언제부터인가 그 위력은 절대적이지 않다. 몇몇 유명 문예지는 한때 우리 시대 등불의 역할을 수행한 공로가 있으나 지금은 오히려 문학 권력으로 지탄받기도 한다. 동시에 우후죽순으로 발간되는 문예지에 보내는 우려의 시선도 있으나 필자는 긍정적인 가능성을 본다. 그것이 문학 권력을 거부하고 공동체의 특수성을 살리면서 다양한 문인들을 발굴 또는 성장의 기회를 마련한다는 가정 속에서 하는 말이다.

시인의 숫자는 일단 많을수록 좋은 것이 아닐까. 몇몇 주도적인 시인 말고도 많은 사람들의 다양한 스펙트럼을 만드는 풍토가 문학의 민주화이다. 마찬가지로 문예지가 창간되고 그 역할을 다할 수 있도록 지원할 수 있는 토대가 마련되어야 한다. 아직도 문학, 특히 시가 생활과 떨어져서 존립하는 것이 가장 큰 문제라는 견해를 지니고 있기 때문에 이런 생각을 하게 되는 지도 모르겠다.

최근에 제기되는 지구 위기와 관련한 내용에 대한 고민만으로도 각성의 가능성은 있다고 본다. 그래서 시인은 예언하는 시, 진단하는 시, 관성을 깨뜨리는 문장을 만들어야 한다. 일상의 상상력이 언어가 되고 리듬이 되어서 시인의 내면에서 휘도는 핏줄기로 생명체를 움직이듯이 누군가의 가슴에 피와 살이 되는 울림을 만들 수 있어야 할 것이다. 우리 시대 위기를 스스로 깨달을 수 있도록 문제의식을 일깨워주는 것이다.

충청 지역에서 '삶의 문학상'을 수상한 박용주 시인을 예로 들겠다. 그는 소도시를 벗어난 지역에서 작은 도서관을 운영하며 그린피스 회원으로 활동하는 등 실천적 삶에 몸을 던진다. 아래의 시는 일회용품으로 사용하는 페트병을 의인화하여 미세플라스틱의 문제의식을 아리랑 곡조에 담아 노래한다. 아리랑의 이별과 만남의 의지가 인과응보의 업이 되는 장면이 섬뜩하다.

돌아올 거요 아리랑

반드시 돌아갈 거요 아리랑

그대 나를 잠깐 사랑하고 버렸지만

나는 다시 만날 그대와 그대 아이들 기다리며

드넓은 대양 한가운데 버려진 동무들끼리 몸 부비며

작열하는 태양을 잠시 견딜 거요

기억의 파도 밀물로 밀려오듯

기어이 돌아올 거요 아리랑

이 악물고 외따로이 견디며 아리아리 아리랑

—박용주, 「페트 아리랑」 부분[1)]

위기의 시대일수록 시는 그렇게 유서가 되고 처절한 반성문이 되고 절박한 기도가 될 수밖에 없다. 때로는 탄원서가 되고 경고장의 역할로 어깨를 걸 수도 있지만 그게 어렵다면 최소한의 반성을 담아야 한다. 그래서 시인은 위기의 시대에 반 발자국이나마 민감하게 움직여야 한다. 선각자가 되고 선동가가 되지는 못하지만 공감의 진폭을 심화, 확장해야 한다. 미얀마의 상황을 민감한 일상으로 끌어안아야 한다. 안준철 시인의 마음을 담아 소개해본다.

---

1) 박용주, 『시니피앙』, 천년의 시작, 2021.

천변에 핀 노랑 유채꽃이

바람에 마구 흔들리는 것을 본다

아, 아, 내 몸이 따뜻해져

너는 더 추위에 떨고 있겠구나!

아, 아, 내 마음이 평온하여

너의 아픔은 더 깊어지겠구나!

내 마음 아프지 않아

아, 아, 저 미얀마

살점이 더 찢어지고 있겠구나!

—안준철, 「반성문」 부분[2)]

안준철의 「반성문」은 서정성의 절실함으로 잠든 사회문제를 일깨운다. 더 아파야 하는데, "내 마음 아프지 않"음을 질책하는 것이다. 2021년의 한반도에도 미얀마 민주화항쟁을 지원하는 움직임이 있었다. 다행스럽다. 부당하게 박해받는 머나먼 이국의 동지들을 외면할 수 없는 마음이 곧 시심詩心이다. 그 진폭의 깊이에 시의 미래가 있으며 시인의 역량이 전달되는 것이다. 나의 아픔이 부족하다는 절박성, "아, 아, 저 미얀마/ 살점이 더 찢어지고 있겠구나!" 하며 함께 아파하는 통증의 깊이는 어디까지 가능한가. 시가 물리적

---

2) 안준철, 『나무에 기대다』, 푸른사상, 2021.

무기가 되지 못할지라도 가장 참혹하고 사악한 기운 속에서 피어나는 아름다운 몸짓을 포기할 수는 없다. 예나 지금이나 그리고 미래에도 우리가 기대할 수 있는 희망, 그것이 시이다.

3. 한국 시의 미래를 묻다

대한민국의 미래를 떠올리면 통일 이후의 세계와 이어질 수밖에 없다. 끊임없이 개인의 삶을 위협하는 남북 대치 상황과 이를 이용하는 권력자가 재생산되는 현상을 목도하면서 시인의 각성은 당연히 필수 조건이다. 우리는 언젠가는 통일 사회를 살게 될 것이라 막연한 가능성 속에서 살아간다. 당연히 통일의 과정이나 결과가 '자본에 의한 자본을 위한'이 아니어야 함은 물론이다. 또한 통일의 방법이 폭력이 아닌 평화이며, 공생공락共生共樂을 전제해야 함은 물론이다. 어려움이 따르겠지만 큰 방향에 대한 공동체적인 노력이 이루어져야 할 것이다. 그렇다고 통일 이후의 한반도를 유토피아로 설정하는 것은 결코 아니다. 독일의 경우가 그러했듯, 통일 이후 숱한 과제와 문제점을 끌어안게 될 것임을 예감한다. 그러함에도 필자는 통일국가가 주는 새로운 출발의 가능성에 가슴이 뜨거운 그런 세대에 속한다.

그런 의미에서 지난 세대에 이은 참여와 순수 논쟁은 여전히 현재진행형일 수밖에 없다. 여기에는 순수 서정시가 정치와 노동, 사회 제반 문제에 대한 관심과 결별해야 한다는 인식과 그에 대한 반응 때문이다. 서정시의 범주를 개인의 완성된 감성을 담아내는 양식이라는 의견에는 동의하지만 협의적으로 해석하면 안 된다. '삶과 물상'의 영적 감동이 단순한 자연경관이나 개인적 감상을 벗어나 일상의 노동이나 역사적 경험에서 철학적 사유까지 그 의미가 넓고 깊을 수 있어야 한다. 시인은 돌멩이 하나, 날아가는 새의 아픔조차 내 것으로 느끼는 소유자이지 않는가. 이웃의 고독과 노동자의 고단함을 넘어 약자의 불평등 그리고 지구 자체의 생멸까지 감성과 이성의 진폭이 확장되는 건 당연한 것이다.

시인들 누구나 위대한 시를 쓸 수 있는 것은 아니며, 좋은 시가 모두 위대한 시로 조명되는 것 또한 아니다. 모든 시인이 인류를 구원하고 미래를 예언하는 시를 써야 한다는 주장도 당연히 무리이다. 다만 독자의 시심을 키워줄 수 있는 시가 좋은 시라면 그러한 시를 쓰기 위해 노력해야 한다는 말을 전달하고 싶은 것이다. 때로는 강박적으로 서두르지 않고 내면의 목소리에 성찰하는 작업이 시에 대한 진실이 될 수도 있다. 유서를 남기는 심정으로 쓰더라도 끊임없는 소통이 중요한 이유이다.

마지막으로 한국 시의 미래를 물음으로 제시해본다. 거시적 관점으로는 지구 위기에 대한 민감성과 그리고 국내외 폭력적 상황을 막아낼 수 있는 통일국가를 맞이하기 위한 노력과 준비에서 찾아야 하지 않을까? 야만적 자본주의에 대항하는 불화의 언어가 그 중심에 있어야 하지 않겠는가? 달리 말하자면 시정신의 깊이를 시인 저마다의 개성과 시 형식의 새로움으로 제시할 수 있어야 한다는 말이다. 한국 시의 미래는 결국 시인의 역량과 그 실천적 노력, 그만큼의 무게에 달려 있는 것이기 때문이다.

김종철 선생님의 죽음 이후 『녹색평론』이 우리 시대의 나침반이었음을 새삼 자각했다. 그의 「'공생공락共生共樂의 가난'을 위하여」의 일부를 옮기며 글을 마무리한다.

> 가난하다고 해서 다 같은 것이 아니다. '절대적 빈곤'이 있는가 하면 '공생공락의 가난'이라는 것도 있다. 현대세계에서 보다 큰 중요성을 갖는 것은 후자, 즉 '공생공락의 가난'이다. 이것은 물질적으로 넉넉하지는 않지만(실은 물질적으로 가난하기 때문에 가능한) 상호부조와 협동적 관계 위에서 풀뿌리 민중이 삶을 영위해온 오래된 삶의 방식을 말한다. (…) 라흐네마에 의하면, 오늘날 정말 중요한 것은 윤리적으로나 생태적으로나 인류사회에 결코 보편적인 것이 될 수 없는 '선진국형'의 소비문화의 확산이 아니라, '공생공락의 가난'을 보호하려는 노력이다.[3]

---

3) 김종철, 「'공생공락(共生共樂)의 가난'을 위하여」, 『땅의 옹호』, 녹색평론사, 2008, 238쪽

애도哀悼의 목소리들

1. 애도哀悼의 목소리들

송계숙의 『내 안에 갱도가 있다』[1]와 신용목의 『비에 도착하는 사람들은 모두 제시간에 온다』[2]에 담긴 시편들은 사라지는 것들을 향한 애절함을 바탕으로 한다. 두 개의 시집은 공통점보다는 차이점이 많다 하겠으나 애도의 언어와 결곡한 흐름이 사랑의 진정성으로 모아진다는 점에서 함께 읽는 재미가 있다.

---

1) 송계숙, 『내 안에 갱도가 있다』, 문화의 힘, 2021. 이후 이 책에서 인용한 시는 제목만 표기한다.

2) 신용목, 『비에 도착하는 사람들은 모두 제시간에 온다』, 문학동네, 2021. 이후 이 책에서 인용한 시는 제목만 표기한다.

송계숙의 시는 평이하게 읽히면서 애도를 토로하는 진정성에 옷깃을 여미게 된다. 송계숙의 시집은 수십 년간 품어왔던 갱도를 토해내는 작업이었으니 그 현장성의 의미가 크다. 판소리 명창이 득음을 위해 피를 토하는 수련을 마다하지 않듯이 시인이 쏟은 물리적 정신적 고행의 시간은 탄광촌의 다양한 스펙트럼으로 세상과 조우한다.

반면 신용목의 시는 문장 하나하나가 독특하고 신비스러우며 튀는 감성을 담고 있는 데다 문맥이 독립적 이미저리를 구성하는 것처럼 발랄하게 흐트러져 있어서 조금은 난해하다. 하지만 그 독해 과정은 좌뇌와 우뇌를 활발하게 움직이는 즐거움이 더 크다. 사라지는 것들에 대한 절대적 슬픔과 아름다움으로 새롭게 태어나는 생명력의 여운까지 오롯이 시세계에 빨려드는 블랙홀의 묘미가 있다. 그 만남 속에서 깊어지는 슬픔과 세심한 감성의 떨림을 나눌 수 있을 것이다.

신용목은 서정과 사회학적 상상력의 절묘한 결합이라는 새로운 지평을 여는 시인으로 주목받고 있다. 그의 시는 새로운 감수성으로 사물을 해석한다. 그의 시를 읽으면서 우리는 사랑의 절대적 아름다움과 견고한 슬픔의 문을 처음 열 때의 그 경이로움을 체험하게 된다. 『비에 도착하는 사람들은 모두 제시간에 온다』에 담긴 시편들을 만나는 시간, 우리는 늘 마주하는 것들에 담긴 사라짐의 미학을 발견할 수 있을 것이다. 애도를 통한 새로운 사랑을 다짐해야 하는 그 쓸쓸함의 순간을 감당해야 할 것이다.

2. 애도哀悼의 언어, 진정성의 힘

송계숙 시인의 세 번째 시집 『내 안에 갱도가 있다』는 보령의 탄광촌 이야기이다. 사북탄광만큼 알려져 있지는 않지만 보령의 성주산은 한때 우리나라 석탄산업의 중심부였다. 시집은 서민들의 온돌을 데웠던 연탄의 주원료를 캐기 위해 굴진의 시간을 보내야 했던 광부와 그 가족들 그리고 탄광마을을 충실하게 재현한다. 폐광 후 40년의 세월이 흘러 현재 석탄박물관으로 흔적이 남아 있는 그곳, 보령의 갱도가 생생하게 되살아난다. 박제된 정지 동작의 심장 뛰는 소리 팔딱팔딱 뜨겁다. 사라진 것을 향한 애도의 사랑이 절절한 것은 지금까지 그곳에서 살았고 그 흔적 속에서 고투하고 있는 시인의 삶 그 자체가 녹아 있기 때문일 것이다.

기록은 진실을 만들고 이야기는 감동을 만든다. 기록이 이야기가 되는 힘을 우리는 진정성과 문학성으로 나누어 말할 수 있겠다. 송계숙 시집의 감동은 현장의 진정성과 문학성이 만나는 접합 지점의 절묘함에 있다.

새까만 골짜기를 한 발 한 발 더듬으며
헤드라이트가 비추는 만큼 나아간다
다른 길은 없다
자식들 손가락 빨지 않고 대학 보내고 싶다는
욕심도 부리지 못한다

몸 성히 되돌아나가기만 바랄 뿐

동발에 팔꿈치 부딪치고 광차에 무르팍 으깨져도

성주산에 해 뜰 때까지 곡괭이질 하다가

눈뜨면 또 시작되는 하루

—「내 안에 갱도가 있다」 부분

갱도는 땅속에 뚫어놓은 석탄의 길이다. 지상의 도로와 달리 목숨을 담보로 할 만큼 위험한 공간이다. 그 갱도를 떠올리다보면 어느새 우리는 저마다의 신산의 세월을 토해내게 된다. 우리의 생에서 위태로웠던 어떤 시기를 떠올릴 수 있어야 탄광 마을 사람들의 거친 노동과 힘겨웠던 흔적이 숨 쉬고 있는 그 갱도를 보편성이 아닌 개별성으로 만날 수 있는 것이다. "폐광 후 사십여 년이 지난 개화리 아침/ 알람시계에 길들여지지 않는" 그 "시뻘건 갱도"는 광부들이 가슴에 품었던 고통의 세월, 그 시공간에 대한 은유로 작용한다. 그리하여 갱도는 송계숙 시인에게는 힘들게 살다가 고향을 떠났거나, 아주 세상을 떠난 분들을 떠올리는 중심 이미지가 되는 것이다. 우리들 가슴속에 숨어 있는 저마다의 험한 인생 행로(갱도)는 시인이 사십여 년 품은 그 갱도와 만날 것이다. 오늘도 시뻘겋게 앓고 있는 갱도의 핏빛 선연한 사연을 마주하기 위해 마음의 준비가 필요하다.

갱도는 서서히 배가 아파온다

스르르 석탄 가루 내리며

석탄 핏방울 뚝뚝 떨어지더니

붉게 충혈된 갱도에

검은 이슬 으스스 내린다

탄炭 밥 오래 먹은 선산부의 동공이 놀라

눈알만 시꺼먼 허공에 꽂히고

발끝에서 손끝까지 바르르 떨려오는 정적

이윽고 진저리치는 산통 끝에

이슬은 무너진 갱도라는 신생아를 낳는다

—「이슬이 온다」 전문

갱도가 무너지는 순간을 신생아의 탄생으로 그리고 있으니 섬뜩하다. 그러니까 이 순간을 시인은 죽음이 아니라 탄생으로, 고통이 아니라 산통으로 받아 적는 것이다. 죽음과 삶이 하나임을 이 순간까지 끌고 와야 하는 아픔은 기록의 객관성 때문이다. 아기를 낳기 직전의 조짐을 '이슬이 비친다'고 하는데 그 의미를 위기의식으로 전유한 것이다. '이슬이 온다'는 조짐을 알면서도 아무것도 할 수 없는 "탄炭 밥 오래 먹은 선산부"는 어떻게 되었을까. 직접 발설하고 싶지 않은 아픈 장면의 이미지는 "진저리치는 산통 끝"을 향한다.

갱도를 만드는 건 광부의 몫이지만 무너지는 건 누구의 몫도 아니다. 분명한 점은 산업 현장에서 일어난 재해는 막을 수 있는 방도가 충분히 있었을 것이나 자본의 이익을 앞세워 등한시했다는 사실이다. 그 열악했던 노동 현장을 일일이 열거할 수는 없으니 "무너진 갱도라는 신생아를 낳는다"로 마무리할 수밖에 없는 것이다. 무너져 내린 갱도만큼 아니, 그 이상으로 무너지는 마음을 추슬러야 하기 때문인지도 모른다.

비 젖은 꽃 이파리 팔딱이는 사월
초침은 또깍때깍 어스름한 빛을 실어 나르고
남편을 기다리는 만삭의 그림자 하나 집 앞을 서성인다

전화 한 대 없는 탄광촌에서 유일한 소식통은 동료의 전언뿐
아무도 돌아오지 않는 마을에 구급차 한 대 정적을 깬다
누가 돌아가셨나 생각 마치기도 전에 그녀 앞에 다가선다

불과 몇 시간 전 남편이 타고 떠난 하얀 차를
이젠 만삭의 그녀가 타고 간다

벚꽃 비 내리는 사월 아침
보름달 이파리 살점 떨구기 시작하면
습관처럼 배를 양손으로 받치고

남편을 만나러 하얀 길 걸어간다

—「기일」 전문

개발도상국의 산업 현장에서 생사는 하늘에 맡기고 살아야 했다. 저렴한 인건비만큼 노동자에 대한 천시가 당연했던 시국이다. 그곳 "벚꽃 비 내리는 사월 아침"에 세상을 떠난 사람도 운명처럼 묵묵히 받아들여야 했다. "남편을 기다리는 만삭의 그림자"는 이제 '기일'에만 "남편을 만나러 하얀 길 걸어간다". 그렇게 광부의 삶은 아내와 유복자에게 이어진다. 그들을 기억해야 하는 건 살아남은 자의 책무감이다. 송계숙의 시집은 살아서 무시 받았고, 죽어서 잊힌 그림자처럼 존재했던 탄광촌 사람들을 호명한다. 그 의미를 되새기는 건 우리들 독자의 몫이다.

1980년 엉겅퀴 꽃물 드는 오월
다섯 명의 생목숨을 매몰시킨 덕수탄광 물통 사고
처남 매부지간 오세창, 남민용 씨는
갱목 껍질과 오줌물 마시며 닷새를 버텨냈다

어둡고 습한 벽을 더듬고 또 더듬어
피투성이가 된 광부의 손과 발이
구조원이 들고 온 하얀 시트 위에서
실핏줄까지 깨워 바들바들 움켜쥔 정신줄 놓았더란다

실려간 이가 어디 광부뿐이겠는가

막장을 살아가는 무수한 사람들의 마지막 호흡을

말없이 받아준 병상

이제 받아놓은 호흡을 토해내는 건지

퀴퀴하고 비릿한 냄새

깨진 유리창 틈으로 새어 나온다

철창문 안쪽에서는 아직도 매몰된 누군가가

포기할 수 없는 시간과 사투를 벌이는 중이다

—「대천읍 서울의원」 부분

희생자들은 처남 매부지간도 있고 아들과 아버지도 있다. 그때 그곳에서 목숨을 부지하고자 생목숨을 바쳐야 했던 한솥밥 식솔들은 얼마나 많았던가. "장날처럼 북적대던 대천읍 서울의원이/ 도시 한복판 흉물스럽게 방치되어 있다"는 진술은 현재 상황이다. 그래서 그 '서울의원'은 "막장을 살아가는 무수한 사람들의 마지막 호흡"만큼 위태롭다. "다섯 명의 생목숨을 매몰시킨" 사고로 "처남 매부지간 오세창, 남민용 씨"가 "갱목 껍질과 오줌물 마시며 닷새를 버텨냈"던 과거에서 끝나는 문제가 아니다. 과거와 현재가 오버랩되면서 힘들게 살아가는 오늘날의 노동자 문제를 환기하는 것이다. "철창문 안쪽에서는 아직도 매몰된 누군가가/ 포기할 수 없는 시간과 사투를 벌이"고 있으니 "아직도 매몰된 누군가"는 2021년 현재

보호 장비 없이, 또는 법의 사각지대에서 죽어가는 이 땅의 노동자가 있음을 일깨우는 환유로 작용한다.

> 갱 밖 혹한과 끊어질 듯한 허리 통증보다
> 손톱 아래 지워지지 않는 탄 때가
> 더 괴로운 사춘기
>
> 머릿수건 여러 장 칭칭 덮어쓰고
> 분진 마스크 꽁꽁 가려
> 새까만 눈동자만 알아볼 수 있는 건
> 그나마 다행이다
>
> —「처녀광부」 부분

"갱내 낙반사고로 아버지를 잃고/ 낙탄정리부로 고용된 지 일 년 여/ 탄차에서 떨어진 탄덩이 모아 머리에 이고/ 자정을 맞는 열여덟 살", '처녀광부'도 있었다. 탄광노동자의 죽음과 나머지 가족의 지난한 생활이 시의 배경을 이루고 있음에도 시의 분위기가 어둡지 않다. "허리통증"보다도 "손톱 아래 지워지지 않는 탄 때가/ 더 괴로운" 사춘기 소녀이다. 그래서 그녀는 "머릿수건"과 "분진 마스크"를 쓰고 있음에도 초롱초롱한 표정으로 각인된다. 처녀광부는 이후 어떤 삶을 살았을까. 탄광의 일자리를 받아들인 건 살기 위해서만은 아닐지도 모른다. 아버지에 대한 끈끈한 그리움도 한몫하지 않았을까. 「처녀광부」는 탄광촌의 사연을 다각적으로 보여주는 여유가 보인다.

> 당신이 살아 있던 마지막 일 초
> 그 일 초에 갇혀 살아온 생지옥의 시간
>
> 억척스럽게 기저귀를 빨아도
> 치대는 손보다 더 빠르게 도달하는 당신의 일 초
> 탯줄보다 더 질기게 달라붙는다
>
> —「배꼽」 부분

"나의 삶은 당신의 막장보다 더 캄캄했다"는 고백을 들어야 하는 건 우리들의 몫이다. "당신의 마지막 숨이/ 갓난아기의 호흡을 타고 숨쉬고 있다"는 진술은 "당신"을 위한 것이다. 따라서 산자와 죽은 자가 끊임없이 소통할 수 있는 공간을 우리들이 감당해야 한다. "당신이 살아 있던 마지막 일 초"는 삶과 죽음의 교차 지점이었다. "얼마나 살고 싶었을까/ 얼마나 무서웠을까". 그 애도의 언어는 시공을 넘어 대화체로 흐른다.

> 어릴 때는 막연한 그리움에
> 아, 버, 지, 속엣말로 불러보았어요

이제 서른을 넘기고 나니
보령이고 정선이고 죄다 아버지임을 알겠어요

감나무 가지 끝에 그믐달 매달리는 날이면
탄광촌 여기저기 모습 드러내시는 아버지
내 아이 눈동자에도 아버지가 계십니다

—「달빛유서」 부분

"서른을 넘긴" 아들의 목소리로 노래하는 사부곡은 건강하고 명랑하게 울려 퍼진다. "한 번도 뵌 적 없는 아버지 얼굴/ 앞마당 감나무 가지 사이"로 만나는 얼굴이다. "만삭 어머니의 손을 놓고/ 밤하늘에 유서 한 장 못 남긴 아버지"에게 바치는 노래는 "탄광촌 여기저기" 그리고 "내 아이 눈동자에도" 스며든다. 그렇게 탄광촌의 노래는 기록의 진실 너머 이야기의 감동으로 울려 퍼지는 것이다. 진정성의 힘이다.

3. 애도哀悼의 사랑, 그 쓸쓸함에 대하여

신용목의 여섯 번째 시집 『비에 도착하는 사람들은 모두 제시간에 온다』를 만나는 방법은 그 스펙트럼이 다양할 것이다. 시편마다 사유를 움켜잡는 깊은 울림이 넘치는가 하면, 나즈막하게 다가오는 애도의 언어가 현실을 전복하면서 심장의 중심을 파고드는 흐름에 압도당하는 것도 좋다. 표현의 기발함에 매료당할 수도 있고, 세상의 근원을 향하는 날카로운 붓의 힘에 무장해제당하는 슬픔의 기운에 취할 수도 있다. 시문詩文을 접하면서 일으키는 감성과 사유의 연쇄 화학작용은 온몸을 말랑말랑해지도록 버무려놓는 보이지 않는 힘이 있다. 그 묘미를 즐길 수 있는 저마다의 방식을 활용하는 것이 좋겠다.

시집은 전체 7부로 구성되는데 각각, '비, 배, 밤, 새, 끝, 꿈, 비'로 저마다 소제목을 달았다. 시집을 읽기 전이나 그 이후 '비'의 비중이 높다는 점을 쉽게 알아챌 수 있을 것이다. 그렇다고 시인의 내면에 깃든 빗방울의 심연에 동행하기는 쉽지 않아 보인다. 시편들이 대부분 길다는 점과 이어지는 흐름이 평면적 진술을 거부하고 뒤틀린 이미저리의 불연속적인 흐름이라는 점 때문이다. 게다가 이 '비'는 '우산', '액체 인간', '속초', '헤링본', '해변', '눈사람', '구름', '수중도시', '국물', '꼭짓점' 등등 삼라만상이라 해도 지나치지 않게 '이 세계'의 시작이자 끝을 향해 흐른다. 이를 질료라 해도 좋고, 본질이라 해도 좋을 듯하다.

시편 「책」의 한 대목을 천천히 음미해본다.

> 제목 없는 표지면 어떤가, 아무리 찢겨도 맨 앞 장이 표지겠지 아무것도 적혀 있지 않아서 찢어내고 찢어내도 그대로인
>
> 생각처럼

비,

젖는 일에는 입구가 없어서

(…)

무수한 낙엽들이 한 권씩 책의 무게로 떨어지고 있다 무수한 바닥을 찢으며

비,

가스불로 끓이는 것 같은 비

아무리 졸여도 결정되지 않는 글자로 자글대다 간신히 피어오르는

비,

짜질 줄도 모르고

—「책」 부분

'책을 읽는 일'이 '책을 쓰는 일'로 읽히는 건 왜일까. "가스불로 끓이는 것 같은 비/ 아무리 졸여도 결정되지 않는 글자로 자글대다 간신히 피어오르는/ 비", 이 부분에서는 쓰인 책의 "글자"보다는 쓰고 있는 상황에서의 "글자"가 어울리기 때문이다. 아니다. 쓰는 행위와 읽는 행위가 분리되지 않는 지점, 생각이 만나는 지점에 대한 간절함으로 읽어도 좋겠다. 비가 대지를 적시듯이 "글자"가, "생각"이 내 안에 젖어든다.

비를 맞으며 책을 읽고 있는 상황이라 가정할 수도 있겠다. "책을

읽는다/ 죽은 자의 생각이 지나간 자리에 글자가 남아 있다 죽은 자를 깨웠다가 다시 죽인다". 또는 "나에게 나를 묻는 당신"은 책이겠지요. "맞아요. 당신에 대해서라면 당신에게 물어야 합니다 책이 아니라 문장이 아니라". 그렇게 당신과 나, 책과 나의 관계를 묻는 일이 반복되는 것이다. "불빛은 빗방울처럼 떨어지는군요. 은총에선 우산 펴는 소리가 들리는 것 같습니다"처럼 '책'과 '비'와 '우산'이 맞물리는 지점에서 우리의 사유는 시인의 의도대로 꽃을 피우리라.

「책」에서 읽어낸 것들은 '이 세계'와 관련이 있을 것이다. 시인은 「이 세계」를 "나는/ 꽃의 발목을 잘라/ 꽃병에 꽂고,/ 죽어가는 냄새를 즐긴다"로 시작하며 화두를 던진다. 뒤틀림과 섬뜩함이 서려 있는 애도의 서막이다. 시문詩文을 대하는 우리들 또한 애도에 젖게 하는 낯설게 하기의 마력이 아닌가. "어떤 어둠은 여러 번 채로 거른 흰 가루 같다 방 안에 담겨 물처럼 찰랑거리는 부드러운 공기 같다/ 어떤 어둠은 쇳가루 같아서 어릴 적 내가 막대자석에서 촘촘히 떼어낸 그것들이/ 차고 검고 무거운" 기운 속에서 "꿈"은 보일 듯 말 듯 "커튼 뒤에서" 태동한다.

시적이라는 건 산문적인 것과 어떻게 구별되는가. "모든 시에는 산문적인 이유가 있다"고 그는 시의 제목을 빌어 진술한 바 있다. 그만큼 "산문적인 이유"가 중요하다는 의미일 것이다. 그의 시에 겹쳐지는 이질적인 것들이 빚어내는 비유와 의미의 혼종과 다중적 이미저리에도 불구하고 "산문적인 이유가 있다"는 의미를 강조하는 것이다. 그러나 그의 시 가운데 어느 것도 산문으로 바꾸는 건 불가능해 보인다. 그만큼 시적 울림이 묵직하게 다가온다. 시집에는 길이의 장단으로 함축적 사유와 다의적 해석을 구분하지 않는다는 것을 작심하고 보여주는 것처럼 긴 시들이 많다. 다음에 만나는 시 또한 그러하다.

뿔이 부러진 짐승,
비.

숲에 가면 제 뿔을 찾아 찬 나뭇가지를 두드리는 빗소리가 들리지.

그리고
돌아와, 빗소리를 잃어버린 비가 빗방울로 맺혀 있는 창문을 까치발로 매달려 바라보면
교회에서 죽음은 사람들을 노래하게 만든다.

사랑은 사람들을 가난하게 만든다.

가장 멀리 돌아가는 말은 침묵인데 돌다가 돌다가 길을 잃어 돌아오지 못하는 이야기처럼,
이종사촌 누나는 아직도 빙빙 어딘가를 돌고 있겠지.

비를 세워놓고 보면 온통 긁힌 자국이겠지만 닳아서 없어지는 마음

도 나쁘지 않은 것 같아서

이제 돌아가, 말하지 않아도 목동은 내 울타리를 빙빙 도는 말을 너무 많이 남겨놓고 떠났네.

—「비의 숲」 부분

한 권의 시집을 읽으면서 우리는 시인의 심연 한 구석을 얼마만큼 들여다볼 수 있는 것일까. 어떤 시집은 읽을수록 블랙홀처럼 빨려들며 그 속으로 시인과 함께 기거하게 만든다. 신용목의 시집에서 울리는 나직하면서도 견고한 목소리의 힘이 바로 그 경우이다. 말랑말랑함과 견고함의 만남이 주는 울림 속에서 시인의 지향점은 더 멀리 더 깊이 근원적인 세계를 품는다.

시에서 만나는 "뿔"은 시 「꼭짓점」의 연상을 불러일으킨다. "둥글게 몸을 말고 자신에게로 향하다 보면, 점점 뾰족해지다가 뾰족한 끝에서 어느 순간 사라질 것이다". 결국 비와 숲의 만남은 보이지 않는 우산으로 이어지는 상상을 가능하게 한다. 비는 숲의 우산이며 숲은 또 다른 것들의 우산이 되어주는 것. 비의 상상력이 우산과 숲과 예술영화까지 스며든다. 물과 불의 이미지가 주는 무한 변용과 생성과 색즉시공 공즉시색에서 열반의 이미지에 익숙해 있는 우리에게 비의 상상력은 이를 포함하면서 보다 육체적인 구체성의 장면으로 다가오는 것이다.

순간과 순간들이 만나서 일으키는 화학작용처럼 여겨지는 장면들이 등장하면서 시를 몸으로 품는 과정의 몰입도가 깊어진다. "뿔이 부러진 짐승,/ 비"는 "빗소리를 잃어버린 비"가 되어 교회라는 공간으로 이동한다. "교회에서 죽음은 사람들을 노래하게 만든다"는 상황을 연출하며 본질과 책무감을 외면하는 자들을 향한 사유의 무거움이 극단을 향한다. 그 노래가 무엇을 담아야 하는가. 시인이 단 하나의 줄글로 연을 만들어내는 이유이다. "사랑은 사람들을 가난하게 만든다". 이 구절에서 우리는 한참을 석고상처럼 멈출 수밖에 없다. '나는 사랑을 아는가', '진실한 사랑은 무엇인가'. 늘 새롭게 정의 내려야 할 사랑의 본질을 상기하게 되는 것이다. 그렇게 시인은 "빗소리를 잃어버린 비"의 말을 대신 전하는 존재로 성큼 다가온다.

"가장 멀리 돌아가는 말은 침묵인데 돌다가 돌다가 길을 잃어 돌아오지 못하는 이야기처럼" 「비의 숲」에서 시인은 "말하지 않아도" 전달되기를 갈구한다. "내 울타리를 빙빙 도는 말을 너무 많이 남겨놓고 떠"난 목동의 말을 전하고 있을 뿐이다.

마지막 시편에서 시인은 '비'와 '우산'의 만남을 노래한다.

> 신호등이 바뀌고 야 벌써 시월이야! 앞질러 뛰어가는 소년의 목소리가
>
> 검은 우산을 벗어나
>
> 자유로 지나 가양대교 건너 노란 창문 너머 침대 위 한 방울 머리로 맺힐 때
>
> 시월

비

어느 장례식장 부의함 속으로 떨어지는

흰 봉투 같다

—「모든 우산은 비의 것」 부분

비 내리는 가을날 수묵화 한 점을 만나는 죽음의 그림자 체험에 그윽하게 젖어들게 한다. "비의 시체를 가득 실은 수레가 물위에 쓰러져 있다 걸음을 멈춘듯 사랑을 멈춘다"의 장면에서 우리는 비가 꽤 많이 내렸으며 지금도 내리고 있다고 상상할 수 있다. 문득 사랑이 멈추는 시간이 있다면 그 순간 우리는 어떤 몰골을 하고 있을까, 그런 생각을 이끌어 간다. 물위에 쓰러져 있는 수레와 비의 시체가 서로를 적시고 있는 장면이라면 사랑을 멈춘 자의 상심이 조금은 누그러질 수 있을지도 모른다. 시적 화자가 스스로를 적시고 있는 장면처럼 우리를 끌어들인다. 그리하여 "가을에는 투명한 기린이 걸어다닌다"에서 우리는 슬픔의 극단에서 승화되는 감성에 설득당할 수밖에 없다. 사랑을 멈출 수밖에 없었던 그 절대적 상황 앞에 목이 멘다. 비가 '절대 슬픔'으로 우리를 아프게 하는 순간이다. 이는 "어느 장례식장 부의함 속으로 떨어지는/ 흰 봉투 같다"는 비유가 현실적 통증으로 스며들기 때문이다. 그리하여 신용목의 '비'는 희망과 성장과 번식 등의 상승적 기류와 거리를 둔다. 죽음과 슬픔과 하강적 기류에서 조용히 사랑을 속삭일 뿐이다.

4. 시, 그 절대적 견고함을 지지하며

송계숙과 신용목의 시집을 읽으면서 애도의 진정성과 쓸쓸한 사랑에 대한 사유의 계기를 가져보았다. 사라지는 것들에 대한 쓸쓸함과 사랑의 언어를 다루는 시들은 얼마나 많았던가. 그러함에도 이들 두 시인의 목소리는 애도의 진정성이 새롭게 전해지는 특별함이 있다. 송계숙의 『내 안에 갱도가 있다』는 탄광촌의 사연을 재현하여 문학적 성취를 이루었다는 것뿐 아니라 시인의 책무감을 상기시킨다는 점에서 더욱 그 의미가 크다고 할 수 있을 것이다.

신용목의 『비에 도착하는 사람들은 모두 제시간에 온다』에 담긴 '비'의 상상력은 쓸쓸함의 진폭이 크고 깊어서 아름답기까지 하다. 구체적인 기록과 산문적 번역의 틀을 거부하는 이미저리와 음악성만으로 다가오는 그 절절한 감성의 날것에 젖어드는 시간들은 철저하게 시적이다. 그 세계를 시의 절대적 견고함이라 불러도 좋을 듯하다. 그 절대적 시의 공간을 위해 우리는 "투명한 눈망울"을 준비해야 할 것이다. "검은 우산"을 맞이하는 담담함과 함께.

실존적 체험과 사랑의 시학

1. 모든 사랑은 자기 체험의 실존이다

'사랑'은 에로스건 아가페건 그 자체가 문학 최고의 화두가 되었으며 현대시에서도 상실과 부재의 존재로 등장하곤 했다. 현실의 '사랑'과 문학의 '사랑' 역시 화해할 수 없는 골이 점점 깊어지고 있다. 어쩌면 '사랑'은 정의 내릴 수 없지만 살아 있다고 믿는 실체일 뿐인지도 모른다. 니체의 "신은 죽었다"는 명제가 인간을 위한 인간에 의한 '사랑은 포기할 수 없다'의 다른 표현임을 우리는 안다.

'사랑'은 누구에게나 이상 또는 실천으로 존재한다. 그래서 인간은 태어나서 사멸하는 그 순간까지 '사랑'을 품는 존재이다. 동시에 '사랑'은 그가 살아온 이력이나 체험만큼의 깊이를 가늠해주는 자기 체험의 실존 그 이상도 이하도 아니다. 우리는 실존적 '사랑'만큼 성장하게 된다. 송재일의 『한 모금 사랑』, 임경숙의 『환한 그늘』의 사랑 또한 마찬가지이다.

2. 체험과 기억으로서의 사랑—송재일, 『한 모금 사랑』[1)]

송재일 시인은 공주대 교수로 재직하면서 글을 쓰고 연극 연출을 맡는 등 다양한 이력을 지녔다. 이미 『창과 거울』(한림원) 등 다수의 평론집과 연극 및 글쓰기 도서를 출간한 바 있다. 그 바쁜 틈새에 첫 시집을 내놓았다. 시집에 담긴 세월의 흔적은 독자의 입장에서는 보통 사람들이 살았던 현대사의 기록이며 저자에게는 자화상으로서의 의미가 있다. 그의 시에 담긴 다양한 물상物象과 감회, 그리고 연극연출가이자 비평가, 배우로서의 사회적 삶이나, 개인적 캐릭터를 꼼꼼하게 다루면서도 그 중심에는 하나의 단어, '사랑'이 아로새겨져 있다. 그의 시집을 읽으며 사랑의 화두를 품지 않을 수 없는 이유이다.

기형도의 「빈집」은 "사랑을 잃고 나는 쓰네"로 시작한다. 최승자의 「이 시대의 사랑」은 "일찍이 나는 아무것도 아니었다"로 시작하여 "너, 당신, 그대, 사랑// 내가 살아 있다는 것,/ 그것은 영원한 루

---

1) 송재일, 『한 모금 사랑』, 북인, 2020. 이후 이 책에서 인용 시는 제목만 표기한다.

며에 지나지 않는다"로 마무리된다. 이처럼 작가에게 사랑은 창작의 원천이며, 누구에게나 사랑에는 제각각의 고유함이 있다. 그렇다면 송재일에게 사랑은 과연 무엇인가? 분명하게 말할 수 있는 건 아무것도 없다.

그렇지만 그의 시에서 사랑은 부재가 아니라 움켜잡을 수 있는 실재임이 포착된다. 시집을 읽으면서 우리는, 진정한 사랑이란 무엇인가, 오늘 우리가 실천할 수 있는 사랑이란 무엇인가를 사유하게 된다. 그리하여 어떤 결론을 내리는 것이 아니라 사랑의 오디세이를 가슴에 품게 된다. 이때 사랑은 아파하는 만큼 내 안에 스며든다는 진실을 대면한다. 우리 시대가 상실한 사랑을 밑바닥에서 다시 세우기 위해 분투하는 실존, 그의 시는 사랑을 학습하기 위한 시 쓰기라 명명할 수 있겠다.

'서시'에서 고백했듯이 그의 시 쓰기는 '한 모금 사랑'을 수혈하여 생명을 살리듯 자신을 살릴 수 있다는 믿음에 있다.

> 대낮에 세상 꿈꾸는 분노의 소리로
> 분청사기 잔에 부어 시를 쓴다
>
> 허나, 나의 시는 오늘도
> 뒤를 돌아보는 세월의 언저리에서
> 한 모금 사랑으로
> 빼근한 통증을 고이고 있다.

—「한 모금 사랑으로」 부분

기형도의 시는 "사랑을 잃어버린" 애절함이다. 최승자의 "나는 아무것도 아니었다"는 독백에서 우리는 절대자를 향한 사랑의 배신과 불가능성을 깨닫고 진정한 사랑을 탐문한다. 그러나 송재일의 사랑은 결이 다르다. 독백이자 대화이며 회복과 가능성의 사랑이다. 그는 세계의 흐름을 변증법적으로 읽고 사유한다. 세상의 변화를 긍정적으로 이끌어내려고 하며 동시에 스스로의 삶의 흐름을 사랑의 리듬으로 재구성하고자 노력한다.

그에게 사랑은 절대적인 것, 신을 향한 것이 결코 아니다. 관념적 탐구의 대상이나 수단이 아니라 실천해야 할 목적적 덕목으로 공감대의 폭이 넓다. 어떻게 하면 지상에서의 사랑을 회복, 구원할 수 있을까. 노력하는 가능성의 여지를 묻는다.

니체가 "신은 죽었다"고 강변하던 인간의 행복과 삶의 의지와도 연관된다. 「사랑의 종소리」는 "사랑의 종소리, 어디로 갔는가요"로 시작하여 "언제 열어, 사랑의 종소리 들려주실 건가요"로 마무리한다. 시인은 기독교의 '사랑'이 지상에 진정성으로 울리기를 간절한 목소리로 노래한다. 그가 생각하는 사랑의 의미는 자기완성의 구원을 넘어 사유의 확장을 지향한다.

그날, 무슨 죄인지도 모르고 총 맞아
억울하고 서러워 가슴 저미는 저 영혼들

아직도 고풀이 굿거리를 기다리며

묘지 언덕의 들꽃만 키워내고 있다.

—「그날」 부분

그는 "누렇게 바랜 일기장을"(「그해, 오월」) 담담하게 가져다 놓는다. 그 일기장에는 깨알 같이 기록한 30여 년의 세월이 담겨 있다. 그의 시집 대부분은 일기장에서 발췌한 깨달음을 담지한 언어들로 채워져 있다. 독자에게 보내는 편지이자 고백의 언어로 치환해도 좋겠다.

우리는 시인이 겹겹으로 장치해 놓은 과거의 체험으로 빨려 드는 듯하지만 무게중심은 현재에 머무른다. "어쩌다 보니 요행으로 살아온 세월"이라고 겸손하게 토로하면서도 "빈손만 남을 세월" 시인은 변곡점을 자각한다. "부릅뜨던 눈 이제 감아보자 사랑만 남기고" 그의 다음 '사랑'을 기대한다.

3. 역설적 긍정의 사랑—임경숙, 『환한 그늘』[2)]

임경숙은 2014년 『서정문학』으로 등단하였으며 시집 『그녀였던

2) 임경숙, 『환한 그늘』, 시와에세이, 2020. 이후 이 책에서 인용 시는 제목만 표기한다.

나』를 상재한 바 있고 왕성한 필력으로 소설가로도 활동하는 중이다. 그의 두 번째 시집 『환한 그늘』에는 일상에서 길어 올린 성찰과 깨달음이 정갈한 언어로 펼쳐져 있다. 시편마다 녹아 있는 무한 긍정의 사랑의 힘이 작용한 결과 그 울림이 크고 깊다. 인간관계의 내밀한 정한이나 가족사를 넘어 관심 세계의 확장을 향해 분투하는 면모를 느낄 수 있다. 그래서 그의 시는 전체적으로는 잘 다듬어진 달항아리처럼 매끄럽지만 때로는 직설이 범람하거나 열정이 솟구치는 경우도 보인다.

『환한 그늘』은 일상의 천착에 그 묘미가 있다. 시인은 계절에 따른 변화를 시의 소재로 삼기도 하고, 여행의 감상을 다루기도 한다. 음악이나 독서의 흔적조차 창작으로 거듭난다. 그는 자신이 잘 알고 있는 것이 무엇인지 어떻게 시를 써야 하는지 늘 되묻고 공부하는 사람이라는 느낌을 받았다.

일상을 녹여서 탄생하는 서정시의 매력은 시인의 성장 과정을 읽어낼 수 있다는 점이다. 때로는 추체험을 이끌거나 시인의 성찰에 보폭을 맞추어서 고개를 끄덕일 수 있는 여지가 보장된다. 하지만 시적 화자가 자기만족이나 우월 의식으로 가르침을 전달하려고 하면 독자의 감동은 그만큼 줄어든다. 그만큼 시인은 기본적으로 세상의 오직 한 사람의 아픔조차 자신의 것으로 삼아 통증을 앓는 존재이다. 임경숙 시의 배경에 짙게 드리운 그늘의 존재에 대한 믿음과 따뜻한 시선이 미더운 이유이다.

한 번도 피지 않는 꽃은 없다고
때가 좀 늦은 것뿐이라고

산그늘에 가려져 그림자처럼 살았대도
한 생을 여미기 전에 꽃 시절 돌아온다고

시샘 없이 화사해진 그림자 길
길어가는 오후가 가볍다

—「환한 그늘」 부분

화자는 '그늘'이나, '그림자'로 표상되는 어려운 세월을 안고 살아가는 삶을 호명한다. 지금 이 순간에도 스스로를 단 한 번도 꽃이라고 생각해보지 않은 존재들이 있음을 일깨워준다. "철을 놓친 것들"이 살아가는 궁벽진 곳으로 시선을 돌릴 수 있는 시심詩心을 키워내는 것이다. 그래서 "한 번도 피지 않는 꽃은 없다고/ 때가 좀 늦은 것뿐이라고" 속삭이듯 응원하는 목소리는 나지막하지만 견고하다. '나와 그것'이 아닌, '나와 너'의 관계에서 그늘을 걷어내는 환한 빛이 발화하는 순간이다. 결국 시인의 무한 긍정은 자기만족이나 협소한 시야로 인한 것이 아니다. 스스로 변화하며 깨어 있고자 애쓴 노력의 결과이다. 스스로를 객관화하는 목소리는 간절함이 묻어난다.

무한 긍정의 힘은 갈등과 고뇌의 과정을 필연적으로 거쳐야 한다. 그 도정에서 그늘을 사랑할 수 있는 힘이 탄생하는 것이다. 들판의 이름 없는 꽃들 속에서 누구의 관심도 받지 못한 채 홀로 피어나는 꽃을 위해 시인은 활어活語를 꿈꾸며 '살 힘'을 창출한다.

그가 일상을 무한 긍정할 수 있는 것은 부정의 단계를 거친 긍정이기 때문이다. "아무래도 한 생을 잘못 산 것 같다네"(「막장」), "피에 젖은 두 손으로 움켜쥐고/ 한판 승부 죽기 살기로 목숨을 걸고 싶다"(「노인과 바다」), "「메밀꽃 필 무렵」 허생원처럼 저물어가는 생이 있다"(「염장」) 같은 문장 모두 처절한 자기 고백이다.

시집에는 오래도록 눈길을 사로잡는 시들이 적지 않은데 그중 「금낭화」는 외양과 강렬한 빛깔을 순간 포착하여 빚어낸 시이다. 봄마다 가슴에 피어나는 동심처럼 비발디 음계로 춤을 추는 꽃, "분홍빛 옹알이들"(「금낭화」)이 생의 찬미처럼 활발발 타오른다. 「머위」에는 "몸속 깊숙이 쟁여둔 씁쓰레한 기억"을 "잘 씹는다"처럼 봄나물에서 "영혼의 쓴소리"를 호명하는 시인의 목소리가 쟁쟁하다. 그런가 하면 시인은 「벚꽃 지는 봄날 이야기」에서 "사망 선고하겠습니다"처럼 아픈 가정사를 담아내기도 한다.

「살림이 살 힘으로 읽히는 저녁」은 시인의 무한 긍정의 정점을 보여주는 시이다. 직설적이면서도 8행 짧은 시문詩文으로 시인은 '살림'을 '살 힘'으로 의미와 형식을 연관시켜 반전을 시도한다. 집안일에서 손을 뗀다는 건 모든 여성(남성도 포함)의 로망이지만 죽기 전까지 가능하지도 않다. 시인은 '참게장'을 담가 시아버지의 마지막 입맛을 챙겨드리기도 했으니 주어진 일을 의무 이상 충실하게 했을 것이다. 그렇게 '살림'을 긍정하며 살다가 그만두고 싶다는 부정의 과정을 거쳐서 '살 힘'으로 시인 나름 출구를 찾았다. 언어유희의 깨달음과 해학의 합체가 돋보인다.

바다를 떠나온 광어들이 수족관 바닥에 납작 엎드려 있다
물살에 살랑거리는 지느러미 없었다면
살아 있어도 완벽한 죽음으로 위장했으리라

그녀의 시집을 펼쳐 든다
오래전에 잡혀와 활기를 잃어버린 시어詩魚들
녹이 슨 아가미로 가쁜 숨 몰아쉰다
탄력 잃은 비늘은 느슨하게 풀어져 광택을 잃었다
가늘고 긴 목숨이 산소호흡기에 간당간당 매달려 있다

맥을 놓칠 것 같은 숨결 다잡고
일렁이는 검푸른 파도 속으로 뛰어든다면
시든 핏줄기 파닥파닥 일어나 꼬리치며 먼바다 이르겠다

—「활어活語를 꿈꾸며」 전문

"활기를 잃어버린 시어詩魚들"을 어떻게 살려낼 수 있을까. 시 창작의 고뇌 속에서 시심詩心이 헤엄치며 영그는 시간이다. '활어活語를 꿈꾸'는 시인이 품은 "먼바다"의 크고 깊은 이미지가 실존적 체험으

로 다가온다. 스스로 담금질을 게을리하지 않는 시인만이 "활어活語를" 만날 수 있으리라. 자기부정의 시간만큼 그의 시는 "파닥파닥 일어나 꼬리치며" 나아갈 것이다. "살 힘"을 만들어 내는 음표(시)가 "먼 바다" 그 이후까지 '그늘'을 찾아 스며들 수 있을 것이다. 그만큼 『환한 그늘』에는 일상을 진정으로 사랑하는 사람만이 가질 수 있는 무한 긍정의 힘이 있다. 시가 탄생하는 순간의 황홀감이 있다.

4. 실존적 체험과 사랑의 시학을 위하여

송재일 시인의 첫 번째 시집에 담긴 알몸의 진정성에 경의를 표한다. 일기장을 공개하듯이 그려낸 자화상은 시인으로서의 출발에 알맞은 균형 감각을 보여주었다. 시인의 『한 모금 사랑』이 더 넓고 깊은 작품 세계로의 출발점이 되리라 기대한다. 임경숙 시인의 맑고 고운 서정이 깊어지는 세월 속에서 세 번째 시집에 거는 기대가 크다. '그늘'은 더욱 어둡게 그리고 '환한' 긍정으로 역설과 반어가 빛나는 그의 시문詩文을 전폭적으로 응원한다. 삶에 대한 열정과 사랑 그리고 이를 통한 자기긍정과 극복으로 나아가는 시인 임경숙을 지지한다.

생태학적 상상력, 변방에서 시를 묻다

1.

정용기와 김영서 시인, 새로 만난 두 권의 시집은 인간의 체취가 밴 '오래된 미래'의 고향 집을 만난 듯 훈훈하게 잘 읽힌다. 잘 읽힌다는 건 읽는 재미를 말하며 필요 이상의 수사가 절제되어 있으면서도 내면을 담백하게 담아냈다는 의미이다. 백자와 청자 그리고 뚝배기처럼, 질료가 되는 진흙에 오직 장인의 숨결을 불어넣어 만든 그릇의 탄생처럼 말이다.

정용기의 '서귀포 연작시'를 비롯한 다수의 시편들은 '떠남을 통한 생태학적 상상력'이 작용한다. '생태학ecology'이란 그리스어로 집이나 가족을 뜻하는 'oikos'와 말, 논리, 이성을 뜻하는 'logos'의 합성어이다. 좁은 의미에서 보면 '집의 논리'로 해석할 수 있고, 이를 보다 넓은 의미에서 살펴보면 우주 만물 일체가 '하나의 커다란 생명체를 이루는 집결체'라는 뜻으로 유추할 수 있다. 생태학적 상상력이란 생태학의 사유를 바탕으로 생명 평등과 인간의 무의식에 깃들어 있는 생태계 복원과 자연친화적 자기실현의 꿈을 키워나가는 것이라 할 수 있다.

김영서 또한 '행복한 마을 만들기'를 직업 삼아 농촌에 정착한다. 보다 구체적으로 생태학적 상상력의 진정성으로 우리를 불러들이니 발길을 재촉하지 않을 수 없다. 시詩의 집에서 주거니 받거니 꿈에 젖어드는 시간, 변방에서 시의 소실점을 묻는 시인이 방황하고 흔들리며 깨달음에 이른 여정을 함께 걸어야 할 것이다.

2. '행복한 마을 만들기'의 시집

김영서의 세 번째 시집 『우리는 새로 만난 사이가 되었다』[1]를 읽으며 그가 얼마나 견고하게 시의 숲을 가꾸었는지를 새롭게 만난다. 그의 시에는 '노동'과 '시'와 '삶'이 하나로 합체되는 '몸'의 촉수가 보인다. "말랑말랑"하게 정을 나누면서도 '멋'이나 '맛'도 놓치지

1) 김영서, 『우리는 새로 만난 사이가 되었다』, 삶창, 2020. 이후 이 책에서 인용한 시는 제목만 표기한다.

않는다. 체험의 흔적이 온몸으로 감지되는 것이다. 사유가 녹아든 체험이므로 그 자체가 전언이 되고 시가 된다.

김영서 시의 리얼리즘은 '지금, 여기, 이곳'을 중시한다. 그는 오랜 공백기를 거쳐서 다시 시를 찾았으며(「숲의 기억」) '행복한 마을 만들기'를 자신의 직업으로 삼는 중이다. 마을공동체 작업에 혼신의 사랑을 쏟겠다고 다짐하는 시인의 존재만으로 얼마나 든든한가. "노가다를 다니며 한 푼이라도 더 벌기 위해 야방 생활을 하면서 시 한 편을 쓰고 나면 간조를 타는 날처럼 좋았다"(「시인의 정체성」)는 그 초심으로 돌아갔음을 충분히 입증한 시집이다. 바닥을 체험한 자만이 만상의 섭리를 꿰뚫을 수 있음을 우리는 안다.

김영서의 세 번째 시집은 세상의 풍파와 맞서 되찾은 마을공동체를 향한 애정이 가슴에 스며든다. 10여 년 흔적의 다양한 사연과 시인의 성찰이 담긴 전언이 묵직한 것이다. 특히 우여곡절을 겪은 이후 정착한 마을 이야기를 행간에 남기니 그 꿈의 실현을 목도目睹하며 리얼리즘의 힘을 실감한다.

그에게 시집을 엮는 일은 알몸을 제단에 바치듯 고스란히 속살을 보여주는 일이다. 시문詩文은 물가에 반영된 풍경처럼 저절로 빨려드는데 이는 삶과 시가 합체되는 아름다움의 힘일 확률이 높다. 그래서일까, 그의 시편에 등장하는 생기 없는 농촌 마을 그리고 병과 더불어 살아가는 노인의 캐릭터조차 아름답게 빛난다.

시인은 어떻게 외지의 틈입자에서 공동체 구성원으로 변신할 수 있었을까? 생태적 상상력을 통해 공생의 주체가 될 수 있었던 것이 아닐까? 그 비결은 시인만이 알고 있다. "말랑말랑"한 아기처럼 천진난만하되 깊은 행간을 놓치지 않는 것이다. 그의 시에 반영된 삶과 시의 풍경은 결국 이중의 아름다움을 연출하고자 한 시인의 기획된 전략이라 할 수 있겠다.

> 저녁마다 운동 삼아 걷기를 한다
> 걸음걸이가 시선을 받는다
> 아내의 보폭이 작아 남편은 늘 불만이었다
> 남편에게 맞추려 열심히 걷는다
> 남편은 속도를 맞추다 보니 어슬렁어슬렁
> 걷다가 뒤꿈치를 들고 걷게 되었다
> 슬슬 걸어도 아내만큼 땀방울을 흘린다
> 밤마다 서로 등을 내미는 나이가 되어서
> 자세 하나 바꾸었는데
> 허리가 꼿꼿해지고 어깨가 펴졌다
> 아내와 늙어가는 속도가 같아졌다

—「위대한 발견」 전문

그랬다. 겨우 "자세 하나 바꾸었는데" 시나브로 허리가 꼿꼿해진 것이다. "아내와 늙어가는 속도가 같아졌다"는 "위대한 발견"까지 함께한 세월의 위대함은 오롯이 김영서 시인의 몫이다. 세상을 바꾸기 위하여 시인이 할 수 있는 영역은 과연 어디까지인가? 그래서 시의 힘이 세월의 이력이며 그에게는 생태학적 상상력이 삶의 원리가 된다. 시인에게 영감을 제공하고 삶의 방향을 이끄는 스승은 살아 있음 그 자체로 시가 되고 신이 된다.

> 사람은 백 년 살면 망령이 드는데 나무는 백 년 살면 신령이 든다고
> 진물 내어 벌레 키우고 품속으로 새 불러 모으고
> 그늘 아래 마을 노인들 불러들인다
> 목신을 살린 것은 켜켜이 쌓인 말들
> 사람이 새들이 바람이 하는 말들
> 오늘도 마을 어르신들 목신 그늘 아래서 말을 건네고 있는데
> 모두 묵은 말들이다
> 마을에 아기 울음소리 끊긴 지 오래
> 신은 사람보다 외로움을 많이 탄다고
> 노인들 마을 떠나는 날 목신도 떠날 것이라고
> 오백 년 넘게 묵언수행 중이다

—「목신」 부분

마을 가운데 고목이 시의 배경이요, 주제가 된다. 6·25 어느 날 고목의 구멍에 불을 쑤셔 넣었는데도 죽은 가지에서 새싹이 돋더니 다시 두 팔 벌리고 그늘을 내리는 그 늙은 나무다. 오래된 나무를 신격화하는 건 인류의 관습이자 신앙이다. 부족 시대 이후 나무를 수행자로 존중하는 건 애니미즘을 떠나 흔히 있는 일이다. 특별

한 의미를 부여하지 않아도 저절로 경외심이 일어나는 본성일지도 모른다. "마을에 아기 울음소리 끊긴 지 오래"되었다고 걱정하는 시의 화자에게 우리는 공감하지 않을 수 없다. 주변을 압도하는 그 넉넉한 그늘 아래서 느끼는 평화로움의 기억들 "묵은 말들"이 사라지지 않도록 지켜야 한다는 책무감은 우리들의 몫이다.

> 다 늙어 기울어진 목어 몸통에
>
> 새가 둥지를 틀었다
>
> 하루에 수십 번씩
>
> 새끼들이 입을 벌린다
>
> 그때마다 몸이 흔들렸다
>
> 몸속을 드나드는 것이 있다는 사실에
>
> 눈을 한 번도 감지 않고 새끼들을 돌봤다
>
> 새가 둥지를 떠난다
>
> 목어가 환생하는 순간이다
>
> —「환생을 믿는다」 부분

우체통에 둥지를 틀고 다섯 개의 보얀 알을 낳은 딱새를 만난 적이 있었다. 많은 깃털을 입으로 물어 와서 완벽하게 따듯하고 포근한 보금자리를 만드는 동작에서부터 한 개 두 개 알이 늘어날 때의 신비로움을 떠올려본다. 시골에서 살다 보면 새들이 높지도 낮지도 않은 공간에 튼 오묘한 둥지를 보며 감탄을 하곤 한다. "목어가 환생하는 순간이다"에 이르러 시인의 생명에 대한 믿음이 생물, 무생물을 넘어선다. "다 늙어 기울어진 목어 몸통"이 생명이 되고 시가 되는 것이다. 이는 "담장 아래 피었던 꽃들을 기억하며" 꽃씨를 간직하는 마음이다. 그렇듯 우리가 꿈꾸는 세상도 생명 평등을 위해 "가슴이 뛰는"(「꽃씨」) 사람으로 넘쳐나야 할 것이다.

그의 시에는 뚝배기의 장맛으로 후각을 사로잡는 집밥처럼 질리지 않는 편안함과 정성스러움이 담겨 있다. 이는 세상을 바라보는 그만의 연륜과 특히 노약자에 대한 연민과 소통의 방식이 주는 착함에서 연유한다. 그래서 그의 시는 독자에게 새로운 세상을 들여다보는 성찰의 시간을 웃음과 깨달음으로 선물한다. 「한겨울 고물상」, 「대상포진」, 「똥구멍 부은 날」, 「종이는 온몸이 관절이다」 등의 시를 주목할 만하다. "샤또 로장가시"와 "삼계탕"과 "동지팥죽"이 어우러진다. 그 특성을 잘 보여주는 작품을 소개한다.

잃어버린 것들이 너무 많아 요양원에서 살고 있다
모든 것을 버릴 때가 됐다고 생각은 드는데
붙잡고 싶은 것이 많다. 당연하지 않으냐
잃어버린 만큼 새로운 것들도 너무 많다고 했다
우리는 새로 만난 사이가 되었다
내일이면 모르는 사이가 되겠지만
세상을 무심한 눈길로 받아들이기까지
얼마나 버리고 비우는 것을 반복했을까

메모리가 고장 난 것이 아니라

담을 것이 많아 비워둔 것이다

—「모르는 사이」 부분

시인에게 자식처럼 밥 한 그릇 해 먹이고 싶어 하던 노파의 사연이다. 치매에 걸려 시인을 알아보지 못하더니 지금은 요양원에 입원 중이다. 세상은 그렇듯 생성과 성장과 쇠퇴와 사멸의 과정을 거치면서 돌고 돌며 변화한다. 시인은 이 변화를 새롭게 받아들인다. "우리는 새로 만난 사이가 되었다"는 언술은 그리하여 인간관계를 이끌어가는 아포리즘으로 발화한다. 과거의 만남에 대한 집착을 버리고 새로운 만남을 기약한다. 이는 삼라만상의 원리이면서 삶과 죽음의 비의秘義이다. "버리고 비우는" 힘을 가능하게 만드는 그 "말랑말랑"함을 다시 살펴보자.

꼬챙이라는 말이 싫다

부시깽이라는 말도 싫다

치우고 갈 돌부리였다

나는 여전히 여리고 말랑말랑하다

변하지 말길 기도했고 앞으로도 그럴 것이다

닿는 것마다 딱딱하고 뾰족했다

변하길 바랐으나 더욱 단단해졌다

나는 온몸이 촉수다

움츠릴 줄 알고 돌아갈 줄 안다

—「말랑말랑」 부분

노자의 상선약수上善若水에 등장하는 '물'의 속성을 생활 방식의 원리와 결합했다. 최고의 도道는 물처럼 부드럽고 아래로 흐르며 결코 다투지 않으나, 바위를 뚫고 바다를 이루듯 "말랑말랑"의 이미지는 허약하거나 불분명함과는 다르다. "작대기"로 표상된 폭력과 "딱딱한 것"에 담긴 교조적 원칙을 단호히 거부하는 "대단한 발견"의 힘이다. "나는 온몸이 촉수다/ 움츠릴 줄 알고 돌아갈 줄 안다"는 시인의 고백은 찰지고 믿음직스럽다. 그가 "나는 여전히 여리고 말랑말랑하다/ 변하지 말길 기도했고 앞으로도 그럴 것이다"라고 발언할 때 우리는 압도당하지 않을 도리가 없다. 그가 말하는 "말랑말랑"에는 "질긴 놈"의 근성이 배어 있기 때문이다. "쫄지 마 질긴 놈이 이긴다"(「질긴 놈들」)라고 말할 수 있는 당당함이 있다.

시인 스스로 '행복한 마을 만들기'가 자신의 직업이라고 밝힌다. 마을 만들기 사업은 이 시집을 이루는 종교이자 철학이라 해도 과언이 아니다. 시인은 이제 시의 숲에서 던져버린 열쇠를 찾지 않아도 된다. 그가 힘을 보태는 '행복한 마을 만들기'는 시집에서 가장 소중하게 여겨지는 장면이다.

올부터 이장님 목표가 집을 짓는 일이니

주말마다 흙벽돌 몇백 장씩 찍어 말리자고 한다

집을 짓는 일이란

일생일대의 일이어서 숙연해지는 말이다

어릴 적 사랑방살이한 일이 많았다

처음으로 집을 짓던 때

조무래기들이 볏짚을 넣은 황토 반죽에서 뛰어놀아도

아버지는 입꼬리가 내려갈 줄 몰랐다

우선 집 한 채 뚝딱 지어 나에게 주고

한 해에 한 채씩 지어

한달살이라도 좋으니

젊은 사람 마을에 오게 하는 것이 꿈이라고

꿈이란 건 마냥 좋은 것이라서

벽돌을 찍어서 높이 쌓아놓으면

입꼬리가 벽돌 높이만큼 올라가고

혹시 소문이 돌아서 벽돌 체험 한다고

마을에 애들이 몰려올지 모르니

손님 맞을 준비도 해야지

마당이 있는 집 한 채 갖는 것이 소원이었다

아침 일찍 마당 쓸고 멍석 깔아놓고

이웃과 함께 별처럼 널브러져도 좋겠다

벽돌 찍을 계획만 세웠는데

벌써 밤하늘에 별이 쏟아질 기세다

—「집이 필요하다」 전문

"젊은 사람 마을에 오게 하는 것이 꿈이" 된 그런 세상이 지금 있다. 빈집이 늘어가고 인구가 줄어드는 농촌의 실상이 아프고 위태롭다. 화자가 걱정을 미리 앞세우지 않는 건 낙관적인 성향 때문인지도 모른다. 농촌에 정착하여 살고 있는 시인의 그 나눔 에너지가 시에 행복과 명랑함을 부여한다. "마당이 있는 집 한 채 갖는 것이 소원이었다"는 그 꿈을 이루었기 때문일 것이다. 실제로 괴산 어디쯤 빈집을 리모델링하여 대여해주는 농촌 체험 프로그램을 시도하고 있다는 언론 보도를 접한 적이 있었다. 중요한 건 단순히 집을 제공하는 것이 아니라 함께 땀방울을 흘리는 그 집들이 모여서 만드는 마을이 되어야 한다는 것이다.

"동지팥죽 먹는 밥상"(「동지팥죽 먹는 날」)이나 "삼계탕" 함께 나누는 자리가(「삼계탕」) "해가 갈수록 숟가락 숫자가 줄어"(「동지팥죽 먹는 날」) 애틋하고 안타깝지만 이웃으로 살아가는 '집'이 풍성해진다면 "이웃과 함께 별처럼 널브러져" 좋은 날이 올 수 있지 않을까. '집'을 함께 짓는 일은 시인의 마을에서 우리가 살고 있는 마을로 확장하여 우리에게 사유의 발걸음을 재촉한다.

3. 꽃, 꿈, 길, 집의 시

정용기의 세 번째 시집 『어쨌거나 다음 생에는』[2]의 시편들은 우리를 탐색의 시간으로 초대한다. 전체 4부로 되어 있으며 그 모두를 아우르는 흐름을 찾기는 어려운 감이 있으나 '자연과의 공생'과 자기완성의 꿈'이라는 생태학적 상상력이 한결같은 소망으로 그려져 있다. 그 안에서 감지해낸 살아 있는 것들의 활기와 그 움직임의 섬세한 포착으로 독자의 무의식을 불러들인다. 그의 시에서 존재자들의 생명력 그 자체가 혼신의 힘으로 피워 올리는 섬세함은 눈부시고 눈물겹다. 동시에 시적 주체는 시인과 혼연일체가 되기도 하지만 때로는 기록자로서의 거리감을 유지한다. 시적 전략이 치밀하되 쉽게 드러나지 않는 것이다

군더더기 없는 시인의 언변처럼 깔끔하다. 동시에 자획마다 숨결이 살아 벌떡벌떡 춤을 추는 것 같다. 그래서 그의 시는 자신을 향한 삶의 진술서이자 참회록이며, 독자를 향한 시대의 기록물이 된다. 한 땀 한 땀 완성해간 장인의 손끝처럼 섬세하고 미덥다. 그의 시는 언어로 갈무리한 삶의 흔적이며 덕지덕지 훈장을 내걸지 않아도 빛나는 평상복의 기품이 있다.

특별히 주목할 점은 생태 자연에 대한 깊은 친밀성이 경외감으로 이어진다는 점이다. 이는 기후변화와 바이러스, 그리고 호주 산불의 참상과 연계하여 자연의 본래적 생명력의 활기를 넘어 현대인의 위기를 감지하는 시적 자아로 탄생한다. 「사계절별정우체국

2) 정용기, 『어쨌거나 다음 생에는』, 천년의시작, 2020. 이후 이 책에서 인용한 시는 제목만 표기한다.

장의 업무」에 담긴 생태학적 상상력을 주목하길 기대한다. 범박하게 정리하더라도 정용기 시의 화자는 소년의 순수함에서 시대의 예지자까지 다양한 모습으로 등장한다.

그의 시에서 '꽃'은 그 의미가 각별하다. 상징과 은유와 우의적 의미를 넘어 그 자체로 시적자아와 통정通情하며 내생과 후생의 존재자로 거듭난다. 그 '꽃'은 여행하는 자아와 떠남을 함께하고, 현생에서 이루지 못한 꿈의 실현체가 된다. 따라서 '나팔꽃'은 현실과 부대끼는 시인의 자아인 동시에 새로운 세상으로 안내하는 또 다른 자아, 즉 주체자이다.

> 그대, 밤새 들끓었구나
> 달팽이관에 울창하게 서식하는 만경창파
> 그대는 소리의 만석꾼이 되었구나
> 저 붉은 소리 끄집어내려고
> 해바라기의 안간힘에 기대었구나
> 그대, 돛을 펼쳐라
> 뱃고동 소리로 일어서서 담벼락 너머
> 푸른 바다로 나아가야겠구나
>
> —「나팔꽃 2」 부분

'나팔꽃'과 화자의 거리가 좁혀지더니 어느새 한 몸이 되었다. 동시에 "그대"와 화자는 "마음 사납게" "밤새 들끓"는 아픔을 공유한다. 그리하여 시적 화자의 지향점이 어느새 나팔꽃과 하나가 되더니 "소리의 만석꾼"이며 "푸른 바다"로 존재의 전이를 꿈꾼다. 나팔꽃의 모양이나 발음에서 들리는 소리는 만경창파로 울려 퍼지는 것이다. "돛을 펼쳐라" "푸른 바다로 나아가야겠구나"라고 노래하는 시적 화자의 응원은 확신의 어조로 넘친다. "뱃고동 소리로 일어서"는 이미지의 확장이 이를 든든하게 받쳐주고 있다.

시인은 이전에도 「나팔꽃」에서 "글 읽는 소리"와 "알록달록한 북소리"를 실제로 들은 바가 있었다 한다. "가나다라마바사/ 기역니은디귿리을미음비읍/ 글 읽는 소리 받아먹으며/ 내 등뼈를 타고 오른다/ 등불을 켠"(「나팔꽃」, 『도화역과 도원역 사이』) 그 '나팔꽃'의 후속편이다.

그리고 방랑벽을 지닌 시적 자아가 등장한다. 여행이 단순한 취미가 아니라 떠도는 자아의 새로운 만남, 새로운 삶의 도정을 추구한다. 그의 떠돎은 현실에서 이룰 수 없는 이상적 세계에 대한 그리움이다.

> 몸이 만들어낸 무거운 그림자에 갇혀
> 허겁지겁 여기까지 이르렀으니
> 이쯤에서 그림자의 미늘을 빠져나와
> 생의 목차를 헝클어놓고 싶은 것이다
> 늦가을 저무는 산기슭으로 몸을 숨기는
> 길들의 뒤를 밟아보고 싶은 것이다

찰랑찰랑 밀려오는 어둠 저쪽으로

물수제비를 뜨고 싶은 것이다

—「태백선」 부분

시인이 "생의 목차를 헝클어놓고 싶"다고 간절하게 고백하는 장면이다. 무거웠던 지난날 신산의 기억들을 시시콜콜 열거하고 싶지도 않은 것이다. 누구나 현실의 무게감을 견딜 수 없을 때도 있고, 자신의 언행을 부정하고 싶을 때도 있다. 무거운 그림자의 현실은 시인이 짊어진 업보이다. "허겁지겁 여기까지 이르렀으니"의 어조는 이미 늦었다는 자괴감이다. 분주하게 정신없이 살았던 시절에는 몰랐던 뒤늦은 후회가 이제야 밀려온다. "그림자의 미늘을 빠져나"오고 싶지만 불가능한 것이다. 시의 화자가 갈망하는 삶은 "물수제비를 뜨고 싶은 것이다"의 바람처럼 자연 속에서 노니는 소박한 꿈으로 표상된다. 그러나 시인의 꿈이 도달할 수 없이 멀고 아득한 오라aura를 남기는 것을 우리는 안다. 무엇 때문인가?

구름 한 자락과

단풍 색깔 한 바가지와

기왓장 그늘 한 폭과

온 산을 쓰다듬는 바람 한 줄기와

아래 세상으로 탁발 가는 물소리 한 가락을

조금 덜어서 속세로 모시고 가면 안 되겠느냐고

부처님께 물으니

그러라고 대답하신 것 같은데

집에 오니 아무것도 없다

—「칠불사」 전문

시인의 소망이 현실에서 부재함을 선문답처럼 확연하게 보여준다. 1연으로 된 짧은 시 한 수에 시인이 속세에서 소망하는 삶과 이룰 수 없는 꿈이 담백하게 진술되어 있다. "조금 덜어서 속세로 모시고 가면 안 되겠느냐고/ 부처님께 물으니/ 그러라고 대답하신 것 같은데"에서 "그러라고 대답하신 것 같은데"는 벗어난 깨달음 같은 홀가분함일 것이다. 시인의 표현을 빌린다면 "그림자의 미늘"일 것이다. "무거운 그림자에"서 벗어났다고 여겨지기도 했지만 속세에 돌아오면 "아무것도 없다"고 느끼는 건 시인의 염결한 심성 때문일 것이다. 시인에게 여행은 속세를 떠나는 것이며 새로운 삶을 기도하는 수행의 의미를 지닌다.

손잡고 창 너머로 지는 저녁 해를 보다가

삼탄역이나 달천역쯤에 내려서 집으로 와야지

아무도 눈치채지 못하게 산그늘로 숨어들어야지

소쩍새 소리 아련한 밤이면

둘이 나란히 엎드려 시집을 읽을까

스메타나의 몰다우를 들을까

어쨌거나 다음 생에는

충북선 가까운 곳에 살아야지

—「충북선」 부분

그의 꿈이 여행자로서의 삶인 탓일까. 「충북선」에서 시인은 그 해답을 마련하고 있는 것처럼 보인다. "아무도 눈치채지 못하게 산그늘로 숨어들어야지"처럼 속세의 삶이 "무거운 그림자"라면 시인이 꿈꾸는 삶은 "산그늘"에 묻혀 사는 것이다. "어쨌거나 다음 생에는/ 충북선 가까운 곳에 살아야지"라는 대목에 이르면 시인의 소박한 소망에 담긴 간절함에 파문이 인다. 그러면서 시의 화자는 완전히 속세를 떠날 수 없는 업보를 스스로에게 다짐하는 것처럼 보인다. 속세를 떠나면 '시'도 없음을 수행자로서의 시인은 너무도 잘 알고 있다.

시집에 담긴 대다수 시들이 시인으로서의 염결성과 시 창작과 관련한 고백과 참회로 읽히는데 다음 시는 그 절정에 가깝다고 여겨진다.

울렁울렁 몸살 앓는 협재 앞바다 물너울들

밤새 비양도 애타게 바라보던 한림항의 불빛들

낯선 항구에서 밤을 보낸 길손의 노독

별과 내통하는 풀벌레들의 수다

늦은 밤까지 쓰고 지우던 편지의 자음 모음들

그리고 희로애락에 사로잡혀

지천명을 어지럽게 넘어온 발걸음

저 이슬을 키운 것들의 목록이다.

안달복달이 대여섯 되

조바심이 두 말가웃

노심초사가 서 말 닷 되

전전긍긍이 스무 말

사무침이 예닐곱 섬

설렘이 아흔아홉 가마

두근두근이 일천 석

마음의 곳간으로 옮겨 오는 이 옹골찬 알곡들

한평생 먹고 견뎌야 하는 식량이다

—「이슬 바심」 부분

이 시를 굳이 정용기 시인의 시창작론으로 읽어도 무방하리라. 한 편의 시가 창작되기까지 "일천 석"의 "두근두근"이 시가 먹어야 하는 식량, 옹골찬 알곡들을 "안달복달", "조바심", "노심초사", "전전긍긍", "사무침", "설렘"으로 표현하니 세속이면서 선문답이 된다. 탈속이면서 탈속이 아닌 것들이다. 선시는 언어와 깨달음의 새로운 관점에서 다룰 문제이며 시는 당연히 세속의 산물이다. "마음의 곳간으로 옮겨 오는 이 옹골찬 알곡들/ 한평생 먹고 견뎌야 하는 식량이다"라는 시인의 노래에 고즈넉이 귀를 기울여보자. "이슬을 키운 것들의 목록"이 알곡들, 식량이라는 생활 언어로 반복된다. "이슬"은 시이자 시인의 "지천명을 어지럽게 넘어온 발걸음"으로 환유된다. 이슬은 아침에 모였다 햇빛에 사라지는 존재, 유한자의 상징 같은 것이다. 오늘 이 시간, 현존하는 나, 현생은 찰나의 순간일지도 모른다. 그렇게 탄생하는 시 한 편을 위하여 "안달복달", "조바심", "노심초사", "전전긍긍", "사무침", "설렘"으로 살아가는 것이 인생이다.

다양한 해석이 가능하다. "별과 내통하는 풀벌레들의 수다/ 늦은 밤까지 쓰고 지우던 편지의 자음 모음들"처럼 시인은 화두를 던졌을 뿐이고 나머지는 독자의 몫이다. 그렇게 시인은 떠남을 갈구하나, 몸은 현실에 단단히 붙들려 있다. 유목을 갈구하는 그는 자신을 반성하고 참회하는 방식으로 현실을 회피하지 않으면서 예리한 비판적 날을 세운다. 그에게 여행하는 자아와 반성하고 참회하는 자아 그리고 현실 비판적 자아가 만나는 지점은 생태학적 상상력으로 이어지는 시적 자아로 환생한다.

그의 시는 현실 고발의 직설을 숨길 수 없다. 「함락된 도시의 여자」「쥐」「거미줄」「물티슈」「대척」「마네킹」「호모 스타벅스」 등 그 날카로움의 날이 본인을 향하는 부메랑으로 돌아온다. 스스로 현실 도피나 현실 참여의 극단이 아닌 거리 두기가 필요한 세상이 되었음을 안다. 코로나19 팬데믹 이후 우리는 이전 세상으로 돌아갈 수 있는 출구를 잃어버렸다. 「바이러스」는 "우리가 함부로 쓰고 미련 없이 버린 것들이"며 "증오와 탐욕을 숙주로 하여" 우리를 침범한다. 코로나19만의 문제는 아니다. 우리가 지지했던 민주 세력, 진보 세력의 무리는 허상이었던가? 2021년 정치적 격변의 작태는 권력이 지닌 폭력성을 다시 한번 절감하는 계기가 되었다. "생의 목차를 헝클어놓을 수 있기를" 소망하는 시인의 간절한 열망이 지향하는 새로운 세상은 점차 멀어진다. 어떻게 할 것인가?

시인은 34년 교직 생활을 참회한다. 입시 중심에서 벗어날 수 없었던 인문계 고등학교에서 근무했던 시간 속에는 아름답고 보람 있는 일들도 많았을 것이다. 필자는 정용기 시인이 실력 있는 선생님으로 명성이 자자했다고 들었다. 그러나 시인은 교사로서 해낸 일에 대해 단 한 마디도 내세우지 않는다. 아무도 요구하지 않지만 이렇게나마 참회록을 남겨야 하는 것이다. 마치 일제강점기 시대 자신을 독립운동의 제물로 바치지 못해서 괴로워했던 식민지 지식인이 가졌을 법한 "밥벌이"를 한 죄를 참회하고 반성하는 셈이다.

자주 덧없는 희망을 팔았다

밥벌이가 되었다

달콤한 미래를 미끼로 덫을 놓았다

사춘기 소녀들이 심심찮게 걸려들었다

삶에 어느 정도 윤기가 흘렀다

없는 길을 만들어서 유혹했다

망설이면 어깨를 두드리며 꼬드겼다
칠게처럼 옆으로 걸으면서도
앞을 보고 꿋꿋하게 나아가라고 다그쳤다
가본 적 없는 고장의 봄소식도 물어 날랐다

모래 속에서 부화한 새끼 거북처럼
필사적으로 바다를 향해 내달리는 모습을
애써 외면했다
거친 파도와 괭이갈매기의 부리를
막아주지 못했다
이렇게 어언 34년을 살았다

이제부터
혓바닥 함부로 놀리지 않고
고개 함부로 쳐들지 않고
눈알 함부로 부라리지 않고
낮아지고 작아져야 할 것이다

—「퇴직에 부쳐」 전문

시인이 교단 참회록을 쓴 이유는 결국 마지막 연 때문일 것이다. "이제부터/ 혓바닥 함부로 놀리지 않고/ 고개 함부로 쳐들지 않고/ 눈알 함부로 부라리지 않고/ 낮아지고 작아져야 할 것이다"라고 다짐하는 것이다. 이미 34년 동안 교단의 쳇바퀴를 돌리면서 이루지 못했던 시인의 자기 완결에 대한 소망이다. 그러한 자기 완결에 대한 간절함의 자취는 곳곳에서 드러난다. 관념적 의지가 아니라 "혓바닥" "고개" "눈알" 등 실천적이고 구체적인 언어를 고민하는 그의 번뇌와 반성이 동병상련으로 느껴진다.

"스물서너 살 무렵"을 구술하듯이 쓴 시가 있다. 40년 가까이 지난 군대 시절에 있었던 일을 시인은 「진술서」라는 제목으로 펼쳐놓는다.

경기도 양주의 부대 인근 참외밭에서
야음을 틈타 참외 한 아름 몰래 따 와서
소대원들과 먹어 치운 적 있습니다
한미합동훈련 도중 남한강 도하 작전을 끝내고
충청북도 제천 어느 산골 마을에서
공포탄을 쏘면서 한 마을을 소란스럽게 했습니다
연천과 포천을 지나는 행군길에
풋고추를 따 먹고 농작물을 짓밟았습니다
싸리작업을 하러 간 늦가을 어느 골짜기에서
청둥호박에다 장난으로 대검을 깊이 찔러 넣었습니다

이 모두
스물서너 살 무렵

전두환 정권 때 저질렀던 일입니다.

—「진술서」 전문

시인의 자기 검열을 시대적 폭력의 배경으로 오버랩하는 기법을 통하여 이중적 효과를 시도한다.「진술서」를 통하여 80년대 그 폭력의 정체는 나쁜 통치자 몇몇만의 문제가 아니었음을 우리는 선명하게 되새길 수 있다. '악의 평범성'은 먼 세상의 일이 아님을 잊어서는 안 된다는 것을 자각하게 된다. 특히, "청둥호박에다 장난으로 대검을 깊이 찔러 넣었습니다"에서 연상되는 '80년 오월'의 기억은 "풋고추"와 "공포탄"으로 표상했으나 결국 핏자국의 기억을 호명하지 않는가. 아프면서 오싹하다.

『어쨌거나 다음 생에는』에서 그는 현생에서 이루지 못한 꿈을 다각적으로 표상한다. 그 꿈은 생태적 상상력과 맞물려 반성하고 참회하는 힘으로 작용하며 비판적 철학을 배양한다. 그는 강박적 자기검열 때문에 현재진행형의 사연들을 쉽게 시로 토로하지 못하는 성벽性癖을 지녔다. 시적 장치에 기대거나 소박하게 간접적으로 표상하는 사연들이 덩굴덩굴 쏟아져 나오기를 기대하는 이유이다.

4. '세 번째 시집'을 넘어서는 진정성의 힘을 위하여

김영서 시인은 『언제였을까 사람을 앞에 세웠던 일이』와 『그늘을 베고 눕다』를 그리고 정용기 시인은 『하현달을 보다』와 『도화역과 도원역 사이』를 상재한 바 있다. 『우리는 새로 만난 사이가 되었다』와 『어쨌거나 다음 생에는』이 지니는 세 번째 시집으로서의 의미는 특히나 각별할 것이다. 세 번째를 넘어서는 진정성의 힘은 무엇일지 시인 스스로 그 답을 찾아낼 수 있을 것이다. 독자는 단지 그 진정성의 힘을 응원할 뿐.

그 간절함 속에서만 시의 언어는 진정성의 옷을 갖춰 입는다. 다행히 그들 두 시인이 차려입은 진정성의 옷은 공생의 염원과 생태학적 상상력의 절묘한 만남으로 예의를 갖추었다. 그래서일까, 시인이 차려낸 밥상을 넙죽 받기가 미안하다. 부족하나마 힘을 보태야 할 것 같은 부채감의 무게가 시집 두께를 넘어서는 순간이다. 한 편의 시로도 사라지는 생명을 보듬을 수 있기를 옷깃을 여미고 기도한다.

그리고 또 하나, 이미 임계점을 넘어선 생태계의 파괴로 자연은 그 생명이 위태롭다. 인간으로서 가능한 실천과 불가능한 꿈의 영역이 늘 명확하지는 않다. 하지만 시인과 시를 읽는 우리들에게 공생의 화두를 포기하지 않을 선택의 순간은 항상 열려 있다. 시를 쓰는 일과 또 좋은 시를 찾아 읽는 일이 그 중 하나가 될 것임을 믿는다.

시로 여는 생존 연습

박미라, 정진혁, 강병철의 시 세 편을 읽는 시간입니다. 「울음을 불러내어 밤새 놀았다」(『울음을 불러내어 밤새 놀았다』, 북인) 「눈이 멀다」(『사람이고 이름이고 저녁인』, 파란) 「소리」(『하이에나는 썩은 고기를 찾는다』, 내일을 여는 책) 각 시편마다 처절하게 묻어나는 건 사라지는 것, 잡을 수 없는 것들입니다. 산다는 건 때로 연습이 필요합니다. 사라진 것을 살려내는 몸짓, 그리고 잡을 수 없는 것을 위한 안간힘 그것을 '생존 연습'이라 불러봅니다. 먼저 박미라 시인입니다.

한사코 뿌리친 것들이 아득해질까 봐

천천히 걷는 봄밤이다

늙은 담벼락을 끝끝내 놓지 않는 담쟁이덩굴 곁에서

오래 머뭇대는 봄밤이다

천 번을 계획하고 만 번을 망설인 월담을
해치우기 좋은 봄밤이다

이번 생에 꼭 한 번뿐인 월담을 저지르다가 오도 가도 못할 만큼 몸이 상해도
서럽지 않을 봄밤이다

아직 다 피지도 않은 복사꽃 냄새를 한 주먹 얻어다가 함부로 낭비해도
죄가 되지 않을 것 같은 봄밤이다

—박미라, 「울음을 불러내어 밤새 놀았다」 전문

박미라만큼 봄밤을 사무치게 노래한 시인이 있었는지요? 봄밤은 아름답고 화려하지만 짧게 사라지기 때문에 무상감과 아쉬움을 남기는 것, 순간의 무상감으로 비유되곤 합니다. 겨울의 추위를 견뎌낸 꽃들이 온갖 환희를 펑펑 터뜨리는 시간이 봄밤입니다. 시인은 일 년 중 가장 짧은 봄밤에 "월담을 저지르"겠다고 고백합니다. 시인은 "울음을 불러내어 밤새 놀았다"고 강렬한 정념을 토해냅니다. 그 정념은 결국 월담을 저지르지도 못하고 몸만 상해도 서럽지 않은 것인가요? 시인의 서러움은 죄의식으로 뭉쳐 있습니다. "아직

다 피지도 않은 복사꽃 냄새를 한 주먹 얻어다가 함부로 낭비해도/ 죄가 되지 않을 것 같은 봄밤"이라니요. 봄밤은 아름답기에 서럽고 그래서 낭비할 수 없어서 시인은 애를 태웁니다.

권여선의 단편소설 「봄밤」(『안녕 주정뱅이』, 창비)은 알코올중독자 영경과 류머티즘 환자 수환이 함께 나눈 한때의 아름다운 사랑과 수환의 죽음조차 인지하지 못하는 영경의 치매를 그려낸 작품입니다. 박미라의 시와 권여선의 소설에는 사무침의 비슷한 흐름이 있답니다.

"울음을 불러내어 밤새 놀았다"라는 제목이 시의 중심축이 됩니다. 봄밤의 흐드러짐과 애상이 만나서 춤을 추고 밤새 어떻게 놀았을까요? "천 번을 계획하고 만 번을 망설인 월담을/ 해치우기 좋은 봄밤"입니다. "월담"이라니요. 지금이 조선시대인가요? 금지된 사랑의 고백을 말하는 것인가요? 그래서 "월담"이라는 표현은 고답적이면서 신비로움이 감돕니다. 사랑이야 현대인보다는 옛사람들이 훨씬 정취 있게 하지 않았나요? 눈이 맞은 정인과 담을 마주하고 있는 것인가 상상의 나래를 펴봅니다. "이번 생에 꼭 한 번뿐인 월담을 저지르다가 오도 가도 못할 만큼 몸이 상해도/ 서럽지 않을 봄밤"입니다. 역시 고전적인 사랑에 틀림없습니다. "꼭 한 번뿐인 월담"이라니요. 그래도 "서럽지 않을 봄밤"이라는 표현에 마음이 끌립니다. 제대로 이루어지지는 않았지만 그래도 일단 저질렀으니까요. 포기하지는 않았다고 생각하겠습니다. 아무래도 그 이상의 구체적인 만남은 상상되지가 않습니다. 형상은 그려지지 않지만 농염한 분위기가 쉽게 가라앉지 않으니 여운이 진하게 남습니다. "아직 다 피지도 않은 복사꽃 냄새를 한 주먹 얻어다가 함부로 낭비해도/ 죄가 되지 않을 것 같은 봄밤"이니까요.

한바탕 잘 놀았습니다만, "울음을 불러내어 밤새 놀았다"고 당당하게 말하지는 못하겠습니다. 봄밤처럼 짧게 스러져가는 우리네 생의 한계를 넘나드는 삶과 죽음의 놀이임을 설핏 알 것 같습니다. 아름다운 봄밤에 박미라 시인의 '봄밤'을 읽다 보니 서러움도, 죄의식도 없이 사랑도, 죽음도 감당할 수 있겠노라 허장성세를 부리고 싶습니다. 사무치는 봄밤입니다.

다음은 정진혁 시인입니다.

> 너에게 가 닿지 못한 이야기는 다 멀었다
> 눈에 빠져 죽었다
>
> 침묵은 보이지 않는 눈의 언저리를 한 바퀴 돌아갔다
> 바깥이 되었다
>
> 눈이 멀어서 밤이 멀고 내가 멀어서 그림자가 멀었다
> 어떤 눈이 나를 송두리째 담아 갔다
>
> 문득 문이 열리고
> 306동 불이 켜지고

모퉁이 앵두나무에 앵두가 익어갔다

세상은 공중인데 내 손은 사무적이었다
몇 발자국 세다 보면 길은 끊어지고
손끝에 닿는 대로 기억이 왔다

눈이 고요하였다 끝이 넓었다
나는 고요를 떠다가 손을 씻었다
아카시아 향기 같은 것이 종일 흔들렸다

마음 하나가 눈언저리에 오래 있다 사라졌다
누가 먼눈을 들여다보랴

눈은 멀리서
볼 수 없던 것을 보고 있다
먼 오후가 가득하였다

아무리 멀어도 더 멀지는 않았다

—정진혁, 「눈이 멀다」 전문

"멀다"에 담긴 의미를 아로새기는 시간입니다. "눈이 멀다"는 시력을 상실했다는 뜻으로 사용합니다. 하지만 시인에게 시력 상실의 의미는 단순하지 않군요. "너에게 가 닿지 못한 이야기는 다 멀었다"처럼 "너"와 닿고 싶은 열망이 있었네요. 그 심리적 거리의 무한함으로 치환되면서 "멀다"의 의미는 다각적인 도달의 불가능성으로 향합니다. 여기에서 "가 닿지 못한 이야기"에 담긴 비애가 확장의 사유를 동반합니다. 인간으로서의 무력감과 한계를 향한 시선은 일단은 체념입니다. 세상만사 내 뜻대로 되는 일이 있던가요. "다 멀었다"에서 우리는 시력 상실과 함께 더해지는 무한한 거리감을 상실감으로 패배감으로 무상감으로 치환합니다. 하지만 그게 전부는 아닙니다.

밑동이 잘린 나무에 새순이 돋듯 시력을 상실하면 청력이나 촉감의 기운이 왕성해집니다. "손끝에 닿는 대로 기억이 왔다"라는 문장뿐이 아닙니다. 육신의 눈이 멀어지면 마음의 눈이 왕성하게 활동을 할지도 모릅니다. 보세요. "마음 하나가 눈언저리에 오래 있다 사라졌다/ 누가 먼눈을 들여다보랴". 사람도 마음의 눈을 볼 줄 아는 사람이 있고 그렇지 못한 사람이 있습니다. 그래서 누구는 먼눈을 외면하지만 또 누군가는 새롭게 "눈은 멀리서/ 볼 수 없던 것을 보고 있다/ 먼 오후가 가득하였다"라고 말하지요.

이 시는 나직하게 묻고 있는 듯합니다. 내 눈이 보고 있는 것이 무엇이며 보지 못하고 있는 것이 무엇인지를. "너에게 가 닿지 못한 이야기는" 다시 시작해야 합니다. 눈으로, 귀로, 오감을 동원해서라도 해야 합니다. "아무리 멀어도 더 멀지는 않았다"는 건 새로운 시작의 가능성을 어렴풋이 떠오르게 합니다.

당신에게 눈멀고 싶다는 말을 하고 싶은 것을 이렇게 바꾸느라 고생이 많았습니다. "너에게 가 닿지 못한 이야기는 다 멀었다/ 눈에 빠져 죽었다"처럼 아름답고 슬픈 문구입니다. 세상에 시인이 갈수록 많아지니 시인은 행복할까요? 새로운 표현을 찾아야 하는 시인의 운명은 고되다 하지 않을 수 없지만 "눈에 빠져 죽었다"처럼 살려내는 창조의 순간, 그 짜릿함은 어떠한지요? 시 쓸 맛 날 것 같습니다.

"눈에 빠져 죽었다"를 세 번 반복했습니다. 시인은 사멸과 생성의 이야기를 하고 싶은 것인가요? "눈이 멀다"는 "눈에 빠져 죽었다"와 통합니다. "멀다"는 보이지 않으면 존재하지 않으니까 "죽었다"와 일치하는 것이지요. 그런데 육신의 보임과 영혼의 보임이 따로 존재한다는 걸 우리는 압니다. 그래서 귀 기울이게 됩니다. 강병철 시인처럼요.

떡시루 아래

뿌리털 내려 수돗물 빨아올리며

콩나물 크는 소리

들린다

씨근대며 창문 여는 신새벽 소리 비집고

부엌으로 침입한 신우대 뿌리

발돋움으로 곱은 손 펴고

마른땅 헤집는 소리

줄 톱으로 자르면서

안 된다 안 된다 노여워하는 소리

쿵 쿵 쿵

풍롯불에 달군 온갖 잡탕찌개

피조개 아가리 딱딱 벌어지는 소리

—강병철, 「소리」 전문

강병철의 시에서 '소리'는 생존 연습이랄까, 일상의 생존 방식이랄까 범위를 종잡기가 어렵습니다. 그래서 시가 됩니다. "콩나물 크는 소리"가 들리는가요? 억지로 애쓸 필요는 없습니다. "떡시루 아래/ 뿌리털 내려 수돗물 빨아올리며" 안간힘을 쓰는 건 순전히 시인의 감정이입이니 내 안으로 한 발 들어가면 됩니다. 시인은 일상에서 오감으로 전달되는 대상을 흡수합니다. 관념적 사유가 아니며, 수동적으로 소리를 듣는 것에 머무르지 않으며 온몸으로 소리를 끌어올립니다. 그리하여 소리는 듣는 것이 아니라 보는 것에 가까워집니다. 소리를 본다는 건 이미지의 연상과 복합 작용으로 가능해집니다. 들을 수 없는 소리를 말하는 건 결코 아닙니다. "씨근대며 창문 여는 신새벽 소리"는 시인이 힘겹게 기지개를 켜며 아침을 여는 소리가 아닐까요? "발돋움으로 곱은 손 펴고/ 마른땅 헤집는 소리"는 밥벌이를 위해 애쓰는 이 땅의 노동자들의 힘겨움을 떠올릴 수밖에 없습니다.

후반부에서 일상의 생존을 위한 소리들이 갑작스럽게 형체를 드러내면 리듬이 빨라집니다. "안 된다 안 된다 노여워하는 소리"는 세상과 맞서려는 의지를 키우지 못하는 것들, 생존의 두려움과 불안함을 불러들이는 과정입니다. 그리하여 "쿵 쿵 쿵" 구체성을 보여주는 듯하지만 의성어의 정체를 알 수 없게 분위기를 상승시키며 동시에 하강을 준비합니다. 생존 연습의 마지막은 죽음을 향합니다. 결국 "풍룻불에 달군 온갖 잡탕찌개/ 피조개 아가리 딱딱 벌어지는 소리"처럼 찌개 끓는 소리, 불이 활활 타오르는 소리에 어쩌면 쩝쩝 먹는 소리까지 보이지 않는가요? 먹는 자와 먹히는 자, 생과 사의 갈림길이 보입니다. 명료한 소리이고 그림인가요? 결코 그렇지 않습니다. 그들의 정체를 우리는 알 수 없습니다. 소리만으로 그림을 그리는 것은 상상의 즐거움도 있지만 그 한계도 있다는 것. 오늘의 생존 연습은 여기까지입니다.

임명희 작가에게 보내는 글

군불 지핀 사랑방 아랫목에서 도란도란 이야기를 나누는 장면을 상상하면 행복합니다. 이불 아래 서로의 다리를 밀착시키며 보내는 시간은 이미 흘러간 과거사인지, 다가올 미래의 영상인지 오락가락 흔들거립니다. 호롱불이 꺼지지 않는 방 안에서는 거친 목소리가 많이 나오겠지만 정작 분위기를 주도하는 흐름은 조곤조곤 나지막한 목소리에 묻어나는 선생님의 따뜻함이겠지요. 왜 작가가 되어서 글을 쓸 수밖에 없는가에 대한 사연 속에 날선 결의도 묻어날 것입니다.

작가의 이름 속에서 만난 유년의 사연을 끌어안았던 질감으로 벽돌을 굽고 싶은 심정을 어떻게 표현해야 할까요. 선생님의 글에서는 가을 들녘 볏짚에 담긴 사계절 바람소리가 묻어납니다. 그 소리를 담은 벽돌 한 장을 가슴에 품어봅니다. 반세기 이전 이야기에 빠져들 때마다 오래된 질그릇에 새겨진 이름을 만나는 것처럼 신기했습니다. 오늘도 기억의 벽돌 하나마다 꼼꼼하게 쌓아서 구축해낼 선생님의 글쓰기 공력이 오래도록 이루어지기를 간절히 바라는 마음으로 펜을 들었습니다.

엄마라는 소재는 누구에게나 활어活魚처럼 심장이 뛰는 스토리일 것입니다. 그러자면 예리한 회칼의 사용 능력이 있어야 합니다. 탕을 만드는 것도 쉽지 않습니다. 비린내를 잡지 못하거나 자칫 양념에 치우쳐 고유의 맛을 손상할 수 있기 때문입니다. 내 손으로 활어를 만져서 요리를 하는 과정 자체가 칼을 대고 피를 만져야 하는 일이니까 굳이 나서고 싶지는 않은 일이기도 하겠고요.

선생님의 글에서 가족은 '날것'의 풋풋함과 적절하게 숙성된 이중의 맛이 원색으로 담겨 있더군요. 가족의 사연을 공적 담론으로 끌어들이는 일을 감당하겠다는 기억력이 담담한 글쓰기의 원동력이 되었기 때문인 듯 보입니다. 소녀 임명희에게 위압을 보였던 엄마가 가부장제의 제물이었다는 깨달음, 결코 권위적 인물이 될 수 없는 희화적 존재로서의 엄마. 돈키호테나 심청을 돋보이게 했던 산초나 뺑덕어멈 같은 적절한 역할 분담의 인물 배치라니.

엄마를 그려내는 작가의 목소리에 담긴 끊임없는 의문, '왜 그랬을까', '무엇 때문이었을까', 그 의문이 지금은 풀렸을까요? 엄마에게 품었던 수수께끼는 글쓰기와 삶의 과제로 확장되었고 지금도 정진 중이겠지만요. 서술자의 목소리에 담긴 비의秘義는 스스로의 삶으로 답을 찾아내겠다는 울림입니다. 해답을 아는 자는 더 이상 글을 쓸 수 없을 것입니다. 원망과 비애가 멈춘다면 정념의 인간세계를 졸업해야 할 것입니다.

강요당할 수밖에 없던 가부장제 이데올로기에 온몸으로 저항하며 작가로서의 삶을 성취할 수 있었던 배후의 인물, 작가의 페르소나를 형성해준 수많은 인물 중 유독 돋보이는 이름이 엄마인 것은 당연하면서도 왜 이다지도 마음이 아픈지요. 엄마가 '훼방꾼 아닌 조력자였다면' 작가의 길을 외면했을 거라며 오히려 훼방꾼 엄마에게 큰절을 올리고 싶은 이율배반적 감정조차 거추장스럽습니다.

타고난 기억력을 밑천 삼아, 집요한 저항으로 일상에서 창조하는 변혁 에너지를 굴려서 일구어낸 작은 이야기들이 거대한 산맥처럼 펼쳐집니다. 천성적인 섬세함으로 아기자기 수를 놓았지만 그 50년 생애는 어느 누구도 대신 쓸 수 없는 역사임을 『빗돌머리』(삶창) 『공장 지대』(선우미디어)에서 확인하였습니다. 동시에 선생님을 떠올리며 이야기를 더 많이 중얼대는 모습을 발견하곤 합니다. 잠겨 있던 빗장이 열리면서 제 안의 많은 이야기들이 쏟아져 감당하기 힘들었습니다.

그리고 바닷가에서 게를 잡거나 가발공장에서 힘들게 일하면서 동료를 대변해주는 소녀의 이미지. 존재 자체만으로도 감동인 캐릭터, 그게 생활인으로서는 고된 삶이었겠지요.

1980년대 후반 저는 대전 대화리공단에서 생계형 위장취업자로 살았습니다. 운동가도 노동자도 아닌 신분이 주는 소외감에 시달렸던 세월이었습니다. 노동운동하는 동지들에게는 공장에서 단순노동에 허덕대는 생활이 죄스러웠고 자신에게 실망스러웠고요. 공장에 다니면서 열 살 연하 동료들과 친구처럼 지내며 본의 아니게 신분을 속이고 있다는 것도 양심에 걸리고 미안했습니다. 잔업을 빼고 시내에 놀러 가는 날, 무단결석을 한 비행 학생처럼 쩔쩔매면서 죄스러워하는 열네 살 순이와 영희는 집에서나 회사에서나 천덕꾸러기였습니다. 순이와 영희 이야기가 저의 무의식 속에서 튀어나온 건 선생님의 『공장 지대』 덕분입니다. 선생님이 겪었던 10대 노동자의 이야기는 노동운동과는 전혀 다른 세계를 담고 있었습니다. 저의 생계형 취업과도 그 온도가 달랐습니다.

2교대 근무를 밤낮으로 번갈아 했었는데 일주일에 하루는 24시간 근무를 했습니다. 임금이 센 편이어서 술자리가 자주 있었습니다. 특히 월급을 받으면 흥청망청 돈을 쓰면서 호기를 부리는 총각들. 외상값 갚고 일주일 동안 기분 내고 살다가, 땡전 한 푼 없이 살면서 잔업에 야근에 뼈 빠지게 일하는 방법 이외는 멋지게 사는 방법을 모르는 사람들. 이들에게 희망을 말하는 것이 무섭고 두려웠습니다. 저는 순이와 영희와 같은 조에서 납땜을 하였습니다. 제가 동작이 둔해서 불량이 많이 나오고 속도가 느리니까 순이와 영희가 제 옆에서 두 배로 일을 하며 도와주었습니다. 다시 그 시절로 돌아간다면 순이와 영희에게 덜 미안할 수 있는 방법을 찾아낼 수 있을지 지금도 자신이 없습니다.

『공장 지대』에 담긴 1970~1980년대 변혁운동의 한복판에서 밀려난 '일상성'의 고백과 기록의 서사는 10대 소녀의 표정을 노동자의 시선으로 담고 있었습니다. 이데올로기의 시대를 이론이 아닌 체험으로 채웠던 그녀들의 삶과 노동은 교조적 당파성의 빈틈을 채워, 시대의 실체를 증언하고 있습니다. 경험이 강제하는 고통과 상처에도 불구하고 분명 작가에게는 커다란 축복이라고 하지 않을 수 없지요. 하지만 우연하게 주어진 이 역사적인 축복을 알아볼 수 있는 눈은 아무에게나 있는 것은 아니겠지요. 그 안에서 만들어낸 한글 독해 소모임이나 바둑 모임의 의미를 저는 자생적 노동운동이었다고 생각합니다.

그래서 주인공 임명희는 지금까지 어디에도 존재하지 않았던 독특한 캐릭터였습니다. 70년대 조세희의 '난장이'가 등장했고, 이문구의 '우리 동네 김씨'가 다가왔던 충격이 이제는 문학사에 안착되었습니다. 그 틈을 비집고 '공장 지대의 임명희'가 가발 공장의 콘크리트 벽에서 새로운 존재감을 선보이는 사건은 신선했습니다. 10대 소녀 캐릭터의 표정은 고발자로서의 주체적 생동감이 살아 있는 존재였습니다. 특히 제도 교육의 틀을 일찍 벗어난 덕인지 야생적 지성이 주는 건강함이 넘쳐나는 장면들, 바둑과 문학으로 풀어내는 품격까지.

노동운동의 권력 구조나 교조적 논리와 전혀 다른 캐릭터입니다. 소녀 감성의 동료애로 일구어낸 가발공장 노동자의 한글 독해반과 바둑 소모임을 통해 그려볼 수 있는 건강한 노동자의 모습은 문학사나 노동운동사에 전례가 없던 캐릭터입니다. '사슴학교' 선생님들의 향기를 뛰어넘는 청출어람이 아닐 수 없습니다.

작가에게 가장 힘든 고비가 '가족'이나 '엄마'일지도 모릅니다. 그 구불구불한 사연을 날것 그대로 살려내느라 마음고생도 컸으리라 생각합니다. 그런 의미에서 저는 선생님의 장편 산문집을 소설로 읽어야 한다고 생각합니다. 언젠가 제가 순이와 영희 이야기를 써서 마음의 빚을 갚을 수 있도록 응원하는 선생님의 목소리가 들립니다.

사랑과 바보 이미지, 기억의 힘

1. '강박증' 사랑 이야기

강병철의 문학에 대하여 말하자면 먼저 장르적 다양성을 언급하지 않을 수 없습니다. 그는 시집과 소설집, 산문집까지 스무 권 이상 집필하며 '기억의 미학'과 '연민과 해학'을 지닌 문체주의 작가로서 입지를 굳히는 중입니다. 게다가 몇 권의 책도 편집해내었습니다. 그렇게 여러 장르가 끈끈하게 연결되어 있으니 그에게 시정신과 산문정신의 차별화를 요구하는 것은 온당치 않아 보입니다. 단지 시와 산문의 경계에서 씨름하는 그의 문체를 새로운 길로 탐험할 뿐입니다.

작품에서 일관되게 흐르는 연민과 해학의 정서는 그가 만난 다양한 사람들의 삶에서 배어납니다. 주인공이라고 할 만한 사람을 딱히 발견하기가 쉽지 않습니다. 그의 산문집 『작가의 객석』(삶창)에서 극명하게 드러나듯 다양한 인물들이 서로의 목소리를 들이대는 것입니다. 바흐친의 용어를 빌린다면 "다성성의 대화", "이어성의 오케스트라"가 울려 퍼지는 것입니다. 그의 성장소설 『토메이토와 포테이토』(작은숲)에서도 다양한 인물들이 주연으로 등장하면서 서로에게 조력자가 되어 성장의 균형감을 부여한 바 있습니다. 또한 청소년 시집 『호모 중딩 사피엔스』(봉구네책방)에서 중2 캐릭터를 중심으로 펼치는 학교 이야기는 '퇴임 초읽기'에 들어간 노교사의 회고록이 되었습니다.

강병철의 다섯 번째 시집 『사랑해요 바보몽땅』[1]에 등장하는 인물들 역시 트럭에서 쏟아지는 무 다발처럼 싱그러운 표정들입니다. 영빽이 성님, 종갑이 성님, 정자 누나, 옥이 이모, 순임이, 최윤희, 재련이, 이세진, 상원이, 대발집 연실이 등등. 이들은 그의 바닥과 현장에서 인연을 맺은 존재 혹은 이름자들입니다. 그는 태생적으로 낯가림이 심하지만 맺은 인연마다 '강박증'으로 사랑합니다. 강병철의 '강박증' 사랑은 등장인물과 가족만이 아닙니다. 문학에 대한 열정은 특히 더하여 그 어떤 '강박증'에 앞서서 치달리는 중입니다. 불가촉천민을 향한 강병철의 사랑 이야기는 그렇게 바보 페르소나로 확장하면서 오늘까지 달려왔습니다.

---

1) 강병철, 『사랑해요 바보 몽땅』, 삶창, 2018. 이후 이 책에서 인용한 시는 제목만 표기한다.

이 시집에는 이전의 시집과 변별되는 특별한 '강박증' 사랑 이야기가 따로 담겨 있습니다. 이 시집 절반 이상을 차지하는 유년 오디세이는 요단강에 다가선 황혼의 부모님과 나누는 대화이자 함께 떠나는 여행 이야기입니다. 그의 인연 중에서 가장 질기고 귀한 건 가족입니다. 그의 시에 등장하는 구순의 어머니와 이미 운명을 달리하신 아버지는 시인을 현재에서 과거로 이동하게 만드는 스위치 같은 존재입니다. 그렇게 시인은 유년으로의 여행을 떠나면서 죽음조차도 소멸시킬 수 없는 기억 속의 인물들을 팔팔하게 재생합니다. 그 곁에서 시인을 꿈꾸는 어린 화자의 시선은 점차 깊어지는 세상을 간직하게 됩니다. '사랑'과 '바보', 이 두 단어가 무한 생성하는 유년의 이미지 기억을 만나면 가슴이 아련해지는 이유입니다.

2. 유년 오디세이와 이미지 기억의 미학

『사랑해요 바보 몽땅』에서는 서산 바닷가 갯내음이 풀풀 날립니다. 세 살 이전의 기억들까지 날것으로 담아내는 유년의 탐색이 60년 세월이 무색하리만치 굽이굽이 생생하게 떠오릅니다. 그렇습니다. 1960~1970년대의 스산한 흐름으로 이웃의 다양한 얼굴들이 출렁입니다. 그 얼굴은 요절과 버림받음, 그리고 떠남의 이미지로 형상화됩니다. 만남과 이별의 정한이 얽혀 있지만 이별과 죽음의 이미지가 특히 강렬합니다. 그 이미지의 연속성은 과거를 현재로 불러오는 기억의 마술입니다.

베르그송에 의하면 과거를 이미지의 형태 아래 떠올리기 위해서는 현재의 행동에 초연할 수 있어야 하고 무용한 것에 가치를 부여하는 "꿈의 소유"가 필요하다고 합니다. 그런 면에서 그의 시는 '무용한 것에 가치를 부여하는 꿈'으로 탄생합니다. 시에 등장하는 유년의 기억은 낯선 이미지와 만나면서 새로운 가치를 생성합니다. 그 유년이란 융의 원형심상에 비견할 절대적 의미를 지니는데 무엇보다 '바다 이미지'의 채움 때문이 아닐까 싶습니다. '모든 것을 받아들이는' '바다'에게 화자는 옥이 이모, 성만이 형의 죽음이나 머슴살이 영빅이 형의 아픔을 끄집어냅니다. 아픔의 기억을 담고 있으면서 왜 멈추지 않고 유년의 기억들을 퍼 올리는 것일까요. 그의 유년이 바로 현재를 수용하는 우물이기 때문입니다. 따라서 그 유년은 현재진행형입니다.

대전복합터미널 남자 화장실
소변기 닦던 여자
대밭집 연실이가 틀림없다
손목 때리기 민화투 치다가
고구마 깎던 열여섯
감자꽈리 불던 오리궁둥이
늦도록 오지 않던 사춘기
서늘한 아랫도리 흔들렸던가

염전 머슴 석숭이 입술 바치고

통통배 타고 대처로 떠났던

싸리회초리 허리 낭창낭창

그 여자가 틀림없다 두근두근

바닥 건사하는 건강한 노동자구나

칭구야 방갑다 악수 청하니

여자의 눈빛 박꽃처럼 벌어지며

초승달 입술 환하게 터졌다

—「투명 인간의 입술」 전문

남자 화장실에서 소변기 닦던 여자와 인연의 악수를 나누는 장면이 박꽃처럼 화사하게 그려집니다. 다행히 쑥스러움이 끼어들 여지도 없습니다. 진공관처럼 때 묻지 않은 선남선녀의 만남처럼 탈색된 스크린이 생생하게 느껴질 수 있습니다. 강병철에게 유년이란 '먹기만 하고 자라면 되는' 좋은 시절입니다(대여섯 살 철부지였으니까요). 그래서 사랑방이나 생강밭 고랑에서 만난 종갑이 형이나 옥이 이모의 기억이 선명하게 자리 잡는 것입니다.

그의 성장소설 『토메이토와 포테이토』를 참조한다면, 바닷가 마을에서 살았던 그 시절 이후 다시는 그처럼 자족적인 세계를 만나지 못했습니다. 서울 변두리에서 부모의 보살핌 없이 외로운 중고등학교 시절을 보냈으며 사춘기 시절 병마와 씨름하며 1년 이상 입원과 퇴원을 반복했습니다. 평탄치 않았던 세월 속에서 유년기 바닷가 마을에서 만난 사람들은 피붙이 이상의 존재였지요. 시인이 불러내는 인물들은 죽었거나, 또는 힘겹게 살면서 눈물을 훔치는 아픔의 이름들입니다. 강병철은 바닷가 마을을 떠나면서부터 그리움의 이미지를 차곡차곡 고이 간직했을 것입니다.

> 마을에는 바다가 있었다. 격렬비열도에서 가장 가까운 천수만 리아스식 해안은 그림자끼리 꾸불텅꾸불텅 커다란 호수처럼 출렁거렸다. 이 세상 모든 마을마다 바다가 옆구리처럼 붙어 있는 줄만 알던 즈음이다. 세 살 많은 동급생 최윤희네 뒤란이나 딸부자 칠공주 재련이네 마당에도 파도가 흰 이빨 드러내었고 소년의 외갓집이나 당숙네 대밭에서도 언덕바지 넘으면 해당화 홍자색이 하늘로 번지곤 했다. 그랬다. 갯바구니 들고 바닷가 백사장에 앉아 있으면 수평선 너머 안면도 끄트머리가 아스라이 손을 내미는 것이다. 망둥이 잡던 악동들 겁도 없이 고두리 해안선까지 개헤엄 내기 걸 때마다 외톨이로 쪼그려 앉아 조마조마 구경하던 그 물빛 풍광이다. 소년이 이렇듯 하염없이 바라보듯 푸른빛 맞닿은 저쪽에서도 누군가가 황혼의 파도 바라보며 울멍울멍 들썩일 것 같아 똑같은 자세로 웅크려있어야 했다. 나는 '바다'가 모든 것을 '받아'들이기 때문에 그렇게 이름 지어진 줄 알았다.
>
> —「바다라는 이름」 전문

애수를 자아내는 서정성의 주인공들이 따로따로 만나 같은 울타리에 앉아 눈빛을 나눕니다. 그 결핍의 주인공들은 성님이며 이모이니, 이웃사람이면서 혈육붙이처럼 가깝습니다. 역사의 주류 속에서 철저히 차단되었던 이웃들이 숨은 그림 되살아나듯 생생하게 얼굴을 내밉니다. 그것은 그의 그리움이자 인류가 꿈꾸는 너그럽고 넉넉한 공동체이기도 합니다.

> '사내는 딱 세 번만 우는 거여'
>
> 그믐달로 자취 감추던 옥이 이모 떠올리며 숨죽여 울던 사연이다 거울 앞에 선 눈시울 여린 소년 하나, 문고리 먼저 걸고 아랫입술 초승달로 치켜올리며 생끗 웃는 시늉이다 유월 장마 흙탕물 참나무보로 콸콸 터져 넘치던 정오였던가
>
> '진짜, 흙탕물이다'
>
> 풀피리 불면 벌판마다 '삘니리리' 초록 불꽃으로 넘실넘실 타올랐다 이상하다 장대비 쏟아져도 활활 타오르는 초록빛 불바다라니
>
> '흙탕물이 참 곱다'
>
> 이모의 머리칼로 청아한 햇살 셔틀콕처럼 쏟아졌다 '흙탕물이 워찌 곱다?' 묻지 못했으니 그게 끝이다 정든 임 놓치고 농약병 뚜껑 딴 그미 영원히 나타나지 않아서 침 발라 그리다 보면 닮은꼴 눈동자 하나 붙박이로 박혀 있었다 그랬다 '그림'이 '그리움'에서 생긴 말이 확실했다
>
> —「보고 싶은 옥이 이모」 전문

옥이 이모의 이미지는 '고운 흙탕물'입니다. "흙탕물이 워찌 곱다?" 묻고 싶었으나 '정든 임 놓치고 농약병 뚜껑 딴 그미'는 이제

세상에 없습니다. 방금까지 함께 있었다가 사라진 이미지를 찾는 행위가 '놓친 언어를 그림으로 그리기'입니다. '침 발라 그리다' '닮은꼴 눈동자' 재현에 성공합니다. '그림'이 '그리움'에서 생긴 말이라 되뇌며 유년 시절 헤어졌던 옥이 이모는 마침내 시로 되살아나는 겁니다. 그 후 '흙탕물 이미지'는 바다로 합쳐지지 못했지만 발밑에서 진한 그리움으로 이어집니다.

이번에는 혈육의 이야기입니다. 생물학적으로 누구나 나이가 들수록 기억력이 쇠진해지는 게 섭리입니다. 하지만 오래전 기억이 더 생생한 건 사실인 동시에 신비로운 일입니다(「아버지는 오래된 기억만 생생하시다」). 유년을 불러내는 원동력은 망자가 되신 93세 부친의 기억력입니다. 최근의 기억은 가물가물한데 오래전 기억은 생생하니 시인은 부친의 기억과 합세하여 유년으로의 여행을 떠나는 것입니다. 그래요. 구천의 망자는 세상에 없지만 살아 있는 사람들에게 기억되기를 바라는지도 모릅니다.

3. '바보' 페르소나의 확장

'바다'라는 자연과 '바보'라는 성품은 닮은 느낌의 단어로 조합됩니다. 대개 문학작품에서 '바보'는 '세속적 이익을 계산하지 못할 만큼 순수하고 지혜로운 사람'이라는 의미로 등장하는 경우가 많습니다. 강병철은 "바보몽땅"의 '바보'를 이와 같은 맥락에서 차용합니다. 그는 모든 것을 '받아'들이려는 '바다 이미지를 닮은 사람'을 바보라고 이해하려는 집요함이 아닐까요. "바보몽땅" 선생님을 그렇게 만납니다.

'옛날 옛적 바보몽땅 어린이는
민들레 씨앗처럼 착했는데요
공부는 못했지만 어둠을 사랑했어요'
코찔찔이 악마의 심장들에게 그런
진정성의 설파가 가당키나 했을까
진달래 빨간 빛 하늘로 번지는
이른 봄 풍경, 나 홀로 빠지는 중인데
어럽쇼, 이야기에 솔솔 빠지는 악동들
'여러분이 장차 이 세상의 희망입니다'
설레설레 도리질쳤지요 어림없는 소리
기껏 개복숭아 따다가 싸대기 맞은 기호가
고구마 서리하다 머리끄덩이 잡힌 국현이가
입학식 날 신발 잃어버려 작대기 두들겨 맞고
학교 빠지고 아홉 살에 재입학한 도석이가
겨레의 희망이란 택도 없는 소리지요
그래도 포만감에 젖었고 또 금세 잊었어요

―「사랑해요 바보몽땅」 부분

'장대비 개펄, 잿빛 수평선' 그리고 죽음의 위기에서 바보몽땅 선생님은 소년의 목숨을 구해준 구원자입니다. '책 읽는 사람'을 만난 이후 그는 바보몽땅 선생님처럼 겨레의 희망을 찾아 사랑하는 실천을 행하였겠지요. (그의 시집 『호모 중딩 사피엔스』에 나오는 착한 선생님이 떠오릅니다.) 화자에게 바보몽땅 선생님은 삶의 이정표이었고, 이후 시인에게 바보 이미지는 '딸바보'의 자화상에서 바보 정치인 노무현으로 확장하는 사유가 됩니다(「소리 셋」).

4. 이야기와 이미지의 만남

그의 문체는 산문과 운문의 경계를 오락가락합니다. 그가 필력이 탄탄한 시인이자 소설가로 활동한다는 점을 감안할 때 시와 소설의 겹침은 독특한 원동력을 부여합니다. 시는 당연히 소설보다 직관적인데 특히 그의 시에는 서사와 직관의 만남이 보입니다. 그런 면에서 강병철이 30여 년 쉼 없이 달려온 소설가와 시인이 혼재된 이력은 특이합니다. 그는 1985년 『민중교육』이란 잡지에 소설 「비늘눈」으로 등단하면서 고교 교사 자리에서 해직된 작가입니다. 그런데도 본인은 한때 시인을 주업으로 여겼습니다. 이후 1998년 시집 『유년일기』를 발간하였으며 그 후로는 시 창작으로 무수히 원고지를 채웠습니다.

그래서일까. 그의 시에 나타난 서사적 요소는 인물의 사연을 담아내거나 '이야기시'라고 이름 붙일 수 있는 시들이 많습니다. 이는 1930년대 백석의 시에서 이미 실험되었던 양식입니다. 백석의 시에서는 마을 사람들이 음식을 나누어 먹거나(「국수」), 여승의 사연을 담거나(「여승」), 홀로 버스에 오른 어린 소녀를 걱정하는 사연이 있는 그런 시입니다.

강병철의 시는 그의 삶만큼 호흡이 바쁩니다. 간 크게 전업 작가의 길을 가지 못하고 교직에 복무하면서 틈틈이 책을 펴내려니 몸이 열 개라도 모자랄 판입니다. 발로 뛰며 삶에 충실한 만큼, 정직하게 시를 씁니다. 신규 교사에게 전교조 가입을 권유하고, 각종 시국의 어지러운 세월 바로잡기 위해 몸을 움직이며 그 자체가 시가 됩니다.

쇠스랑 세운 아버지
등멱 끝내면
모시옷 대청마루
석간신문 한 장
고즈넉한 저물녘

이육사의 청포도
허벅지 하얀 은쟁반은 아니지만
모시 적삼 부채질
바람개비 수채화

머리카락 보일라 얼른 숨었다

살 붙은 꽃대궁 뾰송뾰송
울 엄니 허벅지 타고
침 발라 벼리니
마침내 실타래 변신
도화지 값 치르더니

지금은 소도시 요양병동
6번 침대 햇살 창구
까치발 세우며
보호막 치는 중이다 모시나무

—「모시나무」 전문

아버지의 이미지가 현재와 과거를 오가며 숱한 문장들을 잡아냅니다. 세월의 도정 속에서 생략된 사연들을 무대로 불러내려는 행위로도 몸이 바쁜데 그 와중에 낱낱의 의미를 부여해야 합니다. "쇠스랑"에서 "석간신문"으로, "등멱"에서 "모시옷", "모시나무"로 변신합니다. 여기에서 모시옷은 보통명사이지만 모시나무는 고유명사입니다. 그러니까 모시나무는 망자에 대한 메타포입니다. 젊은 아버지의 일상에 등장하는 "울 엄니 허벅지"가 참신합니다. 그 단어 선택의 자유로움이 시인의 에너지이며 따뜻한 온기가 될 것입니다. 기왕지사 그의 시가 더 많은 독자들의 사랑을 받기를 기원합니다. 마지막으로 그의 시 「사부곡思父曲」 전문을 부치며 글을 마무리합니다.

> 유리항아리 이고 바위산 오르던 아흔셋 스토커 당뇨, 보리밥 연명한 새벽 4시, 세상은 아무 일도 없었어요 인생의 시계추 섣달그믐 비수처럼 등줄기 찍을 때 혼자 외롭게 숨을 멈췄을 뿐입니다 스무 살 분필밥 잡은 후 45년, 발길마다 훈장 노릇 이골이 난 칠판쟁이 팔자였구요 아, 말년의 무인도 침실이 가장 가파른 벽이었습니다 운전면허증 없는 아들놈, 터미널에서 노인병원까지 타박네 걸음 멈추면 황혼 자락 저무는 벤치, 주차장 바라보며 컵라면 먹던 청승맞은 스크린, 지금은 그 풍경이 하염없이 그립습니다
>
> —「사부곡思父曲」 전문

물의 상상력으로 읽는 유준화의 시

1.

공주산성이 마주 보이는 금강 둔치를 자주 찾곤 한다. 새벽 어스름이 걷히면서 햇살이 눈 비비며 시선을 던지는 순간 강물에는 짜르르 전류가 흐른다. 물과 해가 펼쳐내는 교감의 언어들. 물비늘이 피어오르는 강물을 바라본다. 무수히 던지는 강물의 인사말에 햇살이 일일이 응답하는 순간 피어나는 물비늘의 반짝거림을 '색즉시공 공즉시색色卽是空空卽是色'의 여덟 글자로 풀어보자면 이렇다. 물비늘의 존재는 보이는 것이며 형체가 있으나 변화에 따라 없어지기도 한다. 해가 강렬하거나 전혀 없을 때 빛의 강도에 따라 존재의 유무가 결정된다. 보이지 않는다고 존재가 없는 것은 아니나 보이는 것 또한 영원한 것도 아니다. 모든 존재는 변화하는 것이며, 변화한다는 사실을 제외한 삼라만상은 또한 결국 변한다는 것만이 진리이다. 그리하여 존재하는 모든 것色은 사라지는 것空과 같으니 만상의 존재 자체가 소멸하는 것이고 유한한 것이다. 시 또한 예외는 아니다. 유한자로서의 인간이 시에 담아내는 삶과 수행의 흔적이 시인을 통하여 울려 퍼지는 과정을 함께 나눌 수도 있으나, 그것의 상당 부분은 홀로 감당해야 하는 시간 속에서 저마다 만들어낸 숙성과 발효의 맛으로 음미될 뿐이다.

무릇 좋은 시는 문장이면서 문장에 얽매이지 않고 노래이면서 음률에 휘둘리지 않는 것. 시인의 품을 벗어나 읽는 이에게 위안을 주고 흥얼거리는 자력磁力이 되는 무엇이다. 하여, 시를 쓰는 것은 시인이지만 시를 향유하는 건 독자이며, 시대와 사회의 분위기는 풍경 좋은 좌석을 만들어 도와주거나 악취나 소음으로 낭송 분위기를 해치기도 한다. 좋은 시가 귀한 대접을 받는 세상을 꿈꾸는 것 또한 시인의 책무인 이유이다.

2,

유준화의 시 일곱 편[1)]을 읽는다. 신작시를 읽는 일은 첫사랑의

---

1) 『세종시마루』 3호, 심지, 2019. 이후 이 책에서 인용한 시는 제목만 표기한다.

사연처럼 특별한 일이다. 특히 과작의 시인이 세상에 내놓은 작품은 장년의 늦둥이처럼 소중하다. 그 중에서 유준화 시인은 지고지순한 연정을 시에 바치는 사람이다. 요즘 같은 디지털 세상에 매우 귀한 그런 부류의 작가로 여겨지니 기대감이 남다른 이유이다. 그의 삶 또한 시적 문장처럼 염결하고 초탈함을 지향할 것이다. 시를 잉태하기 위해 몸 전체를 던지는 진짜배기 시인, 시 자체와 동일시되는 품격을 느끼는 그런 시인을 만나는 설렘으로 시를 읽는다.

시 일곱 편은 '인연'이라는 불교적 사유의 흐름 속에서 운율을 엮는다. 그 인연의 사유를 '물'과 연관 짓다 보면 물의 상상력은 존재의 변화와 색즉시공의 흐름으로 이어지면서 꽃송이로 눈물방울의 이미지로 표상된다.

> 손바닥에 떨어진 눈꽃 한 송이
>
> 먼 우주를 돌아 나에게 온 너
>
> 잠시 머물다가 어디론가 떠났다
>
> 손바닥에 남긴 눈물 한 방울
>
> —「인연」, 전문

「인연」은 눈꽃과 눈물 한 방울이 녹여내는 만남과 헤어짐, 변화와 불변의 이미지가 마음속 깨달음으로 조응하는 아름답고 오묘한 시이다. 소리 내어 낭송해보라. 화음이 저절로 맞추어지듯 조화롭다. 시인은 길게 늘어놓지도 않고 어려운 말로 폼을 잡지도 않는다.

읽으면 읽을수록 그 안에 녹아드는 선시처럼 마음을 밝혀준다. "눈꽃 한 송이"는 계절의 배경이면서 순결함의 이미지를 피워낸다. 그 이미지가 "눈물 한 방울"로 화답하는 순간 물의 변신은 '아름다움에서 슬픔으로, 순결함에서 무념무상 물아일체의 정신세계로' 승화한다.

눈꽃의 물이 눈물의 물이 되듯 보이는 현상의 밑바탕에는 보이지 않는 인연의 끈이 흐른다. 그 흐름을 시인은 이전에도 물방울의 상상력을 시로 형상화하곤 했었다. 시인이 바라는 세상을 물의 상상력으로 벼리고 있는 시 한 편에 담긴 우주여행은 일각의 짧음과 긴 여운을 남긴다.

물과 물의 만남은 잡히지 않는 덧없음이다. "눈꽃"이 "눈물"로 변신하는 물의 상상력은 불교의 윤회사상으로 그렇게 접맥된다. 손바닥에 떨어진 "눈꽃"을 맞이하는 시인의 자세는 먼 우주를 통과하여 나에게로 돌아온 귀한 인연을 대하듯 눈물겹다. "잠시 머물다" 다시 떠나는 "눈꽃"이 "남긴 눈물 한 방울"은 소멸하는 모든 존재를 대하는 시인의 애도이자 사랑이다. 만남에 대한 깊은 정이, 눈이 녹은 물과 눈에서 흐르는 물 사이에서 방울진다. 물의 미학적 상상력이 우주를 끌어 모으는 경지에 이르렀다.

마침내 시인의 상념은 우주를 돌아 물방울에 고정된다. 혜안과 시안으로 만나는 인연이다. 넉 줄 시에 담긴 우주적 순환의 인연 앞에 시인이 흘리는 눈물과 눈꽃이 남긴 눈물은 그렇게 동글동글 우주를 담는다. 내 손바닥에 우주가 있다. 그 안에 피어나는 만남과 이별의 상상력은 꽃이었다가 물이었다가 현존이었으나 결국은 부재가 된다.

물의 상상력은 「호박고지」에서 땀의 이미지가 되거나 「다음에는」의 물방울로 등장한다. '인연'을 탐색하는 시적 자아가 '외로움'과 '기다림'의 이미지를 '물'로 치환하고 있다. 인연과 외로움과 기다림, 이 세 개 시어는 '물'의 상상력으로 서로를 끌어당긴다. 물의 화답 혹은 물의 빛깔로 성깔을 부리는 외로움은 시인의 내면세계를 열어주는 안내자이다. '물'은 눈꽃, 눈물, 비, 땀, 장대비, 푸르름으로 변화무쌍하게 변신하여 시인의 일상을 포용하고 생성한다.

'물'의 상상력으로 길어 올린 시어에서 흐르는 기운이 맑고 촉촉하다. 물의 이미지는 고대로부터 인류에게 무한한 영감의 원천으로 작동했다. 동서양을 막론하고 물은 태초의 탄생과 부활의 이미지로 문학과 예술 전반의 원형심상으로 자리 잡고 있다. 노자의 상선약수上善若水를 떠올린다. '최고의 도는 물과 같다.' 시인에게 '물'이란 외부에서 바라보는 대상이 아니라 자신의 내면에서 흘러야 하는 무엇이 되기도 한다. 다음 시를 보자.

> 싸릿개비 채반으로 가을 하늘에 아내가 물질을 한다
>
> 싸릿개비 채반에 반달의 치어들이 가득 잡혔다
>
> 봄부터 가을까지 뜬 반달을 쏙 빼닮은 그놈들
>
> 땀방울과 눈물을 몇 종지나 흘렸을까
>
> 꼬들꼬들 호박 덕장에 달금한 가을빛 함께 익어

눈 오시는 날, 저녁 밥상에 다시 피어나겠다

—「호박고지」 전문

「호박고지」는 "가을 하늘에 아내가 물질을" 하여 잡은 "반달의 치어"로 환유되는 먹거리이다. 이 시는 앞부분 2행만으로도 동화적 판타지가 풍요롭다. 호박을 썰어서 채반에 말리는 일은 얼마나 평범한 일상적인 일인가. 이 일상의 장면으로 환상적인 영상을 빚으니 그게 시인의 마법이다. 채반에서 호박은 "반달"이 되고 "치어"가 되고 아내의 물질은 소꿉놀이 색시처럼 등장한다. "꼬들꼬들" "달금한 가을빛 함께 익"는 호박고지 탄생 드라마의 주인공은 시인과 아내만이 아니다. 수분 촉촉한 호박이 호박고지로 재탄생하기까지의 과정에서 견뎌낸 "땀방울과 눈물"은 근원에 대한 정체성 탐색 과정이다. 그 과정을 시인은 오롯이 자신의 것으로 아로새긴다. 동화적 판타지로 그려낸 일상의 풍경이 이토록 아름다울 수가 없으니 얼핏 박용래와 백석이 겹쳐지는 이유이다.

시인의 경외감은 호박고지를 통하여 존재의 의미로 확장된다. "땀방울과 눈물"로 "달금한 가을빛 함께 익어" 곱게 갈고닦은 생명체처럼 찬란하다. 마지막 행 "눈 오시는 날, 저녁 밥상에 다시 피어나겠다"에서 짠하게 피어나는 시정이 정겹고도 먹먹하다. 시인이란 과연 어떤 부류인가. 호박고지를 이토록 마음깊이 새기는 일은 아무나 할 수 있는 일이 아니다. 일상을 마주하는 시인의 내공이 깊고 진하다. 그 깊이에서 피어나는 "땀방울과 눈물"은 물의 상상력으로 빚어낸 호박고지의 정체성이다. 그게 바로 시인의 내밀한 고백이며 시작 이론이니 필자 혼자 감히 '호박고지 시론'이라 명명해 본다. 그러니까 시인은 영원한 동심의 소유자다. 동심에 담아낸 땀방울과 눈물의 의미는 "눈 오시는 날, 저녁 밥상에 다시 피어나겠다"고 확신한다. 좋은 시는 무엇인가. 맛있는 밥상에서 다시 피어나는 호박고지처럼 다양한 상황에서 구체적인 만남으로 다시 태어나야 한다. 시인 자신과 다양한 독자와 다시 태어나고 새롭게 만나야 한다.

다음 시를 만나보자.

부글부글 끓고 있는 지구 한쪽에서
비린내를 맡으며 국수를 먹는다
장대 같은 빗줄기를 보며
비릿한 국물을 후룩후룩 마시고 있다
끓어오르는 화기를 식혀 주려는 듯
빗줄기가 유리창을 세차게 흔들고 있다

—「국숫집에서」 부분

다시 외부를 향한 물의 상상력이다. 먼저 "장대 같은 빗줄기를 보며/ 비릿한 국물을 후룩후룩 마시고 있"는 풍경이다. 비 오는 날 국숫집 풍경은 푸짐하게 흥성거리지 않는다. 백석의 시 「국수」 이후 하나의 고정관념이 생겼으니 국수는 가난한 사람들이 오순도순 모여서 정감 있게 나누는 음식이라는 것이다. 하지만 이곳 국숫집은 백석의 「국수」에서 피어오르는 평안도 토속 이미지와 달리 물의 이미지가 흘러넘친다.

"장대 같은 빗줄기"는 "장대 같은 국숫발"과 짝을 이룬다. 국수와 비는 색채와 형상이 유사하지만 국숫집에서 이 두 개의 이미지가 병치된다는 건 예사롭지 않다. 대부분은 국수가 주체가 되고 비는 풍경이 되기 십상이기 때문이다. 그러나 이 시에서는 국수를 삶는 아낙과 먹는 화자 사이에 주체와 타자의 구분이 없다.

물의 상상력이 끓어오르면서 국수가 되고 빗줄기가 된다. "비"와 "비릿한 국물"과 "장대 같은 빗줄기"가 만나고 "비릿한 멸치국물 냄새가 가득 퍼"지고 "비릿내를 맡으며 국수를 먹는" 상황의 쓸쓸함은 수행자처럼 고독하다. 화자의 깨달음은 "부글부글 끓고 있는 지구 한쪽"과 "끓어오르는 화기를 식혀 주려는 듯"한 절대적 섭리와의 만남이다. "빗줄기가 유리창을 세차게 흔들고 있"는 상황에서 수행을 목표로 살아가는 삶은 끝없이 출렁이며 존재의 불안감을 자극한다. 흔들리며, 부글부글 끓어오르며 그 전부를 후룩후룩 몸 안으로 받아들이며 빗줄기처럼 깨어 있는 순간, 서정적 자아는 "지구 한쪽"에 스며드는 물과 하나가 된다.

물의 상상력이 외로움과 푸르름으로 이어지는 또 한 편의 시를 보자.

혼자 살기 때문에

혼자서 맨땅에 머리 처박고 살기 때문에
외로워서 잎이 푸른 것이다, 나무는
너도 푸르고, 나도 푸르고, 그렇게 산 하나
시퍼렇게 물들이며 가족이 되는 것이다
그중에 더 약하고 외로운 놈은
가늘고 뾰족한 바늘을 수만 개나 만들어
엄동설한에도 푸르다
독침 같은 바늘로 북풍한설과 마주 싸우며
기다리며 사는 것이다
진짜 외롭고 약한 놈은 성깔 있게 푸르다

—「외로운 놈은 성깔 있게 푸르다」 전문

푸른색의 이미지는 물을 닮았다. 물 자체는 색이 없으나 만남이 진해지면 푸른색을 띤다. 그 푸르름은 성깔과 외로움과 산과 나무로 환치된다. 산과 나무가 푸르다는 건 시적 문장이 아니지만 그 푸른색에 외로움을 물들이며 시인 혼자 자화상을 그려내는 것이다. "진짜 외롭고 약한 놈은 성깔 있게 푸르다"고 강한 어조로 선언한다. "외로워서 잎이 푸른 것"이고 "너도 푸르고, 나도 푸르고, 그렇게 산 하나/ 시퍼렇게 물들이며 가족이 되는 것"이라며 외로움이 물들인 산 자체를 가족으로 품어낸다. "엄동설한"과 "독침 같은 바늘" 이야기는 각자의 상상으로 풀어낼 수 있다. 진짜로 시를 좋아하는 사람들은 "진짜 외롭고 약한 놈"들이니 "성깔 있게 푸르"게 살아야 한다는 것. 결국 이 시는 자신을 향해 다짐하는 고백이다. 이 모든 것에 촉촉하게 배인 물기는 오롯이 "기다리며 사는" 시적 화자의 몫이다. 혼자 산다는 것, 기다림이라는 것, 외롭다는 것, 시인의 푸르름에 녹아 있는 나무와 산의 빛깔에서 뚝뚝 떨어지는 보이지 않는 무엇, 물은 보이지 않게 생명을 키워내고 살아 흐르지만 결국은 색즉시공공즉시색色卽是空空卽是色이다.

3.

유준화는 2003년 『불교문예』로 등단하여 『초저녁 빗소리 울안에 서성대는 밤』(2004) 『네가 웃으면 나도 웃는다』(2015) 두 권의 시집을 낸 바 있다. 그의 시세계는 섬세한 감성으로 이웃과 교감하고 깨달음의 겸손함을 녹여내는 염화미소의 시학이 담겨 있다. 우주만물이 윤회 속에서 관계 맺기, 존재하는 물상들이 서로를 받아들여 그 기운으로 움직인다는 원융회통의 사상이 여백에 흐른다. 신작시의 흐름 또한 크게 달라지지 않았으니, 물의 상상력으로 그의 시를 읽으며 우주만물의 기운에 넘쳐나는 물, 그 안과 밖에 우리가 하나로 흐르고 있음을 자각한다. 유독 비가 많았던 2019년이었다. 시인의 다음 시집을 기대하며 글을 마친다.